SPACECOP L.A. 1991

Ein Roman von Alan Dean Foster
nach dem Drehbuch
von Rockne S. O'Bannon

Deutsche Erstausgabe

WILHELM HEYNE VERLAG
MÜNCHEN

Heyne Allgemeine Reihe
Nr. 01/7727

*Dieses Buch ist
James und Gale Ann gewidmet,
die viel Spaß an allem haben
und ihn auch gerne teilen.*

Titel der amerikanischen Originalausgabe
ALIEN NATION
Deutsche Übersetzung von Norbert Stresau

Printed in Germany 1989
Umschlagfoto und Innenfotos: Twentieth Century Fox
Umschlaggestaltung: Atelier Ingrid Schütz, München
Satz: werksatz gmbh, Wolfersdorf
Druck und Bindung: Presse-Druck, Augsburg

ISBN 3-453-02864-3

I

Jene, die es sahen, bezeichneten es als aufsehenerregend, und keiner schätzte seine wahre Bedeutung auf Anhieb richtig ein.

Das Schiff hing im wolkenlosen Blau des Mojave-Himmels, eine unglaublich ausgedehnte Stadtlandschaft aus Metall, Plastik und Gott weiß, was sonst. Über dem Bett eines ausgetrockneten kleinen Sees hatte es Gestalt angenommen und nun hing es unbeweglich da, eine silberne Skulptur vor dem Hintergrund der ausgedörrten Rippen der südlichen Sierra Nevada.

Die ersten Menschen, die den Besucher zu Gesicht bekamen, waren die Porters aus Lancaster, Kalifornien. Sie waren gerade auf dem Weg nach Bridgeport, wo sie eine Woche lang wandern und fischen wollten, als Mark Porter aus dem Fenster des Familien-Fords sah und brüllte: »Heiliges Kanonenrohr, Dad – schau dir das mal an!« Worte, die inzwischen einen ebenso festen Platz in der menschlichen Geschichte gefunden hatten wie ›Veni, vidi, vici‹ oder ›Ein kleiner Schritt für einen Menschen, ein gewaltiger Sprung für die Menschheit‹. Seine Schwester Mandy war der zweite Mensch, der das Schiff sah, doch ihre Worte sind nirgendwo verzeichnet.

Ein Trucker mit einer Ladung Schlachtfleisch auf dem Weg nach L.A. war der nächste. Ihm folgte ein Mitglied der California Highway Patrol, der zehn Minuten damit zubrachte, die Erscheinung anzustarren, bevor er sich an sein Funkgerät erinnerte, das mittlerweile schier durchdrehte. Aus ganz Südkalifornien und Nevada trafen langsam die Berichte ein, als auch die anderen den Eindringling am Himmel bemerkten. Die Wüstenluft an diesem Morgen war sehr klar, und so hatten ehrfürchtige Einwohner beider Staaten keinerlei Mühe, das Schiff auszumachen.

Ein weiterer Grund war der, daß das Schiff zehn Kilometer lang war.

Die Army stellte ihre Tüchtigkeit unter Beweis, indem sie das Gelände binnen vierundzwanzig Stunden nach der ersten Sichtung völlig absperrte und isolierte. Unglücklicherweise hatte sie es bei der Mobilmachung so eilig, daß drei Zivilisten und ein halber Zug Soldaten bei verschiedenen Unfällen ums Leben kamen. Jenseits des eigentlichen Landeplatzes gab es indes genügend Platz für die Neugierigen. Ein zehn Kilometer langes Raumschiff kann man nun mal nicht verstecken. Nicht, daß es die Army nicht versucht hätte: Sie sperrte die US 395 und sämtliche Zufahrtstraßen, errichtete Straßensperren auf den Wüstenwegen und ließ einige Kampfhubschrauber vom Typ Apache rund um die Uhr Patrouille fliegen, um Privatpiloten davon abzuhalten, dem Schiff zu nahe zu kommen. Auch die Air Force beteiligte sich mit allen möglichen Flugzeugen, von AH-C's bis zu den F-16. Die enggezirkelten Patrouillenmuster ließen die Kampfpiloten sehr schnell schwindelig werden. Der zivile Luftverkehr wurde im Süden bis hinunter nach Yuma, im Norden nicht tiefer als bis Fresno umgeleitet. Inzwischen veränderten die sowjetischen Spionagesatelliten ihren Orbit und schossen alle Nahaufnahmen, die der Kreml brauchte.

Nichts konnte die Menschen davon abhalten, sich das Schiff mit eigenen Augen anzusehen. Sie kamen in Autos und Wohnwagen, in BMWs und Jeeps, Winnebagos und General Motors-Wohnmobilen. Familien bauten Picknicktische, Stereoboxen und Laufställe auf und entfalteten tragbare Parabolantennen, um die Kleinsten abzulenken, die sich von einem zehn Kilometer langen Raumschiff nicht sonderlich beeindruckt zeigten. Hemmungslos mengten sich Rechtsradikale unter Yuppies aus dem westlichen Los Angeles, die ihre Strandliegen aufstellten und ihre Kühltaschen voller Fruchtsäfte aufmachten. Arbeiter aus dem Valley schlürften ihr Budweiser und mampften Chips, feierten Partys, schliefen miteinander oder spielten Karten.

Inzwischen trafen auch die Medien in ihren kunstvollen Übertragungswagen an Ort und Stelle ein, einer zweiten Army gleich, und richteten hastig ihre Q-Band-Sender aus, um die Bilder des Schiffes über die ganze Welt zu verbreiten.

Duncan Crais war einer der ersten Reporter vor Ort. Sein Bericht bestach vor allem durch seine Kürze und das Gefühl der Erregung, das er in jedem seiner Sätze unterbrachte. Inzwischen war er älter geworden, an den Schläfen etwas grau. Sein Einsatz, was den Bericht über die Ankunft betraf, hatte ihm zu einem bequemen Posten als Nachrichtensprecher unten in Atlanta und einem sechsstelligen Jahresgehalt verholfen.

Momentan fungierte er als Sprecher einer Dokumentation über die Ankunft für den örtlichen Kanal 6. Jene, die sich in der Bar versammelt hatten, kannten die vertraute, angespannte Stimme, als sie noch einmal von den Ereignissen berichtete, die ihre Welt ein für allemal verändert hatten.

»Das war die Kulisse in der kalifornischen Mojave-Wüste vor genau drei Jahren, die ersten historischen Fernsehbilder des Newcomer-Schiffes nach seiner dramatischen und völlig unerwarteten Ankunft. Und wie es seinerzeit bei der Ermordung John F. Kennedys der Fall war, gibt es wohl niemanden unter uns, der sich nicht genau daran erinnert, wo er war und was er am Morgen dieses 19. Oktober gerade tat, als sich die Nachricht verbreitete: Fremde waren gelandet. Fremde aus einem anderen Sonnensystem.«

Jene, die die Bar einmal gesehen hatten, bezeichneten sie als deprimierend, und kein einziger ließ sich nicht mindestens ein paar Minuten lang nieder.

Sie war überfüllt und finster. Irgend etwas ließ sie von innen finsterer als von außen aussehen, selbst nachts. Die Lampen, die den Tresen von oben und hinten beleuchteten, schienen das Leben aus der Luft zu saugen. Kleine Birnen, lebende Bierwerbung, die ohne Unterlaß von rechts nach links oder von oben nach unten krabbelte, einsame Zigaretten, die in den Händen der wenigen noch Munteren tanzten wie Glühwürmchen in den Tiefen eines Sumpfes von Louisiana, sie alle trugen zu dem Gefühl krampfhaften Unbehagens bei.

Obwohl die Hollowpoint Bar düsterer als viele andere wirkte, war sie doch auch lebhafter als die meisten anderen.

Unter ihren regelmäßigen Besuchern herrschte ein gewisser Galgenhumor – ein Spiegel ihrer Arbeit im Zuge der Gesetzeshütung. Ein Großteil des Gelächters, das die Luft Nacht für Nacht erfüllte, war von Bitterkeit zernagt.

Der einsame Flachfernseher am anderen Ende der Bar gab weiterhin Duncan Crais' farbenfrohe Erinnerungen an die Ankunft der Newcomer von sich. Die meisten Gäste ignorierten seine Stimme und die sie begleitenden Bilder. Nur jene, die sich tatsächlich an das andere Ende des Tresens klammerten, wie Fledermäuse, die von der Decke ihres Gewölbes herabhingen, warfen gelegentlich einen Blick in Richtung der widerhallenden Töne.

Irgendwo auf der Mitte der Tanzfläche prallte Country-Western gegen Hard Rock, zwei tonale Galaxien, die miteinander kollidierten, ohne sich zu vermengen. Niemand beschwerte sich über die daraus resultierende Kakophonie. Die meisten waren mit wichtigeren Dingen beschäftigt, ihren Vorgesetzten, ihren Ehepartnern oder ihrer täglichen Pflichtrunde.

Gewürzt waren die Gespräche mit Flüchen und abstoßenden Ausdrücken aus der Gossensprache, die man in den Gefilden, die jenseits des Hollowpoint als ehrbare Gesellschaft galten, nie zu Ohren bekam. Die beiden Männer an der Mitte des Tresens gehörten nicht zur ehrbaren Gesellschaft. Ihr Job bestand darin, jene, die tatsächlich dazugehörten, vor jenen zu beschützen, die sich nur eines wenig schlechteren Ruf erfreuten als sie selbst.

Sie waren Bullen. Genauer gesagt: Detectives. Runtergekommen, schmutzig und sehr gut, was ihren Job anging. Im Augenblick waren sie auch ein wenig blau.

Fedorchuks Ahnen hätten Kosaken sein können – oder die von ihnen schikanierten Leibeigenen. Er war groß und schmuddelig und seine Anzüge schienen ihm nie so recht zu passen. Aber er kam nie zu spät und war auch niemals krank, Vorzüge, die ihm die Zuneigung seiner Vorgesetzten, wenn auch nicht gerade die seiner Kollegen eingebracht hatten. Nicht, daß er sich seinem Beruf mit besonderer Hingabe gewidmet hätte. Es war einfach nur so, daß er nichts Besseres zu tun hatte, und er selbst wußte das auch nur zu gut. Also ging er brav zur Arbeit. Er war ein guter Straßenbulle gewesen und hatte sich als ausreichend guter Detective erwiesen. In den Augen seiner Vorgesetzten glich seine Pünktlichkeit seinen absoluten Mangel an Intuition mehr als genug aus.

Sein Partner Alterez war ruhiger, was im Vergleich zu Fedorchuk soviel nun auch wieder nicht besagte. Alterez war ein Kumpel, eine Klassifizierung, auf die er selbst sehr stolz war. Für einen ehemaligen Mex hatte er eine ganze Menge erreicht. Er bemühte sich nach Kräften, sich von den Anglos, mit denen er nun mal arbeitete, nicht zu sehr zu unterscheiden. Als Folge davon hatte er statt der guten hauptsächlich die schlechten Charakterzüge seiner bleichen Kollegen angenommen. Nicht, daß es auf dem Revier ein Überangebot an guten Seiten gegeben hätte. Er und Fedorchuk waren schwerfällig, fantasielos, vulgär und gründlich. Sie paßten zueinander.

Fedorchuk beugte sich über seinen Drink und schlürfte aus dem breiten Glas, ohne es mit seinen Händen abzustützen. Seine Brauen zogen sich zusammen, als er den Kopf hob und zu dem flimmernden Fernseher hochsah.

»Klar weiß ich, wo ich war. Sowas vergißt man schließlich nicht, oder? Ich war auf meinem Balkon und hab' auf den Hund vom Nachbarn gepißt.«

Da alle, die neben Fedorchuk an der Bar hockten, eine ähnliche Einstellung dem Leben gegenüber hatten, hielten sie seine fromme Erinnerung für ungeheuer komisch. Alterez lächelte nur. Er war die Witze seines Partners gewohnt. Statt den Witz zu kommentieren, wandte er seine Aufmerksamkeit dem hellen Fernsehschirm zu. Es spielte keine Rolle, daß Duncan Crais ihn nicht hören konnte. Für Alterez zählte nur, daß er sich selber reden hörte.

»Gib schon endlich die verdammten Baseballergebnisse durch!«

»Genau, Partner. Sag ihm mal ordentlich Bescheid!« Fedorchuks Augen zogen sich zusammen, als er seine ganze Aufmerksamkeit seinem Glas widmete. Den Rand allein mit seinen Lippen zu finden, war immer eine schwierige Herausforderung für ihn gewesen. Er war stolz darauf, solche

Herausforderungen anzunehmen, vor allem die selbstgestellten.

Ein kurzer Blick nach oben enthüllte, daß sich Crais in eine mittelalte Cal Tech-Professorin verwandelt hatte. Sie wirkte, als fühlte sie sich etwas unbehaglich in ihrem gestärkten blauen Hemd, und ihre Gesten deuteten an, daß ihre gewohnte Kleidung aus einem weißen Labormantel bestand. Aber alle kuschten vor der allmächtigen Fernsehröhre und kamen ihren Wünschen nach. Sie war bereit, der Wissenschaft ein Opfer zu bringen. Fedorchuk ertappte sich bei der Frage, wie sie wohl unter ihrem Hemd aussehen würde.

»Seit die Menschen das erste Mal zu den Sternen aufsahen, gab es auch Vermutungen über einen Besuch von den Fremden ›da draußen‹. So liegt eine gewisse Ironie darin, daß die zweihundertsechzigtausend Passagiere des Raumschiffes ebenso überrascht ob ihrer Ankunft waren wie wir, als es tatsächlich zur ersten Kontaktaufnahme kam. Sie erwachten aus ihrem Winterschlaf, einer Art ausgedehntem Tiefschlaf, nur um herauszufinden, daß ein defekter Autopilot sie fälschlicherweise auf unserer Welt abgesetzt hatte. Sie waren mehrere Grad vom Kurs abgekommen und hunderte von Lichtjahren von ihrem eigentlichen Ziel entfernt gelandet.«

Sie sah so aus, als ob sie noch mehr zu sagen hätte, aber irgend etwas außerhalb des Blickfelds der Kamera erregte ihre Aufmerksamkeit und sie verstummte. Der Mann links von Alterez gab ein vulgäres Geräusch von sich. Crais tauchte wieder auf und übernahm den Platz der Wissenschaftlerin. Er war völlig entspannt, tadellos frisiert, seines Ranges und seines Ruhmes völlig sicher.

»Diese Newcomer, wie wir bald erfuhren, waren genetisch gezüchtete Humanoiden, geschaffen, um unter schwierigen Umweltbedingungen harte Arbeit zu verrichten. Es wäre falsch, sie als Sklaven zu bezeichnen, und doch hatte man ihnen keine andere Wahl gelassen. Ihr Schicksal ist von anderen bestimmt worden, ohne ihre Einwilligung. Doch das Schicksal rechnete nicht mit einem defekten Autopiloten. Statt auf dem beabsichtigten Planeten fanden sie sich auf der Erde wieder, als Gestrandete. Der eigentümliche und für uns bis heute völlig unverständliche Antrieb ihres Schiffes war erschöpft, und so gab es für sie keine Möglichkeit, dorthin zurückzukehren, woher sie gekommen waren, oder auch nur jene zu benachrichtigen, die sie vor so langer Zeit auf den Weg geschickt hatten...«

In der Nähe klapperten lautstark einige Biergläser. Verärgert sahen sich einige der Gäste nach dem Kellner um, vergaßen seine Ungeschicklichkeit jedoch nur allzu schnell und widmeten sich wieder ihren Gesprächen oder der nicht enden wollenden Dokumentation auf dem Bildschirm über ihnen.

In der Zwischenzeit hatte Crais erneut einem anderen Platz gemacht, dieses Mal einer Frau Mitte Vierzig. Sie stand auf der Veranda eines Hauses, hinter ihr strahlte die Sonne. Im Hintergrund lief ein Hund durch das Bild, dicht gefolgt von einem achtjährigen Jungen. Fedorchuk fragte sich zynisch, ob Junge und Hund vom Besetzungsbüro kamen oder ob sie tatsächlich der Frau gehörten, die da in die Kamera lächelte. Wahrscheinlich stand der zweite Regieassistent irgendwo links neben der Kamera und lockte den Hund mit einem Steak und den Jungen mit einem Fünfer.

Der Detective kippte den Rest des Drinks hinunter und ließ das leere Glas dort stehen, wo es der Bartender bemerken würde. Der Tender kannte ihn und seinen Partner ziemlich gut. Das Glas würde sich wie durch Zauberei von selbst auffüllen, ohne daß er irgend jemand dazu auffordern müßte.

»Als die Newcomer das erste Mal ihr Schiff verließen«, meinte die Frau gerade, »steckte man sie in ein Quarantänelager ungefähr zehn Meilen vor der Stadt.« Sie lächelte. Ein untrainiertes Lächeln, beschied Fedorchuk. »Sie können sich sicher vorstellen, was die Leute in dieser Gegend davon hielten. Aber nachdem sie die Wissenschaftler erst einmal behandelt und untersucht hatten und sie schließlich aus dem Lager entlassen worden waren und wir die Gelegenheit bekamen, sie besser kennenzulernen, erkannten wir, um was für freundliche, ruhige Menschen es sich in Wirklichkeit handelte.«

Jemand, der näher am Fernseher saß, murmelte etwas Rauhes. Einige andere Gäste lachten. Der Mann, der gerade etwas gesagt hatte, stand auf und fummelte einen Augenblick an der Kanaleinstellung herum. Ein halbherziger Freudenschrei ertönte, als eine andere Nachrichtensendung den Schirm füllte. Es waren zwar auch nicht die Sportergebnisse, aber immerhin etwas nicht ganz so Langweiliges.

Fedorchuk sah wieder auf sein Glas, und tatsächlich: Als er nicht hingesehen hatte, hatte es einen weiteren Zoll einer blaßgoldenen Flüssigkeit und zwei neue Eiswürfel erworben. Seine Lippen zu einem ewig dünnen Lächeln von Verständnis und Dienstbeflissenheit erstarrt, nickte der Bartender einmal in Fedorchuks Richtung. Der Detective lächelte dankbar zurück.

Der Bartender ignorierte die hagere Figur, die hinter ihm hart arbeitete. Der Kellner war genau wie alle anderen Newcomer: massiv, menschlich, außer durch seine Größe auf den ersten Blick kaum von einem normalen Menschen zu unterscheiden. Erst als er sich umdrehte, wurden die verräterischen Markierungsmuster auf seinem kahlen Schädel und das Fehlen externer Ohren offenbar. Er hätte den Bartender mit einem einzigen falschen Schritt zertreten können, doch statt dessen bewegte sich der Außerirdische sehr gewandt um ihn herum, immer seinen Boden aufgebend, wenn man ihn ihm streitig machte, immer aus dem Weg gehend. Er hielt zwei volle Regale mit Biergläsern ohne die geringste Anstrengung hoch.

»Hey, Henry!« rief Fedorchuk. Man hatte allen Newcomern menschliche Namen zugeteilt, als man entdeckt hatte, daß ihre eigenen entweder schwierig oder völlig unaussprechlich waren. Sie hatten ihre neuen Namen mit demselben Gleichmut akzeptiert wie ihr Schicksal, auf einer Welt gestrandet zu sein, für die sie nicht geschaffen worden waren. Schiffbrüchigen stand es nicht zu, über die Sitten der Eingeborenen zu urteilen.

»Wie läuft's denn heute abend so?« fuhr Fedorchuk fort. »Schwer am Schuften? Soviel Arbeit kann schon ziemlich auf den Geist gehen, weißte.«

Ausdruckslos und sich dennoch bewußt, daß man ihn angesprochen hatte, wandte sich der Newcomer namens Henry langsam um. Sein Gesicht war fast so menschlich wie das von Fedorchuk, was soviel allerdings auch nicht besagte. Dennoch waren die Ähnlichkeiten zwischen einem Newcomer und einem Menschen außergewöhnlich, die Unterschiede nur sehr klein. Klein, aber verstörend. Ein Newcomer sah immer irgendwie falsch aus.

Fedorchuk war noch nicht fertig. Ihm machte die Sache Spaß. »Hast du überhaupt schon eine Arbeitserlaubnis, Mann? Du bist doch wohl nicht ohne von zu Hause weg? Ich will dich doch nicht einbuchten.«

An der Bar saßen noch einige andere Bullen. Einige kannten Fedorchuk, andere nicht. Die meisten hielten den cleveren Seitenhieb ihres Kollegen für recht amüsant. Henry dagegen starrte Fedorchuk nur erwartungsvoll an. In seinen Augen lag keine Bosheit, in seinem Gesicht kein Schmerz. Er blinzelte einmal. Dann drehte er sich um und trug das schwere Tablett voll dreckiger Gläser in die Küche.

II

Der Wagen war so häßlich wie der Distrikt, in dem er Streife fuhr. Er lag sehr tief, seine zahlreichen Anstriche waren längst zu einem verwaschenen Einheitsgrün verschmolzen und so fiel er nur den wenigsten auf, als er durch jenen Stadtteil von Los Angeles rollte, der den Fremden vorbehalten war. Niemand wußte ihn zu würdigen, aber Sykes und Tuggle hätten ihn nicht einmal gegen den neuesten, heißesten Schlitten eingetauscht, den die Abteilung zu bieten hatte. Das Schrottmobil besaß Persönlichkeit statt Klasse, und nachdem seine Insassen ebensowenig Klasse besaßen, waren sie recht zufrieden damit.

Seine Eingeweide bestanden aus einer dreckigen Melange aus alten und neuen Teilen. Nur ein einziger Mechaniker in der ganzen Polizeigarage wagte es überhaupt, ihm nahezukommen. Die anderen sahen entweder verächtlich auf die geheimnisvolle Anhäufung von Einzelteilen herab, oder sie fürchteten sich vor ihr. Oder davor, was Sykes und Tuggle mit ihnen machen könnten, wenn sie irgendwas an diesem wertvollen Haufen beweglichen Mülls verbocken würden. Die beiden hegten eine unverständliche Zuneigung ihrem Vehikel gegenüber, selbst wenn man berücksichtigte, daß sie aus L.A. stammten, wo sich Scheidungsklagen mitunter nicht so sehr auf das Sorgerecht für etwaige Kinder als auf die Wagen der Familie konzentrierten.

Das Schrottmobil hatte nur sehr selten eine Panne. Sein Profil sah gefährlich aus, aber die altertümliche Stahlverkleidung würde Kugeln abweisen, die die Flanken der neuen Kohlefaserrahmen ohne weiteres durchschlagen hätten. Es kümmerte sich um die beiden Männer, die damit durch die dunklen Seitenstraßen der Metropolis kreuzten, und im Gegenzug kümmerten sie sich um ihr Vehikel.

Das Außerirdischenviertel von Los Angeles unterschied sich gar nicht mal so sehr vom Rest des großen Stadtgeflechts. Ein bißchen dreckiger als die meisten anderen vielleicht, härter als viele, und gelegentlich erinnerte ein unerwarteter Touch den Besucher daran, daß es zum Großteil von Flüchtlingen aus einer anderen Welt bevölkert war. Manchmal mußte man schon genau wissen, wohin man sehen mußte, um zu wissen, wo man sich gerade aufhielt. Sykes und Tuggle hatten viel Zeit auf den Straßen verbracht und wußten, wonach sie sich umsehen mußten.

Newcomer füllten die übergroßen Stühle eines schmuddeligen Nachtcafés. Eine Gesellschaft vor Ort hatte die Lehnen und Sitzflächen der Stühle umgebaut, damit sie den massigen Körpern der Fremden genügend Platz boten. Als das Schrottmobil die Straße weiter hinabfuhr, sahen sie zu ihrer Rechten einen Newcomer aus einer Doppeltür kommen. Tuggle fiel die Inschrift auf dem Fenster bei der Türe auf. Man hatte den alten Waschsalon in eine Abendschule für Aliens umfunktioniert.

Sie kamen an einem Stadtpark vorbei, der trotz eines offensichtlichen Mangels an Pflege immer noch recht grün aussah. Die Stadtgärtner hielten nicht sehr viel vom Außerirdischenviertel. Unkraut hatte eine ganze Menge des ursprünglichen Rasens überwuchert und auch die Risse im Bürgersteig erobert. Nun kroch es langsam auf das einst so heilige Pflaster zu. Trotz der späten Stunde hatte sich eine Gruppe außerirdischer Familien versammelt, um die Gesellschaft der anderen zu genießen. Sie beschäftigten sich gerade mit einem fremden Spiel von unbestimmten Zweck und unverständlicher Strategie. Sykes starrte zu ihnen hinüber, schüttelte den Kopf und scheiterte einmal mehr daran, den Sinn des Ganzen zu verstehen. Inzwischen lenkte Tuggle das Schrottmobil in Richtung Washington.

»Meine Fresse, diese organisierte Familienbumserei schimpft sich Spiel?« Tuggle schürzte seine Lippen. Auf der Reklamefläche zu seiner Rechten ließ eine gutgebaute Außerirdische meterhohe weiße Zähne blitzen, während sie ein kaltes Pepsi an die Lippen preßte. Die Reklamefläche war das einzig neue Bauwerk in der unmittelbaren Umgebung.

Tuggle bremste, als sie sich der nächsten Kreuzung näherten. Die Ampel hatte etwas gegen sie. Sie standen kaum, als eine riesige Pranke gegen das Fenster neben Sykes' Kopf knallte. Er zuckte unwillkürlich zurück und entspannte sich wieder, als er einen näheren Blick auf den Besitzer der Hand geworfen hatte.

Der Newcomer war ein Penner. Er stand neben dem Wagen, murmelte etwas in seiner eigenen zischenden Sprache und wedelte mit den Armen, um das Gleichgewicht zu halten. Dreck und Schmiere überzogen sein Gesicht und die verlotterten Kleider, seine blutunterlaufenen Augen hingen auf Halbmast. In seiner dreckigen Faust, die Nägel waren längst abgebrochen, hielt er eine Litertüte Milch. In der massiven Handfläche wirkte sie eher wie ein halber Liter.

Tuggle schoß einen abwägenden Blick in die Richtung seines Partners. Sykes gab einen angewiderten Blick zurück, schüttelte den Kopf und kurbelte dann das Fenster auf der Seite des Aliens herunter.

»Siehste nicht, daß das ein Bullenschlitten ist, Kumpel? Schau mal, wir sind heut' abend wirklich nicht gut drauf. Also zisch ab, klar?«

Sobald er ausgesprochen hatte, fing er sich eine volle Duftwolke aus dem Mund des Penners ein. Er zuckte zurück und kurbelte das Fenster wieder hoch, während Tuggle gemächlich weiterfuhr. In dem engen Schrottmobil verflog der Geruch nur langsam.

Tuggle sah in den Rückspiegel. »Er steht in der Mitte der Straße und wedelt mit den Armen.«

Sykes kümmerte sich nicht darum. Der Ekel stand ihm nach wie vor ins Gesicht geschrieben, er rümpfte seine Nase noch immer. »Ist sowieso kein Verkehr und außerdem isses ziemlich spät. In einer Minute geht er weiter und sucht sich irgendwo 'ne Gosse.« Er grub in seinen Taschen, fand einen kleinen Plastikbehälter mit Pfefferminz und schob ein paar davon in seinen Mund. Tuggle lehnte sein Angebot ab und der Behälter verschwand wieder.

»Warum muß es ausgerechnet saure Milch sein, wenn sich die Typen die Birne vollknallen wollen? Was zur Hölle paßt ihnen denn an *Jack Daniels* nicht? Oder meinetwegen *Thunderbird*, wenn's sein muß?«

Tuggle zuckte die Achseln, seine bevorzugte Geste. Er war weniger bombastisch als sein Partner und kultivierte diese Angewohnheit auch ganz bewußt. »Keine Ahnung. Und was ich so gelesen habe, kapieren's die Eierköpfe auch nicht. Die Physiologie der Newcomer ist ziemlich verdreht, sowohl in körperlicher wie chemischer Hinsicht. Aber du mußt doch zugeben: Billiger kann man sich nicht besaufen.«

»Mhm.« Sykes starrte aus dem Fenster und studierte die Lichter und die einsamen Straßen. »Slagtown. Ich frag' mich, wie dieser Teil von L.A. hieß, bevor die Newcomer eingezogen sind.«

»Keine Ahnung. Ich bin kein Geschichtslehrer.«

Tuggle bog ab und fuhr den Broadway hoch, der inzwischen zu einer Kolonie von Schnapsläden und billigen Spielhöllen geworden war. Die meisten Kinos in der Gegend hatten dichtgemacht, da es noch keine Filme speziell für die Newcomer-Gemeinde gab. An diesem Problem arbeitete Hollywood noch. Andere Kinos spielten nach wie vor das Übliche und mühten sich ab, genügend Newcomer anzulokken, um im Geschäft zu bleiben. Keine Komödien allerdings. Abgesehen von ein paar Intellektuellen konnten die meisten Außerirdischen mit menschlichem Humor nichts anfangen. Die Mehrheit bevorzugte Action und, was im Grunde reichlich seltsam war, Liebesgeschichten. Außerirdische Hausfrauen zählten zu den treuesten Zuschauern der morgendlichen Seifenopern im Fernsehen.

Vor den Kinos und Restaurants stolzierten Newcomer-Huren auf und ab und gingen ihrem Gewerbe nach. Nicht alle Newcomer-Gewohnheiten entzogen sich menschlichem Verständnis. Die Frauen waren elegant und unmöglich groß, sinnierte Sykes.

»Ich frag' mich, ob der Klempner sich bei denen an denselben Grundriß gehalten hat«, meinte er.

»Hat er«, gab Tuggle in gewohnter Eintönigkeit zurück, ohne die Augen von der Straße zu nehmen. Sykes sah ihn neugierig an.

Als er sich gerade daranmachte, die unvermeidliche nächste Frage zu stellen, zog ein tiefliegender Kombi an ihrem Schrottmobil vorbei. Der Motor, ein aufgemotzter 427 Chevy, dröhnte laut. An der nächsten Kreuzung schoß er schnell um eine Ecke, obwohl der Fahrer trotz seiner herausfordernden Masche sorgsam darauf achtete, die Geschwindigkeitsbeschränkung nicht zu überschreiten. Er zeigte den beiden Polizisten seinen Mittelfinger, verbarg ihn jedoch recht sorgfältig. Tuggle fuhr weiter, vorbei an Schnellimbissen und Spezialitätenläden.

Eine ruhige Nacht, dachte Sykes. Nur die übliche Slagtown-Depression, die wie ein steter Regen über den Ladeneingängen und dunklen Wohngebäuden hing. Selbst die Penner und Ganoven bewegten sich hier sehr lahm und müde. Er suchte das Armaturenbrett ab und fand schließlich seine Kaffeetasse. Ein kleiner Dunstkreis an der Windschutzscheibe hatte ihren Aufenthaltsort inmitten des einbalsamierten Fast Foods preisgegeben, das sich im Verlauf der letzten beiden Wochen angesammelt hatte. Tuggle kaute auf seiner Unterlippe, als überlegte er, ob er etwas sagen sollte. Sykes wußte, daß sich sein Partner schließlich doch dazu aufraffen würde, egal, worum es sich handelte. Man fährt nicht mit einem Mann neun Jahre lang Streife, ohne ihn dabei recht gut kennenzulernen.

Als Tuggle schließlich doch den Mund aufmachte, kam jedoch nicht das heraus, was Sykes erwartet hatte. Überdies war es ein Thema, über das er lieber nicht diskutieren wollte.

»Also, gehst du jetzt hin oder nicht?« fragte sein Partner knapp.

Sykes überlegte sich die Antwort, während er zusah, wie Tuggle gekonnt ein lauwarmes Dreieck schlapper Pizza aufhob und daran herumkaute. Es war ein raffinierter Balanceakt: gleichzeitig zu fahren, zu essen und dabei irgendwie zu vermeiden, die Uniform mit Käsefäden oder Tomatensoße zu dekorieren. Sykes hätte es nicht fertiggebracht. Egal, wieviel Mühe er sich gab, immer legten seine Hosen und Hemden hinterher Zeugnis vom Essen des vorangegangenen Tages ab. Tuggle verlor darüber kein Wort. Das brauchte er auch gar nicht. Die Blicke, die er auf die Kleidung seines Partners nach solchen Mißhandlungen warf, waren beredt genug.

»Ich kann doch so nicht hingehen«, gab er zurück. Er versuchte, die Antwort möglichst spontan klingen zu lassen, als ob es ganz unvermeidlich wäre, daß er nicht hingehen könne.

Tuggle kaufte es ihm nicht ab. »Wieso nicht? Hör doch mit diesen Ausreden auf! Schmeiß dich in deinen abwaschbaren Smoking, schnall dir die Ansteckkrawatte an, laß dir von deiner Hausmeisterin die Schuhe zubinden, und fahr zur Kirche. Ist doch ganz einfach. Selbst für jemand wie dich.« Er unterbrach sich einen Augenblick und richtete sein Augenmerk auf die beleuchteten Schaufenster, die rechts an ihm vorbeihuschten. »Ich und Carol gehen jedenfalls hin.«

Das brachte ihm Sykes' uneingeschränkte Aufmerksamkeit ein. »Was?«

»Hey, du hast keinen Grund, dich darüber zu beschweren. Wir kennen Kristin seit ihrer Zeugung in der kleinen Hütte oben am Big Bear.« Er setzte sich etwas aufrechter hinter das Steuer und versuchte, die Stimmung etwas aufzulockern. »Erinnerst du dich noch an diese Nacht? Du und Edie habt so fest gegen die Wand gedonnert, daß ich und Carol eine ganze Woche lang den Putz aus unseren Haaren klauben mußten. Ich hab's ja gewußt, daß wir auf dem Bett im oberen Stockwerk hätten bestehen sollen. Aber nein, wir mußten natürlich hergehen und großzügig sein und euch das Riesenbett überlassen. Schöne Ferien waren das. Kein Auge haben wir zugetan.«

»Edie und ich auch nicht, aber das habt ihr wohl schon erraten.« Das Lächeln auf Sykes' Gesicht verschwand so schnell, wie es gekommen war. »Verdammt, Tug, ich will ja auch, daß Kristin endlich heiratet, okay? Mehr als alles andere. Aber ich...«

Tuggle beendete den Satz für ihn. »Aber dir geht es gegen den Strich, daß deine Exfrau und ihr neuer Mann die ganze Sache ausrichten.«

Sykes wollte etwas einwenden, änderte seine Meinung jedoch. Tuggle wußte ganz genau, wann ihn sein Partner anlog, war jedoch zu höflich, ihn darauf aufmerksam zu machen, und das machte jeden Versuch ziemlich witzlos.

»Scheiße, wenn Kristin da heiraten müßte, wo ich es bezahlen könnte, würden wir die Hochzeitsfeier bei McDonalds abhalten. Was hätte ich denn machen sollen? Edie hat ihn wegen seinem Geld geheiratet, und ich kann ihr nicht mal einen Vorwurf daraus machen. Verdammt noch mal, wir hatten ganz bestimmt nie was von dem Zeug.«

»Sieh's doch einfach als Kristins Geld. Sie würde wollen, daß du da bist, Partner.«

»Ich wäre genausogern dabei, wie sie mich dabeihaben will, aber versuch' doch mal, das ganze von meiner Seite zu betrachten, Tug. Der Vater der Braut, die arme Verwandtschaft. Jeder auf der anderen Seite gönnt mir einen dieser verdammt mitleidigen Blicke, die die Reichen immer für uns bereithalten, die wir uns keine von diesen bunten Kreditkarten leisten können. Dafür habe ich einfach zuviel Stolz, Tug. Das ist so ziemlich das einzige, das mir noch geblieben ist.«

»Vergiß deinen Stolz. Du solltest wirklich hingehen.«

»Ja, ich weiß, ich weiß. Wer bist du eigentlich, meine gottverdammte Zauberfee?«

»Genau. Willste meinen Stab sehen?«

»Was hindert mich...« Sykes unterbrach sich abrupt. Nur die eine Hälfte seines Gehirns hatte sich auf das scheinbar unlösbare Problem konzentriert, ob er an der Heirat seiner einzigen Tochter teilnehmen sollte oder nicht. Die andere Hälfte freilich – die andere Hälfte hatte weiterhin nach üblicher Polizistenmanier funktioniert, und irgend etwas, das sie gesehen hatte, hatte den automatischen Alarm im Inneren seines Schädels ausgelöst und damit zugleich auch den Rest seines Hirns von seiner beschissenen Laune abgelenkt. Er nickte aus dem Fenster.

»Oh, oh! Check das mal!«

Tuggle drehte sich gehorsam um und blinzelte in die Nacht. »Check was mal? Ich sehe nur Finsternis.«

»Da vorne. An der Ecke rechts, zwei Uhr.«

Tuggle bremste und bemühte sich, selbst zu sehen, was die Aufmerksamkeit seines Partners erregt hatte. Nachts sah Sykes besser als er. Gerüchte auf dem Revier besagten, daß Sykes eine Art nächtlicher Rückentwicklung darstellte, daß er nachts sogar besser sah als tagsüber.

Die beiden Aliens trugen lange Mäntel, und so kalt war es

nun auch wieder nicht. Überdies hatte ihr Gang nichts vom Schlurfen eines besoffenen Perversen an sich. Perverse arbeiteten nicht zu zweit. Im Gegensatz zu einer anderen Art von Ungeziefer.

Die Mäntel unterschieden sich. Der eine war aus schwarzem Vinyl, der andere von einem tiefen Schwarz oder einem dunklen Blau, das nicht so aussah, als hätte man es imprägniert. Regenmantel, wie Tuggle ihn sofort taufte, hatte den Reißverschluß bis zum Kragen hochgezogen und schmückte sich überdies mit ausgefallenen Schuhen. Der andere Alien verbarg sich zum Teil hinter der Körpermasse seines Partners.

Die beiden betraten einen kleinen Supermarkt am Ende des Blocks. Regenmantel sah sich noch einmal um, bevor er seinem Kumpel nach drinnen folgte.

»Sieht das nicht ein bißchen verdächtig aus?« murmelte Sykes nachdenklich.

Tuggle legte sich einen Anflug falscher Unschuld zu. »Aber was bringt dich denn auf solche Gedanken?«

Er fand einen leeren Parkplatz und manövrierte das Schrottmobil in die Lücke. Sykes hatte seinen Revolver gezogen und überprüfte das Magazin, während sein Partner den Motor und die Scheinwerfer abstellte.

Ohne den Blick von der Straße zu nehmen, fand Tuggle ganz automatisch den richtigen Knopf am Funkgerät und schaltete es auf den passenden Kanal. »Hier Eins-Henry-Sieben. Wir haben einen möglichen Zwei-Elf in Porters Supermarkt, Ecke Court und Alvorado. Erbitten Verstärkung.«

Die Hand seines Freundes klatschte hart auf seine Schulter. »Langsam, Cowboy. Irgendwann werden sie dir den Schädel wegpusten, weil du der Gerechtigkeit ein bißchen zu dicht auf den Fersen geblieben bist.«

Sykes blieb zwischen Tür und Angel stehen und grinste Tuggle an. »Ich bleibe ihr halt gerne so dicht auf den Fersen, daß ich wenigstens noch ihr Hinterteil sehe. Das haben sie uns doch in der Akademie beigebracht: ›Verlieren Sie niemals die Gerechtigkeit aus dem Auge.‹«

Tuggle seufzte, schüttelte den Kopf und hängte das Mikro wieder in die Halterung, während die Zentrale eine Bestätigung durchgab.

Die hochaufragenden Gebäude an der Alvorado waren vor langer Zeit erbaut worden, lange bevor die Zweitwagen-Familie Los Angeles erobert hatte. Die beiden Detectives waren dafür dankbar, bedeutete das doch, daß es nur sehr wenig Garagen gab, was wiederum bedeutete, daß es abseits der Straße keine Parkgelegenheiten gab, was wiederum bedeutete, daß es reichlich Deckung gab, während sie sich hinter den verbeulten Toyotas und Buicks duckten und langsam auf den hellerleuchteten Supermarkt zupirschten.

Zwei Minuten später waren sie bereits nahe genug herangekommen, um durch das dreckige Schaufenster und die Gitterstäbe einen Blick ins Innere werfen zu können. Porters Supermarkt bot ein ziemlich unscheinbares Bild: Die Regale waren schlampig sortiert, von der Sauberkeit eines Circle K oder Seven-Eleven keine Spur. Die Deckenlampen hingen an nackten Ketten, grelle Neonröhren beleuchteten den allgegenwärtigen Staub.

Auch den fremden Besitzer konnten sie nun ausmachen. Er stand hinter der Theke und unterhielt sich angeregt mit einem der beiden Aliens, die gerade hereingekommen waren. Das Gespräch endete abrupt, als der größere Newcomer in seinen Mantel griff, eine abgesägte Schrotflinte zog und sie auf die Brust des anderen richtete. Regenmantel holte eine ähnliche Waffe aus den Tiefen seines schwarzen Mantels und wirbelte herum, um die verlassene Eingangstür im Auge zu behalten. Es war ziemlich schwierig, die Mienen der Newcomer auf diese Entfernung und durch das dreckige Glas hindurch zu deuten, doch Sykes hatte den Eindruck, als ob Regenmantel überaus nervös sei. Der andere, der den Besitzer niederstarrte, schien dagegen völlig entspannt und geschäftsmäßig.

»Ach du Scheiße, siehst du, was die mit sich rumschleppen?«

»Mhm.« Tuggles Gesicht verfinsterte sich. »Die Verstärkung sollte sich besser n' bißchen beeilen. Mach jetzt bloß keine Dummheiten. Oder irgendwas fürchterlich Tapferes.«

»Wer, ich? Hast du deine Weste dabei?«

Tuggle wand sich, als ihn der andere an seinen kugelsicheren Brustschutz erinnerte. »Klar. Sicher untergebracht, genau nach Vorschrift. Direkt neben dem Ersatzreifen im Kofferraum.«

»Ungeheuer beruhigend, nicht? Meine liegt daneben.«

Die unerwartete Feuerkraft der beiden Aliens machte die beiden nervös. Man brauchte keine Schlachtfeldausrüstung, um einen Tante-Emma-Laden auszurauben. Vielleicht waren die Diebe etwas unsicher.

Der größere Alien gestikulierte heftig mit der wuchtigen Waffe. Obwohl sie draußen auf der Straße kein Wort hören konnten, sahen sie doch, wie sich die Lippen des Newcomers schnell bewegten, wie sich die Augen des alten Verkäufers mit reinem Entsetzen füllten. Er fing an, das Geld aus der Kasse in einen braunen Papiersack zu packen.

Tuggle nickte angespannt. »Hinten rechts.« Sykes riß seine Augen von der Pantomime los, die sich vor ihnen abspielte, und sah die Frau des Besitzers mit starrer Miene an der Hintertür stehen. Vorne hüpfte Regenmantel von einem Fuß auf den anderen, um die Spannung zu mildern. Kein menschliches Wesen hätte sich auf diese Art bewegen, eine so perfekte Folge von Stepschritten absolvieren können, ohne vorher länger darüber nachzudenken. Die Gefühle dahinter waren jedoch dieselben. Das Ganze erinnerte die beiden Detectives, die sich auf der anderen Straßenseite versteckt hielten, nur einmal mehr daran, daß keiner der Leute im Inneren des Ladens ein Mensch war.

Der Besitzer schaufelte weiter Geld in den Sack. Es dauerte ziemlich lange, da seine Hände zitterten und er immer wieder Scheine fallen ließ. Dies machte seinen Peiniger nur noch wütender, was im Gegenzug den alten Knaben immer nervöser werden ließ.

Regenmantel war nicht der einzige Teilnehmer des nächtlichen Dramas, der langsam unruhig wurde. Tuggle deutete mit dem Kopf auf einen Wagen, der in der Nähe des Supermarkts geparkt hatte.

»Paß auf den Fahrer auf. Ich versuche, ob ich nicht in einen besseren Schußwinkel näher bei der Tür komme.«

Sykes warf einen kurzen Blick die Straße hinab und sah dann wieder seinen Partner an. »Ich hab' gedacht, du willst auf die Verstärkung warten.«

»Die kommen schon in ein, zwei Minuten. Wir müssen jetzt eingreifen. Der Fahrer.«

Sykes drehte sich wieder zur Straße und hob seine Pistole. »Hab ihn. Laß dich nicht festnageln, wenn du reingehst.«

Sein Partner nickte kurz, hob ab wie eine erschreckte Krabbe und spurtete über die Kreuzung. Sykes wartete, bis sein Partner in Deckung war, bevor er seine Aufmerksamkeit wieder dem Laden zuwandte.

Der größere Außerirdische packte den Geldsack und stopfte ihn in die Tasche seines Mantels. Mehrere Scheine flatterten zu Boden. Der Dieb ignorierte sie. Sykes runzelte darob die Stirn, hatte aber keine Zeit, sich Gedanken darüber zu machen. Die Haare in seinem Nacken richteten sich auf, als es losging. Er kam sich vor wie ein Mann, der einem Striptease in Zeitlupe zusah, zu jeder Reaktion, zu jedem Einschreiten unfähig. Es war verrückt. Es gab überhaupt keinen Sinn.

Der reine Wahnsinn.

Ohne die geringste Warnung riß der Räuber seine Kanone hoch und schoß. Auf die kurze Distanz wirkte das großkalibrige Geschoß wie eine Sprengkapsel. Es explodierte in der Brust des alten Besitzers und schleuderte ihn mit voller Wucht in die Regale voller Konservendosen und anderer Lebensmittel. Er hatte keine Chance. Und es gab keinen Grund dafür, nicht den geringsten.

Während der alte Knabe zu Boden glitt, beugte sich der Dieb über die Theke und pumpte eine weitere Salve in den verschrumpelten Leichnam. Für Sykes sah es fast so aus, als ob der Mörder seinen eigenen Wahnsinn noch einmal bestätigen wollte.

»Ach du Scheiße.« Sykes stand langsam auf.

Tuggle hatte es beinahe über die Straße geschafft, als der erste Schuß losging. Er ließ sich instinktiv zu Boden fallen und hob dann seinen Kopf, um einen besseren Blickwinkel zu bekommen. Im selben Moment schmetterte eine Hupe und die beiden Männer sahen überrascht die Straße hinab.

Eine Limousine, neueres Modell. Die Hupe erklang ein zweites Mal, eine körperlose Stimme, die über den Bürgersteig huschte. Sykes sah gerade noch, wie der Fahrer – ein Mensch – den Motor anließ, bevor die Hölle losbrach.

Die beiden Außerirdischen im Laden reagierten auf den Lärm der Hupe und drehten sich gerade rechtzeitig um, um den auf dem Asphalt liegenden Tuggle zu bemerken. Ohne Umschweife eröffneten sie das Feuer. Die Schaufenster lösten sich in einem Splitterregen auf, ein Querschläger sirrte über das Pflaster, ein anderer traf einen Privatwagen, der gerade über die Kreuzung rollte, zerfetzte dessen Kühler und brachte ihn nicht weit entfernt zum Stehen. Der erschrockene Außerirdische hinter dem Steuer besaß genügend Menschenverstand, um im Wagen und damit außer Sicht zu bleiben.

Tuggle sprang auf und versuchte, in die Deckung eines nahegelegenen Laternenpfostens zu rennen. Im selben Moment tauchte der Fahrer des Fluchtwagens auf und zielte mit einer Maschinenpistole in Richtung des flüchtenden Detectives. Ohne Zögern wandte sich Sykes der neuen Bedrohung zu und hoffte dabei inständig, daß die beiden Aliens im Supermarkt solange in Deckung bleiben würden. Als der Fahrer auf ihn schoß, blieb Sykes keine andere Wahl, als sich hinter seine eigene Deckung zurückzuziehen. Das Schnellfeuer-MG zerharkte das Metall und das Sicherheitsglas über seinem Kopf.

Nun rollte auch noch ein Lastwagen die Straße hinunter. Offenbar hatte sein Fahrer die Schlacht noch nicht bemerkt, die sich unmittelbar vor ihm abspielte. Der Fluchtwagenfahrer grinste, schob ein neues Magazin in seine Waffe und trat vor seinen Wagen. Was er freilich nicht sah, als er im Schutz des langsam vorbeifahrenden Wagens vorrückte, war, daß Sykes bereits um dessen Vorderteil herumraste. Dem Fahrer des Lastwagens blieb gerade noch genug Zeit für einen entsetzten Blick, als Sykes plötzlich vor ihm auftauchte, den Revolver hob und den Fluchtwagenfahrer zu Boden schickte.

Jetzt hatten die Außerirdischen keinen Fahrer mehr, und es war Sykes, der ihren Wagen nun als Deckung benutzte. Mit der Frau des Eigentümers stand ihnen natürlich eine potentielle Geisel zur Verfügung, doch sie entschieden sich, sie zu ignorieren. Sykes blieb unten, richtete sich lang genug auf, um einige Salven in Richtung des Ladens abzufeuern, und duckte sich dann hastig wieder, als die Antwortsalve von drinnen auf ihn zupfiff.

Und wo, zur Hölle, fragte er sich wütend, blieb eigentlich die verdammte Verstärkung?

Tuggle, der nur den schmalen Lampenpfosten als Dekkung hatte, war sehr viel schlechter dran. Auch die Außerirdischen erkannten das, konzentrierten ihr Feuer auf ihn und ignorierten Sykes' wilde Schüsse.

Sykes lehnte sich über die Vorderfront des Sedan. »Tug, verzieh dich!«

Tuggle hörte ihn und nickte, beugte sich nach links und zuckte sofort zurück, als eine großkalibrige Kugel am Pfosten abprallte. »Ich kann nicht! Ich hoffe, du hast nichts dagegen.«

»Ich geb' dir Feuerschutz. Verzieh dich!«

»Na schön, wenn du darauf bestehst!«

Sykes schnitt eine Grimasse in Richtung seines Partners, stand dann auf und feuerte ein ganzes Magazin in Richtung Laden. Der Geschoßhagel reichte aus, um die beiden Räuber für kurze Zeit in Deckung gehen zu lassen. Tuggle nutzte die Gelegenheit, rappelte sich hoch und spurtete zur nächstgelegenen echten Deckung, als sei der Teufel hinter ihm her. Die nächstgelegene Deckung entpuppte sich als der abgewürgte Wagen mit dem zerschossenen Kühler. Tuggle warf sich auf die Haube, rollte sich auf die andere Seite, kam wieder auf die Beine, richtete sich langsam wieder auf und warf einen Blick durch die Scheiben.

Der Wageninsasse lenkte seine Aufmerksamkeit ab. Der ältere Außerirdische saß immer noch im Innern. Er hatte sich flach auf den Vordersitz gelegt, atmete schwer und sah Tuggle verzweifelt an.

»Kann ich jetzt raus?«

»Komm schon, beweg dich!«

Er zerrte den alten Knaben vom Sitz und sah zu, wie sich der Newcomer um die nächste Ecke in Sicherheit brachte. Die Geschwindigkeit, mit der er seine Beine bewegte, strafte sein wahres Alter Lügen.

»Bist du okay?« Sykes' Stimme, besorgt.

»Alles klar. Geht der Spaß jetzt endlich los?«

Darauf gab Sykes keine Antwort. Tuggle überprüfte seinen Revolver, stand dann auf und zielte sorgfältig auf den Laden. Die Aliens waren gerade dabei, ihre Waffen neu zu laden, aber es fiel ihm ziemlich schwer, sie zwischen all den Regalen und Theken auszumachen. Seine wenigen Schüsse in deren Richtung zogen heftiges Gegenfeuer nach sich. Aus irgendeinem Grund hing das Echo der Schrotflinten länger in der Nachtluft als zuvor.

Über seinem Kopf klirrte es gläsern, als die Scheiben des Wagens platzten. Das machte ihm nichts aus. Was ihm die Augen wirklich aufgehen ließ, war die plötzliche Erschütterung der Karosserie, hinter die er sich geduckt hatte. Zu seiner Rechten riß das Metall und zischte rauchend davon. Der letzte Schuß hatte den Wagen glatt durchschlagen. Durchschlagen! Während er noch verblüfft auf das gezackte Loch starrte, schlug eine zweite Kugel durch die Metallplatte, diesmal nur einige Zentimeter neben seiner Schulter.

Panisch flitzte er nach vorne. Die Kugeln und Ausschußlöcher folgten ihm in einer säuberlichen Reihe, bis nur noch der Kotflügel übrigblieb. Keine Deckung mehr außer dem nächsten Wagen. Nicht allzuweit die Straße hoch. Drei Meter vielleicht. Drei lausige Meter. Keine Zeit zum Nachdenken. Er stand auf und rannte los.

Zwei Schritte vor dem nächsten Wagen traf ihn die Kugel in die Seite und riß ihn um. Seine Arme wirbelten durch die Luft, als sei er eine Puppe, die man achtlos aus einem fahrenden Wagen geworfen hat. Noch während ihn der Einschlag der ersten Kugel herumwirbelte, traf ihn eine zweite Kugel in die Brust. Er fühlte keinen Schmerz, er konnte keinen Schmerz mehr fühlen: Die erste Kugel hatte seine Wirbelsäule zertrümmert. Er war tot, bevor er auf dem Pflaster aufschlug.

Sykes sah es kommen und konnte nur stumm zusehen. Neun Jahre lang war Tuggle sein Partner gewesen, sein Freund. Nun lag er auf der Straße.

Der große Außerirdische feuerte ein, zwei, drei weitere Schüsse auf den reglos daliegenden Detective ab. Eine Kugel erfaßte den wehrlosen Körper und wirbelte ihn herum, als sei er nichts weiter als Geröll. Dann packte Regenmantel seinen Kumpel und schubste ihn in den hinteren Teil des Ladens. Dabei fiel ihm die Schrotflinte aus den Händen. Keiner der beiden kümmerte sich darum, sie wieder aufzuheben, während sie hektisch nach dem Hintereingang suchten.

Sykes hätte den Laden stürmen, die beiden vielleicht endlich ins Visier bekommen können. Statt dessen rannte er über die Straße. Als er sich Bill Tuggles Leichnam näherte, wurde er langsamer. Es war überflüssig, nach dem Puls zu fühlen oder ihn für eine nähere Untersuchung herumzudrehen. Die drei wuchtigen Treffer hatten den Körper seines Partners bis zur Unkenntlichkeit zerfetzt.

Kurz zuvor war er noch ganz in der Nähe gewesen, hatte abgestandene Witze über die Straße gebrüllt, hatte gelebt. Nun war er tot. Man brauchte nicht jedesmal nach dem Herzschlag zu fühlen, wenn man das Opfer eines Feuergefechts vor sich hatte. Sykes kannte das Gesetz der Straße, und so machte er sich gar nicht erst die Mühe. Keiner hatte jemals toter ausgesehen als Bill Tuggle in diesem Augenblick.

»Scheiße, Tug, Mann! Verdammt!«

Manchmal bleibt einem gar nichts anderes übrig, als stumm hinzusehen und zu fluchen. Nicht alle Bullen beteten, zumindest nicht im landläufigen Sinn, aber die meisten taten etwas Ähnliches. Sykes' Lippen bewegten sich nicht, aber jeder konnte seine Gefühle von den Augen ablesen. Worte und Bilder zogen durch sein betäubtes Hirn, ebenso wahllos durcheinander gemischt wie einer von Edies Eintöpfen, und sein lausiger Geist war nicht in der Lage dazu, die einzelnen Eindrücke auszusortieren. Für ihn ergaben sie überhaupt keinen Sinn.

Dann änderte sich sein Ausdruck plötzlich, und etwas Neues belebte seinen starren Blick, breitete sich in seinem ganzen Körper aus, ergriff Besitz von ihm. Von Rechts wegen hätte er bleiben sollen, wo er gerade war. Sirenen heulten durch die Nacht, ihre Verstärkung, zu spät, zu weit weg. Von Rechts wegen hätte er den Tatort nicht verlassen, sich nicht an die Verfolgung machen dürfen. Es stand einer gegen zwei, und das war Wahnsinn, ganz einfach verrückt. Andererseits – warum sollte er die Sache nicht zu Ende bringen? Was machte es schon aus, wenn er selber auch noch draufging? Jetzt, wo Tug nur noch ein roher Klumpen Fleisch in der Mitte irgendeiner beschissenen Straße irgendwo in Slagtown war?

Er ging auf den Laden zu, einen wilden Blick in seinen Augen, die Füße vom Zorn beflügelt.

Doch der Laden war verlassen, selbst die Frau des Besitzers hatte das Weite gesucht. Wie er über die zahllosen Glassplitter rutschte und schlitterte, stürzte er beinahe zweimal, doch die scharfen Kanten der Regale und die Möglichkeit, daß ihn eine Kugel aus dem Hinterhalt treffen könnte, kümmerten ihn nicht. Die Hintertür stand halb offen, und er sprang noch rechtzeitig hindurch, um einen Blick auf die beiden Aliens zu erhaschen, wie sie um das andere Ende des Lieferanteneingangs bogen. Er fühlte sich, als ob er flog, als ob seine Füße kaum noch den Boden berührten. Die Jahre verflogen aus seinen Muskeln, als er langsam das Tempo aufdrehte. Er machte sich keine Sorgen. Noch nicht.

Flüchtende Newcomer fanden nur sehr schwer ein Versteck. Für einen Räuber oder Taschendieb war Körpergröße nicht immer von Vorteil. Sie gaben hübsche, große, fette Zielscheiben ab. Die Kanone in seiner Hand war so leicht wie eine Feder.

Als er um die Ecke kam, waren sie verschwunden. Die Straße vor ihm war frei und offen, grelle Lampen sorgten für gutes Licht. Die Lädchen waren allesamt geschlossen, ihre Schaufenster dunkel und stumm, nirgendwo parkten Wagen. Dennoch gab es mehr als genug Schatten und Verstekke. Er bewegte sich ein wenig vorsichtiger.

Cops, die über Jahre hinweg auf der Straße überlebt hatten, besaßen nicht gerade einen sechsten Sinn, aber etwas Ähnliches: aus Furcht geborene Vorsicht.

Das Geräusch war leise, unbedeutend; niemand hätte es beachtet. Sykes wirbelte sofort herum, starrte in Richtung der hochaufragenden Reklametafel, auf der ein Alien stumme Werbung für das Bier in seiner Hand betrieb. Der größere Außerirdische stand in einem ungünstigen Winkel. Ohne nachzudenken, warf sich Sykes nach links.

Was auf die Nähe so brutal wirksam war, eignete sich auf die Entfernung nur schlecht für genaues Zielen. Der Schuß zerfetzte das Oberteil der Kiste, hinter die sich der Detective hatte fallen lassen, verfehlte jedoch jenen Teil, den er sich als Deckung auserkoren hatte. Er rappelte sich auf den Bauch, verfluchte die Erfinder aller Schrotflinten und zog sich tiefer in den Berg aus leeren Kisten zurück, ein überaktiver Tausendfüßler, der zuviel Speed geschluckt hatte.

Ein neues Geräusch ließ ihn auf die Knie gehen. Es war ein scharfes Klicken, laut und metallisch in der stillen Nacht: der Klang eines Hahns, der auf eine leere Kammer prallte. Sein Grinsen nahm einen raubtierhaften Zug an, als er aufstand.

Der Außerirdische warf die leere Schrotflinte beiseite, ließ sich vom Fuß der Feuerleiter fallen und flüchtete die Straße hinauf. Sykes folgte ihm. Nun war er ihm dichter auf den Fersen als zuvor, ein gutes Stück dichter. Dicht genug, um zu sehen, wie der Newcomer um die nächste Ecke bog. Ohne langsamer zu werden, folgte er ihm. Der Räuber hatte seinen Vorsprung einem fehlgeschlagenen Hinterhalt geopfert. Jetzt würde ihn Sykes nicht mehr verlieren.

Vor ihm lag eine Fußgängerunterführung, ein gähnend schwarzes, in den Beton gestanztes Loch. Kein anderer Weg hinein, kein anderer Weg hinaus. Er wurde langsamer. Seine Nerven schrieen vor Anspannung, sein Hirn ließ das vertraute rote Warnsignal aufblitzen.

Der Beton an seinem Rücken fühlte sich kalt und feucht an, als er sich ins Innere wagte, den Finger um den Abzug seiner Pistole verkrampft. Dann wurde ihm plötzlich klar, daß die Nacht wie immer in L.A. sehr trocken war und die Feuchtigkeit vom Schweiß herrührte, der in Strömen sein Unterhemd hinunterfloß.

Während er langsam ins Innere vordrang, hüllte ihn die Düsternis hinter der kreisförmigen Öffnung ein, bis sie ihn schließlich vollends umgab. Er bemühte sich, seinen Atem unter Kontrolle zu bringen, damit er besser hören konnte. Im Inneren des Tunnels war es trockener als draußen. Das einzige Geräusch war das Schlurfen seiner Schuhe auf dem Boden.

Inzwischen war es sehr finster, aber noch nicht stockdunkel. Noch ließen sich die Schatten unterscheiden, wenn er auch keine Formen mehr erkennen konnte. Im selben Moment hörte er die Schritte: nicht leise und vorsichtig wie die seinen, sondern laut und hallend; wer immer es war, versuchte gar nicht erst, seine Anwesenheit zu verbergen. Das Problem war nur, daß er in der Dunkelheit nicht ausmachen konnte, aus welcher Richtung die Schritte kamen, weil sich das Geräusch wie wild an den Betonwänden des Tunnels brach. Bedrohliche Echos umzingelten ihn.

Er wirbelte gerade noch rechtzeitig herum, um sich der massiven Gestalt zu stellen, die sich auf ihn warf und irgend etwas Bedrohliches in einer unmenschlichen, aus Zisch- und Knacklauten bestehenden Zunge von sich gab. Vinyl klatschte in sein Gesicht, die Schwingen einer fischfressenden Fledermaus.

Irgendwie gelang es ihm, die Pistole hochzureißen und ein, zwei, drei Schüsse abzufeuern. Regenmantel taumelte zurück, knickte ruckweise ein und ging schließlich zu Boden, fast wie eine Klappleiter. Sykes holte tief Luft und ging langsam auf ihn zu.

Mit unmenschlichem Bellen richtete sich der Außerirdische plötzlich auf und griff mit seinen langen Armen nach dem Detective.

Ein erschrockener Sykes sprang zurück und schoß zwei weitere Kugeln in die düstere Silhouette. Als die Gestalt im Regenmantel diesmal zu Boden ging, blieb sie unten.

Verdammte Aliens, dachte Sykes. Sein Herz pochte so laut, daß es ihm fast die Rippen brach.

Nur sein erfahrenes Gehör und seine unentwegte Vorsicht hatten ihn gerettet, ihn in die Lage versetzt, auf die letzten, bereits sehr nahegekommenen Schritte zu reagieren. Auch jetzt brachte ihn sein Gehör dazu, sich umzudrehen.

Das Geräusch war eigenartig, ein beinahe kindliches Klimpern. Metall gegen Metall, baumelndes Spielzeug oder billige Juwelen. Juwelen. Mit vorgehaltener Pistole drehte er sich einmal um sich selbst, sah aber nichts. Erst im letzten Augenblick schaute er nach *oben*.

Just, als sich der größere der beiden Außerirdischen auf ihn herabfallen ließ und sie gemeinsam zu Boden gingen.

Während der Alien mit riesigen Pranken nach ihm griff, wälzte sich Sykes verzweifelt herum und schaffte es dabei irgendwie, sich an seine Kanone zu klammern. Als er auf den Gegner anlegen wollte, holte der Außerirdische aus und hieb dem Detective gegen das Handgelenk. Schmerz raste durch seine Hand und die Kanone schlitterte über den Boden.

Sykes versuchte zu entkommen, verlor jedoch den Boden unter den Füßen. Der Alien hatte ihn hochgehoben, als sei er nur ein Kind, und warf ihn quer durch den Tunnel. Neue Schmerzen rasten durch Sykes' Rücken und Arme, als er hart auf dem unnachgiebigen Boden aufschlug. Ein verrückter Gedanke kam ihm: Verdammt freundlich, daß der Newcomer ihn nicht gegen die Wand geschleudert hatte. Das stand vermutlich als nächstes auf dem Plan.

Unendlich weit weg sang ein Engel durch den Schleier in Sykes' Kopf. Eine Sirene, klagend und trotzdem vielversprechend. Zu weit weg.

Als der Außerirdische von neuem auf ihn losging, zuversichtlich, schweigend, unaufhaltsam, hörte Sykes ein zweites Mal das markante Geräusch, das ihn beim erstenmal beinahe rechtzeitig gewarnt hätte. Es war zwar finster und vor seinen Augen tanzten bunte Weihnachtskugeln, aber er konnte doch einen schnellen Blick auf die Quelle des Geräusches erhaschen. Juwelen, tatsächlich, aber keine billigen. Am rechten Handgelenk des Newcomers baumelte ein exotisches Silberkettchen von offensichtlich außerirdischem Design. Die Glieder schlugen aneinander und erzeugten dabei jenes musikalische Klirren, das seine Ohren aufhorchen hatte lassen.

Drohend ragte der Newcomer über Sykes auf, mit dem Kopf die Tunneldecke berührend, die Faust zum letzten Schlag gereckt. Gleichzeitig wurde das zuvor so leise Echo der Sirenen sehr viel lauter, als ob es um eine nahegelegene Ecke gebogen wäre. Herrlich blitzende Lichter beleuchteten den Vordereingang des Betontunnels.

Matthew Sykes (James Caan) ist Detective bei der Kriminalpolizei in Los Angeles.

Oben: Zwei Alien überfallen mit brachialer Gewalt einen Krämerladen und erschießen die Inhaber.

Links: Kipling (Kevyn Major Howard), Mitglied einer Gangstergang, ist an dem Überfall beteiligt.

Der Alien drehte sich um und sah nach draußen. Der rotblaue Schein ließ ihn auf einmal sehr viel deutlicher hervortreten. Dann wandte er sich ab, sprang über den hilflosen Körper seines Gegners und spurtete in den Tunnel, ohne den gestürzten Detective auch nur eines weiteren Blicks zu würdigen.

Sykes horchte den leiser werdenden Schritten nach, während er versuchte, sich wieder aufzurappeln. Er war noch immer halb bewußtlos, und die Umgebung drohte vor seinen Augen zu verschwimmen. Dennoch bemühte er sich aufzustehen. Verdammt sollte er sein, wenn ihn die Blaumäntel so finden würden, auf dem Boden herumstöhnend.

Dann starrte ihn aus nächster Nähe das Gesicht eines Newcomers an.

Ohne Zögern und ohne weiter nachzudenken, riß er seine rechte Faust mit aller Gewalt nach oben. Sein Schlag landete direkt in der Mitte der fremden Visage, so schlecht ging es ihm also anscheinend doch nicht. Der überraschte Newcomer stürzte zu Boden.

Laß ihn bloß nicht wieder hochkommen, dachte Sykes voller Panik. Gib ihm keine Chance, wieder aufzustehen. Er rappelte sich auf, trottete nach vorn und versuchte, seinen rechten Fuß in die passende Stellung für einen vernichtenden Tritt zu bringen.

Nur um sich plötzlich von hinten umklammert und festgehalten zu sehen. Er wand sich in der Umklammerung und entspannte sich erst, als er sah, daß das Gesicht unter der blauen Mütze durch und durch menschlich war. Die goldene Marke auf dem Oberteil der Mütze leuchtete im fahlen Licht wie ein aztekisches Relikt.

»Hey, hey, langsam! Immer mit der Ruhe!« meinte der Besitzer der Mütze. Guter Tip, sinnierte Sykes. Und so nützlich. Um nicht zu sagen, sehr willkommen. Plötzlich wurde ihm klar, wie lang er durch die Gegend gerannt war, wie erschöpft er wirklich war. Seine innere Anspannung legte sich ein wenig.

Die Uniform redete noch immer, allerdings nicht mit ihm. Statt dessen bedachte sie den Alien am Boden mit einem sorgenvollen Blick.

»Alles klar?«

Wahrscheinlich ist es einfacher für die Augen, sich auf etwas zu konzentrieren, wenn man stillsteht, sagte sich Sykes, während er den Sinn des Gesehenen zu begreifen versuchte. Die Aliens mochten ihrer Größe wegen ziemlich hart im Nehmen sein, aber unverwundbar waren sie nun auch wieder nicht. Der Beweis lag drei Meter weiter weg auf seinem Arsch: der Außerirdische, den er k.o. geschlagen hatte. Während Sykes noch zusah, setzte sich der Newcomer auf und holte seine Mütze. Eine blaue Mütze, genau wie jene auf dem Kopf von Sykes' Bändiger.

Langsam dämmerte es dem Detective, daß er einen Kollegen umgehauen hatte. Einen Newcomer-Bullen.

»Ich bin in Ordnung«. Seine Ausdrucksweise war sehr präzise und hatte nichts von jenem Akzent, der das Englisch so vieler Newcomer prägte. Wer immer er auch war, er hatte eine ganze Menge Zeit mit Tonbändern verbracht. Das Ergebnis war akzentlos, sicher, aber auch ein wenig gestelzt.

Allerdings sah es nicht so aus, als ob mit ihm alles in Ordnung wäre. Aus seinem linken Nasenloch tropfte ein kleines Rinnsal purpurfarbenen Bluts. Der menschliche Polizist musterte seinen Kollegen einen Moment lang und entschied dann, daß dieser einen Arzt nicht besonders dringend brauchte.

»Ich melde mich lieber mal.« Er ging um Sykes herum und verließ den Tunnel.

Der Alien sah ihm dabei zu, stand dann auf und kam auf Sykes zu. Der Detective erstarrte. Immerhin hatte er dem Newcomer einen ziemlich harten Schlag verpaßt. Doch der Bulle hatte alles andere als Rache in seinem außerirdischen Sinn. Er ignorierte Sykes und kniete sich neben den toten Alien. Finger griffen nach Regenmantels Oberarm und machten sich auf die Jagd nach einem Pulsschlag. Geistesabwesend murmelte Sykes eine entsprechende Frage.

»Nichts«. Der Tonfall des Newcomers verriet nicht das geringste Gefühl. »Er ist zweifellos tot.« Als der Außerirdische sich wieder zu ihm umwandte, massierte Sykes gerade seine angeschlagene Faust. Der Detective versuchte einen

Schritt und taumelte. Sofort schoß ein riesiger Arm um seinen Oberkörper und stützte ihn. Ein sorgenvoller Ton kroch in die Stimme des Aliens.

»Ihre Hand bedarf der Behandlung.«

Sykes riß sich los und stolperte ein zweites Mal, lehnte jedoch wütend jede weitere Hilfe ab. »Kommen Sie mir bloß nicht zu nahe! Ich brauche Ihre verdammte Hilfe nicht!«

Folgsam löste der Außerirdische seinen Griff. Sykes verlor beinahe das Gleichgewicht und mußte sich an der Tunnelwand abstützen. Er war ein Bild hilfloser Wut und Enttäuschung. Ein toter Alien war gut. Ein entwischter Alien war äußerst ärgerlich. Seine Reaktionen auf den Newcomer-Polizisten schließlich, der gleichmütig neben ihm stand und ihn mit jenem etwas fragenden Blick bedachte, der alle seiner Rasse überkam, wenn sie die Launen der menschlichen Natur zu verstehen suchten, provozierten in Sykes ein Gefühl, das irgendwo dazwischen lag.

III

Inzwischen verstärkten die grellen Flutlichter des Leichenbeschauers die Lampen an der Decke des Supermarkts. Immerhin galt es sicherzustellen, daß auch noch der letzte Zentimeter der kleinsten Wunde bei der Aufnahme nicht unterbelichtet sein würde. Nur ja keine wichtigen Details verpassen, oder die Jungs von der Gerichtsmedizin fielen schneller über dich her, als du noch »schweres Schädeltrauma« sagen kannst. Dreharbeiten. Sykes hatte so vielen Leichenbeschauern bei der Arbeit zugesehen, daß es ihm fürs ganze Leben reichte; oft genug, um die Erfindung des Camcorders zu verfluchen. Bei Fotos war es etwas leichter. Aber Fotos waren eben nie so gründlich. Oder so originalgetreu.

Sie hatten die Überreste von Bill Tuggle für die üblichen Voruntersuchungen in den Supermarkt geschleppt, was angesichts der Auswirkungen der Schüsse auf seinen Körper eine ganze Weile lang gedauert hatte. Nun luden sie den Leichensack in den Fleischerkarren. Sykes stand daneben und sah zu. Es gab nichts mehr zu tun, und er fragte sich bereits, ob er es über sich bringen würde, zu Tugs Begräbnis zu gehen. Momentan war er noch taub genug, um zusehen zu können.

Hoffentlich würde er sehr bald sehr beschäftigt sein.

Der Laden und die Straße davor wimmelten von den schwarzweiß gestrichenen Wagen des Los Angeles Metropolitan Police Departments, den Vehikeln der Leichenbeschauer und von Bullen, die eine Anzahl außerirdischer Neugieriger zurückdrängten. Zwei von ihnen waren Newcomer, genau wie jener, den Sykes k.o. geschlagen hatte. Unter den Schaulustigen befanden sich auch einige Menschen. So eine richtige Katastrophe weiß eben jedermann zu würdigen, grübelte der Detective teilnahmslos.

Inzwischen hatten sie die Tür des Wagens verschlossen.

Nicht mal ein formloser Umriß mehr, dem man nachstarren konnte. Neun Jahre. Kein Ring, keine Blumen, aber eine ganze Menge Bier und Witze und guter Arbeit und angenehmer Erinnerungen. Viel Gemeinsames. Nun blieben nur noch die Erinnerungen. Oh ja, und noch etwas. Eine offene Angelegenheit, um die er sich noch kümmern mußte. Er schlenderte in den viel zu hellen Laden.

Er war so voll wie lange nicht mehr, wenn auch nicht mit Kunden. Überall machte sich das Team vor Ort zu schaffen, suchte nach Fingerabdrücken, bohrte Schrotflinten- und Polizeikugeln aus den Wänden und Waren, schoß Fotos von jedem Zoll des Ladeninneren. Die Lasertaster-Einheit arbeitete vor der blutverspritzten Theke und suchte nach mikroskopischen Partikeln Blut und getrockneten Schweißes. Der Mann am Taster trug ein unbequemes Geschirr, während die Augen seines Partners am abgesetzten Datenschirm klebten. Auch mehrere uniformierte Polizisten liefen herum, redeten miteinander und versuchten, dabei nicht zu gelangweilt auszusehen.

Sykes bewegte sich so ziellos durch die Masse wie ein Fremder auf einer Party. Er redete mit niemandem. Wer ihn kannte, hatte auch Tuggle gekannt. Sie wußten, was sich hier abgespielt hatte und daß er nicht in der Stimmung für Konversation war.

Dann erregte die Frau des Besitzers seine Aufmerksamkeit. Seltsam steif stand die große alte Frau neben der Leiche ihres Mannes. Leise Klagelaute drangen durch ihre Lippen, ein unheimlicher und irgendwie doch tröstlicher Totengesang. Man mußte ziemlich nahe bei ihr stehen, um ihn überhaupt zu hören. Kein Geschrei, kein Jammern, kein wildes Fuchteln mit den Armen, nur dieser einfache, kaum schwankende Klagelaut. Sykes fragte sich, was er wohl bedeutete, zuckte dann die Achseln und machte sich wieder auf den Weg. Es war nicht das erste Mal, daß er unfreiwilliger Zeuge einer solchen Tragödie geworden war, aber es war das erste Mal, daß Newcomer darin verwickelt waren. So sehr unterschieden sich ihre Reaktionen gar nicht.

Eine uniformierte Polizistin versuchte abwechselnd, die Frau vom Leichnam wegzuziehen und ihr gut zuzureden.

Die Ballistiker hatten ihren Job erledigt und nun brauchten die Männer des Leichenbeschauers den Toten. Sykes hoffte, daß ihre Argumente überzeugend wirkten. Sie hatte nicht die geringste Chance, die Newcomerin mit Gewalt fortzuziehen.

Der Gedanke an die Ballistiker ließ ihn an Minkler denken. Tatsächlich, da war er, drüben in der zertrümmerten Chips-Abteilung, und schleppte die Schrotflinte mit sich herum, die Regenmantel hatte fallen lassen, als ihn sein Partner zum Hintereingang gestoßen hatte. Die häßliche Uniform, die um ihn herum scharwenzelte, hieß Natuzzi. Keiner der beiden bemerkte ihn, bis er näher kam und ungefragt seine Meinung kundtat.

»Sieht wie ein ganz normales Armeegewehr aus.«

Minkler nahm irgend etwas auf dem kleinen Memocomp auf, den er in seiner Brusttasche immer bei sich trug. »Ist es auch.«

Sykes studierte die Waffe sorgfältig. »Ich sehe keine Veränderungen.«

»Gibt auch keine.«

Der Detective deutete mit dem Kopf zur Straße. »Und was hat dann die Löcher in den alten Chevy da draußen gestanzt? Habt ihr die Löcher gesehen?«

»Haben wir.« Natuzzi war nur halb so fies wie er aussah. Er wußte besser als Minkler, was Sykes gerade durchmachte, kannte die Willensanstrengung, die der Detective aufbringen mußte, um hier herumzustehen und kühl seine Fragen zu stellen.

»'n Specht war's jedenfalls nicht«, fügte Natuzzi hinzu.

Minkler verzog sein Gesicht. »Eine Kanone allein bringt niemand um, Sykes. An der Kanone ist nichts Besonderes, nur an den Patronen.«

»Ich bin ziemlich fertig, Minkler. Laß dir nicht jedes Wort aus der Nase ziehen.«

Der Ballistiker bückte sich und holte eine Tüte aus seiner Tasche. Er fummelte darin herum, zog vier nicht abgefeuerte Patronen heraus und hielt sie Sykes zur Inspektion unter die Nase.

»Typ BRI Sabot. Unangenehmes Zeug. Die beiden Plastikringe fallen im Flug ab, und was übrig bleibt, ist ein Fünfzigkaliber mit ungefähr 700 Sachen. Tug hätte sich genausogut hinter einem Rosenbusch verstecken können.«

Sykes untersuchte die Patronen. »Streng geheime Militärausrüstung, oder?«

Minkler nickte. »Streng geheim, ja. Willste welche kaufen? Ich kann dir allein in der East Side drei verschiedene Dealer besorgen.«

Das war typisch, und Sykes wußte es. »Ziemlich schweres Geschütz für einen kleinen Ladenüberfall.«

Eine neue Stimme schloß sich der Unterhaltung an. Sie klang vage vertraut, zu einstudiert.

»Ein identisches Geschoß wurde vor zwei Tagen bei der Ermordung eines Newcomers namens Hubley benutzt.«

Überrascht drehte sich Sykes um und mußte erkennen, daß die Stimme jenem Alien gehörte, dem er vor kurzem die Nase eingeschlagen hatte. Er war nicht sonderlich erfreut, ihn so schnell wiederzusehen, aber der Wunsch allein würde ihn bestimmt nicht verschwinden lassen. Er hatte dasselbe Recht hierzusein wie Sykes. Vielleicht sogar mehr. Und er besaß Informationen.

Ganz automatisch fiel die Antwort des Detectives recht angriffslustig aus. »Und? Das erklärt noch lange nicht, weshalb die soviel Feuerkraft mitgeschleppt haben.«

Der Alien dachte kurz darüber nach. »Vielleicht, weil selbst größere Handwaffen gegen Leute meiner Rasse nicht immer sehr viel ausrichten.«

»Ohne Scheiß.« Natuzzi ließ alles, was er sagte, wie einen Grunzer klingen. »Ich hab' mal einen gesehen, der sich fünf Kugeln eingefangen hat und immer noch weitermachte. Ab und zu bremst sie selbst 'ne Magnum nur 'n bißchen.«

Sykes hörte weg. Er wollte sich nicht mit dem Newcomer-Bullen anfreunden. Was er dringend brauchte, waren Informationen.

»Sie meinen also, daß die Schleimärsche sichergehen wollten, daß der alte Knabe hinter der Theke auch wirklich ins Gras beißt? Das ist doch nicht ihr Ernst. Selbst 'ne Pistole wäre genug gewesen, um den alten Furz kaltzustellen.« Die Tatsache, daß der außerirdische Räuber eine zweite Kugel auf den Besitzer abgefeuert hatte, als dieser längst zu Boden gegangen war, erwähnte er nicht. Sollten die Gerichtsmediziner doch mal was für ihr Geld tun.

»Möglich wäre es«, gab der Newcomer zu.

Nachdem Sykes' Hirn einmal angelaufen war, ließ es sich so leicht nicht wieder abstellen, egal, wie bizarr seine Gedanken wurden. »Also wollen Sie damit sagen, daß es eine Verbindung zu dem anderen Mord gibt, den Sie gerade erwähnt haben.«

»Also hatten beide Killer irgendwelche BRI's, na und?« bemerkte Natuzzi. »Zufall. Das Zeug kursiert doch die ganze Zeit auf der Straße.«

»Also alles Chicago«, knurrte Sykes verächtlich. Er wollte die Meinung des Aliens hören, und nicht jene von Natuzzi.

Bevor der Newcomer antworten konnte, kam die Polizistin, die sich mit der Witwe herumgeschlagen hatte, auf ihn zu. »He, hilf mir mal mit dieser Frau, Samuel! Sie muß für eine Aussage mit aufs Revier; sie rührt sich nicht vom Fleck und ich bringe sie ganz bestimmt nicht dazu.«

Der Newcomer-Bulle nickte Sykes zu. »Entschuldigen Sie mich.«

Sykes wollte ihn nicht so einfach gehen lassen. »Also, besteht da Ihrer Meinung nach eine Verbindung, oder was? Hey!«

Doch der Außerirdische mit Namen Samuel kümmerte sich bereits um die Frau des Ladenbesitzers und unterhielt sich in einem sanften, fremdartigen Singsang mit ihr. Sykes blieb nichts anderes übrig, als sich seine eigenen Gedanken zu machen.

Allzuviel Arbeitsmaterial gab es in seinem Oberstübchen freilich nicht, und außerdem kam ihm die Erinnerung an den tot auf der Straße liegenden Bill Tuggle immer wieder in die Quere.

In seinem Apartment war es nicht viel heller als draußen auf der Straße. Er parkte das Schrottmobil, vergewisserte sich, daß die Alarmanlage eingeschaltet war, und schleppte sich zur Vordertür. Das Doppelschloß sprach auf seinen Magnetschlüssel an. Dann stand er da und dachte nach. Tommy's am anderen Ende der Straße war noch offen. Er könnte sich den Rest der Nacht um die Ohren schlagen und sich danach wesentlich besser fühlen. Andererseits wartete der nächste Morgen auf ihn, und er hatte Dienst. Die Rache ist mein, sprach der Kater. Seufzend gab er der Tür einen Schubs nach innen.

Jeder, der sein ›Heim‹ von innen sah, hätte sofort bemerkt, daß die Putzfrau gerade ihr freies Jahrzehnt hatte. Nicht, daß Sykes ein Schmuddel gewesen wäre. Nur gleichgültig. Überdies besaß er nicht den geringsten Geschmack, was wiederum ein Grund gewesen war, daß er und Tuggle so gut miteinander ausgekommen waren. Tug hatte genug Geschmack für drei Bullen. Stilistisch neigte die Einrichtung zu frühem Ikea: zweckmäßig, nichts weiter.

Automatisch klatschte seine Hand auf die Rückspultaste des Anrufbeantworters. Während er in die Küche ging, surrte das Gerät vor sich hin, außer ihm das einzige Lebenszeichen im ganzen Apartment. Einmal hatte er ein Scherzband eingelegt, das Geschenk eines Kollegen. Das Problem war nur, daß seine Mutter einmal angerufen hatte, als er gerade außer Haus war. Daraufhin mußte sie ein recht schwungvolles Sperrfeuer obszöner Bemerkungen über sich ergehen lassen: Cop-Jargon, nicht für geistig gesunde Zivilisten geeignet. Seither bat die Maschine in neutral-monotonem Tonfall um etwaige Nachrichten.

Der Kühlschrank stank deshalb nicht zum Himmel, weil er auf jedem Regal eine offene Packung Backpulver deponiert hatte. Eine Heirat zahlt sich eben doch aus, grübelte er. Er hatte Edie beigebracht, wie man eine Achtunddreißiger lud und abschoß. Sie hatte ihm die Sache mit dem Backpulver beigebracht. Ein fairer Tausch.

Unglücklicherweise gab es nicht so viele Rezepte, die nach Backpulver verlangten, und ansonsten fand sich nicht sehr viel auf dem fleckigen Glas der Fächer. Die Reste einer Pizza zum Mitnehmen. Die Reste eines chinesischen Essens, kleine Pappschachteln mit Drahthenkeln. Die Reste eines Hamburger-Einwickelpapiers. Alles völlig normal. Sein Leben war eine Ansammlung von Erinnerungsresten.

Eine davon drängelte sich in sein Hirn, noch während der leere Kühlschrank seinem Magen einen Stoß versetzte. Der

Anrufbeantworter hatte sich zurückgespult und sprach nun mit der Stimme seiner Tochter. Während er zuhörte, holte er eine uralte Tüte Milch heraus und stellte sie auf die Spüle. Das Bier stand weiter hinten, der Kuhsaft war bloß im Weg gewesen.

Seine Tochter redete gleichmäßig, die Stimme voll Jugend, Leben und Liebe. Er hörte ihr zu und versuchte gleichzeitig, ein halbwegs sauberes Glas aufzuspüren.

»Hi, Daddy, ich bin's. Ich bin gerade im Haus von Dannys Eltern und wir reden natürlich alle über Sonntag. Es gibt noch soviel zu tun, soviel zu regeln, daß ich manchmal glaub' ich träume. Ich glaub' nicht, daß ich das noch einmal machen werde.«

An dieser Stelle lachte sie und unwillkürlich verkrampften sich seine Finger um die Bierdose.

»Ich hab' gedacht, daß du jetzt zu Hause wärst. Na ja, dann eben nicht. Aber mit der Maschine zu reden, ist immer noch besser als gar nicht, oder? Außerdem kannst du's immer wieder zurückspulen. Du bist sowieso nie zu Hause, weil du so verrückte Arbeitsstunden hast.« Sie lachte erneut. »Du kennst mich doch. Ich habe ein schlechtes Gedächtnis. Ich muß es einfach loswerden, wenn ich dazu in der Laune bin. Ich mache hier halt so weiter, und es gibt immer irgend etwas Neues, genau, wie du gesagt hast.

Wie auch immer, ist ja auch egal. Unwichtig. Ich wollte einfach nur anrufen und dir sagen, daß ich dich liebe. Ich liebe dich wirklich, Daddy.«

Er zwang sich dazu, seine Finger zu entspannen. Wo steckten die verdammten Gläser?

Sie kicherte in sich hinein. Nun hörte sie auf. »Ach ja, das hätte ich besser bleiben lassen. Wie ich dich kenne, nimmst du jetzt das Band aus der Maschine und hebst es auf, genau in derselben Schublade, in der du auch jede Karte aufhebst, die ich dir je geschrieben habe. Und alle meine ersten Zähne! Widerlich! Wie auch immer, Daddy. Heb das Band nicht auf. Benutze es weiter, dafür sind die Bänder da und ich wette, ziemlich teuer sind sie auch. Ich kauf' dir neue, wenn du willst. Aber ich liebe dich, und vor Sonntag rede ich bestimmt noch mal mit dir.«

Die Gläser hatten sich hinter einem großen, leeren Kessel versteckt. Der Kessel selbst war deshalb blankgeputzt, weil Sykes ihn nie benutzte. Wie er auch soviele andere Dinge in seinem Apartment deshalb nicht mehr benutzte, weil sie nur seinen ›Anteil‹ an der Scheidung darstellten und er es nicht über sich bringen konnte, sie zu benutzen. Der Letzte, der sie angerührt hatte, war *sie*.

Aber Kerstin war noch nicht fertig. »Ach, übrigens: Tug und Carol sind letzte Woche vorbeigekommen, um Danny kennenzulernen.« Das ließ ihn trotz seines inneren Vorsatzes erstarren. Bist halt doch ein harter Typ, dachte er. Klar doch. »Danny hielt Tug für den Größten, aber wer tut das nicht? Wie auch immer, ich liebe dich und ruf dich demnächst wieder an. Ich muß jetzt weg. Irgendwas von wegen Blumen aussuchen. Tschüs.«

Mit einem leisen Knacken schaltete sich die Maschine hinter seinem Rücken ab. Sykes packte das Glas und die Wodkaflasche – der Iwan produzierte immer noch den besten Wodka, auch wenn man drüben längst nicht mehr soviel davon soff wie früher – und schlurfte zurück ins Wohnzimmer. Auf dem Weg zum Sofa schaltete er den summenden Anrufbeantworter ab.

Auf halbem Weg zum Schlafzimmer blieb er stehen und starrte ins Leere. Dann drehte er sich um und drückte die Eject-Taste der Maschine. Er studierte das winzige Band einen Augenblick lang, zog es dann heraus und warf es in eine offene Schublade, die voll von ähnlichen Bändern steckte. Karten und offene Briefumschläge verhalfen seiner Bandsammlung zu einem bequemen Bett.

Er scherte sich nicht darum, ein neues Band in die Maschine einzulegen.

Am nächsten Morgen herrschte das gewohnte Chaos im Revier. Hektische Polizisten meldeten sich zum Dienst, die Nachtschicht stieß sich müde von den Wänden und den Kollegen ab wie Stahlkugeln in einem Flipperspiel, gelangweilte Nutten warteten auf ihren Zuhälter und dessen Kaution, Junkies und Säufer legten sich zu ihrem Morgenschläfchen hin und die Schreibkräfte taten ihr Bestes, alles außer den wertvollen Papieren, die sie schützend in den Händen oder unter dem Arm trugen, geflissentlich zu übersehen. Keiner schenkte Sykes auch nur die geringste Beachtung, was jenem wiederum ganz recht war.

Er hatte tatsächlich vier Stunden geschlafen, was unter den Umständen Anlaß genug für ein halbes Dutzend Vaterunser war. Sein Geist war willig, auch wenn das Fleisch noch reichlich schwach aussah. Irgendwie erinnerte sein Anblick an den letzten Sparringpartner des Titelanwärters im Schwergewicht. Selbst der Dampf aus dem Styroporbecher, dessen Inhalt er mechanisch rührte, hatte etwas von einem Schlangengeist an sich.

Das Check-In verlief nicht weniger automatisch. Er ignorierte das schwarze Brett und seinen eigenen Schreibtisch und steuerte schnurstracks auf den Fedorchuks zu. Dessen Besitzer beugte sich gerade über seinen Papierkram und runzelte dabei die Stirn. Fedorchuk behauptete zwar immer, daß er es der Hitze wegen tat, doch Sykes wußte nur zu gut, wie paranoid der Mann wegen seiner Berichte war. Ein Tippfehler in der Überschrift, und Fedorchuk war ein aussichtsreicher Kandidat für Dickdarmkrebs.

Es war ein lausiger Anfang eines zweifellos lausigen Tages, und Sykes war nicht in Stimmung für Smalltalk. Also verschwendete er keine Zeit.

»Was liegt wegen Tuggles Killern vor?«

Fedorchuk antwortete mit einem gequälten Blick. »Mann Gottes, Sykes, es ist kaum zehn Stunden her. Ich und Alterez bearbeiten die Sache, okay?« Alterez wandte sich vom Aktenschrank um, dessen Inhalt er gerade durchwühlte, und lächelte dünn. »Ich versprech's dir, wir halten dich auf dem laufenden.«

Sykes trank seinen Kaffee. Er verbrannte ihm die Kehle und wärmte seinen Magen. »Was soviel heißt, daß ihr bis jetzt rein gar nichts habt.«

»Zehn Stunden.« Der brummelnde Fedorchuk blinzelte seinen Inquisitor an. »Hast du schon mal probiert, in Slagtown Beweise aufzutreiben? Die Liste von Newcomer-Informanten ist ungefähr so lang wie die aller Helden des mexikanischen Kriegs. Da unten redet keiner mit keinem, und mit uns reden sie verdammt noch mal schon gar nicht. Die eine Hälfte spricht überhaupt kein Englisch, die andere nur, wenn es ihr in den Kram paßt. Sie sind wirklich nett und höflich, wenn man ihnen sonstwo in der Stadt begegnet. Aber unten im Slag sind sie manchmal nicht so menschenfreundlich.«

»Ich war auch schon mal da. Du hast 'n ziemlich schlechtes Gedächtnis.«

»Von wegen. Was ich damit sagen will, ist, daß ihr bloß Streife gefahren seid. Die echte Dreckarbeit kennt ihr doch gar nicht. Informationen aufzutreiben ist was anderes als Säufer zu verhaften und Strafzettel auszustellen. Das braucht halt seine Zeit.«

»Klar braucht es seine Zeit. Und irgendwann läuft auch die Eisrevue mal in der Hölle an. Mit euch zwei als Hauptdarstellern.«

Alterez drehte sich von seinem Aktenschrank um und schoß einen giftigen Blick durch das Büro. »Du uns auch.«

Wie gewöhnlich hatte Sykes auch darauf die perfekte Antwort. Leider bekam er keine Gelegenheit mehr, sie loszuwerden, weil am anderen Ende des Büros plötzlich die Tür des Captains aufknallte und Warner in den Raum trat. Er studierte sein Revier sehr gründlich, ein Dompteur, der seine Löwen und Tiger inspizierte, bevor er mit tiefer Stimme losdröhnte und die morgendlichen Unterhaltungen und das Summen der Computer-Terminals dabei ohne Mühe übertönte.

»Keiner verläßt den Raum! Ich habe eine Bekanntmachung. Bewegt euren Arsch dahin, wo ihr sie auch mitkriegt.«

Das war Captain Warner, überlegte Sykes. Ruhig und zuvorkommend. Wenigstens brauchte man niemanden zu fragen, was er nun schon wieder wollte. Der Detective nippte an seinem schnell kalt werdenden Kaffee und suchte sich ein Plätzchen an der Rückwand aus, wo er alles sehen, alles hören und sich schnell aus dem Büro verdrücken konnte, wenn ihm der Sinn danach stand.

Zwei jüngere Detectives auf dem Weg nach draußen blieben bei seiner Ankündigung stehen und drehten sich um.

Wahrscheinlich hatten sie Schiß, daß Warner sie bereits bemerkt hatte. Falls ja, würde der Captain das mit keinem Wort erwähnen. Bei seinen Bekanntmachungen ignorierte er potentielle Deserteure einfach. Zwei Wochen oder einen Monat später würde sich das Duo, das da hatte flüchten wollen, bei einer nächtlichen Streife durch den übelsten Stadtteil wiederfinden, ohne jemals herauszukriegen, warum man gerade sie für diesen Job ausgesucht hatte.

Als Reaktion auf Warners Gebrüll hatte sich inzwischen eine ganze Menschenmenge versammelt. Der Captain hielt ein Blatt hoch, das eben aus dem Maul eines überarbeiteten Druckers gequollen war. Keiner überreichte ihm das Mikrofon, das einsatzbereit unter dem großen Schirm hing. Warner brauchte es nicht.

»Ich mach's kurz.« Irgendwie schaffte er es, gleichzeitig zu lesen und den Raum abzusuchen, ohne dabei etwas zu übersehen. »Das ist eine Order von Chief Evaner, der auf Befehl des Bürgermeisters handelt, der wiederum auf Weisung des Staatlichen Büros für Newcomer-Beziehungen agiert. Heute morgen, neun Uhr, ist ein Newcomer der Streifenpolizei zum Detective dritter Klasse befördert worden.«

Ein Aufstöhnen ging durch die Masse. Einige hielten etwas anschaulichere, weniger höfliche Kommentare parat. Warner ließ ihnen keine Zeit zum Ausreden.

»Und uns hat man ihn zugeteilt, Leute.« Das sorgte bei den versammelten Männern und Frauen für weitere Mißfallenskundgebungen. »Freiwillige, die mit dem neuen Detective Dienst tun wollen, bitte in mein Büro. Es ist übrigens ein Er.« Am hinteren Ende des Reviers äußerte jemand einen außerordentlich obszönen Kommentar. Warners Blick richtete sich auf ihn und brachte den Missetäter sofort zum Schweigen. »Meldet sich niemand freiwillig«, schloß er, »such ich jemand aus. Das war alles.«

Er ignorierte das langsam aufbrandende, unzufriedene Gemurmel hinter sich, drehte sich um und verschwand in seinem Büro. Nach einigen hitzigen Diskussionen kehrte wieder Ruhe im Revier ein. Immerhin gab es genug zu tun: Arbeit mußte getan, Berichte sortiert und Spuren verfolgt werden. Die Menge teilte sich in kleinere Gruppen, die ihrerseits auseinandergingen, als sich Beamte und Zivilisten gleichermaßen wieder an die Arbeit machten. Der zeitweilige Ärger über Warners Bekanntmachung verflog unter dem Druck der morgendlichen Pflichten.

Sykes dagegen lehnte immer noch an seiner Wand und starrte nachdenklich auf das Büro des Captains. Die Wände bestanden aus doppelt verstärktem, kugelsicherem Glas, hübsch und sauber poliert, so daß der Büroinsasse ein stählernes Auge auf seine Leute draußen werfen konnte. Umgekehrt funktionierte das natürlich auch.

Der Detective richtete sich auf. Warner war nicht allein, ein dünner Glatzenanwärter in einem seriösen Anzug redete mit ihm. Doch das war es nicht, was Sykes' Aufmerksamkeit erregt hatte.

Etwas abseits, das Büro durch seine schiere Größe voll beherrschend, stand ein Newcomer im grauen Anzug. Sein Hemd sah frisch gepreßt aus, seine Haut war tadellos. Die rostbraunen Muster auf seinem hochaufragenden kahlen Schädel waren prägnanter als die der meisten anderen.

Es war derselbe Außerirdische, den er im Tunnel niedergeschlagen hatte.

Während Sykes nachdenklich das Büro des Captains beobachtete, standen ein paar Unentwegte nach wie vor im Raum und stritten sich. Unter ihnen befanden sich auch Fedorchuk und Alterez, die ihre Frustrationen und ihren Ärger an jedem ausließen, der sich in Hörweite befand.

»Unglaublicher Bockmist«, bemerkte Fedorchuk voller Weisheit und schüttelte seinen Kopf in neu entflammtem Zorn.

Alterez hätte ausgespuckt, wenn sie draußen gewesen wären. »Wie lange ist dieser Slag überhaupt schon bei den Bullen? Höchstens ein Jahr, oder? Kann doch gar nicht länger sein, selbst wenn man die Zeit an der Akademie mit einrechnet? Weniger als ein Jahr und schon ist er Detective. Hast du 'ne Ahnung, wie lange ich Uniformsklave war, bis ich das geschafft habe, Mann?«

»Allerdings. Und ich bin nicht der einzige.« Fedorchuks Blick schweifte über das kleine Häuflein Unzufriedener.

»Ich weiß nicht, was ihr davon haltet. Aber ich werd' verdammt noch mal nicht stillsitzen und einfach zuschauen. Ich rufe die Gewerkschaft an, jetzt sofort, und es ist mir scheißegal, was die Bundesbehörden davon halten. Das brauchen wir uns nicht gefallen zu lassen!«

Einige der anderen schenkten dem Vorschlag ihre verbale Unterstützung, einer rasselte sogar auswendig die Nummer der Gewerkschaft herunter. Ein anderer nickte und marschierte zum Telefon. Inzwischen ertappte sich Fedorchuk bei einem Stirnrunzeln, als er Sykes teilnahmslos auf das Büro des Captains zugehen sah.

»Siehst du das?«

Alterez drehte sich um, sah es und zeigte sich nicht minder verblüfft, wenn auch nicht verärgert. »Ich dachte, er sei heute pünktlich gewesen.«

»War er auch. Was, zum Teufel, will er da?«

Sykes zögerte keinen Augenblick. Mit ausdruckslosem Gesicht klopfte er an die Tür, wartete eine Höflichkeitssekunde, stieß dann die Tür auf und streckte sein Gesicht hinein. Warner sah ihn etwas überrascht an.

»Was ist, Sykes?«

»Captain, ich würde mich gern als Freiwilliger zum Dienst mit dem neuen Detective melden.«

Es geschah nicht oft, daß man Warner seine Überraschung derart ansah. Er versuchte, seine Reaktion zu überspielen, war dafür jedoch nicht schnell genug. Eigentlich hatte er keine Freiwilligen erwartet. Er war sich sicher gewesen, irgendeinen Unglücklichen aus den unteren Diensträngen abstellen zu müssen, und wußte nicht so recht, was er nun sagen sollte, nachdem das Problem so schnell und schmerzlos aus seiner Problemakte entfernt worden war. Sykes hätte er als letzten erwartet. Besonders nach dem, was mit Detective William Tuggle passiert war.

Nachdem seine Problemakte jedoch die dickste auf dem ganzen Schreibtisch war, würde er ganz bestimmt nicht zögern, das Angebot anzunehmen.

»Das ist sehr rücksichtsvoll von Ihnen, Sykes. Ausgesprochen rücksichtsvoll.« Er starrte den Detective an, während dieser hereinkam und die Tür hinter sich schloß. Sykes' Gesicht war völlig ausdruckslos, unmöglich, darin zu lesen. Warner starrte ihn noch eine Sekunde länger an, zuckte dann im Geist die Achseln und wandte sich an den riesigen Außerirdischen.

»Detective Sergeant Sykes, das ist Detective Francisco.«

Alle Außerirdischen trugen derlei Namen. Nach ihrer Ankunft und der Quarantäne hatte man sie ihnen einfach zugewiesen. Keiner von ihnen hatte irgendwelche Einwände gegen die Vorgehensweise oder die Namen selbst erhoben.

Der Newcomer guckte mit feierlichem Ernst zu Sykes hinüber und zuckte mit keiner Wimper. »Wir sind uns schon begegnet.«

Warners von Natur aus mißtrauisches Gemüt schaltete sofort einen Gang höher. Er sah Sykes fragend an. Der ignorierte ihn jedoch. Irgend etwas stank zum Himmel, und es waren nicht die Mülltonnen im Hinterhof. Wenn schon: Sykes hatte sich freiwillig gemeldet, und das nahm Warner eine ziemliche Last von der Seele. Aber falls sie sich schon kannten...

Sein anderer Gast unterbrach seine Gedankengänge. Der dünne Gentleman war nach vorne getreten und hatte erst dem Newcomer, dann Sykes die Hand geschüttelt. Er lächelte erfreut dabei.

»Victor Goldrup, Büro des Bürgermeisters, spezieller Beauftragter für Newcomer-Angelegenheiten. Ich gratuliere Ihnen, meine Herren. Dies ist ein historischer Augenblick für die Beziehung zwischen Menschen und Newcomern und ein historischer Tag für das Los Angeles Police Department. Ich bin stolz darauf, einen kleinen Teil dazu beitragen zu können. Eines Tages werden Sie sich beide in den Geschichtsbüchern wiederfinden.«

Warner hatte die kurze Vorstellung genutzt, um die geistige Verbindung herzustellen, die er gesucht hatte. Sein anfänglicher Verdacht war sehr fundiert gewesen. Es war ihm alles nur ein wenig zu schnell gegangen, um die Stücke sofort zusammenzusetzen. Nun funkelte er den ungewohnt altruistischen Sykes böse an.

»Sie wissen ganz genau, daß Sie nichts mit den Ermittlungen im Fall Bill Tuggle zu tun haben. Überlassen Sie die Sache Fedorchuk. Es ist sein Baby, seins und das von Alterez. Ich werde nicht zulassen, daß sich meine Leute gegenseitig in die Ermittlungen pfuschen, egal wie edel ihre jeweiligen Motive sind.«

Falls er Widerspruch erwartet hatte, wurde er enttäuscht. Sykes nickte nur höflich. »Revierpolitik.«

»Genau, und vergessen Sie das bloß nicht.« Als käme ihm noch nachträglich ein Gedanke, sah Warner zu dem Außerirdischen hinüber. »Ihnen ist das auch klar, oder?«

»Jawohl, Sir.« Der Newcomer nickte nicht, obwohl seine Rasse durchaus nicken konnte, wenn sie wollte. Das fehlende Nicken störte den Captain, aber er verlor darüber kein Wort. Auch das gehörte zur Revierpolitik. Ein Newcomer in Uniform, diese Situation war sowieso schon heikel genug. Ihn nun auch noch zum Detective zu befördern, zog möglicherweise schlimme Folgen bei der Mannschaft nach sich. Kein Grund, die Dinge noch schlimmer zu machen. Wenn er nicht nicken wollte, also gut.

»Schön.«

Bevor er noch mehr sagen konnte, trat Sykes einen Schritt vor und versuchte dabei, nicht allzu eifrig auszusehen. Daß er vor lauter Schlafmangel und all den emotionellen Strapazen todmüde war, half ein wenig.

»Wenn Sie nichts dagegen haben, Captain. Angesichts der Einzigartigkeit der Situation und so: Es gäbe da einen anderen Fall, den ich ganz gerne übernehmen würde. Um quasi mit etwas anzufangen, mit dem ich schon ein bißchen vertraut bin, Sie wissen schon.«

Warner sah nicht zu ihm auf, aber seine Stimme klang nach wie vor recht argwöhnisch. »Welchen Fall?«

»Einen Mord. Ein Newcomer namens Hubley.«

Warner gab vor, die Papiere auf seinem Schreibtisch zu studieren. Goldrup schwebte in seinem Bürokratenhimmel und ignorierte die Vorgänge. Wahrscheinlich rechnete er sich bereits die mögliche PR aus. So bemerkte keiner den Blick, den Francisco Sykes zuwarf. Die Außerirdischen waren nicht immer so schwer zu durchschauen. Der Newcomer wußte, daß sein freiwilliger Partner etwas im Schilde führte, das lag auf der Hand. Doch er verlor kein Wort darüber, und Sykes bemühte sich heftig, seinem Blick auszuweichen.

»Granger und Pitts sind bereits darauf angesetzt«, meinte Warner brüsk.

Sykes fuhr einige Argumente auf. »Granger und Pitts haben zur Zeit verdammt viele Fälle. Sie ermitteln im Mordfall Wilcox, und bei der Vergewaltigung am Silver Lake kommen sie auch seit sechs Monaten nicht weiter. Vielleicht würden sie da endlich mal 'ne Spur finden, wenn sie nicht sechzehn andere Dinge zur selben Zeit machen müßten. Und jetzt wollen Sie ihnen auch noch das aufhalsen.«

»Granger und Pitts sind meine besten Leute.«

Sykes ließ es ihm durchgehen. »Sie sind auch nur Menschen, Cap.« Der Humor verfehlte seine Zuhörer. »Sie brauchen mal 'ne Pause oder sie übersehen zu guter Letzt noch die Pisse auf dem Klo. Ich hab mir gedacht, nachdem Francisco hier der erste Newcomer-Zivilbulle ist und Hubleys Leiche im Newcomer-Viertel gefunden wurde, daß es nur sinnvoll wäre, wenn wir zwei den Hubley-Fall übernehmen.«

»Schreiben Sie mir bloß nicht vor, was ich zu tun und zu lassen habe«, fuhr ihn Warner an, obwohl er bereits über die Worte des Detectives nachdachte.

Die heftige Unterhaltung hatte Goldrup aus seinen Träumen gerissen. »Er hat recht, Captain Warner. Das ist genau die Sorte Auftrag, der wir uns bei diesem Förderungsprogramm widmen sollten. Viel besser, als sie einfach nur Streife fahren zu lassen. Wenn wir irgendwelche Sendezeit dabei herausschlagen wollen, muß es schon etwas Aufregenderes sein, wenn Sie wissen, woher der Wind weht.«

Klar weiß ich es, dachte Warner säuerlich. Direkt aus deinem Arsch, wie immer bei solchen Scheißtypen. Der Captain ertrug es mit dem Gleichmut eines Märtyrers, den das Schicksal dazu gezwungen hatte, eine weitere teuflische Tortur ertragen zu müssen. Jetzt blieb ihm nichts anderes mehr übrig. Und was für einen verdammten Unterschied würde es schon machen? Abgesehen von der Tatsache, daß das Opfer ein Newcomer war, war der Hubley-Fall ein ganz normaler, unaufgeklärter Mord ersten Grades. Sykes interessierte sich dafür, na und? Jeder wußte doch, daß Sykes ein bißchen verrückt war. Bill Tuggle hatte im ganzen Revier als Heiliger gegolten, weil er es neun Jahre lang mit dem Typ ausgehalten hatte. Sykes wäre schon längst im Irrenhaus oder in der Gosse gelandet, gäbe es da nicht eine unbestreitbare Tatsache. Er war ein verdammt guter Detective.

Offensichtlich hatte seine Bereitschaft, freiwillig mit dem Newcomer zusammenzuarbeiten, irgendwas mit Tuggles Tod von der Hand eines Newcomers zu tun. Und ebenso offensichtlich wollte er den Hubley-Fall deshalb übernehmen, weil darin ebenfalls ein Newcomer verwickelt war. Sollte er sich darüber Sorgen machen? Solange er sauber blieb und Tuggles Mord Fedorchuk und Alterez überließ, konnten Warner seine sonstigen Motive eigentlich egal sein.

Ich hab' schon viel zuviel Zeit damit verschwendet, dachte er abrupt. Ich hab' hier ein Revier zu führen.

Er seufzte tief und erkannte den Seufzer als die Einwilligung, die sie war. Er versuchte sich das Lächeln zu verkneifen.

IV

Die Tür, die das untere Ende der Treppe blockierte, bestand aus solidem Stahl und diente allem Anschein nach dem Zweck, neben unangenehmen Typen von der Straße und unwillkommenen Medienvertretern auch Kugeln und mittelgroße Sprengkörper abzuhalten. Laut krachte sie in die Angel, als Sykes sie aufriß. Francisco folgte dicht hinter ihm. Selbst wenn man die Tatsache berücksichtigte, daß sie aus verschiedenen Welten stammten, waren sie ein seltsames Paar. Sykes hatte in seinen Klamotten geschlafen und sah dementsprechend aus, während der Newcomer in seinem sorgfältig gepreßten Anzug eher einem Zeugen Jehovas glich.

Sie hatten den Rest des Tages damit zugebracht, sich miteinander zu unterhalten und die offiziellen Regeln durchzugehen – was man von neuen Partnern eben so erwartete. Wegen seiner kürzlichen Beförderung mußte sich Francisco mit einer ganzen Menge zusätzlichem Papierkram herumschlagen. Er wurde recht gut damit fertig, was Sykes verblüffte, der seinem Partner bei der Arbeit zusah. Obwohl es Ausnahmen gab, waren die Aliens im großen und ganzen weder für ihren hohen IQ noch für ihre Fähigkeit berühmt, mit den komplizierten Details der menschlichen Gesellschaft fertigzuwerden. Vielleicht war dieser Typ Francisco ja eine dieser Ausnahmen. Besonders vielversprechend war das allerdings nicht unbedingt.

Als die beiden Detectives über den Parkplatz liefen, fuhren bereits die ersten Schwarzweißen auf ihre nächtliche Streife. Sykes besorgte das Reden. Seit der Newcomer die letzten offiziellen Formulare ausgefüllt hatte, hatte er Francisco den Rest des Nachmittags lang Vorträge gehalten.

»... und wir arbeiten nach meinen Zeiten. Ich fahre, *du* erledigst den Papierkram. Du mußt sowieso lernen, wie das abläuft, also kannst du's auch gleich selber machen. Ich hab' dich da drin beobachtet.« Er wies mit dem Kopf in Richtung Revier. »Du hast dich gar nicht mal dumm angestellt. Aber diese Personalzettel auszufüllen ist nicht dasselbe, wie wenn du einen Bericht über 'ne Verhaftung oder eine Beschreibung vom Geisteszustand eines Brandstifters zum Zeitpunkt seiner Verhaftung abliefern mußt.«

»Ich habe meine Hausarbeiten gemacht«, meinte Francisco ruhig. »Sergeant, ich möchte Ihnen für das danken, was Sie hier tun«, fügte er einen Moment später hinzu. Sein Tonfall unterschied sich kaum von jenem, den er schon den ganzen Tag hindurch verwendet hatte.

»Wieso?« Sykes kam die Bemerkung reichlich sinnlos vor, bis ihm klar wurde, worauf der Außerirdische anspielte. »Hör zu, daß das endlich mal in deinen spitzen Schädel reingeht: Wir sind keine Freunde, wir sind nicht verheiratet und wir werden auch keine längeren Spaziergänge im Mondschein unternehmen. Also bedank' dich nicht bei mir. Wir sind nur Partner. Wir arbeiten zusammen, sonst nichts. Den Rest der Zeit bist du auf der anderen Seite des Mondes, klar?« Der Alien hörte aufmerksam zu und sagte kein Wort.

»Noch etwas. Nenn' mich nicht ›Sergeant‹. Nenn' mich Sykes. Oder Matt, wenn's sein muß. Nein, Sykes ist besser.«

»Ich verstehe, was es bedeutet, jemanden mit seinem Vornamen anzusprechen. Ich würde mir das nie herausnehmen. Übrigens, mein Vorname ist Samuel.«

Sykes nickte abwesend, und sie gingen weiter, bis sich sein Gesicht verzog und er ein weiteres Mal stehenblieb.

»Warte mal. Daß ich das richtig auf die Rolle kriege: Dein Name ist Francisco. Samuel Francisco?«

Der Newcomer nickte.

»War das nicht ein Missionsvater oder sowas? Ein Typ, der bei den Indianern irgendwelchen Scheiß gebaut und ihnen beigebracht hat, wie man Lehmziegel brennt und so Zeugs?«

Wieder nickte der Alien.

Sykes schüttelte zweifelnd den Kopf. »Du hast genausoviel von einem spanischen Pater an dir wie ein Huhn mit Chili.« Der Newcomer reagierte nicht auf diesen Seitenhieb. Sykes hatte es nicht anders erwartet. Tug dagegen...

Vergiß es.

»Das reicht nicht. Francisco ist schon schlimm genug. Die Leute werden dir ständig denselben alten Schlager nachpfeifen. Aber ich will verdammt sein, wenn ich herumrenne und dich ›Samuel‹ nenne. Das hat über Funk einfach nicht die richtige Klasse.« Er schüttelte den Kopf und grinste in sich hinein.

»Ich hab' schon ein paar wirklich gute Namen bei euch Jungs gehört. Humphrey Bogart, Harley Davidson. Aber es hätte auch noch schlimmer kommen können. Wahrscheinlich haben die Typen in der Einwanderungsbehörde zu guter Letzt den Komiker in sich entdeckt. Immerhin mußten sie sich eine Viertelmillion neuer Namen ausdenken. Samuel Francisco paßt vielleicht zu einem Leichenbestatter, aber nicht für einen Polizisten. Klar?«

»Es klingt zu sehr nach einer bekannten Stadt in Kalifornien.«

Sykes nickte heftig. »Abgesehen von dieser Pater-Sache. Ein Volltrottel biste also nicht. Prima. Das Francisco kann bleiben, aber der Samuel muß weg.«

»Mein wirklicher Name ist SS'tangya T'ssorentsa.«

»Gesundheit. Ich würd' dich ja ST nennen, aber das klingt zu sehr nach einem anderen schlechten Witz. Wie wär's mit George? Haut dich das nicht um?«

»Mich umhauen?« Der Newcomer war verwirrt. Wenn sie nur richtige Ohren statt dieser blöden Löcher hätten, dachte Sykes. Sie würden nicht halb so bizarr aussehen.

»Wie hört sich das an? Irgendwelche Einwände?«

»Warum sollte ich etwas dagegen haben«, antwortete der Alien nüchtern, »wo ich mir doch auch den Namen Samuel Francisco nicht selbst herausgesucht habe?«

»Fein. Schön, daß du's einsiehst.« Sykes überhörte den Anflug von Verbitterung völlig, was vielleicht ganz gut war. »George also. Da kann niemand was dran aussetzen. Klingt zwar immer noch ein bißchen blöd, aber wenigstens nur halb so blöd wie der andere. Und überhaupt, was macht es *dir* schon aus, wenn wir's für komisch halten? Dir kann das doch egal sein.«

»Da haben Sie ganz recht.« Das Gesicht des Aliens war völlig ausdruckslos, was angesichts seiner nächsten Worte wie ein glücklicher Umstand schien. »Es ist genau wie mit Ihrem Namen, Sykes.«

Der Detective runzelte leicht die Stirn, während er den Parkplatz absuchte. »Was ist an Sykes so komisch?« Da stand das Schrottmobil, genau dort, wo er es abgestellt hatte. Er wandte sich nach links.

»Nichts – wenigstens, was Sie betrifft. Ich bin mir sicher, daß es Ihnen überhaupt nichts ausmacht, daß er genauso klingt wie 'ss' ai k 'ss', zwei Worte meiner Sprache, die übersetzt soviel wie ›After‹ und ›Öffnung‹ bedeuten.«

Sykes hatte den Wagen aufgeschlossen und hielt nun auf der Fahrerseite inne. Er sah etwas perplex aus, und so nahm sich der Newcomer die Freiheit, das Gesagte etwas näher zu erklären.

»Arsch – Loch.«

Er stieg ein und quetschte seine Masse durch die zu enge Beifahrertür auf der anderen Seite, während Sykes immer noch allein neben dem Wagen stand. Die letzten Überreste des Grinsens, das der Detective den ganzen Nachmittag hindurch aufgesetzt hatte, verschwanden sehr schnell.

Es herrschte ziemlich viel Verkehr, und der meiste davon hielt sich an die Regeln. Sykes ignorierte die Gesetzesübertreter. Er legte keinen Wert darauf, die Geschwindigkeitsbeschränkung einzuhalten oder Hausfrauen aus dem Valley auf die Seite zu winken, nur weil ihr Bremslicht durchgebrannt war. Er legte nicht mal Wert darauf, jene beiden Jugendlichen verbal zusammenzustauchen, die gerade ein leerstehendes Haus verunzierten. Im Augenblick ging ihm nur ein einziger Gedanke durch den Kopf, auch wenn es einige Zeit dauerte, bis er ihn schließlich aussprach.

Wenigstens beherrschte der Alien die Sprache einwandfrei – zumindest für einen Newcomer. Zuviele seiner Rasse bewegten sich hart am Rande der Artikulationsfähigkeit, was Englisch anbetraf. Andererseits hätte man George trotz des speziellen Bundesprogramms wohl kaum zum Detective befördert, wenn er sich nicht halbwegs flüssig hätte verständigen können.

Sykes musterte seinen Partner. Der Beifahrersitz beengte George mehr als nur ein bißchen. Noch baute Detroit seine Wagen nicht nach den Dimensionen eines Newcomers. Noch nicht.

»Reden wir über Hubley«, meinte er ohne große Vorrede.

»Was wollen Sie wissen?«

»Alles und jedes.« Sykes wies mit dem Kopf aufs Handschuhfach. »Hast du die Akte dabei?« Der Newcomer nickte. »Dann lies sie mir vor. Erzähl' mir was, George. Überspring den Verfahrenskram.«

Francisco schlug die Akte auf und überflog ihren Inhalt. »Seine Leiche entdeckte man vor drei Tagen, in einer Gasse nahe der Central.«

Sykes hielt seinen Blick auf die Straße gerichtet. »Mit zwei BRI Sabot-Kugeln in seinem Brustkorb.«

»*Durch* seinen Brustkorb«, verbesserte ihn Francisco sanft. »Und zerfetzten Primär- und Sekundärherzen.«

Plötzlich schleuderte das Schrottmobil nach rechts und wich gerade noch einem Jaguar aus, der vor dem Abbiegen eine Vollbremsung hingelegt hatte. »Toller Blinker, Schwanzhirn!« brüllte ihm der irritierte Sykes durchs Fenster nach.

Der unerwartete Ausbruch, vom seltsamen Kommentar ganz zu schweigen, brachte Francisco durcheinander. Das ungewohnte Verhalten schien nur vorübergehend zu sein, entschied er schließlich. Immerhin saß sein neuer Partner nun wieder ruhig hinter dem Steuer und konzentrierte sich aufs Fahren. Menschen neigten bisweilen zu derlei unerklärlichen und unvorhersehbaren Wutausbrüchen. Trotzdem verblüfften sie ihn immer noch, wenn er sie tatsächlich einmal miterlebte. Nur ein kleiner Teil des menschlichen Verhaltens war vorhersehbar. Manchmal schien es sogar, als ob es die ganze Rasse auf einen kollektiven Nervenzusammenbruch anlegte. Er fragte sich, ob er wohl auf die Bemerkung antworten sollte, schloß dann jedoch aus Sykes' fortwährendem Schweigen, daß dies wohl nicht der Fall war. Er hielt die Akte hoch und las weiter.

»Er arbeitete in der Nordwest-Petroleumraffinerie in Torrance als Aufseher der Methanstation.« Francisco blätterte um und las weiter. »Daneben war er noch Hauptaktionär einer Grundstücksfirma, die sich mit dem Bau von Billighäusern für Newcomer befaßte.«

Sykes schnitt eine Grimasse. »Na prima. Eine echte Stütze der Gemeinde. Was uns so gut wie gar nichts sagt.« Er bog um die nächste Ecke, ignorierte dabei die rote Ampel und kaute an seiner Unterlippe, während er intensiv nachdachte. »Hat irgendwas gefehlt, als man Hubley fand? Hat man ihn überfallen?«

Francisco überprüfte ein Formular am Ende der Akte. »Man fand keine Brieftasche. Hubley war nicht reich, aber er hatte einen guten Posten und einige andere Geldanlagen. Man sollte annehmen, daß er eine bescheidene Summe Bargeld und die entsprechenden Kreditkarten bei sich trug. Als man ihn fand, trug er jedoch noch immer seine Uhr und zwei Ringe.«

»Was ist damit?«

»Die Uhr war eine Seiko. Nichts Außergewöhnliches, auf der Straße vielleicht zwanzig Dollar wert. Die Ringe bestanden allerdings aus reinem Gold und einer davon trug eine Einfassung aus kleinen, aber ausgesprochen reinen Diamanten.«

Sykes lächelte in sich hinein. »Klingt ziemlich vertraut, oder? Jeder, der jemand wegen seinem Geld umbringt, läßt sowas nicht einfach zurück, selbst wenn er seinem Opfer die Finger abschneiden müßte, um an die Ringe ranzukommen. Die Typen im Supermarkt gestern abend haben auch ziemlich lahmarschig nach dem Geld in der Kasse gegriffen, aber ich glaube nicht, daß sie deswegen da waren. Ich glaube, wir haben es hier mit ein paar Hinrichtungen zu tun, George. Was meinst du?«

Francisco schloß die Akte leise, während er gleichzeitig beim Versuch scheiterte, eine bequemere Position auf dem engen Beifahrersitz einzunehmen. »Der Mord im Supermarkt ist nicht unser Fall. Der Captain hat ausdrücklich befohlen...«

Ein offensichtlich wütender Sykes unterbrach ihn. »Schau

mal, du willst dich doch hier einfügen, oder? Du willst lernen, wie du mit den anderen zurechtkommst, wie du ein echter Detective wirst? Wie du dich in unsere Gruppe einfügen und einfach im Strom mitschwimmen kannst – jedenfalls soweit du überhaupt je dazu in der Lage sein wirst?«

»Ja.«

Sykes entspannte sich ein wenig und sah wieder auf die Straße. »Also gut, da gibt es ein, zwei Dinge, wenn man der Partner von jemand sein will. Das steht nicht in den Handbüchern, die man dir in der Akademie gegeben hat, und es steht auch nicht auf dem Dienstplan im Revier. Man *tut* einfach etwas für den anderen. Und das heißt wiederum, daß die Befehle anderer Leute scheißegal sind. Die Regeln zwischen den beiden, das ist alles, was zählt. Anders läuft das nicht, denn dein Partner ist derjenige, der auf deinen Arsch aufpaßt, wenn du jemand bespitzelst oder hochgehen läßt, und nicht irgend jemand, der vor seinem Dienstplan steht und groß von Regeln und Vorschriften quatscht. Wenn zwei sich nicht privat verstehen, haben sie gar nichts. Dann hast du keinen Partner, sondern bloß 'ne Last am Hals.

Du mußt mit jemandem zusammenarbeiten, dem du vertrauen kannst, egal, was die Vorschriften sagen, auf den du jede Sekunde lang zählen kannst, weil eine Sekunde manchmal über Leben oder Tod entscheidet. Du mußt in der Lage sein, den anderen zu verstehen, auch wenn er einmal nichts sagt. Du mußt wissen, was dein Partner denkt, damit du reagieren kannst, ohne groß darüber nachzudenken. Klar?«

Francisco nickte langsam.

»Okay. Schau mal, es ist wirklich nicht so kompliziert, also mach keine große Sache draus. Mein Freund und Partner ist letzte Nacht ermordet worden und jetzt bin ich hinter dem Scheißkerl her, der es getan hat. Als mein Partner bitte ich dich, das zu respektieren und mir dabei zu helfen, ihn zu finden.«

Der Newcomer dachte sorgfältig über die Worte des Menschen nach. Sykes bemühte sich, an dem ständig wechselnden Gesichtsausdruck des Alien vorbeizusehen. Nicht, daß man normalerweise wirklich daraus ablesen konnte, was sie gerade dachten. Es wäre Franciscos gutes Recht, alles, was ihm Sykes gerade an den Kopf geworfen hatte, an Warner weiterzuleiten. Das hätte sowohl ihm als auch Francisco einen neuen Partner und Sykes darüberhinaus den Auftrag eingebracht, irgendeinen Typen aus einer sicheren Gegend wie dem North Valley zu verfolgen, weil er seine Alimente nicht bezahlt hatte. Er war ein kalkuliertes Risiko eingegangen, offen mit dem Newcomer zu sprechen. Ob es sich auszahlen würde oder nicht, lag jetzt an Francisco.

Schließlich antwortete der Newcomer, wenn auch nicht so, wie Sykes gehofft hatte.

»Und als *mein* Partner muß ich Sie bitten, meinen Wunsch zu respektieren, nicht gegen die Vorschriften verstoßen zu wollen. Mir ist klar, daß Sie seit dem Tod ihres Freundes unter enormem Streß stehen. Bitte bedenken Sie aber auch, daß ich als der erste Newcomer-Detective auf einem Polizeirevier der Menschen, noch dazu in einem so wichtigen wie dem von Los Angeles, laufend von den Zivilbehörden und meinen eigenen Leuten überwacht werde. Mit dieser ständigen Beobachtung werde ich nur sehr schwer fertig, weil ich von Natur aus eine eher zurückgezogen lebende Person bin. Ich habe schon genügend Schwierigkeiten damit, mit all den Behörden fertigzuwerden, um mir auch noch über die Übertretung gewisser Vorschriften Sorgen machen zu müssen.«

Sykes warf ihm einen erbosten Blick zu, latschte unvermittelt auf die Bremse und schmiß den Schalthebel auf ›Parken‹. Francisco knallte gegen das Armaturenbrett, rappelte sich wieder auf und bemerkte dann, daß sie mitten auf der Straße angehalten hatten. Hinter ihnen fing ein wildes Hupkonzert an, neben ihnen lehnten sich die anderen Fahrer aus dem Fenster und bombardierten das Schrottmobil mit einfallsreichen Beschimpfungen. Sykes kümmerte sich nicht darum.

»Was ist los?« murmelte Francisco.

Sykes war eiskalt, als er sich dem ungleich größeren Newcomer zuwandte. »Gar nichts. Ich will nur eines klarstellen. Sozusagen sichergehen, daß wir auf derselben Wellenlänge funken. Du bist auch der Meinung, daß die beiden Morde irgendwie zusammenhängen könnten, oder?«

Das Gebrüll draußen war nun sehr viel lauter geworden.

Ganz offensichtlich beunruhigte Francisco das Chaos, das sie hier anrichteten. Seine natürlichen Instinkte, von den beruflichen ganz zu schweigen, rieten ihm, den Wagen aus dem Weg zu schaffen. Doch Sykes saß hinterm Steuer und nicht er, und dieser starrte ihn nach wie vor erwartungsvoll an. Sein Fuß befand sich nicht einmal in der Nähe des Gaspedals, seine Hand weit von der Schaltung entfernt.

Trotz seiner allgemeinen Verwirrung und einem leisen Hämmern an jener Stelle seines Schädels, wo er auf das Armaturenbrett geprallt war, gelang es Francisco, sich auf die Worte des Detectives zu konzentrieren.

»Ja, schon. Vielleicht, angesichts des ähnlichen Modus Operandi und der Tatsache, daß sich die Täter offenbar nicht ernsthaft für Raub interessierten.«

»*Vielleicht*. Na prima. Würdest du unter den gegebenen Umständen die Theorie in Erwägung ziehen, daß die Untersuchung der Fakten des einen Falls etwas Licht in den anderen bringen könnte, George? Hört sich das so unvernünftig an? Oder läuft es den üblichen Vorschriften zuwider?«

»Ja – nein, es ist nicht auszuschließen. Obwohl ich...«

»Klasse.« Der Detective machte es sich wieder hinter dem Steuer bequem und legte seine Hand auf den Schalthebel. »Ich freue mich wirklich, daß wir nun endlich klarsehen. Du nicht auch? Ist es nicht toll, wenn Partner miteinander reden und ihre Probleme zwischen sich ausmachen? Das ist des Pudels Kern, George.« Er schaltete den Wagen auf ›Drive‹ und donnerte der Schlange wütender Fahrer davon, die sich hinter ihm gebildet hatte.

»Ich glaube, jetzt hat's zwischen uns endlich gefunkt, George. Siehst du, wie einfach es ist, wenn man bloß mal mit dem anderen redet? Für zwei echte Partner ist kein Problem zu schwierig. Und trotzdem quatschen alle immer davon, wie schwierig es für zwei Typen aus verschiedenen Schichten der Gesellschaft sei, miteinander klarzukommen. Die haben doch überhaupt keine Ahnung, wovon sie eigentlich reden, oder?«

Francisco war sich nicht ganz im klaren, was er davon halten sollte, und schwieg sich aus. Es dauerte zehn Minuten, bis er merkte, daß sie in die falsche Richtung fuhren.

»Ich dachte, wir würden nach Downtown fahren und den Tatort begutachten.«

»Wozu denn? Die Bilder hast du doch schon gesehen. Die Gerichtsmediziner haben den ganzen Platz auseinandergenommen. Da gibt es nichts mehr zu finden. Wenn du trotzdem noch mehr wissen willst, lies die Akte.«

»Wohin fahren wir dann?«

»Ins Leichenschauhaus.«

Francisco rutschte beruhigt in seinen Sitz zurück. »Aha. Um Hubley zu überprüfen.«

»Um jemanden zu überprüfen, ja. Aber nicht Hubley. Wenigstens nicht gleich.«

Sofort signalisierte das Warnsystem des Newcomers wieder Alarm. »Sie denken an eine neue Übertretung der Vorschriften, nicht wahr?«

»Wer, ich?« Sykes sah etwas beleidigt drein. »Ich halte mich nur an die offiziellen Ermittlungsmethoden, genau, wie ich dir gesagt habe. Entspann dich, genieß die Fahrt.«

Francisco versuchte es, scheiterte jedoch in beiden Punkten. Während sie den Hollywood Freeway entlangfuhren, pfiff Sykes fröhlich vor sich hin. Das Pfeifen trug nicht im mindesten dazu bei, das ungute Gefühl seines Partners etwas abzumildern.

Das Leichenschauhaus machte Sykes nicht flau. Er hatte dem massiven, alten Gebäude mit seinen kleinen Fenstern schon zuviele nächtliche Besuche abgestattet, hatte zuviel von seinem Innenleben und demjenigen seiner vorübergehenden Bewohner gesehen. Nur die Echos beunruhigten ihn gelegentlich. Gebäude wie das Leichenschauhaus steckten immer voller Echos. Auf einmal bekamen die eigenen Schritte Gesellschaft. Meistens machte ihm das nichts aus, aber wenn man des Nachts durch die einsamen Hallen ging, neigte man dazu, zusätzliche Echos zu hören. Es war niemals etwas hinter einem, wenn man sich umdrehte, aber das hielt nicht einmal die härtesten Bullen davon ab, sich gelegentlich umzudrehen. Nur, um ganz sicherzugehen.

Es war von Anfang an offenkundig, daß der Besuch seinem neuen Partner nichts ausmachte. Warum sollte es auch? An 98 Prozent der Bewohner empfand er etwa soviel Interesse wie an einem Lehrbuch über Säugetierphysiologie. Vielleicht war er ein wenig neugierig. Unwohl war ihm jedenfalls nicht.

Der stellvertretende Gerichtsmediziner hieß Winter und schuldete Sykes den einen oder anderen Gefallen. Nicht, daß die Bitte des Detectives irgendwie ungewöhnlich gewesen wäre. Allenfalls das Timing machte die Sache etwas merkwürdig. Doch Winter entpuppte sich als recht zuvorkommend. Während er seine beiden nächtlichen Gäste den Korridor hinunterführte, blätterte er in dem Aktenbündel, das er bei sich trug.

»Was interessierst du dich eigentlich für das ganze Zeug? Ich hab' nicht gewußt, daß du dich auch mit diesem Fall befaßt, Sykes.«

»Steht in Verbindung mit einem anderen Mord, hab' ich doch schon gesagt. Assoziative Methode«, teilte ihm Sykes beiläufig mit.

»Na ja, gut, du weißt natürlich, daß ich das ganze Material schon heute morgen mit Fedorchuk und Alterez durchgegangen bin. Warum redest du nicht einfach mit denen?«

»Weil Fedorchuk ein Fettklops ist und Alterez das Maul nicht aufmacht. Was kümmert dich das eigentlich? Du hast doch sowieso nichts Besseres zu tun, du mit deinem bequemen Nachtjob hier. Du solltest uns eigentlich dankbar sein, daß wir an einem so ruhigen Tag mal vorbeischauen. Rette dich vor der Langeweile. Du kannst doch nicht ewig diese Peitschenheftchen lesen.«

Der Gerichtsmediziner warf ihm einen scharfen Blick zu. »Wer behauptet, daß ich so Zeugs lese?«

Sykes grinste. »Ich bin Detective, alles klar? Ich werd' dafür bezahlt, sowas herauszufinden. Hey, nun schau mich nicht so an. Mir ist das doch völlig wurscht. Aber ein paar von den Blaunasen in der Beförderungskommission würde diese Art von leichter Lektüre bei einem Mann in deiner Position schon reichlich seltsam vorkommen.«

»Ein paar von diesen alten Fürzen finden doch alles seltsam«, meinte Winter verdrossen. »Soll das eine Drohung sein, Sykes?«

»Mit so'nem Kleinkram? Ein bißchen mehr Stil darfst du mir schon zutrauen, Jack. Wenn ich dir wirklich drohen wollte, würde ich die Stripperin erwähnen, die sich eine Überdosis Crack reingezogen hat und danach für die Autopsie eingeliefert wurde, und wie du dann...«

»Mann Gottes, halt dein verdammtes Maul!« Winter sah sich nervös um, während sie durch die doppelte Schwingtür gingen.

Der Raum, den sie betraten, steckte voller Metalltische, Lampen, Instrumente und Sterilisatoren. Einige der Plattformen waren mit zugedeckten Wölbungen bevölkert, andere glänzten nackt im harten Licht der Leuchtstoffröhren wie die Chromleisten auf einem neuen italienischen Wagen. Während er seine Besucher durch das Labyrinth von Tischen führte, redete Winter weiter.

»Wie auch immer, nach den Akten heißt der Typ, den du in der Nacht des Überfalls erledigt hast...«

»Der Mensch.«

»Mhm, der Fluchtwagenfahrer.« Winter überprüfte schnell die Akten. »Ein gewisser Martin Helder. Weiß, männlich, siebenundzwanzig. Mal sehen...« Der Mediziner blätterte um. »Sein Vorstrafenregister weist eine Verurteilung wegen bewaffnetem Raubüberfall und ein paar andere wegen Verkaufs illegaler Drogen auf. Drüben im Osten hat er sich aus ein paar anderen Anklagen rausgewunden.«

»Wo genau?«

»Jersey City, Passaic. Das war vor ein paar Jahren. Dann hat er sich entschlossen, seine Zelte abzubrechen, ins sonnige Südkalifornien umzuziehen und seine schlechten Manieren fortan in unseren Hinterhöfen auszutoben. Hat dafür sogar anderthalb Riesen Kaution verfallen lassen. Ein kleiner Fisch. Ach ja, übrigens. Als du seine Uhr angehalten hast, war er voll auf Koks. Wenn du jemand mit kriminellem Leumund suchst, dann ist Helder ganz bestimmt nicht dein Mann.«

»Wo ist der andere?«

»Da drüben.«

Winter blieb vor einem Tisch mit einer zugedeckten Leiche stehen. Der verhüllte Körper war bei weitem der größte

Sykes (James Caan, links) erklärt sich bereit, mit dem neuen Detective Sam Francisco (Mandy Patinkin), einem Alien, zusammenzuarbeiten (unten: Mandy Patinkin, James Caan, rechts).

Der Bürgermeister von Los Angeles (Abraham Alvarez, links) begrüßt auf einer Versammlung den erfolgreichen Medienkönig William Harcourt (Terence Stamp).

Harcourts Gefolgsmann Kipling (Kevyn Major Howard) versorgt sich mit der verbotenen Droge der Newcomer.

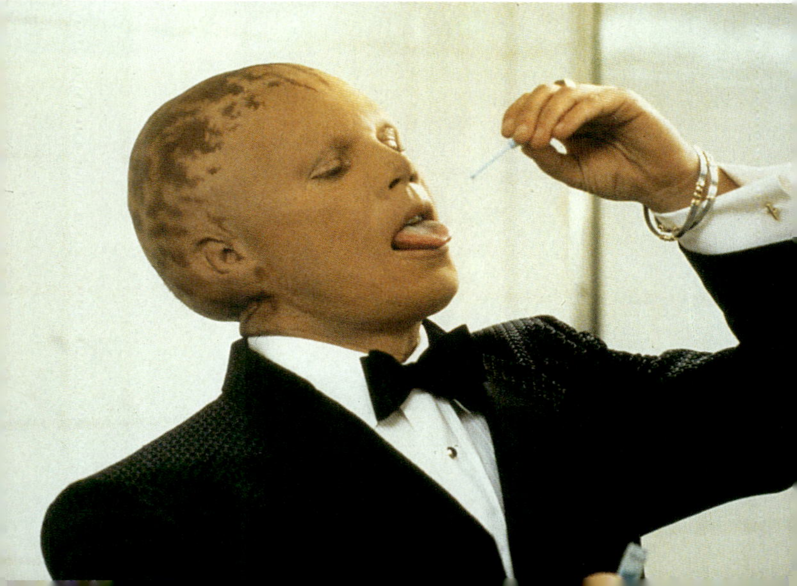

im ganzen Raum. Zwanglos riß Winter die Decke beiseite und enthüllte die blasse, haarlose Leiche des Newcomers. Sykes erkannte ihn sofort wieder: Regenmantel. Allein sein schierer Körperumfang war beeindruckend. Nicht so beeindruckend allerdings wie der desjenigen, der ihm entwischt war, ermahnte er sich.

Francisco studierte den Leichnam mit professioneller Gleichgültigkeit. »Haben Sie ihn schon identifiziert?«

Winter zuckte die Achseln. »Bis jetzt ist er noch Otto Normalverbraucher. Oder Alfred Alien, wenn ihnen das lieber ist.« Francisco lächelte unverbindlich. Winter las weiter. »Kein Ausweis, und – na, Sie wissen schon. Keine Fingerabdrücke. Wird ziemlich schwierig werden. Ihre Kumpel haben heute morgen das Verbrecheralbum durchgesehen, aber niemanden gefunden, auf den die Beschreibung paßt.«

Erfolgreiche Anpassung, sinnierte Sykes. Kaum lange genug hier, um die Sprache halbwegs zu lernen, und schon hatten die Newcomer ihr eigenes Verbrecheralbum. In dieser Hinsicht schnitten sie genausogut ab wie all die anderen Einwanderer im Großraum Los Angeles.

»Ich wette, sie haben sich wirklich Mühe gegeben«, schniefte er säuerlich. »Aber das heißt so gut wie gar nichts. Fedorchuk findet seinen Arsch nicht mal dann, wenn er beide Hände in der Hintertasche hat.«

Während er und Winter so nett miteinander plauderten, untersuchte Francisco den Körper des Außerirdischen. Das paßte Sykes nur zu gut in den Kram. So würde sich der Newcomer wenigstens nicht in das Gespräch mit dem Gerichtsmediziner einmischen.

Schließlich unterbrach Winter den Smalltalk lang genug, um auf die Leiche des Außerirdischen zu deuten. »Den hast du doch auch umgelegt, oder?«

»Mhm.«

»Du hast Schwein gehabt, daß du beide seiner – na ja, was wir hier so formlos als Herzen bezeichnen – erwischt hast.« Vor lauter Staunen schüttelte Winter den Kopf. »Von innen sehen sie nämlich ganz schön anders aus als unsere, weißt du. Prinzipiell menschenähnlich, aber ich wünschte wirklich, ich könnte mich auf sie spezialisieren. Es ist wirklich faszinierend. Ich versuche, auf dem laufenden zu bleiben, immerhin wohnen die meisten hier in Los Angeles. Manche von den Berichten in der Fachliteratur würden dich echt vom Hocker reißen, Sykes. Sie haben so eine Art kollektive Schüchternheit, was ihren Körperbau angeht, und drum ist es ziemlich schwierig, nähere Details herauszufinden, aber langsam kriegen wir so einiges mit. Das doppelte Herz ist da noch gar nichts. Es ist nicht mal ein Herz in unserem Sinn. Sicher, es pumpt das Blut durch den Körper, aber es hat weder dieselbe Form noch dieselbe Größe, und statt normaler Kammern haben sie ein verdammt kompliziertes Ventrikelsystem...«

Sykes langweilte sich schon nach dem ersten Satz. »Schwein gehabt? Von wegen! Das ganze verdammte Magazin hab' ich in ihn reingejagt. Ich hab schon nach meinem ersten Schuß gedacht, er wäre erledigt. Ich gehe also auf ihn zu, und wenn ich nicht aufgepaßt hätte, könntest du George jetzt einen Vortrag über mich halten.«

»So sind die Typen eben.« Winter studierte immer noch den Leichnam, offensichtlich ganz versessen auf das, was er bisher noch nicht in Erfahrung gebracht hatte. »Sie sind so verdammt groß und massig. Wenn du nicht beide Pumpen oder das Hirn ausknipst, werden sie einfach nur sauer. Vielleicht teilt man uns auch mal einen Newcomer zu, der uns das Ganze ein bißchen erklärt. Bei der Hälfte der Eingeweide wissen wir momentan noch nicht einmal, wozu sie überhaupt gut sein sollen.«

»Ich für meinen Teil will es gar nicht wissen. Hast du was dagegen, wenn ich mir das mal anschaue?« Erwartungsvoll griff Sykes nach der Akte.

Der Mediziner zögerte, sein Blick schweifte zur offenen Tür. Sie waren nach wie vor allein im Leichenschauhaus. »Okay, aber nur hier. Keine Kopien.«

Sykes lächelte dünn. »Schon klar. Nur hier.«

Francisco befaßte sich unterdessen mit einer ausführlichen Untersuchung der Leiche und hatte sich dabei von den Füßen langsam nach oben vorgearbeitet. Als er bei der rechten Hand angekommen war, drehte er sie geistesabwesend herum, um die Handfläche zu überprüfen – und stutzte. Irgend etwas auf der Haut erregte seine Aufmerksamkeit. Er beugte sich vor und untersuchte das tote Fleisch wie ein Geldfälscher, der gerade einen Packen frisch gedruckter Fünfziger-Blüten inspizierte.

Schließlich ließ er die Hand fallen, griff nach oben und zog sorgfältig die Oberlippe des toten Außerirdischen zurück. Was er dort sah, ließ ihn von neuem stutzen, doch weder der gerade mit Lesen beschäftigte Sykes noch der gleichgültige Winter sahen zu ihm herüber. Schließlich nahm er seine Finger aus dem toten Mund und richtete sich auf.

Kurz zuvor hatten drei Laborassistenten den Raum betreten und sich ihren jeweiligen Aufgaben gewidmet. Einer überragte seine Gefährten bei weitem. Ein kurzer Blick bestätigte Francisco, daß Sykes noch eine Weile beschäftigt sein würde. Er bahnte sich einen Weg durch die leeren und vollen Tische und stellte sich dem außerirdischen Laborassistenten vor. Sie fingen an, sich leise in ihrer Sprache zu unterhalten. Die anderen beiden Laborarbeiter ignorierten sie.

Schließlich gab Sykes den Aktenordner zurück. »Danke, Winter. Ich tu' dir auch mal 'nen Gefallen.«

»Du weißt ja, was man so sagt: Schweigen ist Gold.«

»Nicht da, wo ich arbeite. Hast du sonst noch was?«

»Nein, du hast alles gesehen. Halt, warte.« Winter fummelte an der hinteren Umschlagtasche des Ordners herum. »Nachdem du dich so sehr dafür interessierst, hier ist noch ein Foto, wenn du's brauchen kannst.« Er überreichte dem dankbaren Detective eine Polaroidaufnahme. Sie zeigte das Gesicht des toten Newcomers.

»Bist du sicher, daß du das entbehren kannst?«

»Fotos sind kein Problem. Nur wenn ich die Zusammenfassungen und Analysen weitergebe, wird mein Chef unangenehm.« Er wies mit dem Kopf in Richtung Leiche. »Wir fangen gerade damit an, ihn aufzuschlitzen. Wenn du dableiben und zusehen möchtest, gerne. Du würdest garantiert 'ne Menge lernen. Jedesmal, wenn wir einen dieser Typen aufschneiden, erleben wir 'ne neue Überraschung.«

»Klar, darauf wette ich.« Sykes hatte alles, weshalb er hergekommen war. Er steckte das Foto zu seinen eigenen Akten, suchte das Leichenschauhaus nach seinem Partner ab und ertappte ihn dabei, wie er sich gerade angeregt mit dem Laborarbeiter unterhielt.

»Nimm's nicht so schwer, Sykes!« Winter schenkte ihm ein letztes Lächeln.

»So leicht ich kann.« In Wirklichkeit hatte er schon jedes Interesse an dem Gerichtsmediziner verloren.

Sein erster Impuls war, seinen Newcomer einzusammeln und von hier zu verschwinden, doch dann zögerte er. Wenn er seine Ohren spitzte, bekam er einige Teile des außerirdischen Gesprächs mit. Der Laborassistent wirkte abwechselnd lebhaft, verdrossen und verstört, wie er auf Franciscos Fragen antwortete. Dann nickte er, als ob er etwas beipflichte, was der Detective gerade gesagt hatte – oder wie jemand, der sich gerade bereiterklärt hatte, etwas für einen anderen zu erledigen.

Schließlich hielt es Sykes nicht mehr aus, ging hinüber und starrte seinem Partner direkt in die Augen.

»Was ist los, was geht hier vor?« Kaum hatte er sich eingemischt, verdrückte sich der Laborarbeiter still hinter seinen Arbeitstisch.

Francisco antwortete so höflich wie immer. »Was hier los ist? Nichts, warum?«

Sykes' Brauen zogen sich zusammen. »Wirklich nichts?«

Der Blick des Newcomers hob sich und richtete sich auf den Tisch mit Regenmantels Leiche. »Wir haben die beiden Leichen untersucht und alle Informationen erhalten. Sollten wir nun nicht den persönlichen Besitz der beiden überprüfen? Das könnte doch ganz aufschlußreich sein.« Er wandte sich zur Tür.

Sykes starrte seinem entschwindenden Rücken eine ganze Weile nach und folgte ihm dann, tief in Gedanken versunken.

Ortiz war durchaus nicht häßlich. Dennoch hatte Sykes kein ernsthaftes Interesse an ihr. Sie war zu jung für ihn, und außerdem arbeitete sie sich gerade das College hoch. Zu kluge Frauen bescherten ihm ein gewisses Unbehagen. Nicht, daß er sich in ihrer Gegenwart intellektuell unterlegen vorkam – ob das nun den Tatsachen entsprochen hätte oder nicht.

Aber Edie hatte ebenfalls das College besucht, und alles, das irgendwie mit den Vorlieben und Abneigungen seiner Exfrau zusammenhing, bescherte ihm Unbehagen.

Sie sah von ihren Hausaufgaben auf und erkannte ihn wieder. »Sykes, oder?« Er nickte. »Schon 'ne Weile her. Du arbeitest wohl nicht mehr oft im Morddezernat, was?«

»Nö. War gerade sechs Monate auf den Bahamas. Was glaubst du denn?« Sein Lächeln deutete an, daß sein Sarkasmus nicht ernst gemeint war.

Sie stand auf und ging zum Schalter für Hinterlassenschaften. »Was suchst du denn?«

»Eine große Blonde, einen Testarossa, sechs Stellen auf dem Konto und 'n neues Gesicht.«

Sie grinste spielerisch. »Haben wir nicht. Sonst noch was?«

Er seufzte ausführlich. »Die Habe zweier Leichen namens Hubley und Otto Normalverbraucher. Letzterer ist ein Außerirdischer, erschossen, eingeliefert in einem schwarzen Vinyl-Regenmantel. Ich glaube nicht, daß ihr so viel von dieser Sorte hier habt.«

Sie schüttelte den Kopf. »Nur den einen. Warte hier.«

Einige Minuten später kam sie mit dem angeforderten Material zurück. Jung, sicher, aber sehr tüchtig. Das lag wohl am College, dachte er, und verwarf den Gedanken nervös. Jeder besaß andere Fähigkeiten, und die seinen konnte man nicht mit vierteljährlichen Prüfungen und wöchentlichen Tests herausfinden.

Die beiden Standard-Aufbewahrungspakete, die sie formlos auf den Tresen knallte, waren voll. Sykes durchsuchte die Habe des toten Außerirdischen, während Francisco die von Hubley inspizierte. Ortiz sah eine Weile lang zu und machte sich dann wieder an ihre Hausaufgaben. Sie hatte das alles schon hundertmal gesehen.

Bei einem kleinen Folienpäckchen hielt Francisco inne. Er hob es ans Licht, bevor er seinem Partner seine Verwirrung gestand. »Was ist das?«

Sykes sah zu ihm herüber. »Ein Pariser.« Als Francisco daraufhin nicht reagierte, fügte er hinzu: »Du weißt schon. Ein Kondom. Ein Überzieher?« Der Newcomer-Detective sah immer noch ein wenig unsicher drein. »Die Männer – die männlichen Mitglieder unserer Spezies streifen sie über ihre, äh, Penisse, um keine unerwünschten Kinder zu zeugen.«

Es war klar, daß sein neuer Kumpel reichlich Schwierigkeiten dabei hatte, etwas zu begreifen, was für Sykes so klar wie Kloßbrühe war. Er sah sich zu Ortiz um.

»Brauchst du das noch?« fragte er sie und wies dabei auf das Päckchen.

Sie sah von ihren Büchern auf. »Nö. Alles, was ihr nicht gebrauchen könnt, landet wieder in der Aufbewahrung.«

Sykes nickte und wandte sich mit ausgestreckter Hand an Francisco. Der Außerirdische gab das Päckchen gehorsam an ihn weiter. Sykes riß es auf, rollte den Inhalt auf und ließ das Kondom vor dem neugierigen Blick des Newcomers herumbaumeln.

»Jetzt alles klar? Oder sollen wir auf dem Rückweg bei einem Buchladen halten und dir eine Gebrauchsanweisung kaufen?«

Francisco sah die blasse Membran an und runzelte die Stirn. »Und das *paßt*?«

Es war nicht gerade jene Antwort, die Sykes erwartet hatte. »Äh, ja. Ist aus Gummi. Es dehnt sich.«

»Und trotzdem paßt es?«

Der Detective starrte seinen Partner eine ganze Weile an, aber Francisco verzog keine Miene. Schließlich warf er das Kondom und das leere Päckchen zurück auf den Tresen und machte sich wieder daran, die Habe des toten Newcomers zu untersuchen. Francisco seinerseits kehrte zu Hubleys Haufen zurück. Keiner erwähnte mehr das Thema Geburtenkontrolle.

Schließlich machte sich Sykes an Regenmantels Kleider. Die schweren Arbeitsstiefel, die der Außerirdische getragen hatte, kamen als letzte dran. Er ging recht sorgfältig mit ihnen um: Auf der Seite und an den Sohlen klebte noch immer eine dicke, zähe schwarze Masse. Er schnüffelte vorsichtig an dem Zeug und zeigte sich befriedigt, daß es doch nicht das war, was es hätte sein können. Klebrig, aber kein Teer oder Asphalt. Beides wäre während der Aufbewahrungszeit längst beinhart geworden.

Dieses Zeug dagegen war immer noch so weich, daß es an den Fingern kleben blieb, wie Sykes sehr schnell herausfand. Mit angewidertem Blick sah er sich nach etwas um, an dem er seine Hand abwischen konnte. Francisco schaute zu ihm herüber.

»Probleme?«

»Da ist eine Art Schmiere auf den Stiefeln.« Er hielt seine klebrigen Finger für eine eingehendere Untersuchung hoch. »Was ist das für ein Zeug?«

Francisco untersuchte die ausgestreckte Hand seines Partners. »Falls ich mich nicht irre, handelt es sich um eine Art Harz.«

Sykes hörte auf, nach einem Lumpen zu suchen, und sah überrascht auf. »Oh. Ein Harz. Toll. Das ist ja wohl ziemlich offensichtlich, oder?«

Aber Francisco war noch nicht fertig. »Newcomer, die in den Ölraffinerien mit Methan arbeiten, müssen es auf ihre Schuhe streichen, um einer Funkenbildung und damit der Gefahr einer Explosion aus dem Weg zu gehen.«

Das Kinn des Detectives klappte ein wenig herunter. »Woher, zur Hölle, weißt du das?«

Wie sich herausstellte, gab es einen einfachen Grund. Francisco besaß zwar eine gute Allgemeinbildung, war aber kein Genie.

»Viele meiner Rasse arbeiten für die Raffinerien im Bezirk Los Angeles-Long Beach, weil die Methandämpfe, die als Nebenprodukt gewisser Raffinerieprozesse entstehen, für uns ungefährlich sind. Unsere Lungen tolerieren eine Anzahl verschiedener Gase, die für Menschen gefährlich und mitunter sogar tödlich sind. Diese Tatsache ist weit und breit bekannt.« Sykes ließ sich von der angedeuteten Kritik nicht auf die Palme bringen. »Der Bruder meiner Frau arbeitet in einer solchen Raffinerie.»

»Verstehe. Und eines Tages ist dir das Zeug auf seinen Schuhen aufgefallen und du hast ihn gefragt, was es ist.« Francisco nickte.

»Wir tauschen des öfteren Informationen aus. Es ist die einzige Methode, etwas über die Welt zu erfahren, in der wir uns befinden.«

Sykes' Gedanken wirbelten durcheinander. »Also hat der

Slag, den sie oben gerade auseinandersäbeln, in einer Raffinerie gearbeitet. Genau wie Hubley.« Er schenkte seinem Partner einen bedeutsamen Blick. »Was schließt du daraus, George?«

»Ich bin mir der Gedanken, denen Sie gerade nachhängen, durchaus bewußt, Matt.«

Sykes nickte sich selber zu, offenbar mit sich zufrieden. »Ich würde sagen, daß die ›mögliche‹ Verbindung zwischen den beiden Fällen auf einmal sehr viel wahrscheinlicher geworden ist. Also gut, nächster Schritt.« Er schwieg einen Moment lang und starrte die Wand an. Dann blinzelte er und wandte sich wieder an den stumm dastehenden Francisco. »Ich muß mit der Frau des Ladenbesitzers reden, den sie letzte Nacht weggepustet haben.«

»Ich denke doch, daß ich derjenige sein sollte, der mit seiner Witwe spricht.«

»Klar, sicher, du bist natürlich dabei. Ich brauch' dich wahrscheinlich, wenn ihr Englisch nicht so gut ist. Vielleicht fallen dir sogar ein oder zwei Fragen ein, auf die ich nie kommen würde.«

»Sie verstehen mich nicht. Ich wollte vorschlagen, daß ich mich allein mit ihr unterhalte. Nur ich, okay?«

»Okay – ich meine, nein! Wieso zur Hölle...?«

Er unterbrach sich. Francisco hatte kein wissendes Lächeln aufgesetzt, obwohl er allen Grund dazu gehabt hätte. Sykes war der erste, der zugeben würde, daß seine Manieren unter solchen Umständen nicht von sonderlichem Mitgefühl für das Opfer einer kürzlichen Tragödie gezeichnet waren. Seine Gesprächspartner neigten dazu, sich vor ihm zu verschließen anstatt Informationen zu liefern, und die Verwandten eines Mordopfers waren die schlimmsten. Es machte keinen Unterschied, daß es sich um eine Newcomerin handelte. Was diese Art von Gefühlen betraf, gab es keine Unterschiede zwischen den Rassen.

Sykes hatte seinen Stolz, aber er war nicht dumm. Er wollte Informationen, keine Egopolitur. »Na schön«, murmelte er. »*Du* redest mit der Frau.«

Francisco schien erfreut, war jedoch höflich genug, keinen weiteren Kommentar abzugeben.

V

Als sie den Supermarkt das letzte Mal gesehen hatten, war er noch ein Inferno aus Polizeilichtern, Lärm und sonstigen Aktivitäten gewesen. Nun war es dort völlig ruhig, die zerschossenen Fenster mit zwei Zentimeter dicken Brettern verrammelt. Nach langem Klingeln öffnete ihnen eine ältere Newcomerin mit offenkundigem Widerwillen die Tür. Sie war größer als Sykes, der sich hinter Francisco hielt und seinen Partner in dessen sanft zischender Sprache reden ließ.

Heute spiel' ich mal Chauffeur, sann er, während er durch den leeren Laden wanderte. Inzwischen standen die Regale leer, die Waren hatte man entweder verkauft oder verschenkt. Auf einem der Holzbalken am Eingang hing bereits ein »zu vermieten«-Schild. So leer und verlassen, sah der Supermarkt wirklich nicht viel gleich.

Auf den Regalen im hinteren Teil des Ladens stand noch die eine oder andere Ware. Einiges erkannte er wieder, anderes nicht. Die amerikanischen Hersteller versuchten immer noch, sich dem völlig neuen Kundenkreis anzupassen, der da so unverhofft in ihrer Mitte aufgetaucht war, manche mit sehr viel mehr Erfolg als andere. An deren Stelle waren außerirdische Unternehmer getreten, die alte Dinge neu verpackten, um sie der eigenen Rasse schmackhaft zu machen, und dabei aus dem Vorhandenen völlig neue Produkte schufen. Die Newcomer benahmen sich oft recht dumm und langsam, und die zahlreichen Witze über sie erzählte man sich zweifellos zu Recht. Aber nicht alle waren brabbelnde Idioten. Sie besaßen durchaus Hirn, wenn es auch nicht gerade gerecht verteilt war.

Man brauchte sich bloß Francisco anzusehen. Wie alle seiner Rasse war er für Sykes' Geschmack beinahe zu ruhig, zu präzise in seiner Ausdrucksweise. Der Detective lächelte in sich hinein. Wenn sie noch sechs Monate zusammenarbeiteten, hätte Sykes dem alten George vermutlich jedes, dem

Los Angeles Police Department bekannte Schimpfwort beigebracht, was angesichts der polyglotten Bevölkerung der Stadt so ziemlich jedes überhaupt bekannte Schimpfwort einschloß. Mit etwas Zeit würde er aus dem Newcomer noch etwas machen, was einem normalen Detective zumindest halbwegs ähnlich sah.

Je weniger Zeit sie zusammen verbrachten, umso besser freilich. George zurechtzubiegen, war nicht seine Aufgabe. Die lag momentan darin, Bill Tuggles zweiten Mörder aufzuspüren. Es war das einzige, das ihn derzeit interessierte, das einzige, das ihn morgens überhaupt dazu brachte aufzustehen. Nur dafür brauchte er Francisco, ungeachtet all der Frustrationen, die die Zusammenarbeit mit einem Newcomer nun einmal mit sich brachte. Und nur aus diesem Grund ertrug er auch die hämischen Bemerkungen von Fedorchuk und Alterez und den übrigen Pennern im Revier.

Nur darum würde er mit allem fertigwerden, was die Welt auf ihn loslassen würde.

Die Witwe des Besitzers unterhielt sich mit Francisco. Es gab nur wenige Gesten. Unter Sykes' Augen zog der außerirdische Detective ein Bild aus seiner Tasche und zeigte es der Frau. Sie studierte es eingehend, nickte und redete mit einem Affenzahn weiter. Sykes hörte alles mit, ohne auch nur ein einziges Wort davon zu verstehen.

»Biegen Sie hier ab.«

»Ich hab' das Schild gesehen, verdammt.« Sykes mußte hart auf die Bremse gehen, weil er das Schild tatsächlich nicht gesehen hatte, doch verdammt wollte er sein, wenn er Francisco das wissen lassen würde.

Dampf und gefilterter Rauch quoll aus dem gewaltigen Komplex von Röhren und Leitungen und Gebäuden, das zusammengenommen die Raffinerie darstellte. Von der South Bay blies gerade genug Wind herüber, um die Luft über der höllischen Anlage halbwegs sauber zu halten. Man konnte die exotischen Chemikalien in der Atmosphäre beinahe spüren, wenn man über das Gelände fuhr. Zumindest bildete sich Sykes das ein. Überall huschten Männer und

Frauen durch das Labyrinth, Ameisen, die sich um ihren Hügel kümmerten. Jedermann trug einen Schutzhelm.

Sie machten das Besucherbüro ausfindig und erhielten jene Art Begrüßung, die gemeinhin für neugierige Polizisten reserviert war: zurückhaltend und korrekt. Der Leiter der Methansektion, den man von seinen normalen Pflichten abberufen und ihnen als Führer zugeteilt hatte, war ein wenig freundlicher. Sein Name war O'Neal. Anders als die meisten Arbeiter, die ihnen über den Weg liefen, trug er eine Krawatte und Hemdsärmel.

Manche Firmen hatten schon komische Gewohnheiten, sinnierte Sykes. Wer hier arbeitete, brauchte eine Krawatte so nötig wie ein Hafenarbeiter. In erster Linie stellte sie wohl ein Rangabzeichen dar, ein langer, gerader Sparren, durch den O-Neal sich vom gemeinen Fußvolk abhob, das da zwischen Röhren, Rädern und Meßgeräten seine Sklavendienste tat.

Trotzdem wirkte er recht höflich, während er sie tiefer in den Komplex hineinführte. Noch wichtiger war freilich seine Geschwätzigkeit. Sykes saugte jedes seiner Worte auf. Man wußte ja nie, ob sich unter der ganzen Scheiße nicht mal ein Klumpen Gold versteckte. Um sie herum gingen Dutzende von Arbeitern ihrem Job nach, ohne daß Sykes auch nur im mindesten verstand, was sie da eigentlich gerade taten. O'Neal grüßte einige von ihnen, andere übersah er. Die Arbeiter schienen zu etwa gleichen Teilen aus Newcomern und Menschen zu bestehen.

Der Sektionsleiter mußte brüllen, um sich über dem dröhnenden Gebrüll der Maschinen verständlich zu machen.

»Mr. Hubley war ein prima Kerl und ein verdammt guter Sektionschef. Die Männer mochten ihn, sogar die Newcomer. Jetzt hab' ich seinen Job, aber ich würde ihn verdammt noch mal sofort wieder abtreten, wenn ihm das noch helfen würde. Ich muß mir echt den Arsch aufreißen, um in seine Fußstapfen treten zu können. Ich hab' gedacht, daß ich seinen Posten erst in ein paar Jahren übernehmen müßte. Und jetzt muß ich mich abrackern, um ihn zu behalten.«

»Vielleicht stimmt das ja zum größten Teil.« Sykes achtete auf jeden seiner Schritte, als sie einen schmalen Steg hochgingen. »Aber einer seiner Leute schätzte ihn offenbar doch nicht so sehr.«

O'Neal runzelte die Stirn und blieb stehen, als ihm Sykes das Polaroidfoto des Außerirdischen zeigte, der vor kurzem seine Residenz im Leichenschauhaus aufgeschlagen hatte. Sie kamen zu einem massiven Schott, das in die Methansektion führte. Während sich O'Neal das Bild ansah und seine beiden Gäste geduldig auf eine Bemerkung seinerseits warteten, knarrte das Schott auf. Drei Arbeiter kamen heraus und unterhielten sich leise miteinander. Alle waren Newcomer.

Der Sektionschef tippte auf das Foto. »Und Sie glauben, das ist der Kerl, der es getan hat?«

Sykes bot ein Bild professioneller Nonchalance. »Wir denken, daß er darin verwickelt sein könnte, ja. Kennen Sie ihn?«

O'Neal studierte das Bild ein letztes Mal. »Ich würde Ihnen ja gerne weiterhelfen, aber um ehrlich zu sein, ist es ziemlich schwer zu sagen. Vielleicht, vielleicht auch nicht.«

»Das liebe ich so an meinem Job«, brummte Sykes. »Ein unanfechtbares Indiz nach dem anderen.«

»Hey, tut mir leid. Ich geb's nicht gerne zu«, er sah verstohlen zu Francisco hinüber, »aber für mich sehen die alle ziemlich gleich aus.«

»Versuchen Sie, sich die Farbmuster auf dem Schädel zu merken«, riet ihm Francisco. »Sie sind recht charakteristisch. Auch wir erkennen einen anderen oft auf diese Art. Für die langfristige Polizeiarbeit nützt das freilich nichts, weil sich die Muster mit zunehmendem Alter verändern.«

»Wen kann ich sonst noch fragen?« wollte Sykes ungeduldig wissen.

O'Neal hielt immer noch das Foto in der Hand und versuchte, eine Verbindung herzustellen. »Ich bin mir nicht sicher – warten Sie mal. Wissen Sie, wem er gleichsieht?« Er nickte beifällig. »Klar. Anderson. Äh, James Anderson. Er ist heute nicht da. Wenn ich mich recht an den Dienstplan erinnere, hat er den Nachmittag frei.«

»Wenn mich nicht alles täuscht, hat er für den Rest seines Lebens frei«, grunzte Sykes. Der Detective übersah O'Neals

Reaktion und deutete auf das schwere Schott. »Hat Anderson da drin gearbeitet?«

»Allerdings.« O'Neal drehte sich um, als zwei andere Newcomer herauskamen. »35 Prozent Methan da drin. Ich weiß nicht, wie die Typen das aushalten. Normalerweise atmen sie Stickstoff/Sauerstoff, genau wie Sie und ich; aber das Zeug da haut sie erst um, wenn die Konzentration 50 Prozent überschreitet.«

Francisco ergriff einmal mehr das Wort. »Im Gegensatz zu Ihren Lungen führen die unseren eine Art selektiver Filtrierung durch. Soweit ich den Unterschied verstehe, hat die größere Lungenkapazität etwas damit zu tun. Außerdem gibt es erhebliche Unterschiede in der Struktur der Lungenbläschen.«

»Hm, aha«, meinte O'Neal. Sykes schoß seinem Partner einen bösen Blick zu, bevor er sich ein letztes Mal dem Sektionschef zuwandte.

»Falls Ihnen ein Newcomer über den Weg läuft, der *tatsächlich* so aussieht wie der Kerl auf dem Foto, rufen Sie uns an.« Er gab O'Neal eine seiner Visitenkarten. »Falls gerade keiner von uns da ist, hinterlassen Sie eine Nachricht. Wir melden uns dann bei Ihnen. Noch schneller melden wir uns, wenn dieser Anderson wieder aufkreuzt, obwohl ich meine Rente darauf verwette, daß er dem Werk nicht mal auf einen Kilometer nahekommt. Aber man weiß ja nie. Manchmal machen selbst Newcomer irgendeine Dummheit. Stimmt's, George?«

»Stimmt, Matt.«

»Ist er nicht putzig?« Sykes machte sich mit Francisco wieder auf den Weg und ließ O'Neal mit offenem Mund stehen. Der Sektionschef folgte ihnen mit dem Blick, bis sie das Tor erreicht hatten. Sobald das Schrottmobil in den Verkehr eingebogen war, ging er in den Kontrollraum. Der einzige Wächter ignorierte ihn, als er auf das Telefon an der Rückwand zuging und schnell zu wählen begann.

Es wurde bereits dunkel, als Sykes vor dem bescheidenen Drei-Schlafzimmer-Haus im Außenbezirk von Slagtown anhielt. Vom Standpunkt eines Architekten wirkte es nicht besonders ansehnlich: Mischdach, Stuckwände, Rasen und Gebüsch, Garage für zwei Wagen am Ende einer kleinen Betonauffahrt, ein einsamer, aber solider Ahorn, der sein Laub über die Vorderfront verteilte. Sogar Sykes fiel auf Anhieb auf, wie sauber das Ganze aussah. Kein einziges Unkraut erhob sein garstiges Haupt auf dem perfekten Rasen, nicht ein einziges Bonbon- oder Kaugummipapier befleckte den Bürgersteig, kein einziger Fleck am ganzen Haus. Selbst die Fenster sahen neu aus, waren aber wohl nur gut in Schuß gehalten.

Eine attraktive und konservativ gekleidete Außerirdische sprengte den Rasen mit einem Gartenschlauch. In ihren riesigen, aber dennoch femininen Händen wirkte er wie ein Strohhalm. Auf dem Bürgersteig kurvte ein sechsjähriger Außerirdischer auf einem speziell angefertigten Fahrrad herum.

Alle hatten erwartet, daß es den außerirdischen Kindern noch schwerer fallen würde, sich in die menschliche Gesellschaft einzufügen, als den Erwachsenen, doch genau das Gegenteil war der Fall gewesen, besonders, wenn sie die Pubertät erst einmal hinter sich gelassen hatten. Sykes hatte gehört, daß es den Mädchen immer noch sehr schwer fallen würde. Selbst die dürrsten Jungen wurden in den örtlichen Football-Teams von ihren Trainern und Mitspielern mit offenen Armen aufgenommen. Die Newcomer-Jungen wogen gut zwanzig Kilo mehr als der menschliche Durchschnitt ihrer jeweiligen Altersstufe, und außerdem rissen sie sich nicht sonderlich um den Posten des Quarterback. Falls sie jemals echtes Tempo entwickelten, würden sie den Profi-Sport revolutionieren.

Sykes begutachtete die bukolische Szene und rollte mit den Augen. »Mein Gott. Willkommen bei den Waltons.«

Er lehnte sich auf die Hupe. Francisco, der gerade mit seinem Sohn spielte, sah auf und gab seiner Frau unter den Augen des wartenden Sykes einen Abschiedskuß. Schließlich küßte er auch noch seinen Sohn auf den kahlen Schädel. Na schön, dachte Sykes. Jedem Tierchen sein Pläsierchen. Wenigstens küssen sie sich.

Während er noch zusah, wich der spöttische Ausdruck,

den er kurz nach dem Anhalten aufgesetzt hatte, langsam aus seinem Gesicht. Es war zu kitschig, um gespielt zu sein, zu echt, um es einfach abzutun. Sicher, sie waren Außerirdische, in dieser Gesellschaft und in dieser Zeit völlig fehl am Platze. Und dennoch überwand die Unschuld des Ganzen mühelos die Rassenschranken. Selbst die interstellaren.

Er riß sich zusammen, als Francisco die Tür auf der Beifahrerseite aufmachte und hineinkletterte. Jetzt zählte nur noch eines, ermahnte er sich, und das war die Suche nach Tugs Killer.

Was wiederum hieß, diesen Slag namens Anderson aufzutreiben.

Das Biltmore galt immer noch als die große alte Dame unter den Hotels von Los Angeles. In den Achtzigern hatte man es vollständig renoviert, und nun klammerte es sich an seine Glorie wie eine reiche Matrone in der Blüte ihrer Jahre. Schick gekleidete Männer und Frauen stiegen aus den Wagen, die vor dem Haupteingang anhielten. Nicht alle waren Menschen. Nicht alle Newcomer lebten in Slagtown. Manche hatten es in kürzester Zeit sogar erstaunlich weit gebracht.

Muzak und das schwere Aroma der Kanapee-Tabletts lagen in der Luft. Kellner huschten servil durch den Raum, schenkten Perrier und Champagner aus und nahmen den Klatsch eines ganzen Monats in sich auf. Die schlaueren unter ihnen würden ihn später zu einem hohen Preis Stück für Stück an die bekannteren Kolumnisten der Stadt verscherbeln. Nicht alle Kellner waren Menschen. Die Integration der Newcomer hatte alle Gesellschaftsschichten erfaßt, obwohl sie sich eher auf die unteren Schichten konzentrierte.

Derzeit enthielt die Herrentoilette nur einen einzigen Insassen. Sein speziell angefertigter Smoking war für seinen massiven Körperbau maßgeschneidert worden. Er überprüfte erst die Toiletten, dann die Türe, bevor er den kleinen, dicken Plastikbehälter aus der Innentasche seines Anzugs zog. Er ähnelte einer plattgedrückten Zahnpastatube mit einem Plastikspender am oberen Ende. Als er ihn an seine Lippen hob, hallte ein leises, aber charakteristisches Klirren durch die Toilette. Verursacht wurde es durch die Glieder der exotischen Silberkette, die der Newcomer an seinem linken Handgelenk trug.

Er hielt den Spender an seine Lippen, streckte die Zunge heraus und drückte auf den Knopf an der Spitze. Wie der Spender selbst war auch er für den Umfang eines außerirdischen Daumens entworfen worden.

Die Tube gab einen kleinen Klecks hellblauen Gels von sich. Er leckte ihn mit seiner Zunge auf, inhalierte feucht durch dicke Lippen und behielt den Klecks eine Weile lang im Gaumen, seinen scharfen Geschmack genießend. Sein Speichel löste das Gel langsam auf. Als es fast völlig verschwunden war, schluckte er es hinunter.

Fast unmittelbar darauf zogen sich seine Pupillen zusammen, die Augen weiteten sich. Als der Rush ihn überkam, schnappte er nach Luft.

Und wirbelte herum, als die Tür der Herrentoilette aufknallte. Der Anblick des glatzköpfigen Menschen, dessen einziges Interesse offenbar dem nächsten Pißbecken galt, beruhigte ihn wieder. Der Mann war halb besoffen und warf nicht einmal einen Blick in Richtung des Gelsaugers.

Der Besitzer des scheinbar so unschuldigen Gelspenders trug den Namen Kipling. Hastig verstaute er den Spender wieder in der Tasche und schritt zum Ausgang, sorgsam darauf bedacht, sein Gesicht von dem pissenden Menschen abzuwenden. Doch der Mann hatte genug Probleme damit, sich auf sein eigenes Geschäftchen zu konzentrieren. Er sah nicht, wie Kipling verschwand.

Wenn man seine Augen soweit zukniff, daß es fast schon wehtat, verwandelten sich die Lichter der Wagenarmee von Los Angeles von blendend hellen Flecken zu herzzerreißend schönen Farbstrichen. Sykes tat das nie mit Absicht, war manchmal jedoch so müde, daß er diesen halluzinatorischen Effekt aus reiner Erschöpfung erlebte.

Sie waren eine Weile lang schweigend durch die Stadt gefahren, jeder seinen eigenen Gedanken nachhängend. Das Funkgerät krachte und beschwerte sich, vollgestopft mit kalorienschweren Verbrechen. Eine ganz normale Nacht in

L.A., nicht mehr als die üblichen Taschendiebstähle und häuslichen Auseinandersetzungen. Noch kein Mord bis jetzt. Keine Vergewaltigung. Keine Brandstiftung. Ein größerer Raubüberfall, weit außerhalb.

Als Francisco schließlich zu einer Bemerkung anhob, tat er es, ohne seinen Partner dabei anzusehen. »Mrs. Porter kommt nicht über den Tod ihres Mannes hinweg.«

Sykes versuchte sich an einem mitfühlenden Tonfall und merkte, wie er dabei scheiterte. Er hatte sich schon zuviele Aussagen irgendwelcher Witwen anhören müssen. Die Schattenseiten von L.A. hatten ihm schon vor Jahren jedes Mitgefühl ausgetrieben. Nicht, daß er tatsächlich so sein wollte. Für viele Bullen war es nur eine Frage der Selbstverteidigung.

»Traurig. Hast du irgendwas von ihr erfahren?«

»Vor einer Woche besuchten zwei Männer ihren Gatten. Nachdem sie wieder gegangen waren, sei er sehr verängstigt gewesen. Sie identifizierte einen der Männer anhand eines Fotos, das ich ihr gezeigt habe. Es war Hubley.«

»Na also.« Sykes setzte sich etwas aufrechter hinter das Steuer. »Was ist mit dem anderen Kerl?«

»Sie kannte ihn nicht. Aber sie meinte, daß ihr Sohn ihn vielleicht kennen würde.«

Ein wenig von Sykes' Hochgefühl verflog. Er hatte auf eine einwandfreie Identifizierung des flüchtigen Killers gehofft. Und trotzdem. Etwas Greifbares in Sachen Hubley aufzuspüren, war auch nicht gerade unwichtig. Wenigstens war der Besuch nicht völlig umsonst gewesen.

»Was ist mit dem Sohn? Hast du mit ihm geredet?«

»Er hat sich seither nicht mehr zu Hause blicken lassen. Aber sie hat mir erzählt, wo wir ihn finden könnten.«

Sykes nickte. Nur Geduld, sagte er sich. Zwei Stücke, die in die eine Seite des Puzzles paßten, zwei weitere für die andere. Erst die Ränder, dann das Innere.

Der Ballsaal des Biltmore war ein Meer aus Schwarz, Weiß und allen möglichen Grauschattierungen. Smokings und Abendkleider waren die Regel, obwohl ›förmliche Garderobe‹ in Los Angeles alle Farben des Regenbogens beinhaltete, was die Gäste, je nach Beruf, auch weidlich ausnützten. Das männliche Hollywood-Kontingent zum Beispiel konnte mit mehr Schleifen und Schmuck aufwarten als selbst die aufgedonnertsten Damen.

Inmitten der erlesenen Versammlung zogen auch einige Newcomer ihre Kreise, die nicht zu den Bediensteten, dem Sicherheitspersonal, den Küchenhilfen und all den anderen zählten, die für die Gala arbeiteten anstatt an ihr teilzunehmen. Kipling war einer der Auserwählten. Obwohl er selbst für einen Newcomer sehr großgewachsen war, gelang es ihm doch, sich unauffällig seinen Weg durch die Menge zu bahnen. Keiner der Feiernden schenkte ihm auch nur die geringste Aufmerksamkeit. Er war nichts weiter als ein Gast, der Anblick eines Newcomers im Smoking hatte längst schon seine Attraktion verloren.

Die Aufmerksamkeit der Menge richtete sich auf den Bürgermeister, der von seinem Platz am Rednertisch gerade eine Ansprache hielt. Keiner dachte sich etwas dabei, daß er seine Worte eher an das halbe Dutzend Fernsehkameras an der rechten Tischseite richtete. Falls er eine neue Bowlingbahn hätte eröffnen müssen, hätte er genau dasselbe getan. Ungeachtet der jeweiligen sozialen Stellung hatte das Publikum von Los Angeles doch eines gemein: Medienerfahrung.

»Unser Gastredner an diesem Abend hat in kurzer Zeit eine Menge für seine Gemeinde getan«, deklamierte er. »Und ich sollte noch hinzufügen, daß er in seiner Eigenschaft als Gründer des ersten Newcomer-Unternehmens im Staate Kalifornien in den letzten Jahren ohne Zweifel auch privat sehr weit gekommen ist. Wenn auch zugegebenermaßen nicht ganz so weit, wie er *vor* seiner Ankunft in Los Angeles gekommen ist.«

Die Pointe war nicht schlecht und ersparte dem Publikum ein gekünsteltes Lachen. Es mochte den derzeitigen Bürgermeister. Er ging die Sache sehr viel lockerer an als sein Vorgänger, der einem unglückseligen Erdbeben-Hilfsfonds hatte vorstehen müssen. Was ihre Politiker anging, zog die Stadt einen hemdsärmeligeren Stil vor. Der jetzige Bürgermeister war eine echte Erleichterung, ein Gegengift, eine optimistische Alternative zu den 7,3 auf der Richter-Skala, die vor einem Jahr das San Gabriel Valley zertrümmert hatten. Keiner kümmerte sich groß um seine eigentliche Politik, obwohl er seinen Posten trotz seines immer lächelnden, stets zu einer witzigen Bemerkung bereiten Auftreten doch recht ernstzunehmen schien.

Während seine dahinplätschernde Ansprache das Publikum und die Fernsehkameras in ihrem Bann hielt, glitt Kipling auf einen leeren Stuhl am vordersten Tisch, lehnte sich zu seinem Nebenmann hinüber und flüsterte ihm etwas in die Höröffnung. Die hochgewachsene Gestalt hörte ihm zu, ohne auch nur einmal ihr Gesicht zu verziehen oder die Augen vom Bürgermeister abzuwenden. Gelegentlich antwortete sie mit einem kaum sichtbaren Nicken.

Als er alles gesagt hatte, was es zu sagen gab, richtete sich Kipling auf und hörte wie alle anderen dem Bürgermeister zu. Wenigstens sah er aufmerksam in dessen Richtung. In Wahrheit interessierte sich Kipling nicht im mindesten für Politik, ob es sich nun um die der Menschen oder jene der Newcomer handelte.

Langsam ließ der Bürgermeister nach. Manche der Reporter begannen sich bereits zu langweilen, und sein letzter Scherz hatte dem Publikum statt des erhofften Lachers nur ein dezentes Glucksen entlockt. Wie jeder gute Politikschauspieler wußte auch der Bürgermeister genau, wann er aufhören mußte. Folgerichtig verwarf er den Rest seiner Rede und wandte sich nach links, während er auf seine abschließenden Sätze zusteuerte.

»Als Bürgermeister dieser schönen Stadt, der schönsten im ganzen Land, ist es mir ein außerordentliches Vergnügen, ihnen einen Gast vorzustellen, der in unserer Stadt rasch heimisch geworden ist. Jemanden, der viel zu ihrem guten Ruf beigetragen hat, während er zur gleichen Zeit selbst einen außerordentlichen Ruf erlangte. Jemanden, der trotz der widrigsten Umstände, die man sich überhaupt nur vorstellen kann, aus dem Nichts etwas Entscheidendes, etwas Lebenswichtiges erschaffen hat. Jemanden, der uns alle, die wir hier leben, zu seinen Freunden zählen darf.« Seine rechte Hand holte zu einer großen Geste aus und die Fernsehkameras gingen willig in die Knie.

»Meine Damen und Herren – William Harcourt.«

Alle an den Tischen und im Ballsaal applaudierten heftig, während die Fernsehleuchten und das Spotlight des Saals vom Bürgermeister auf den neu ernannten Medienkönig schwenkten. Auch die Kameraleute waren vorgewarnt und wußten genau, wohin sie ihre Autofokus-Geräte zu richten hatten. Schließlich blieben ihre Linsen auf der übergroßen Gestalt ruhen, der Kipling noch vor einigen Momenten etwas zugeflüstert hatte. Kipling selbst versuchte, dem Spotlight aus dem Weg zu gehen.

Harcourt ließ die Menschen an seinem Tisch wie Zwerge erscheinen, was, nebenbei bemerkt, auch auf seine hinreißend schöne Begleiterin zutraf. Jeder erkannte ihn, selbst jene, die nur im Schlepptau anderer Gäste gekommen waren. Harcourt tauchte oft genug im Fernsehen und in den Zeitungen auf, mehr als jeder andere Newcomer. Er sah gut aus, beinahe weltmännisch, trotz der fehlenden Haare, war überaus charmant und seine blauen Augen bescherten den weiblichen Mitgliedern beider Rassen weiche Knie. Männer standen etwas aufrechter, wenn sich sein Blick auf sie richtete. Man bewunderte ihn nicht nur. Man schätzte ihn.

William Harcourt war das Musterbeispiel eines erfolgreichen Newcomers, jemand, der die bloße Integration hinter sich gelassen hatte und nun von allen akzeptiert wurde. Seine Erfolge waren Tatsache, er hatte sie selbst errungen. Während sein Blick über das Publikum schweifte, überkam auch jene Newcomer, die an den Tischen bedienten und die Hors d'œuvres verteilten, ein gewisser Stolz auf die Leistungen, die einer der Ihren vollbracht hatte.

Harcourt blinzelte seiner Partnerin zu, als er hinter ihr vorbei aufs Podium ging. Einmal oben angekommen, bemühte er sich eine Weile lang, das Mikrofon hoch genug einzustellen. Es war nichts weiter als eine erstklassige Show, die er da zu ihren Gunsten abzog, aber danach hatte er das Publikum völlig in seiner übergroßen Hand. Während das Gelächter langsam abklang, schirmte er seine Augen gegen das Spotlight ab und studierte die Menge. Als es wieder ruhig geworden war, griff er in seine Brusttasche und zog seinen sorgfältig vorbereiteten Stichwortzettel heraus.

»Ich möchte Ihnen allen für diesen sehr herzlichen Empfang danken.« Er unterbrach sich, blätterte rasch durch seine Stichwortzettel und sah dann wieder zu den erwartungsvollen VIPs hinab. »Ich bin Ihnen besonders dankbar, weil ich die Frechheit besessen habe, das so in meine Stichwortzettel reinzuschreiben.« Sein Tonfall wechselte zu dem eines Nachrichtensprechers, der von seinem Teleprompter ablas.

»›Ich möchte Ihnen allen für diesen sehr herzlichen Empfang danken.‹ Stellen Sie sich vor, wie peinlich es gewesen wäre, wenn der Empfang nicht so herzlich ausgefallen wäre.«

Neues Gelächter des Publikums, als ihm klarwurde, daß es mit diesem Außerirdischen durchaus warm werden konnte. Hier stand ein charmantes, ehrliches Individuum, das durchaus nicht darüber erhaben war, über sich selbst Witze zu reißen.

»Eigentlich habe ich heute abend gar nicht viel zu sagen.« Harcourt wandte sich an den Bürgermeister und dessen Begleitung. »Da drüben sitzen Euer Ehren und drei Mitglieder des Stadtrats. Wenn meine armseligen Scherze durchfallen sollten, bin ich mir sicher, daß sie sich dennoch blendend unterhalten werden.« Neues Gelächter perlte aus der Menge, genau das rechte Maß.

»Was mich betrifft, so stehe ich hier als ganz gewöhnlicher Geschäftsmann vor Ihnen. Als jemand, den Sie wohl als Kapitalist bezeichnen würden. Über gewisse Ausdrücke des Englischen bin ich mir immer noch nicht ganz im klaren. Auch Ihre Politik ist für mich noch fremd. Andererseits halten Sie selbst sie ja auch für etwas merkwürdig. Und dennoch braucht man nicht alle Worte zu kennen, um es in diesem Land zu etwas zu bringen, nicht wahr? Vielleicht darf sogar ein Mann meiner Herkunft davon träumen, eines Tages in ein hohes Amt bestellt zu werden.«

Aus dem hinteren Teil des Publikums drangen beifällige Zwischenrufe. Im stillen freute sich Harcourt darüber, daß sie von jungen Menschen und nicht von Newcomern kamen. Es war ein Maßstab dafür, wie weit er es bereits gebracht hatte, daß er diese Art von Enthusiasmus unter Mitgliedern der gastgebenden Rasse heraufbeschwören konnte. Tief im Innern fühlte er sich gut. Zuversichtlich.

Die Parkplatzsuche kostete sie verdammt viel Zeit. Zu guter Letzt entschied Sykes, daß es im Grunde scheißegal war, und parkte in der Feuerwehreinfahrt. Höflich wies ihn Francisco darauf hin, daß dies ungesetzlich sei, sofern kein Notfall vorliege.

»Wir haben hier einen Notfall«, brummte Sykes und steuerte auf den Seiteneingang zu, die Hände tief in seine Taschen gesteckt. »Mein Trip aufs Klo ist seit zehn Minuten überfällig.«

»Aber ich denke doch, wir sollten...«

»Halt die Klappe, George, und lauf' mir einfach nach, okay?«

Zögernd nickte Francisco, als sie das Hotel betraten.

Der offizielle Teil der Gala war vorüber und draußen staute sich die lange Reihe der Limousinen bis hinauf zur vierten Straße. Mühsam brachen sich Sykes und Francisco ihre Bahn durch das höhlenähnliche Hotel und hielten auf den Lärm der abfahrenden Gäste zu. Wie sich herausstellte, wären sie beinahe zu spät gekommen, doch Sykes entdeckte den Mann, hinter dem er war, noch rechtzeitig, als er gerade durch den Haupteingang gehen wollte.

»Bewegung«, schnauzte er seinen Partner an. Francisco bedurfte keiner längeren Schritte, um mit ihm mitzuhalten.

Harcourt sah die beiden näherkommenden Detectives nicht; er war zu sehr damit beschäftigt, seinen menschlichen Partnern die Hände zu schütteln, sich mit ihnen zu unterhalten und zu lächeln. Kipling dagegen erkannte Sykes auf den ersten Blick wieder. Sein Instinkt riet ihm zu verschwinden – und das möglichst schnell. Aber falls er sich tatsächlich schnell verzog, würde er nur noch mehr auffallen, wo er doch eigentlich in der Menge untertauchen wollte. Menschen erkannten Mitglieder seiner Rasse nur selten auf den ersten Blick wieder. Er traf den schweren Entschluß, an Harcourts Seite zu bleiben. Er mußte wissen, wie der Polizist auf seine Gegenwart reagieren würde, und er wollte unbedingt mitanhören, was er zu sagen hatte. Also wich er keinen Fußbreit und sah weiter auf die Straße hinaus.

Sykes sah ihn, aber nur sehr kurz. Sein Blick und seine Gedanken konzentrierten sich auf Harcourt, während er im Geist schon seine Fragen vorbereitete. Eine leichte Unruhe überkam ihn und er fand keinen Grund dafür. Schließlich schüttelte er sie ab, als er dem großen Außerirdischen in den Weg trat.

»William Harcourt?«

Der Unternehmer drehte sich um, immer noch breit lächelnd.

»Ja?«

Sykes hielt seine Hundemarke vor und steckte sie dann wieder in die Brusttasche. »Ich bin Detective Sergeant Sykes und das ist mein Partner, Detective Francisco. Los Angeles Police Department.«

»Angenehm, Sergeant.« Harcourt nickte herablassend. Seine Aufmerksamkeit galt dem stumm dreinblickenden Francisco. »Detective. Ich wußte nicht, daß man einen Newcomer bereits zum Detective befördert hat.«

»Ich bin der erste«, ließ ihn Francisco wissen.

»Gratuliere. Heute abend wimmelt es anscheinend nur so von Leistungsbeweisen.« Er fügte eine kurze Bemerkung in seiner eigenen Sprache hinzu. Francisco sagte nichts und antwortete statt dessen mit einem seltsamen Zucken seines Kopfes.

Harcourt, der nicht wußte, wen er vor sich hatte, wies auf seinen Begleiter. »Das ist mein Verwaltungsassistent Rudyard Kipling.« Kipling schreckte zusammen, als der andere auf ihn deutete.

Sykes sah ihn neugierig an. »Rudyard Kipling? Ohne Scheiß?« Der Assistent war noch größer als Harcourt, der selbst nicht gerade zu den Newcomer-Zwergen zählte. Angespannt hielt Kipling seinem Blick stand, starrte weiter auf die Straße und stieß ein langes Seufzen aus, als Sykes sich wieder an Harcourt wandte. »Könnten wir Sie einen Augenblick in Anspruch nehmen?«

Harcourts Lächeln verblaßte leicht. Aus der Limousine winkte seine Partnerin schon ungeduldig. Er beschwichtigte sie mit einer kleinen Geste und wandte sich wieder an Sykes.

»Ich bin gern bereit, der Polizei zu Diensten zu sein. Der Bürgermeister und ich unterhalten uns häufig über den Rechtsvollzug. Was kann ich für sie tun, meine Herren?«

Francisco trat einen Schritt vor. »Wir möchten uns nach einem Ihrer Geschäftspartner erkundigen. Warren Hubley.«

Sykes beobachtete Harcourt scharf, doch der Geschäftsmann zuckte mit keiner Wimper. »Ach ja. Ich habe das mit dem armen Warren gehört. Es stand in allen Zeitungen, aber ich wußte schon vorher etwas darüber. Nachdem ich mich sehr darum bemühe, bei meinen zahlreichen Interessen immer auf dem laufenden zu sein, erregt so etwas natürlich sofort meine Aufmerksamkeit. Eine Tragödie.«

»Er war Ihr Partner in einer von Slags... äh, Newcomern betriebenen Grundstücksfirma.«

Harcourt nickte glatt. Falls er wirklich etwas verbarg, tat er es verdammt gut.

»Stimmt. Er, ich und noch sieben oder acht andere.« Das Lächeln verschwand zur Gänze, als Harcourt auf seine teure Uhr sah. Das speziell angefertigte Armband bestand aus kleinen Goldbarren. »Meine Herren, ich bin gerne bereit, sie bei Ihrer Untersuchung zu unterstützen, wo immer ich kann. Zu diesem Zeitpunkt muß das aber leider etwas warten, da ich ohnehin schon zu spät zu einem anderen Bankett komme. Wenn Sie mein Büro wegen eines Termins anrufen, bin ich sicher, daß ich irgendwann in dieser Woche einige Minuten für Sie erübrigen kann. Kipling?«

Der Assistent überreichte Francisco eine Visitenkarte, der sie annahm, ohne Kipling auch nur anzusehen. Dann schnitt eine laute Stimme durch den Lärm. Als sie sich umdrehten, sahen sie den Bürgermeister nebst Gemahlin näherkommen.

»William?«

»Herr Bürgermeister.« Harcourts Lächeln gewann seine frühere Brillianz zurück.

»William, ich habe mir überlegt, ob es nicht geschickter wäre, wenn Sie mit Luisa und mir fahren würden. Zwei Limousinen in diesem Verkehr, da kommen wir ja noch später an, als es ohnehin der Fall sein wird. Sie wissen doch, wie schlimm es auf dem Santa Monica um diese Uhrzeit werden kann.«

»Nur zu gut. Ein ausgezeichneter Vorschlag.« Er drehte sich um und wies auf den überraschten Sykes. »Ray, kennst du eigentlich schon zwei deiner Polizisten? Detective Francisco und Detective Sykes.«

Der Bürgermeister schüttelte zunächst Sykes' Hand und verlor die seine dann in Franciscos riesiger Pranke. »Freut mich«, meinte er professionell, ohne einen der beiden überhaupt wahrzunehmen. »William, wir sollten uns jetzt wirklich auf den Weg machen. Wir wollen die Wähler doch nicht warten lassen.«

»Das ist etwas, das ich sehr schnell gelernt habe, Ray. Ich habe überhaupt eine ganze Menge von dir gelernt.«

Sykes hatte noch eine ganze Menge Fragen an den Newcomer-Geschäftsmann, doch die Gegenwart des ungeduldigen Bürgermeisters nahm ihm den Wind aus den Segeln. Obwohl er es nicht zugeben wollte, hatte ihn das Ganze doch beeindruckt, vor allem die Tatsache, daß der Bürgermeister und Harcourt per Du waren. Angesichts von Harcourts Höflichkeit und der Ungeduld des Bürgermeisters gab er heimlich, still und leise auf.

Harcourts Mitgefühl trug auch nicht gerade zur Besserung seiner Laune bei.

»Nun schauen Sie doch nicht so verbissen drein, Sergeant. Ihre Welt steckt voller Ungeduld, ich weiß. Bitte rufen Sie doch am Montag mein Büro an und lassen Sie sich einen Termin geben. Ich verspreche Ihnen, alle Ihre Fragen zu beantworten.« Er drehte sich um und half seiner Freundin mit einer galanten Handbewegung aus der Limousine.

Als er sich schon zum Gehen wandte, ließ ihn irgend etwas zögern und er drehte sich noch einmal zu Francisco um.

»Noch einmal herzlichen Glückwunsch zu Ihrer Beförderung, Detective. Denken Sie immer daran: Sie sind für uns alle ein Beispiel. Wenn Sie ein öffentliches Amt bekleiden, übernehmen Sie damit zugleich auch eine ungeheure Verantwortung. Bei soviel schlechter Presse ist es entscheidend, daß jene, die kraft ihrer Position etwas dagegen ausrichten können, sich darüber im klaren sind, daß sie jeden Tag wie unter einem Mikroskop arbeiten. Ich werde weiterhin ein Auge auf Sie werfen und Ihre künftigen Fortschritte mit großem Interesse verfolgen.«

Francisco hielt dem Blick des Unternehmers stand. Sykes ignorierte beide und blieb frustriert und wütend stehen, während der Bürgermeister und Harcourt beinahe Arm in Arm davon gingen.

»Verschwinden wir.« Er drehte sich auf seinem Absatz herum und drängelte sich durch die rasch kleiner werdende Menge.

»Ich fand, er war äußerst kooperativ«, bemerkte Francisco sachte.

»Halt die Klappe, George.«

Francisco sah ihn unsicher an, fügte sich jedoch. Fragen waren nicht das beste Mittel, um menschliches Verhalten zu begreifen.

Kipling berührte Harcourt leicht am Arm. Harcourt wandte sich von seiner Partnerin ab, bemerkte den Ausdruck auf dem Gesicht seines Assistenten und ließ sich etwas hinter die anderen Mitglieder der Bürgermeistergesellschaft zurückfallen. Seine Partnerin vermißte ihn keineswegs. Sie unterhielt sich eifrig mit der Frau des Bürgermeisters, ganz hingerissen ob der Tatsache, sich in derart erlauchten Kreisen zu bewegen. Harcourt ließ sich nicht so einfach beeindrucken.

»Kummer, mein Freund?« Er sprach in leisem Englisch. Das zog weniger Aufmerksamkeit auf sich, als wenn er sich in seiner eigenen Sprache unterhalten hätte. Es galt als unhöflich, sich in Gegenwart der Menschen der Sprache des Ursprungs zu bedienen. Ein englisches Gespräch würde von allen um sie herum ganz einfach überhört werden. Er lächelte und nickte weiterhin den Gesichtern in der Menge zu. Obwohl er Kipling zuhörte, vergaß er dennoch nicht, den Gruß des einen oder anderen zu erwidern, den er kannte oder der ihn wiedererkannte. Jede Bekanntschaft war von potentiellem Nutzen. Erstaunlich, wie leicht man einen Menschen durch überlegten Einsatz jenes Ausdrucks, den sie Lächeln nannten, zu seinem Freund machen konnte.

Es sprach für seine beachtliche Selbstbeherrschung, daß ihm das Lächeln angesichts von Kiplings nächstem Satz nicht völlig verging.

»Der Bulle, mit dem Sie sich gerade unterhalten haben. Der Mensch.«

»Was ist mit ihm?«

»Er ist der, der Anderson und den Fahrer umgebracht hat.«

Harcourt blieb beinahe wie angewurzelt stehen. Beinahe, aber nicht ganz. »Das entwickelt sich langsam zu einer ernsthaften Sicherheitslücke. Dem sollten wir sofort ein Ende bereiten. Es läuft alles viel zu gut, um jetzt noch so etwas zu riskieren. Ich habe keine Zeit, mich auch noch darum zu kümmern. Momentan sind wir gerade in einem sehr heiklen Stadium.«

»Ich weiß.« Kipling lächelte, aber sein Lächeln hatte nichts mit jenem Harcourts zu tun. Wo das des Unternehmers warm und beruhigend wirkte, hatte sein Assistent etwas Raubtierhaftes an sich. »Keine Sorge. Er hat mich nicht erkannt.«

»Ich mache mir keine Sorgen wegen einem *ss'askli* Menschenbullen. Sein neuer Partner macht mir Kummer.«

Kipling nickte verständnisvoll, drehte sich um und suchte die Menge ab. Doch der hartnäckige Detective und sein großer Partner waren bereits verschwunden.

Maffet war schon vor Jahren in Pension gegangen, aber wie die meisten Bullen, denen ihr Beruf zur Berufung geworden war, konnte er seine Nase nicht aus dem Polizeigeschäft heraushalten. Für Lebenslängliche wie ihn gab es immer einen Job, und die jüngeren Bullen begegneten ihm mit recht viel Sympathie. Sein Gemüt allerdings verstanden sie nicht. Sie selbst wollten nichts weiter, als ihre Zeit so problemlos wie irgend möglich abzusitzen und danach möglichst früh in Pension zu gehen. Männer wie Maffet waren anders. Sie liebten die rasanten Scherze auf dem Revier. Maffet war kein Enthusiast. Er war süchtig.

Der alte Mann hatte eine besondere Vorliebe für Kanonen, also hatten sie ihn in den Schießstand gesteckt. Momentan hielt sich dort keine Menschenseele auf. Zur Zeit herrschte Ruhe, und nur die Hälfte der Lichter waren eingeschaltet. Schritte hallten durch die unterirdische Kammer, als der alte Mann seine Besucher durch das Sperrgitter führte, das als Eingang herhalten mußte. Als es wieder zufiel, dröhnte ein Klirren durch den abgeschlossenen Raum.

Er trat hinter den Schalter, sperrte den Munitionsschrank auf und überreichte Francisco einige Patronen und eine Handvoll Silhouetten. Der Newcomer sah seinen Partner fragend an.

Sykes wies auf den Schießstand. »Geh schon vor. Ich komme gleich nach.« Francisco nickte und wandte sich zum Gehen. Sobald er außer Sicht war, unterhielt sich Sykes im Flüsterton mit dem alten Mann. »Okay, was hast du rausgekriegt?«

Maffets Augen glänzten. Er sah ein letztes Mal in Richtung Eingang, eher wegen des Effekts, als weil es wirklich nötig gewesen wäre. Später würden noch einige andere den Schießstand benutzen, doch momentan hatten sie die Anlage noch für sich allein.

»Ich kriege verdammt viel Schwierigkeiten, wenn jemand rauskriegt, was ich für dich tue.«

»Keiner wird was merken, du paranoider alter Furz. Glaubst du etwa, Francisco verrät jemandem etwas?«

Maffet lehnte sich über den Schalter und sah zum Schießstand, wo der Newcomer gerade seine Waffe lud. »Wie zur Hölle kannst du dir da so sicher sein? Er ist ein Slag.«

Sykes verzog das Gesicht. »Hey, sicher. Er ist ein Slag, aber ganz okay. Kapiert? Was dich betrifft, ist er ein Detective wie jeder andere.«

Maffet sah scharf zu Sykes auf. »Sag bloß nicht, du magst ihn!«

»Dir schulde ich überhaupt keine Erklärung. Du bist jetzt Zivilist, erinnerst du dich? Also, was hast du für mich rausgekriegt?«

»Schon gut, schon gut. Reg' dich nicht künstlich auf.« Der säuerliche Blick auf Maffets Gesicht verschwand, als er eine Schublade unter dem Tresen aufsperrte und sie aufzog. Der

Beutel, den er herauszog, enthielt alles andere als normale Haushaltsware.

Maffet griff in den Beutel und zog die größte Kanone heraus, die Sykes je gesehen hatte. Viele Maßanfertigungen aus den Spezialläden besaßen einen längeren Lauf, aber das hatte nichts mit Durchschlagskraft zu tun. Das Kaliber von Maffets kleinem Spielzeug war immens, groß genug für eine Gewehrkugel. Und ihr Kaliber war nicht das einzig Besondere an der Kanone. Die ganze Waffe, der Hahn, die Trommel, der Abzug, alles bis hinunter zu den Schrauben, bestand aus rostfreiem Stahl.

Eine gewisse Ehrfurcht lag in Maffets Augen, als er sie weiterreichte. Sykes nahm sie sanft entgegen und begutachtete sie von allen Seiten, bis er sie schließlich in die Hand nahm und probeweise mit ihr zielte. Sie war ziemlich schwer, ja, aber nicht unhandlich.

Maffet sah aus wie ein stolzer Vater unter dem Gabentisch. »Du hast gesagt, du willst die größte, die ich auftreiben kann. Also bitte, da ist sie. Kostet ungefähr 'nen Riesen.«

»Du kriegst dein Geld schon, Opa. Was ist das?«

»Eine Casull .454 Magnum. Wir reden hier von der doppelten Durchschlagskraft wie bei einer .44 Magnum. Die Dinger werden irgendwo in Wyoming fabriziert, von einer Firma namens Freedom Arms. Du kriegst sie sogar mit Zielfernrohr.«

Neugierig sah Sykes die Waffe an. »Was will ich denn mit einem Zielfernrohr auf einer Handfeuerwaffe?«

Maffet bereitete das Gespräch enormes Vergnügen. »Auf die Jagd gehen.« Er wies mit dem Kopf auf die riesige Waffe. »Wild. Vielleicht sogar Bären.«

»Bären, sicher.« Obwohl er keine Miene verzog, schien Sykes doch zufrieden mit der Wahl des alten Mannes. Er schnappte die Trommel heraus, um das Innenleben der Waffe unter die Lupe zu nehmen. »Da passen ja bloß fünf Patronen rein.«

»Mhm. Die Hülsen sind zu groß, als daß sechs in die Trommel passen würden. Aber verdammt noch mal, Matthew, mehr wie eine brauchst du nicht.«

Sykes mühte sich ab, die Pistole mit ausgestrecktem Arm zu halten und zielte beiläufig in Richtung Schießstand. »Schwer, aber nicht unmöglich. Was den Rückstoß betrifft, frage ich lieber gar nicht erst.«

»Brauchst du auch nicht.« Maffet grinste. »Find's doch selber raus.« Das Geräusch des aufschwingenden Gitters ließ ihn zum Eingang sehen. »Fangen wir lieber an. Um diese Zeit füllt sich die Anlage ziemlich schnell, wenn einmal die ersten eintrudeln.«

Sykes nickte. Er packte die Kanone und einige Schachteln mit sehr teuren Patronen und sah sich nach seinem Partner um.

Francisco stand am anderen Ende des Schießstands. Er sah etwas bizarr aus mit seinem Ohrenschutz. Im Gegensatz zu den meisten Kleidungsstücken der Menschen, die für den durchschnittlichen Newcomer schlicht zu klein waren, war der Gehörschutz zu groß. Er saß einfach nicht eng genug über den flachen Höröffnungen an der Seite von Franciscos Kopf, und er mußte laufend nachregulieren. Ein dehnbares Klebeband würde vermutlich besser funktionieren, dachte Sykes.

Der Außerirdische zielte sorgfältig mit seiner vorschriftsmäßigen Achtunddreißiger. Seine Finger paßten kaum vor den Abzug. Auf dem Schießstand fingen die anderen Neuankömmlinge unterdessen an, ihre Waffen zu laden und abzufeuern.

»Sehen wir mal, was du so drauf hast«, meinte Sykes. Als Francisco keine Antwort gab, tippte ihm Sykes auf den Arm.

Der Außerirdische nahm seinen Gehörschutz ab und sah ihn fragend an. »Tut mir leid, Matt.«

»Ich sagte, sehen wir mal, was du so drauf hast, Winnetou. Sechs hintereinander, Schnellfeuer.«

»Bitte bedenken Sie, daß ich noch nicht sehr gut mit der Waffe zurechtkomme.« Nach erfolgtem Geständnis setzte der Detective seinen Gehörschutz wieder auf. Sykes stülpte sich seinen eigenen über den Kopf und starrte intensiv auf das Papierziel am anderen Ende, was seinen Partner nur noch nervöser machte.

Francisco ließ die Kugeln sehr methodisch fliegen, alle sechs. Jede traf das Ziel, aber das war noch das Beste, was man über seine Schützenkünste sagen konnte. Die Einschußlöcher waren über die gesamte Zielscheibe verteilt, ein weit verstreutes, unordentliches Muster.

Sykes legte seinen Gehörschutz ab und bewies einmal mehr den Takt und das diplomatische Geschick, für das er im ganzen Revier bekannt war.

»Wie lange schießt du eigentlich schon? Das ist ziemlich traurig. Haben sie dir auf der Akademie überhaupt nichts beigebracht? Verdammt, das letzte, was sie den Jungfüchsen beibringen, ist, wofür eine Kanone eigentlich da ist. Was tust du eigentlich, wenn jemand auf dich schießt? Mit den Noten deines Abschlußexamens herumwedeln?« Während er sich noch aufregte, lud er daumengroße Patronen in die Trommel der Casull. Das Knallen abgefeuerter Pistolen dröhnte durch den Schießstand und er mußte brüllen, um sich überhaupt verständlich zu machen.

Stumm hörte sich Francisco die Vorhaltungen an und sprach erst, als Sykes fertig war. »Warum haben Sie es getan?«

»Warum habe ich was getan?«

»Eingewilligt, mit mir zusammenzuarbeiten. Sie mögen mich nicht. Sie mögen keinen von uns. Sie haben nichts als Verachtung für meine Rasse übrig. Das war in den letzten Tagen nicht zu übersehen. Ihre Ansichten zeigen sich nur zu deutlich in der Art, wie Sie mich anreden, in der Art, wie Sie über andere Newcomer reden, in der Art, wie Sie uns ansehen. Sie machen kein Geheimnis daraus, also versuchen Sie gar nicht erst, es abzustreiten. Es überrascht mich nicht. Ihre Haltung ist genau dieselbe, die noch immer unter den Menschen vorherrscht.

Und trotzdem machen Sie sich bei Ihren Kollegen zum Paria, indem Sie sich freiwillig bereiterklären, mein Partner zu werden. Ich möchte, daß Sie mir das erklären, Matthew Sykes, weil ich so viel wie möglich über das menschliche Verhalten in Erfahrung bringen will.«

Sykes wirbelte herum. »Also gut. Ich sag' dir, warum ich mit dir arbeite. Weil mein Partner tot ist! Weil einer von euch Bastarden ihn umgelegt hat und dann in irgendeinem Rattenloch in Slagtown verschwunden ist, wo er nichts mehr zu befürchten hat, weil in Slagtown keiner etwas sieht, keiner das Maul aufmacht und ein Bulle wie ich ungefähr so willkommen ist wie ein Besuch der Zwangsausweisungsbehörde.«

Wütend kehrte er Francisco den Rücken zu, riß eine kugelsichere Weste Modell Kelvar-IV von einem nahegelegenen Kleiderständer und knallte sie auf die vor ihm hängende Zielscheibe. Unter dem gleichmütigen Blick des Newcomers hieb Sykes auf den Schalter an der Wand und fuhr die Zielscheibe auf ihrer Transportschiene bis ans Ende des Schießstands. Der Gestank des Cordits füllte die unterirdische Anlage, und selbst mit Gehörschutz war es noch verdammt laut.

Während er darauf wartete, daß das Ziel am anderen Ende ankam, redete Sykes weiter. »Aber da ist etwas, womit der verdammte Hurensohn nicht gerechnet hat, und das bist *du*, George. Deshalb habe ich meine Augen zugekniffen und die Hand hochgehalten, als sie einen Freiwilligen suchten, der für dich den Babysitter spielt. Deshalb habe ich einfach weggehört und den ganzen Mist auf dem Revier ertragen, während ich mit dir zusammenarbeite. Glaub' ja nicht, daß ich es deshalb getan habe, weil ich irgendein Heiliger bin oder weil ich von der Milch der frommen Denkungsart überquelle oder weil du mir leidgetan hast. Ich hab's getan, weil ich dich brauche. Du bist der einzige, der mir helfen kann, Tugs Mörder zu finden.« Die Zielscheibe hatte aufgehört herumzubaumeln.

»Du wirst mich durch diese Mauer des Schweigens schleusen, George. Du wirst dafür sorgen, daß sie mit mir reden. Du wirst mir dabei helfen, diesen Hurensohn von Slag zu finden. Comprendo?«

»Wir haben uns doch schon über die Vorschriften...«

»Wir haben über eine ganze Menge Scheiße geredet, George«, unterbrach ihn Sykes. »Auch darüber, was es heißt, ein Partner zu sein. Erinnerst du dich?«

»Ich erinnere mich durchaus, Matt, aber...«

»Und wenn es Fedorchuk und den anderen Jungs im Bullenstall nicht paßt, können sie mich mal«, fuhr er fort. »Und wenn es dem Captain nicht paßt, kann er mich mal, und wenn es dem Computer nicht paßt, kann er mich mal, und wenn es den ganzen Slags unten in Slagtown nicht paßt, können Sie mich verdammt noch mal auch.«

Francisco war noch nicht fertig, aber seine nächsten Worte gingen in einem donnernden Brüllen unter, als Sykes die Casull in beide Hände nahm und schoß. Es hörte sich an, als ob jemand eine kleine Bombe auf dem Schießstand losgelassen hätte. Die Zielscheibe legte einen halben Dreihundertsechziger hin und baumelte wild an der überlasteten Aufhängung, als die Kugel das Papier und die kugelsichere Weste ohne die geringste Mühe durchschlug.

So lernte er auch den Rückstoß kennen. Er warf ihn einen Schritt zurück und riß seine Arme hart nach oben. Er kämpfte den Schmerz nieder, nahm seine Haltung von neuem ein und schoß ein zweites Mal. Ein neues gezacktes Loch gähnte in der Weste. Pappteile schwebten wie Schneeflocken auf den Boden des Schießstands und illustrierten recht anschaulich, wie das Ziel von der Wirkung des Einschusses förmlich zerrissen wurde.

Während Sykes weiterfeuerte, wurde es auf dem Schießstand immer ruhiger. Die anderen Schützen lehnten sich vor und sahen auf der Suche nach der Quelle der ehrfurchtgebietenden Explosionen neugierig zu ihm hinüber.

Sykes senkte die Pistole und bemerkte, daß seine Hand blutete. Es würde eine Weile dauern, bis er sich an die Casull gewöhnt hatte. Im Augenblick jedoch empfand er nur eine tiefe Befriedigung, als er die noch immer herumbaumelnde, völlig zerfetzte Zielscheibe ansah.

VI

Für einen menschlichen Passanten bedeutete das große blinkende Neon-X vor der schlecht beleuchteten Bar etwas völlig anderes als für deren eigentliche Newcomer-Kundschaft. Freilich bot sich nur sehr wenigen Menschen die Möglichkeit, sich von der doppelten Bedeutung des X verwirren zu lassen, da sich Menschen in diesem Teil von Slagtown ungefähr so selten blicken lassen wie ein Flugsaurier. Außer ein paar Regierungsangestellten wagten sich nur wenige Menschen so tief nach Slagtown hinein, und selbst die Polizei zog es vor, diesen Teil des Außerirdischen-Ghettos zu meiden. Nur die X-Bar schien sich hier heimisch zu fühlen, ein hell strahlender Aasabfütterer, den man zwischen die dunklen Schaufenster und die zugenagelten Wohnungen plaziert hatte.

Die Arbeiter, die sich vor der Bar herumtrieben, sahen aus wie abgelehnte Bewerber für die Angriffslinie der Raiders, groß und zerschunden. Sie starrten mit unverhohlener Abneigung auf die beiden Detectives, die gerade aus dem Schrottmobil stiegen. Phlegmatisch nahm Sykes ihre finsteren Gesichter und die drohenden Blicke zur Kenntnis.

»Also gut«, sagte er zu seinem Partner. »Ich mache das. Halt dich zurück und überlaß die Sache mir. Schau einfach nur zu und lern etwas.«

»Ganz wie du meinst, Matt.« Ergeben folgte Francisco Sykes in die Bar.

Schlechte Beleuchtung hatte Sykes erwartet. Soviel stand schon von draußen fest. Auf die fast vollständige Absenz sämtlicher Lichtquellen war er jedoch nicht vorbereitet. Ein paar indigofarbene UV-Lampen ließen die Bar wie das Alptraumende einer alten Geisterbahn aussehen. Hemden und Socken leuchteten in einem unheimlichen Blau. Sykes wußte, daß das UV nicht bloß zur Schau da war. In diesem Bereich des Spektrums sahen die Newcomer sehr viel besser als jeder Mensch.

Seine Augen gewöhnten sich nur langsam an die Dunkelheit. Schließlich konnte er die lange Gerade der Bar und die massiven menschenähnlichen Körper ausmachen, die sich über den Kunstholztresen beugten. Überall im Raum standen Tische und Stühle, kleine Inseln, verloren in einem Meer aus Ultraviolett.

»Ich seh' rein gar nichts.«

Francisco enthielt sich eines Kommentars.

An der Wand gegenüber befanden sich einige Nischen. Die meisten davon waren leer. Er versuchte, die Zahl der Anwesenden zu überschlagen und kam auf ungefähr zwanzig Mann, die sich geräuschlos durch den purpurfarbenen Schleier bewegten. Alle hatten sich angeregt in ihrer eigenen Sprache unterhalten, als die Detectives hereingekommen waren. Es hatte sich angehört wie das Schlangenhaus im Zoo. Sobald sie die Eindringlinge bemerkt hatten, waren ihre Gespräche freilich verstummt.

Er schlenderte auf die Bar zu, nach außen hin nicht im mindesten auf seine eigene Sicherheit bedacht, die Feindseligkeit ignorierend, die um ihn herum wie Dampf emporquoll. Seine Schritte waren beiläufig, ohne die geringste Hast. Er hätte ebensogut nur eines Drinks und einer kleinen Unterhaltung wegen hier sein können, genau wie all die anderen. Außer, daß er weder durstig noch wie all die anderen war.

Ungezwungen genug, um sich ihrer ungeteilten Aufmerksamkeit zu versichern. »Wer von euch Slags ist Porter?« wandte er sich an das allgemeine Schweigen.

Am anderen Ende der Bar erhob sich eine gesichtslose Stimme. »Und wen interessiert's?« Das Englisch war ungeschliffen, mit schwerem außerirdischem Akzent.

Sykes blinzelte in die Dunkelheit, vergeblich. An diesem Ort mußte man schon eine regelrechte Eule sein. Statt dessen kam er sich vor wie ein Maulwurf, der sich blind seines Wegs entlangtastete. Er murmelte seinem Partner leise zu.

»Ich kann sie nicht klar sehen. Wer hat das gesagt?«

»Am Ende der Bar«, antwortete Francisco im Flüsterton und wies mit seiner rechten Hand die Richtung.

Sykes nickte und steuerte darauf zu. »Mein Name ist Sykes. Detective Sergeant Sykes. Ich bin beim L.A. ...«

Eine außerirdische Stimme unterbrach ihn, voll des Unglaubens. »*Ss'ai k'ss?*«

Der Betreffende brüllte vor Lachen. Wie eine Flutwelle überschwemmte das Gelächter die Bar, als sich die Information von Tisch zu Tisch verbreitete. Zu spät erinnerte sich Sykes daran, was sein Name in der Sprache der Außerirdischen bedeutete. Sein Gesicht brannte, aber vermutlich war es selbst für die verdammten Slags zu dunkel, als daß ihnen der plötzliche Wechsel aufgefallen wäre. Aller Wahrscheinlichkeit nach würde sowieso keiner eine Ahnung davon haben, welche Bedeutung einer dunkler werdenden Gesichtsfarbe unter Menschen zukam.

Es fiel ihm ziemlich schwer, sich auf den entfernten Sprecher zu konzentrieren, und so war es kein Wunder, daß er den Stiefel Größe 60 übersah, der sich ihm aus einer der Nischen in den Weg streckte. Er stolperte, vermied knapp einen Sturz und wirbelte zu dem Schuldigen herum. Doch plötzlich hielten sich nur noch lavendelfarbene Schatten in der Nische auf. Gelächter verfolgte ihn, begleitet von leisen Warnungen.

Eine neue Stimme drang an sein Ohr, durchtränkt von Belustigung. »Vorsicht, ss'loka. Sonst tust dir noch weh.«

Mehr Gelächter, doch diesmal entdeckte Sykes den Sprecher. Er warf ihm einen bösen Blick zu und beruhigte sich dann wieder, als er seinen Marsch ans andere Ende der Bar wieder aufnahm. Francisco hielt Wort, sagte kein Wort und folgte ihm.

Der Newcomer, dem Sykes auf einmal gegenüber stand, war größer als alle, die er bisher gesehen hatte. Er trug einen schmierigen, fleckenübersäten Overall; unter der hilflosen Überdosis Rasierwasser stank er bis zum Himmel. Seine Stiefel waren noch größer als jene, die den Detective beinahe zu Fall gebracht hatten, falls das überhaupt noch möglich war.

Auf einmal zeigte sich Sykes jedoch sehr viel mehr an dem kleineren Newcomer auf dem letzten Stuhl interessiert. Er war im Postpunk-Stil herausgeputzt und bemühte sich ganz offensichtlich, unauffällig zu wirken. Sykes grinste in sich hinein. Die Newcomer waren lausige Pokerspieler. Ihre Gefühle standen ihnen offen ins Gesicht geschrieben.

Sykes starrte ihn weiter wortlos an. Tatsächlich konnte es sich der Newcomer nicht verkneifen, den beiden Polizisten, die ihn da so anstarrten, seinerseits einen Blick zuzuwerfen. Der Ausdruck auf seinem Gesicht wechselte drastisch, als er Francisco sah, doch der außerirdische Detective schaute in diesem Moment gerade woanders hin und übersah es.

Sykes' Augenmerk pendelte zwischen den beiden Newcomern hin und her. Nur weil der Punk schuldig aussah, hieß das noch lange nicht, daß er tatsächlich der Gesuchte war. Ehrlich gesagt, schien der große Kerl neben ihm ein sehr viel wahrscheinlicherer Kandidat für ernsthaft antisoziales Verhalten zu sein.

»Porter?« fragte Sykes den breiten Rücken.

Der Newcomer übersah ihn und schlürfte an seinem Krug. Er war halb voll mit saurer Milch. Sykes verschwendete keine Zeit, packte den Kerl bei der Schulter und drehte ihn herum. Angesichts der Masse des Außerirdischen war das nicht gerade einfach, aber er schaffte es. Die jahrelange Übung glich sein geringeres Körpergewicht ein wenig aus.

Der Newcomer schnippte die Finger des Detectives von seiner Schulter, glitt vom Stuhl und stand auf. Immer weiter, ohne seinen Sykes aus den Augen zu lassen. Inzwischen rutschte der Punk neben ihm langsam von seinem Stuhl.

Francisco schnappte ihn, bevor er es bis ans Ende der Bar geschafft hatte. Zum erstenmal, seit sie die Bar betreten hatten, gab er einen Laut von sich. »Nein, Matthew. Ich glaube, der hier ist derjenige, den Sie suchen.« Als er den jüngeren Außerirdischen herumdrehte, bekam der Detective seinen ersten guten Eindruck von ihm. Er bestätigte seinen anfänglichen Verdacht.

Sykes warf dem großen Außerirdischen einen letzten, warnenden Blick zu und ging dann dankbar an dem Riesen vorbei zu seinem Partner. Er ließ seinen Ärger an dem Punk aus.

»Dein Name ist nicht zufällig Porter, oder?«

»Äh, Matt, wenn ich...«

»Halt du dich da raus, George«, schnauzte Sykes seinen Kollegen an.

»Aber ich...«

»Ich werd' schon damit fertig. Tu endlich, was ich dir sage.« Widerstrebend ließ Francisco das Hemd des Punks los und trat zur Seite.

Der Junge war nicht annähernd so groß wie der Hüttenarbeiter, mit dem Sykes soeben aneinander geraten war, wirkte aber immer noch recht eindrucksvoll. Sykes machte eine große Schau aus seinem Ärger.

»Oh Mann, sind diese Fragen zu schwierig für dich? Ich weiß ja, daß ihr Typen ziemlich lahm seid, aber es ist doch nicht so, daß die Musik mich übertönt, oder?« Er stöhnte melodramatisch. »Also versuchen wir es noch einmal.« Er umrahmte die Worte mit seinen Lippen. *»Ist dein Name Porter?«*

»Ss'kya'ta«, gab der Punk monoton zurück.

Sykes verzog sein Gesicht und warf Francisco einen Blick zu. »Was?«

»Sie können ihn mal«, informierte ihn sein Partner, ohne mit der Wimper zu zucken.

»Ich kann dich mal? Das meinst du doch nicht ernst?« entgegnete er freundlich.

Nachdem er sich erst mal warmgeredet hatte, wurde Porter richtig redselig. »Ss'kay'ta ss'loka'. Sss'troyka ss'lato na'!«

Sykes' Stimme senkte sich gefährlich. »Was heißt das alles?«

Francisco wirkte peinlich berührt. »Das wollen Sie bestimmt nicht wissen.«

»Sag schon.«

»Matt, also wirklich, ich möchte mich nicht...«

»Sag schon, verdammt noch mal!«

Der Detective schluckte. »Ihre Mutter paart sich außerhalb der Jahreszeit«, rasselte er ohne Punkt und Komma herunter.

Sykes entspannte sich und lächelte anerkennend. »Das ist sehr farbenfroh. Für einen Menschen bedeutet das rein gar nichts. Wir paaren uns die ganze Zeit, weißt du.«

»Ich weiß. Das ist der springende Punkt.«

»Er kann sich über mein Liebesleben das Maul zerreißen, solange er will. Aber nun habe ich da doch ein kleines Problem. Du benimmst dich nicht besonders kooperativ, Porter. Also schätze ich, daß wir diese kleine Unterhaltung ins Revier verlegen müssen. Da paaren sich alle außerhalb der Jahreszeit, und wenn sie sich 'ne Zeitlang nicht gepaart haben, werden sie ziemlich böse und unhöflich. Gibt das in der Übersetzung irgendeinen Sinn, George.«

»Allerdings.«

»Wenigstens etwas.«

Er sah Porter an, daß er abhauen wollte. So unerfahren, was Newcomer-Merkmale anbetraf, war Sykes nun auch wieder nicht. Er grub in seiner Tasche nach einer Plastikröhre. Nicht die Casull, sondern eine Taschenlampe mit einer hochintensiven Krypton-Birne. Als sich Porter anspannte, knipste er die Lampe an. Der Newcomer stieß einen Schrei aus und wand sich unter offensichtlichen Schmerzen. Genauso erging es jedem anderen Alien in Reichweite des weißen Lichts. Selbst für Francisco, der schon halb damit gerechnet hatte, daß Sykes irgendwas im Schilde führte, kam es sehr überraschend. Auch er zuckte zusammen.

Im Finsteren besser sehen zu können, hatte auch seine Nachteile, dachte Sykes grimmig.

Bevor Porter merkte, was mit ihm geschah, hatte ihn Sykes an die Bar gedrückt und fummelte an den Handschellen herum. Allerdings war es ziemlich schwierig, gleichzeitig mit der Taschenlampe und den Handschellen fertigzuwerden. Während das Licht herumtanzte, bekam Porter eine Hand frei und griff nach dem Ende der Röhre. Riesige Finger zogen sich zusammen, das Plastik splitterte und zertrümmerte die empfindliche Birne. Aus der Hand des Punks tropfte Blut, aber die Lampe war hinüber.

Sykes verfluchte sich, daß er keine normale Aluminiumtaschenlampe mitgebracht hatte, doch er hatte beschlossen, daß die Casull bereits genügend zusätzliches Gewicht darstellte. Jetzt würde er dafür bezahlen. Dunkelheit eroberte den Raum von neuem und mit dem Licht verschwand auch das Gefühl tiefer Befriedigung in Sykes.

Porter schüttelte ihn ohne Mühe ab und warf ihn auf einen Tisch. Sykes schlug hart auf, stöhnte laut und rappelte sich wieder auf. Francisco kam auf ihn zu.

»Matt, das muß doch nicht sein.«

Der Detective schüttelte den Schmerz in seinem Steißbein ab. »Halt' dich da raus! Ich bin okay! Ich hab' doch gesagt, daß ich alleine damit fertigwerde.« Francisco sah ein wenig zweifelnd drein, zog sich aber zurück.

Sykes holte tief Luft, stürmte auf Porter los und schwang dabei die zerbrochene Taschenlampe, als sei sie eine Keule. Der Punk fing sich einen Schlag ins Gesicht ein, der ihm zwar etwas Blut entlockte, ihn aber nicht umwarf. Er bemühte sich, die Schläge des Detectives abzuwehren. Sykes war schneller, der Außerirdische viel stärker. Je länger der Kampf andauerte, um so mehr wuchs Porters Selbstvertrauen.

Es half nicht viel, seinen Gegner mit Schlägen einzudekken, wenn sie keine Wirkung zeigten. Als Sykes einsah, daß er damit nichts weiter ausrichtete, als sich selber fertigzumachen, versuchte er einen letzten Ausfall. Er täuschte einen Schlag mit der Taschenlampe vor und rammte sein Knie in die Leistengegend des Aliens. Porter klappte zusammen und stand ebenso schnell wieder auf. Er lächelte. Das war nun nicht der Ausdruck, den Sykes in seinem Gesicht erwartet hatte.

»Bringen Sie euch in der Bullenschule denn gar nichts über uns bei, kleiner ss'loka?«

Porter packte Sykes am Kragen, hob ihn in die Luft und bereitete sich auf den letzten, vernichtenden Schlag vor. Da sauste ein zweiter Arm durch die Dunkelheit und blockierte den Schlag. Überrascht sah Porter zur Seite.

Francisco sah ihn finster an. »Das reicht.«

Der Punk funkelte nicht minder finster zurück. »Ss'tangya T'ssorentsa. Du bist Bulle geworden?« Er versuchte gar nicht erst, die Verachtung in seiner Stimme zu verhehlen. »Das paßt zu dir.«

Francisco antwortete in der Sprache der Außerirdischen. Porter sah ihn eine ganze Weile an und fiel dann etwas in sich zusammen, als er Sykes losließ und auf den hinteren Teil der Bar zutaumelte. Sykes riß sich zusammen, richtete seine demolierten Kleider und sein nicht minder demoliertes Gemüt. Langsam verklang das Gelächter in der Bar. Die

Show war vorbei, und an den Tischen und Nischen nahm man die normale Unterhaltung wieder auf. Scheinbar hatten sich die Gäste entschlossen, über die beiden Detectives hinwegzusehen, was dem arg mitgenommen Sykes nicht ungelegen kam.

»Kennst du den Kerl?«

Francisco nickte. »Aus der Quarantäne, kurz nachdem wir auf eurer Welt gelandet sind. Vielleicht entsinnen Sie sich, daß man uns aufs Geratewohl zusammengesteckt hat, ohne Rücksicht auf Familie und Freunde.« Er wies mit dem Kopf in Porters Richtung. »Er und ich waren in derselben Barracke.«

Sykes runzelte die Stirn. »Wie kommt ein Biedermann wie du zu so einem Zimmergenossen?«

»In den Camps haben sie je vier von uns ein Zimmer zugewiesen. Sie müssen bedenken, daß das Militär die ganze Sache leitete. Es geschah alles sehr wahllos und ziemlich hastig. Nachdem man uns Schlafzeug, Pässe, Toilettenartikel und neue Namen zugeteilt hatte, sagte man uns einfach, in welches Zimmer wir zu gehen hatten.«

Er ging an Sykes vorbei zum hinteren Ende der Bar. Sykes sah ihm nach und folgte ihm dann, sorgsam darauf achtend, wo er seine Füße hinsetzte.

Die Gasse sah aus wie eine ganz normale Großstadtgasse. Die Newcomer hatten nicht genügend Zeit gehabt, Häuser nach ihrem eigenen Geschmack zu bauen. Statt dessen paßten sie sich den Gebäuden der Menschen an, ohne viel daran umzubauen. Nicht, daß sie eine andere Wahl gehabt hätten. Mieten war noch immer billiger als Selberbauen, besonders auf einem so teuren Pflaster wie Los Angeles. Einige Unternehmer wie William Harcourt hatten den Versuch unternommen, spezielle Häuser nach den Bedürfnissen der Newcomer zu errichten, aber noch gab es zu wenig Projekte dieser Art.

Um die Sache noch schlimmer zu machen, hatten die Reichen, die in einem fort nach etwas Neuem, Außergewöhnlichem gierten, auch noch jene Aliens überboten, die tatsächlich genügend Geld besessen hätten, um sich eines von Harcourts außerirdischen Gebäuden leisten zu können.

Porter lehnte an der abgelegenen Gassenwand, hatte die Hände in die Taschen gesteckt und sah ein wenig verdrossen drein. Sein Akzent war schwer, gewürzt mit einer seltsamen Mixtur aus menschlichem und außerirdischem Slang. Für die Erkenntnis, daß es mehr als eine Art Englisch gab, hatten die jüngeren Newcomer nicht sehr lange gebraucht.

Francisco knüpfte ihn sich vor, achtete aber darauf, außerhalb seiner Reichweite zu bleiben. »Du weißt also nicht, was dein Vater mit den beiden Männern, die ihn an diesem Tag besuchten, zu bereden hatte?«

»Hab' ich doch schon gesagt«, meinte Porter, ohne dem großen Detective ins Gesicht zu sehen. »Ich war im Lager. Ich hab' nur dumpfe Stimmen gehört. Ich hatte die Box auf und kein Wort verstanden. Nur Gemurmel.«

Francisco war mißtrauisch. »Und du hast nicht versucht, das eine oder andere mitzuhören, vielleicht etwas Nützliches für dich dabei herauszuschlagen? Ein tiefohriger ss'yuti wie du?«

»Ich hab doch schon gesagt, daß ich nichts gehört habe«, verteidigte sich Porter. »Der alte Mann und seine Freunde waren mir scheißegal. Er bekam laufend irgendwelchen Besuch. Ich hab mir gesagt, daß es sowieso bloß ums Geschäft geht, also hab ich mich da rausgehalten. Dieser ganze ss'loka-Mist hat mich noch nie interessiert.«

»Wirklich nicht?« meinte Sykes. »Warum habe ich nur das dumpfe Gefühl tief in mir, daß du hier nicht mit der Wahrheit rausrückst?« Als Porter darauf nicht reagierte, versuchte er es mit einem anderen Ansatz. »Einer der beiden Männer hieß Hubley, oder?«

»Und wenn schon?«

Sykes überhörte die Herausforderung. »Was ist mit dem anderen? Hast du ihn gesehen?« Sykes lehnte sich so dicht heran, daß der Punk seinem Blick nicht ausweichen konnte. »Du spielst nicht mit, Porter. Es würde mir viel besser gefallen, wenn du ein bißchen mitspielen würdest.«

Der Jüngere rutschte unruhig an der Wand entlang. »Also gut, was soll's? Ja, ich hab ihn schon mal gesehen. Ein großkotziger Typ namens Strader. Joshua Strader. Hat 'nen Club auf der West Side. ›Encounters‹ heißt er, glaube ich.«

Sykes nickte. »Ja, hab ich auch schon gehört.« Er spuckte in Richtung des Hinterausgangs der X-Bar. »Caesar's Palace im Vergleich zu diesem Rattenloch.«

»Mehr weiß ich wirklich nicht.« Nervös trat Porter von einem Fuß auf den anderen, einer Katze nicht unähnlich, die sich gerade auf dem Weg zum Tierarzt befand und dabei schon zuviel Zeit in ihrer Box verbracht hat. »Wenn du noch mehr wissen willst, frag jemand anderen.«

Erwartungsvoll drehte er sich um. Nach einem langen Blick trat Francisco beiseite und ließ ihn gehen. Als der Punk durch die Hintertür zurück in die Bar trottete, rief ihm der Newcomer noch eine letzte Bemerkung nach.

»Tut mir leid wegen deinem Vater.«

Porter warf ihm einen letzten unsicheren Blick zu. Dann war er verschwunden, aufs neue verschluckt vom außerirdischen Gezische und dem Ultraviolett. Sykes und Francisco gingen durch die Gasse auf die Hauptstraße zu.

Als sie das Schrottmobil erreicht hatten, blieb Francisco stehen. »Wenn ich einen Vorschlag machen dürfte, Matt?«

Sykes sah zu ihm hinüber, die Türe geöffnet, die Hand am Griff. »Nämlich?«

»Wir haben andere Schwachstellen als ihr. Wenn Sie in Zukunft vorhaben, sich mit Gewalt Informationen von einem von uns zu beschaffen, sollten Sie genau wissen, wie Sie dabei vorgehen müssen.« Er hob seinen rechten Arm und deutete. »Unsere empfindlichen Nervenzentren liegen hier, unter jedem Arm. Ein Schlag auf diese Stelle wird die Wirkung hervorrufen, die sie dort drinnen zu erzielen wünschten.«

»Klar, sicher.« Sykes würdigte seinen Partner keines Blikkes, als er in den Wagen stieg. »Das habe ich die ganze Zeit gewußt. Ich hab' nur nie eine Lücke in seiner Deckung gefunden, das war alles.«

Francisco verzog keine Miene, als er sich neben seinem Partner niederließ. »Selbstverständlich...«

Sykes studierte das Menü über dem Tresen. Es war schon ziemlich spät, und der Hamburger-Stand war nicht besonders gut besucht. Das Menü war sowohl in Englisch wie in der Sprache der Außerirdischen gehalten. Für den Detective sahen die Newcomer-Hieroglyphen wie das Gekritzel aus, daß Kristin früher aus dem Kindergarten mit nach Hause gebracht hatte.

Hinter dem Tresen beschäftigten sich menschliche und außerirdische Teenager gemeinsam mit der Herstellung beider Sorten Fast Food. Sykes beneidete sie um ihre zwanglose Freundschaft. Das Ganze bewies nur einmal mehr, was ohnehin schon alle wußten: Steck ein paar Kinder zusammen, halt die Erwachsenen von ihnen fern, und sie kommen ohne Probleme miteinander aus. Da mußten schon erfahrene Erwachsene ran, um die Sache wirklich zu vermasseln.

Sie warteten noch keine fünf Minuten, als die hübsche Brünette auch schon ihr Essen brachte. Francisco würdigte sie nicht einmal eines Blickes. Sykes fiel auf, daß die Kassiererinnen allesamt noch Menschen waren. Mit der Zeit würde sich auch das ändern.

»Sechs zweiundvierzig«, verlangte sie gelangweilt. Ihre Aufmerksamkeit war dreigeteilt: Einmal galt sie ihren beiden Kunden, dann dem Chef am Grill und drittens einem hochgewachsenen Jungen in ihrem Alter, der gerade das Öl von der neuesten Ladung Fritten abschüttelte.

Er zog einige Scheine und Kleingeld heraus und wartete, bis der methodische Francisco seinen Anteil auf den Tisch gezählt hatte. Sie stritten sich kurz um einen Vierteldollar und als Resultat davon erhielt ihre Kellnerin ein unerwartetes Trinkgeld.

»Ein Schokoladen-Shake fehlt noch«, meinte Sykes.

Ihre Augen huschten über das Tablett, sie nickte kommentarlos und ging dann zur Shake-Maschine hinüber. Während er auf sie wartete, richtete sich Sykes' Augenmerk noch einmal auf das hell leuchtende Menü über ihm.

»Ich glaube nicht, daß ich je lernen werde, diesen Scheiß zu lesen. Sieht aus wie ein Rudel Würmer beim Bumsen.« Er beäugte seinen Partner neugierig. »Wie lange hast du eigentlich gebraucht, um Englisch zu lernen?«

Francisco sah zu ihm hinunter. »Halten Sie mein Englisch denn für akzeptabel?«

Sykes zuckte die Achseln. »Du hast noch einiges vor dir, aber schlecht isses nicht.«

»Danke. Alles in allem drei Monate. Manche Dinge lernen wir ziemlich rasch«, fügte er schnell hinzu, als er den Blick sah, der über das Gesicht seines Partners huschte. »Manchmal wirken wir vielleicht ein wenig dumm, aber wir sind es nicht, Matt. Es ist nur so, daß sich unsere Talente auf gewisse Bereiche beschränken. Zu manchem, was euch ungeheuer leicht fällt, werden wir wohl nie in der Lage sein. Wieder andere Aufgaben fallen uns zwar schwer, aber wir erledigen sie. Und in manchem sind wir eben sehr gut, weil man uns dazu entworfen hat. Unsere Stärke, wozu man uns gezüchtet hat, ist, mit gefährlichen Umgebungen fertigzuwerden. Um zu überleben. Die Sprache der Eingeborenen zu lernen, ist eine für das Überleben essentielle Fähigkeit. Auch die frühen Erforscher eures Planeten wußten das.«

Das Mädchen kam zurück und stellte den Shake auf das Tablett.

»Das soll ein großer Shake sein?« Mißtrauisch betrachtete Sykes den Styroschaum-Behälter.

Sie nickte. »Neue Becher. Beschweren Sie sich bei der Geschäftsleitung.«

»Wo? In Chicago?« Er nahm seinen Shake und stellte ihn in seine Tüte auf die Burger und die Pommes frites. Die Detectives brachen auf und gruben während ihrer Unterhaltung in den Tüten herum.

»Der Junge meines Nachbarn hat eine Newcomerin in seiner Klasse. Sie ist gerade sechs. Der Basketball-Trainer in der Highschool am anderen Ende der Straße versucht schon jetzt, ihre Familie dazu zu überreden, sie bei ihm einzuschreiben.«

»Glücklicherweise stellte unsere Körpergröße einen gewissen Vorteil für uns dar.« Francisco hielt seinem Partner die Tür auf. »Als wir hier ankamen, besaßen wir nichts weiter als unsere Körper. Viele von uns konnten auf nichts anderes als ihre Stärke und Körpergröße bauen, um sich den Lebensunterhalt zu verdienen.« Inzwischen waren sie auf dem Parkplatz. »Angesichts der Tatsache, daß ein Großteil auf unsere Ankunft nicht gerade freundlich reagiert hat:

Könnten Sie sich vorstellen, wie wir jetzt dastehen würden, wenn wir nicht größer und stärker, sondern kleiner und schwächer als ein Mensch wären?«

Sykes' Brauen hoben sich, als er sich diesem neuen Gedanken widmete. Dann hellte sich seine Miene auf. »Wahrscheinlich wäre es für euch sogar leichter gewesen. Bei eurer Größe wird es immer den einen oder anderen geben, der in euch eine Bedrohung sieht.«

»Solche Menschen, scheint mir, würden auch einen Menschen, der größer ist als sie, als eine Bedrohung auffassen. Wollen Sie sagen, daß, falls wir kleiner gewesen wären, wir uns eher auf das Gute im Menschen hätten verlassen können, was unsere Aufnahme in Ihrer Gesellschaft angeht?«

Sykes stand vor dem Schrottmobil und zögerte einen Augenblick, während er sorgfältig über die Frage nachdachte. »Frag einen Bullen niemals nach dem Guten im Menschen, George«, quetschte er schließlich durch einen Mundvoll fettiger Pommes frites heraus. Er rutschte hinter das Steuer und packte den Rest seines Abendessens aus.

Leider war es nicht das seine. Er bemühte sich, seine erste Reaktion zu unterdrücken, und schnitt eine Grimasse. »O Gott. Ich glaube, ich hab' deins.« Er hielt zwei sorgfältig zerteilte Streifen rohen Fleisches hoch. An dem nicht abgehäuteten Außenteil klebten kleine Büschel Tierpelz.

Er war nicht allein in seinem Ekel. Francisco brachte es kaum über sich, den triefenden Cheeseburger festzuhalten, den er gerade ausgewickelt hatte. In Windeseile tauschten sie.

Dankbar biß Sykes in seinen Burger und genoß den Geschmack von Fett und gebratenem Hack und vorverarbeitetem Käse. Es half seinem Magen, sich wieder zu beruhigen. Seine Neugier vermochte er freilich nicht zu zähmen.

Porter hatte sich geirrt. Man lernte auf der Bullenschule schon einiges über die Newcomer. Sie brachten einem dort nur nicht genug bei.

Er wies auf das eingewickelte Fleisch in der Hand seines Partners. »Was ist das? Roher was?«

Francisco hielt einen der beiden Streifen hoch, biß einige Zentimeter ab und kaute langsam. Scheinbar genoß er den Geschmack des abscheulichen Zeugs.

»Maulwurf. Wir können uns ausgesprochen glücklich schätzen, daß unsere Verdauung der euren ähnlich genug ist, um die örtliche Nahrung aufnehmen zu können.«

»Also bitte. Schimpf diesen Müll bloß nicht ›Nahrung‹. Ein bißchen mehr Respekt, bitte.«

»Außerdem«, fuhr Francisco fort, »halten wir einen Großteil dessen, was ihr als Ungeziefer bezeichnet, für außerordentlich schmackhaft. Das gereicht im übrigen auch euch zum Vorteil, da unsere kulinarischen Vorlieben so genau mit euren Abneigungen übereinstimmen. Auf der West Side gibt es, wie man mir gesagt hat, ein Restaurant, das sich auf sehr reichhaltige...«

»George! Iß den Fraß und halt beim Kauen deinen Mund, ja!«

Francisco zögerte und nahm dann gehorsam einen weiteren Bissen seines Fleischstreifens zu sich. Der zweite ruhte nach wie vor auf seinem Schoß, in gelbes Einwickelpapier verpackt. Es glich haargenau dem Viereck, das Sykes' Cheeseburger enthalten hatte, außer daß die Schrift darauf in Außerirdisch war. Das sofort wiedererkennbare Signet der Burgerkette unterschied sich nicht im mindesten.

»Mir schmeckt's«, meinte er mit vollem Mund. Es hörte sich ein wenig defensiv an.

»Darauf wette ich.« Sykes konnte es sich nicht verkneifen, seinen Partner fasziniert anzustarren, während dieser kaute. Gott sei Dank kauten die Newcomer normalerweise mit geschlossenem Mund. »Ich hab' da eine Küchenfrage.«

»Ich will gern versuchen, sie zu beantworten.«

»Würde es dich wirklich umhauen, wenn sie das für ein, zwei Minuten auf den Grill hauen würden?«

»Es ist keine Frage des Geschmacks, Matt. Wenn die Nahrung gekocht wurde, können unsere Körper die Nährstoffe nicht mehr aufnehmen.«

»So ähnlich wie mit Reis und Vitaminen, hm?«

»Ich glaube, es ist etwas in dieser Richtung, ja. Ich befasse mich nebenbei mit unseren unterschiedlichen Eßgewohnheiten. Kochen ist ein Hobby meiner Frau. Wußten Sie schon, daß bei den Eingeborenen der Andenregionen von

Südamerika das Meerschweinchen seit Jahrtausenden als Hauptgericht gilt?«

Sykes' Magen legte einen Purzelbaum hin. Seine Tochter hatte sich jahrelang Meerschweinchen als Haustier gehalten. Sie waren fett und pelzig. Der Gedanke, eines davon gekocht hinunterzuwürgen, geschweige denn, roh...

Francisco übersah den Ausdruck im Gesicht seines Partners und redete weiter. »Da unten nennt man sie *cui*. Ich habe einige Bilder gesehen. Manchmal serviert man sie in einem Eintopf, ein andermal weidet man sie aus, tranchiert sie und kocht sie dann in irgendeiner Sauce, leider. Der Pelz bleibt übrigens recht häufig dran. Ich könnte mir vorstellen, daß die unteren Lagen Pelz trotz der sengenden Flamme dabei immer noch sehr gut und knusprig schmecken.«

»George, in meinem Schulterhalfter ist eine großkalibrige Kanone, und wenn du jetzt nicht die Klappe hältst, werde ich sie vielleicht verwenden.«

Francisco antwortete mit einem breiten Lächeln. Er war sich nicht ganz sicher, ob sein Partner einfach übertrieb, wie es bei den Menschen üblich zu sein schien, oder ob er seinen Vorschlag wirklich ernst meinte. Sein Lächeln ließ Sykes erblassen.

»Ach, das ist aber wirklich attraktiv. Du hast Pelzreste zwischen deinen Zähnen, George. Komm schon, Mann, reiß dich zusammen! So können wir nicht rumlaufen. Wir wollen uns schließlich mit den Leuten unterhalten – o Mann.«

Der Newcomer bemühte sich, die Haare von seinen Zähnen zu kratzen. Schließlich blieben sie zwischen seinen Fingernägeln haften und er kratzte die Ansammlung pelziger Klumpen auf sein Einwickelpapier. Sykes sah ihm noch einen Moment lang zu. Dann schob er den Rest seines Abendessen zurück in die Tüte und warf sie auf den Rücksitz. Ihm war der Appetit vergangen.

Er starrte schweigend auf den Parkplatz, sah den Fußgängern und Wagen nach, dachte langsam und methodisch nach und betete, daß sein Partner so schnell wie möglich fertig werden würde. Leider hatte sich Francisco entschlossen, seinen zweiten Maulwurfstreifen zu genießen.

Auf der Suche nach einem Mörder durchstreifen Sykes (James Caan, links) und Sam (Mandy Patinkin) einige Nachtlokale.

Dabei treffen sie auf Porter (Brian Thompson, links), den Sohn des ermordeten Ehepaares (rechts Mandy Patinkin).

Cassandra (Leslie Bevis) ist Tänzerin in einem Nachtclub.

Vielleicht doch besser, wenn wir über irgend etwas reden, als hier herumzusitzen und weiter diesen Kaugeräuschen zuzuhören, entschied sich Sykes zu guter Letzt. Er klammerte sich ans Steuer und den Inhalt seines Magens. »Wie hieß doch gleich das andere Wort für Mensch, das jeder da drin verwendet hat? Schoko? So hat mich dieser Idiot von Porter doch genannt.«

»'Ss'loka'«, verbesserte ihn Francisco sanft. »Wörtlich übersetzt, bedeutet es ›kleines, aber intelligentes Wesen‹.«

Sykes sah hinüber zu seinem Partner, unsicher, ob ihm diese Definition gefiel. Francisco mußte irgend etwas an seiner Miene aufgefallen sein. »Es verliert ziemlich viel in der Übersetzung«, fügte er beruhigend hinzu.

»Verstehe.« Sykes dachte darüber nach und merkte schnell, daß es ihm nichts brachte. Linguistische Feinheiten zählten nicht zu seinen Stärken. »Und was sollte das über meine Mutter? Das war nicht übel, auch wenn es rein gar nichts heißen will.«

»Ss'troyka ss'lato 'na'.«

»Verdammt will ich sein, wenn ich rauskriege, wie ihr allein mit eurem Mund solche Geräusche fabriziert.«

»Sie müssen lernen, ihre Zunge richtig am oberen Gaumen entlangzubewegen.«

»Hä?«

Francisco zeigte es ihm. Das Ergebnis war ein reiner Zischlaut. »Pressen Sie Ihre Zunge gegen das Gaumendach, dort, wo die Akzente fallen. Der Kniff liegt darin, den '''-Klang beim Einatmen und nicht beim Ausatmen zu erzeugen. Eure Linguisten beherrschen das bereits.«

»Sicher, aber ich bin nicht über zwei Jahre Spanisch an der Highschool hinausgekommen.«

»Mit etwas Übung gelingt es meiner Ansicht nach auch Ihnen, Matt. Versuchen Sie es. Ich helfe Ihnen dabei.«

Sykes holte tief Luft. »Sag's noch mal.«

»Ss'troyka ss'lato 'na'.«

»Genau. Noch mal. Aber langsam.«

Francisco tat ihm den Gefallen, zog die eigenartigen Konsonantenkombinationen in die Länge und hob an den entsprechenden Stellen den Zischlaut hervor. Sykes versuchte es, scheiterte kläglich und versuchte es aufs Neue. Bei jedem neuen Versuch hörte er sich ein wenig besser an.

»Ich verstehe Sie schon beinahe«, ermutigte ihn sein Partner. »Versuchen wir es jetzt mal Wort für Wort. Dann setzen wir alles zusammen.«

Sykes nickte entschlossen. »Gut. Und verbessere mich ruhig, klar? Wenn ich das bei einem Slag verwende, will ich sicher sein, daß er es auch kapiert.«

Sie arbeiteten solange, bis Sykes den Satz recht flüssig beherrschte. Es waren nur drei Worte und eine Menge Gezische und dennoch überkam ihn ein seltsames Hochgefühl, als ihn sein Partner endlich für perfekt erklärte.

VII

Der Unterschied zwischen dem Encounters Club und der X-Bar war der Gegensatz zwischen dem Plaza Hotel und dem Bates Motel, zwischen den zerfallenen Abgründen von Slagtown und den Höhen der West Side, zwischen Nacht und Tag. Na ja, zumindest zwischen Abend und Tag. Man konnte ihn nicht mit den nur für Menschen offenen Clubs am Sunset vergleichen, aber gemessen an dem, was Slagtown anzubieten hatte, wirkte er schon verdammt beeindruckend.

Das Lokal steckte voller Yuppies, die meisten davon menschlich, obwohl man hier und dort auch ein Newcomer-Pärchen fand. Jene neigten dazu, sich in den Ecken und Nischen zu versammeln, wo die dunklere Beleuchtung ihnen half, sich besser unter die menschlichen Kunden zu mischen. Sykes fragte sich, ob ihnen das Licht auf der Tanzfläche nicht schmerzhaft hell vorkam und sie es nur deshalb ertrugen, weil sie sich ungezwungen in Gesellschaft der Menschen bewegen konnten. Falls sich die Gelegenheit ergab, würde er George mal danach fragen.

Eines sprach allerdings für solides Saufen, grübelte er. Wenn man stockbesoffen umfiel, spielte es keine Rolle mehr, von welchem Planeten dein Saufkumpan kam.

Musik dröhnte aus allen Ecken, während die Empfangsdame sie durch das Labyrinth der Tische führte. Als sie an der Tanzfläche vorbeikamen, wirkte es wie eine kleine Reise aus dem Reich des Technopunk ins Gebiet des Newtone. Sie versorgte sie mit einem kleinen Tisch nicht weit von der Bühne entfernt und stahl sich danach wieder davon. Sykes begutachtete ihre Beine durch die Schlitze ihres Rocks und zwang sich schließlich dazu, sich auf die Bühne zu konzentrieren.

Die Musik wechselte abrupt, und eine neue Tänzerin erschien auf dem Laufsteg. Der neue Takt war recht vertraut, die Tänzerin selbst dagegen recht exotisch. Sie war – für eine Newcomerin nicht ungewöhnlich – weit über einsachtzig und dementsprechend gebaut. Eine silberne Perücke bedeckte ihren hohen, kahlen Schädel, ihr Make-up bestand aus einer exotischen Kombination menschlicher und außerirdischer Geschmacksrichtungen. Dank der Vollhaarperükke fiel einem nicht einmal das Fehlen externer Ohren auf.

Nicht, daß jemand ausgerechnet nach ihren Ohren Ausschau halten würde, dachte Sykes.

Während sie zu dem hämmernden Rhythmus tanzte, hüpfte ihre silberne Nylonperücke auf und ab. Sykes sah ihr zu und hüllte sich während des gesamten Auftritts in völliges Schweigen. Einige ihrer unmenschlichen Bewegungen faszinierten ihn nicht minder als die eher vertrauten Vorzüge. Francisco dagegen saß einfach nur stur da und betrachtete das Ganze mit einem Ausdruck, den man am besten noch mit unvoreingenommener Höflichkeit umschreiben konnte.

Sykes hatte erwartet, daß ihn der Auftritt langweilen, vielleicht sogar anwidern würde. Das Ausmaß seiner Reaktion und seines Interesses überraschte ihn so sehr, daß er tatsächlich etwas enttäuscht war, als die Musik verstummte und die Tänzerin die Bühne wieder verließ. Sofort sprang eine andere Darstellerin ein, eine hübsche und doch irgendwie klein aussehende Menschenfrau.

Francisco legte eine breite Hand auf seine Schulter. »Gehen wir.«

Sykes riß sich zusammen. »Was?«

»Wenn wir uns nicht beeilen, verpassen wir sie.«

»Mhm, klar.« Er stand auf und folgte seinem Partner auf die linke Seite der Bühne.

Der dort postierte Wächter versuchte zunächst, sie aufzuhalten und zuckte dann gleichgültig mit den Achseln, als ihm Sykes seine Marke zeigte.

Sie fanden sie auf dem Weg in die Garderobe. Interessiert begutachtete sie sie, und für eine kurze Weile blieb ihr Blick neugierig an der hochaufragenden Gestalt Franciscos hängen.

»Seid ihr Jungs hier nicht verkehrt? Die nächste Show ist erst in einer Stunde. Ich gebe keine Privatvorstellungen.«

»Sind Sie Cassandra?« erkundigte sich Francisco förmlich. Dieses Mal fuhr Sykes seinem Partner nicht über den Mund.

Sie starrte ihn an. »Stimmt. Hat wohl nicht viel Sinn, es abzustreiten, nachdem mein Gesicht über die ganze Vorderfront des Hauses tapeziert ist.«

»Wir sind vom Los Angeles Police Department.«

Sie stieß einen seltsamen Pfeiflaut aus. »Wirklich? Das hätte ich nie gedacht. Ihr verbergt das aber wirklich gut.«

Francisco ging mühelos über ihren Sarkasmus hinweg. Der war nichts im Vergleich zu dem von Sykes. »Das ist Detective Sykes, und ich bin...«

Ein verdutzter Blick huschte über ihr Gesicht, bevor sie sich vor Lachen ausschüttete. »Ss'ai k'ss? Perfekt!«

Nun war die Reihe an Sykes, über ihre Bemerkungen hinwegzuhören. »Wir sind auf der Suche nach Ihrem Boß, Strader. Hat übrigens auch nicht viel Sinn abzustreiten, wer er ist.«

Ihre Augen schossen rasch vom menschlichen Detective zurück zu dessen Newcomer-Partner. Dann zuckte sie die Achseln und drehte sich um, in der korrekten Annahme, daß man ihr folgen würde.

Der Korridor hinter der Bühne war so eng wie schmucklos. »Natürlich ist er mein Boß«, meinte Cassandra, als sie sie durch den engen Gang führte. »Aber wenn ihr euch mit ihm unterhalten wollt, habt ihr Pech. Er ist nicht da. Was wollt ihr überhaupt von mir? Er unterschreibt nur meine Schecks, das ist alles. Was seine privaten Reisepläne angeht, hält er mich nicht auf dem laufenden.«

Francisco ergriff das Wort. »Die junge Dame am Eingang meinte, daß Sie vielleicht wüßten, wo er zu finden ist.«

»So, meint sie. Da liegt sie aber falsch, noch öfter als das durchschnittliche Menschenweibchen. Und wenn ihr zwei mich jetzt entschuldigen wollt, ich muß mich für die nächste Show umziehen.«

»Kein Problem«, meinte Sykes beiläufig. »Sollte nicht allzulange dauern, wenn Ihr nächstes Kostüm genauso spärlich ausfällt wie das letzte.«

Sie schenkte ihm ein sardonisches Lächeln und verschwand durch eine Tür. Sykes folgte ihr zu dicht auf den

Fersen, als daß sie sie noch hätte schließen und absperren können. Francisco war direkt hinter ihm.

Es war keine besondere Garderobe und privat war sie schon gar nicht. Es gab ein halbes Dutzend Umziehkabinen, jede mit einem glühlampenumrahmten Spiegel und einem Stuhl. Cassandra packte eine Handvoll Kleider von einem Ständer und ging in eine der leeren Kabinen.

»Hören Sie zu«, sagte Sykes, während er versuchte, um den Vorhang herumzuschauen. »Wir machen hier kein Interview für eine Schülerzeitung. Wir ermitteln wegen Mord. Sie stehen nicht unter Verdacht und Sie haben nichts mit der Sache zu tun. Also, warum spielen Sie nicht mit? Sie riskieren doch rein gar nichts.«

»Wenn ich nicht unter Verdacht stehe«, ertönte ihre Stimme hinter dem Vorhang, »riskiere ich auch rein gar nichts, wenn ich euch einen Scheißdreck erzähle.«

»Andererseits«, fuhr Sykes ein wenig unhöflicher fort, »wenn Sie uns noch länger zum Narren halten, was den Aufenthaltsort Ihres Chefs betrifft, kann ich sehr ungemütlich werden. Nur weil Sie momentan nicht unter Verdacht stehen, heißt das noch lange nicht, daß sich das in Zukunft nicht ändern kann. Tatsächlich werde ich gerade ein bißchen mißtrauisch.«

Francisco stand an der Tür und schwieg sich aus. Sykes bedeutete ihm mit einigen Gesten, sich einmal umzusehen, während Cassandra noch mit Umziehen beschäftigt war. Das hätte er sich freilich sparen können, da der Detective nur mit einem völlig verständnislosen Blick reagierte. Sykes verzog das Gesicht und ertappte sich dabei, wie er auf die Umkleidekabine starrte. Der Vorhang schloß nicht vollständig.

»Ooooh. Er wird ungemütlich«, flüsterte sie heiser. Ein durchsichtiger BH flog über die Vorhangstange wie ein glitzernder Vogel, der sich auf seiner Stange niederließ. »Das hört sich interessant an. Wollen Sie mich verprügeln? Sie würden staunen, wie sehr sich unsere weniger bekannten Vorlieben gleichen. Sie könnten mich fesseln und mit mir machen, was Sie wollen. Ich habe sogar meine eigenen Stricke. Oder Sie könnten Ihre Handschellen benützen.

Richtige Polizeihandschellen. Das wäre echt aufregend. Ich glaube schon, daß sie um meine Gelenke passen würden. Es wäre doch sehr unterhaltsam, wenn wir mal herausfinden, was paßt und was nicht.«

Sykes bedachte seinen Partner nach wie vor mit hektischen Gesten. »Kostet das extra oder sind die Stricke umsonst dabei?«

»Da schätzen Sie mich aber wirklich falsch ein. Ich bin nur Tänzerin, sonst nichts. Ich verlange doch keine Mäuse für etwas, was mir selber Spaß macht. Ziemlich merkwürdiger Gedanke! Aber ihr Menschen steckt ja voll von solchen komischen Ansichten.«

Das brachte Sykes zum Nachdenken. Er hatte sich noch nie als Fremden gesehen, sah jedoch ein, daß die Newcomer die Menschen tatsächlich als Fremde betrachten würden. *Sie* waren die Normalen. Die zahllosen kleinen ss'lokas waren diejenigen, die sich so seltsam und anormal benahmen.

Schließlich kam Francisco auf den Trichter. Seine Antwort kam mit der unsicheren theatralischen Stimme eines schlechten Schauspielers und fiel eine gute Spur zu laut aus. »Ich gehe raus zum Wagen und warte auf Sie.«

Sykes erschauerte leicht, als er seinen Partner in den Flur verschwinden sah, doch jetzt war nicht die Zeit für eine Lektion in Glaubwürdigkeit. Abgesehen davon hatte sich Cassandra inzwischen umgezogen und trat gerade aus der Umkleidekabine. Sie trug ein langes, modisches, tiefgeschnittenes Kleid, das eine ganze Menge ihrer aufsehenerregenden Figur enthüllte. Vom Hals abwärts war sie unmöglich von einem Menschen zu unterscheiden – wenigstens von außen. Sykes riß seinen Blick nur mit sehr viel Mühe los. Er wußte, daß sie genau über die Wirkung Bescheid wußte, die sie auf ihn ausübte.

Sie bestätigte seine Gedanken. »Nun, Detective«, schnurrte sie. »Gehört das auch zu den normalen Polizeivorschriften?«

»Hören Sie auf. Wir suchen nur Informationen.«

Sie seufzte tief und legte dann ein raffiniertes Achselzucken hin, eine gleitende Bewegung, die seinen Blutdruck um mindestens fünfzehn Punkte in die Höhe trieb. »Hören Sie zu, tut mir leid, aber ich weiß wirklich nicht, wo Mr. Strader ist. Er kommt und geht. Ich ziehe hier nur meine Schau ab, schnappe mir jede Woche meinen Scheck und geh' nach Hause. Es ist mir gleich, was er tut, solange er nicht bei meinem Auftritt zusieht. Wenn er irgendein Mädchen hat, dem er sich anvertraut, ich bin's jedenfalls nicht.«

Sykes' Augen drohten abzugleiten und er mußte sich zwingen, ihr weiterhin ins Gesicht zu sehen. Das war eine unvorhergesehene Entwicklung, und er fühlte sich deshalb auch ausgesprochen unbehaglich. Inzwischen wünschte er sich, daß er Francisco nicht zum Herumschnüffeln nach draußen geschickt hätte. Auf einmal kam ihm der Raum viel wärmer vor.

»Das Mädchen vorne erwähnte Straders Assistenten, einen Kerl namens Watson. Vielleicht weiß der etwas.«

Unverhofft erstarrte sie. Man konnte es nicht übersehen, und Sykes entging ihre Reaktion auch nicht. Sofort war er wieder auf der Hut.

»Mandy redet gerne, nicht? Das Problem ist nur, daß sie nie etwas zu sagen hat. Das ist Todd. Todd weiß auch nicht, wo sich Mr. Strader gerade aufhält.«

»Und woher wollen Sie das wissen?«

»Weil Mr. Strader sehr zurückgezogen lebt.« Sie rückte dichter an ihn heran und griff mit ihrem langen Arm nach ihm. Ihre Finger spielten mit dem Revers seines Mantels. »Ich weiß! Warum hängst du nicht noch eine Weile lang herum und läßt dich von mir unterhalten? Es gibt soviele Dinge, die ich von den Männern lernen möchte und ich bin sicher, daß es auch ein, zwei Fragen gibt, die du mir stellen möchtest, wenn du nur ein paar Minuten aufhören würdest, immer nur an deinen Beruf zu denken. Schaffst du das, Detective Sykes? Zehn Minuten? Fünf? Wenn du nur fünf Minuten lang vergißt, wer du bist, garantiere ich dir, daß du auch alles andere vergißt.«

Er hätte zurückweichen, ihre Hand wegschieben sollen, aber da war zuviel Körper zu nah an seinem, zu viel Wärme in der engen Garderobe. Vielleicht war er auch eine Spur zu neugierig. Ihre Augen glänzten.

Sie packte das andere Revers mit ihrer freien Hand. Jetzt

wäre ihm der Rückzug sogar dann schwergefallen, wenn er wirklich gewollt hätte. Nicht, daß er wirklich wollte.

»Und nun sei ehrlich«, schnurrte sie. Er verlor sich in den entrückten Augen und schwieg. »Hast du schon mal eine von uns gehabt?«

Sykes schluckte hart. »Nein, außer ich war einmal sternhagelvoll und niemand hat's mir hinterher erzählt.«

Sie warf ihren Kopf zurück und lachte. »Auch eine Antwort. Wenn du wirklich eine gehabt hättest, hätte dich hinterher niemand daran zu erinnern brauchen.« Sie starrte ihn gierig an. »Eine Jungfrau. Das finde ich *sehr* erregend. Weißt du eigentlich, wozu wir imstande sind, wenn man uns wirklich anmacht?«

Er versuchte, einen Schritt zurückzuweichen, und fand zu seinem Erstaunen heraus, daß er es nicht fertigbrachte. Vielleicht bemühte er sich auch nicht allzu sehr.

Seinem Körperumfang zum Trotz, vermochte sich Francisco durchaus auch sehr leise zu bewegen. Es war ein nützliches Talent, das er schon recht früh während seiner Polizeiausbildung bemerkt und seither eifrig kultiviert hatte. Für einen Newcomer war es eine eher ungewöhnliche Eigenschaft. Die meisten seines Volkes bewegten sich recht plump und ungeschickt.

Er hatte es bis in den zweiten Stock geschafft, ohne daß man ihn bemerkt hatte. Nun ging er leise den Flur entlang, nahm alles in sich auf und hielt ein Auge auf die Schatten hinter ihm. Durch den Boden drang die Musik der Bühne irgendwo unter ihm herauf, nur gelegentlich unterbrochen von Zurufen und freudigem Gejohle. Er ignorierte es und lauschte statt dessen nach Schritten und Stimmen. Es gab keine. Wie es schien, war dieser Stock verlassen.

Er legte seine massigen Finger um einen Türknopf und merkte beim Drehen, daß sie verschlossen war. Nachdem er sie leise in ihre vorherige Position hatte zurückschnappen lassen, ging er weiter den Flur hinab und versuchte es bei der nächsten. Dieses Mal öffnete sich die Tür auf seine Berührung. Vorsichtig schob er sie eine Handbreit auf und spähte in das dunkle Zimmer, trat dann ein und achtete sorgfältig darauf, die Tür wieder leise ins Schloß fallen zu lassen.

Ein Mensch wäre sofort gegen die Möbel gerannt. Francisco dagegen bereitete das Halbdunkel keinerlei Probleme. Ohne Mühe bahnte er sich einen Weg vorbei an den Stühlen und einem Aktenschrank. Er war in einem Büro. Zu seiner Rechten, neben einem abgedunkelten Seitenfenster, stand ein Schreibtisch, dessen Plastikoberfläche unter einer Menge Papier und Notizbüchern begraben war. Der Detective machte sich daran, den Haufen zu durchwühlen, sorgfältig darauf achtend, jedes Blatt und jedes Notizbuch wieder exakt so hinzulegen, wie er es vorgefunden hatte.

Es war alles recht alltäglich: Bewerbungsschreiben potentieller Arbeitnehmer, Lebensläufe von Tänzerinnen auf der Suche nach einem Job, Beschwerdeformulare, Auftragslisten, Geschäftsvordrucke. Er hatte seine Suche bereits abgeschlossen und wollte gerade wieder gehen, als er den kleinen Gegenstand bemerkte, der unter einem Stoß von Computerausdrucken hervorlugte. Er sah recht unscheinbar aus, doch irgend etwas an seiner Form erregte seine Neugier.

Er hielt ihn hoch und sah, daß es sich um einen kleinen Plastikbehälter handelte, eine Art daumenbetriebener Spender. Nachdem er ihn ausgiebig untersucht hatte, öffnete er den Deckel und untersuchte sein Innenleben. Der Spender enthielt Reste einer dunklen, zähen Masse, gerade soviel, daß er sie noch auf seinen Finger schmieren konnte.

Vorsichtig hielt er ihn an seine Nase und holte tief Luft. Die Probe war zuwenig, als daß er mit Sicherheit hätte sagen können, was sie eigentlich gewesen war. Angesichts der Art von Behälter, der sie entstammte, kam ihm freilich ein Verdacht, was sie sein *könnte*.

Still stand er in dem verlassenen Büro, wo niemand die Sorge auf seinem Gesicht sehen konnte. Oder die Furcht.

Cassandra war Sykes so dicht auf den Leib gerückt, wie es überhaupt nur ging, ohne daß sie es sich gleich ganz in seinem Hemd gemütlich machte. Eine Hand preßte sich gegen sein Kreuz, die andere führte seine gefangenen Finger über ihre Gesichtszüge. Sie erschauerte vor Wonne, als er die empfindlichen Nervenpunkte berührte. Obwohl es in der Garderobe angenehm kühl war, fand sich Sykes in Schweiß gebadet.

»Es gibt ziemlich viel, was ich noch nicht getan habe«, hörte er sich kraftlos murmeln. »Und das steht auf meiner Liste nicht gerade sehr weit oben. Nehmen Sie's nicht persönlich. Tief im Inneren bin ich eher der konservative Typ.«

»Das kaufe ich dir nicht ab«, flüsterte sie sanft. »Ich glaube eher, du fürchtest dich in diesem Moment ein wenig. Davor, was du finden wirst, wenn das Licht erst einmal aus ist. Ein bißchen ängstlich und sehr neugierig. Macht man einen Polizisten nicht deshalb zum Detective, weil er so neugierig ist? Vielleicht bist du neugieriger, als du vor dir selber zugeben willst. Ich verstehe das. Aber macht dich das nicht an, diese ganze Neugier und das Staunen, das sich gerade in dir regt? Mich schon.« Ihre Lippen waren nun dicht an seinem Ohr. »Entspann' dich und laß es einfach geschehen. Sieh's doch einfach als Erweiterung deines Horizonts.«

Er wand sich in ihrem Griff. »Ich habe meinen Horizont lieber etwas enger, danke. Dann ist es nämlich einfacher, sein Ziel nicht aus den Augen zu verlieren.«

Sie preßte sich enger an ihn. »Deine Stimme sagt nein, aber dein ganzer Körper sagt ja.«

Schließlich gelang es ihm, ihr einen harten Schubs zu geben und sich von ihr zu lösen. »Meine Stimme, mein Körper und alles andere sagen nur eines: In zwei Stunden komme ich noch mal wegen Strader vorbei, und dann ist er verdammt noch mal besser hier.«

Er fummelte in seiner Brieftasche herum, bis er eine Visitenkarte gefunden hatte, und streckte sie ihr hin. Gleichgültig nahm sie sie in Empfang, offensichtlich schwer enttäuscht.

»Sie machen da einen großen Fehler«, sagte sie zu ihm.

»Mhm, das ist die Geschichte meines Lebens. Ein großer Fehler nach dem anderen.« Er verließ die Garderobe so höflich, wie es ihm möglich war.

Als er wieder sicher vor der Tür stand, holte er einmal tief Luft, schloß seine Augen und stand eine halbe Minute reglos da. Dann blinzelte er und ging den Flur hinab.

Hinter ihm wich Cassandras enttäuschter Blick einer gewissen Unruhe. Sie studierte die Visitenkarte, die Sykes ihr gegeben hatte, drehte sich dann um und eilte zum Telefon an der Wand. Man konnte es auch als Sprechanlage verwenden, und das war die Funktion des Gerätes, die sie in Betrieb setzte.

Francisco durchsuchte gerade einen Aktenschrank, als er in dem Zimmer neben sich die Sprechanlage summen hörte. Nachdem man das Gebäude in den zwanzig Jahren seiner bisherigen Existenz immer weiter unterteilt hatte und dabei ohne sonderliches Geschick vorgegangen war, waren die Wände ziemlich dünn. Er ging zur Wand, hielt seine Höröffnung gegen das Holz und fand heraus, daß er auf diese Weise der Unterhaltung ohne Mühe folgen konnte. Er pries den Erfinder des Zweitlautsprechers, der ihn in die Lage versetzte, beide Teile der Unterhaltung mitzuhören.

»Ja?« antwortete eine männliche Stimme.

Eine Frau antwortete ihm. Der Lautsprecher verzerrte die Stimme, und dennoch gehörte sie ganz unverkennbar der exotischen Tänzerin, mit der sie sich gerade unterhalten hatten.

»Todd, ich bin's.« Francisco fand, daß sie recht besorgt klang. »Die Polizei war gerade hier und hat sich nach Strader erkundigt. Und nach *dir*.«

Erstaunlich, sinnierte Francisco, wie schnell sich allein aufgrund einer kleinen Unterhaltung, aufgrund einiger Sätze, neue Verbindungen ergaben. Er zog seinen Revolver und tastete sich an der Wand zur Tür vor, die in den Raum nebenan führte. Der Fußboden war vom Alter verzogen und quietschte trotz all seiner Vorsicht. Er schlich dennoch weiter.

Die Verbindungstür war nicht abgeschlossen. Er fand sich hin- und hergerissen zwischen dem Bedürfnis, schnell zu handeln und der Notwendigkeit, leise zu sein. Auf seine Berührung öffnete sich die Türe lautlos und er spähte durch den Spalt.

Das andere Büro war sehr viel luxuriöser ausgestattet als jenes, das er gerade durchsucht hatte. Offensichtlich handelte es sich hier um das Allerheiligste des Besitzers oder des Managers. Der Zweitlautsprecher stand auf dem Tisch, neben einer biegsamen Lampe. In einem großspurigen Kristallaschenbecher qualmte eine Zigarette. Der Stuhl hinter dem Schreibtisch freilich war leer. Entweder hatte sich der Besitzer des Büros bereits aus dem Staub gemacht oder er war durch die zweite Verbindungstür auf der anderen Seite des Zimmers hinausgegangen. Ins Badezimmer vielleicht. Der Detective öffnete die Türe und trat ins Zimmer.

Der Stuhl, der unmittelbar darauf gegen seine Schulter und seine Schläfe knallte, ging nicht entzwei, dafür war er zu solide und zu schwer. Francisco ging zu Boden, sein Revolver flog ihm aus der Hand und schlitterte über den Teppich.

Er war am Boden, aber noch nicht ausgezählt. Instinktiv rollte er sich vom Schlag weg, wie man es ihm auf der Akademie beigebracht hatte, und versuchte, Raum zwischen sich und den Angreifer zu bringen. Eine warme Masse landete auf seiner Seite und eine Faust traf ihn hart ins Gesicht. Er drehte sich um und versuchte sich zu wehren. Obwohl ihm alles vor den Augen verschwamm, schirmte er sein Gesicht ab. Wenn er schon den Kampf verlieren würde, wollte er wenigstens einen Blick auf seinen Angreifer werfen.

Wer immer ihn überfallen hatte, war zwar stark, aber nicht besonders kampferfahren. Falls es ihm gelang, solange bei Bewußtsein zu bleiben, bis er sich etwas erholt hatte, könnte er vielleicht einen Hieb an eine verwundbare Stelle plazieren. Gleichzeitig wurde ihm bewußt, daß der Angreifer nicht länger mehr versuchte, ihn k.o. zu schlagen. Offensichtlich wollte er sich nun von ihm losreißen und die Achtunddreißiger zu fassen bekommen, die wenige Meter entfernt auf dem Teppich lag. Francisco steckte einen Schlag nach dem anderen weg, während er sich entschlossen an seinen Gegner klammerte.

Sykes schlich gerade durch den Flur des zweiten Stocks und suchte seinen Partner, als er die Kampfgeräusche hinter der geschlossenen Tür links neben sich hörte. Als er den Knopf drehte und bemerkte, daß sie verschlossen war, verschwendete er keine Zeit mit nutzlosen Aufforderungen, ihm aufzumachen. Für einen ordentlichen Anlauf bot der Flur nicht genügend Raum, aber er schaffte es. Beim dritten Versuch gab das Schloß nach und die Tür flog auf. Noch bevor er wieder stand, hatte er die Casull herausgerissen und das Ziel aufs Korn genommen.

»KEINE BEWEGUNG!«

Die Gestalt auf Francisco gehorchte und sah erschrocken auf Sykes und seinen enormen Revolver. Sie wirkte ziemlich mitgenommen und atmete schwer, beherrschte sich jedoch. Nun stand der andere langsam auf, die Hände in die Luft gestreckt, die Augen auf die Mündung der Kanone gerichtet, die Sykes fest im Griff hielt. Francisco schnappte nach Luft und stolperte auf die Beine.

Da prallte von hinten etwas Warmes, Schweres gegen Sykes und warf ihn zur Seite. Parfüm und Fleisch: Cassandra. Sykes rang um sein Gleichgewicht.

Watson nutzte die Gelegenheit und versetzte dem immer noch betäubten Francisco einen Stoß, der diesen gegen den Schreibtisch schleuderte und die Papiere darauf in alle Richtungen davonfliegen ließ. Dann sprintete er durch die offene Tür und raste den Flur hinunter.

Am anderen Ende lag ein Fenster. Er riß es auf und kletterte nach draußen auf die Feuerleiter. Sykes versuchte, ein Auge auf ihn zu werfen, während er sich gleichzeitig mit Cassandra herumschlug. Jetzt versuchte sie nicht mehr, ihn zu verführen, doch obwohl sie beinahe gleich stark waren, verstand sie nur wenig vom Kämpfen und gar nichts vom Kampf gegen Menschen. Immer wieder hieb sie ihm unter seinen rechten Arm und zeigte sich danach frustriert und überrascht, als er nicht darauf reagierte.

Ein arg mitgenommener Francisco tauchte in der Türöffnung auf, bereit, dem anderen nachzuhetzen. Er wußte nicht, welchen Fluchtweg ihr Opfer eingeschlagen hatte. Sykes brüllte ihm etwas zu, während er zur selben Zeit versuchte, Cassandra die Beine wegzuschlagen.

»Die Feuerleiter! Am Ende des Flurs!« Sie traf ihn in den Magen; er zuckte zusammen, versuchte aber dennoch, ihre Arme festzuhalten.

Francisco nickte knapp und stürmte den Flur hinab. Das Fenster am anderen Ende war ziemlich klein, aber es gelang ihm, sich durch die Öffnung zu zwängen. Draußen fand er sich auf einer Stahlplattform wieder.

Inzwischen war es Sykes gelungen, eine Handschelle um Cassandras Gelenk zu legen und die andere an einem Rohr an der Wand zu befestigen. Sie kreischte und fluchte in ihrer eigenen Sprache, als er die Casull aufhob und seinem Partner nachhetzte. Seine Abschiedsworte fielen relativ knapp aus.

»Tut mir leid, Süße, aber du redest wirklich in den Wind. Für mich klingt das alles wie ein kaputter Boiler.« Er grinste humorlos. »Warum regst du dich eigentlich so auf? Handschellen machen dich doch angeblich an.«

Sie fügte noch etwas zweifellos Obszönes und Beleidigendes hinzu. Es hörte sich an wie eine Kreuzung aus einer geprellten Nutte und einer amoklaufenden Python.

Wie er so die Feuerleiter runterstürmte, glich Francisco einem fahrerlosen Fünfzig-Tonner. Er sah, wie Watson das untere Ende erreichte, die Leiter runterrutschte und über den Parkplatz davonrannte. Mit einem gemurmelten Fluch vergaß der Detective die Leiter und sprang über das Geländer. Er landete ziemlich hart und der Aufschlag fuhr ihm bis in die Hüfte. Noch funktionierte freilich alles. Er verdrängte den Schmerz und machte sich an die Verfolgung.

Watson sah sich um und entdeckte den Detective, der ihm immer näher kam. Verzweifelt stürmte er im Zickzack an den geparkten Wagen vorbei. Francisco folgte ihm schweigend und rannte bisweilen quer durch die Reihen, um etwas an Boden zu gewinnen. Einmal sprang er über die Haube einer Corvette, doch Watson wandte sich in eine andere Richtung und er verlor wieder an Boden.

Auch Sykes rasselte nun die Feuerleiter hinunter, weit zurückliegend, aber schnell aufholend. Er ahmte den Fünfmetersprung seines Partners auf das harte Pflaster nach, ging vorher aber in die Knie, um den Aufprall zu mildern. Dennoch hätte er die beiden Außerirdischen aus den Augen verloren, wenn Franciscos kahler Schädel nicht wie ein einsamer Basketball über die Dächer der geparkten Wagen geragt hätte.

Er konnte es nicht mit der Schrittweite seines Partners aufnehmen und außerdem war er älter. Andererseits hatte er seit jeher schnelle Beine und ein gutes Durchhaltevermögen besessen. An den Wagen vorbeizuschlüpfen, erforderte mehr Behendigkeit denn Tempo.

Watson hatte unterdessen seinen Alfa Romeo erreicht und machte sich am Schloß zu schaffen. Er riß die Tür auf, warf sich hinein und kämpfte mit dem Zündschlüssel. Schließlich sprang der Motor an.

Francisco hörte es, kam drei Meter hinter dem Wagen zum Stehen und zielte sorgfältig mit seiner Pistole. In seinen massigen Händen sah die Waffe wie ein Spielzeug aus.

Die Rückfahrscheinwerfer des Alfa leuchteten auf und der Wagen fing an, sich zu bewegen. Francisco stand da wie ein Fels, hielt die Pistole ausgestreckt und zögerte. Weil es Schlagzeilen geben würde, wenn ein Newcomer-Bulle einen Flüchtenden erschoß. Weil es vielleicht einen anderen, besseren Weg gab. Weil er nicht auf seine Erfahrung, sondern nur auf seine Ausbildung bauen konnte.

Während er noch zögerte, trat Watson das Gaspedal bis zum Anschlag durch. Reifen quietschten und der Rückwärtsgang des Sportwagens wimmerte auf. Francisco warf sich zur Seite, als der Wagen über den Fleck donnerte, wo er eben noch gestanden hatte. Erleichtert schaltete der Assistenzmanager des Encounters Clubs das Fünfganggetriebe in den ersten und sah sich nach der nächsten Ausfahrt um.

Was er statt dessen sah, war Sykes: direkt vor dem Wagen. Wieder trat er auf das Gaspedal. Im Gegensatz zu seinem Partner sprang der Detective jedoch nicht zur Seite. Statt dessen warf er sich mit ausgebreiteten Armen auf die Haube und verdeckte dem Fahrer die Sicht.

Während er noch versuchte, an dem finster dreinblickenden Detective vorbeizusehen, verlor Watson die Beherrschung über den Wagen und pflügte direkt in ein Paar geparkter Limousinen, bevor er ein nennenswertes Tempo erreicht hatte. Sykes rutschte seitlich von der Haube, kam wieder auf die Beine und raste auf die Fahrerseite des abgewürgten Wagens.

Hocherfreut bemerkte er, daß der überängstliche Manager vergessen hatte, die Tür abzusperren. Watsons Kopf war auf das Steuerrad geprallt und so hatte er es nicht besonders eilig. Eine große, knorrige Faust griff durch das offene Fenster, bekam eine Handvoll teuren Anzugs zu fassen und zog mit einem kräftigen Ruck.

Der Manager taumelte widerstrebend aus dem Alfa und faßte wieder Mut, als er sah, daß sein Häscher nur ein bloßer Mensch war. Er holte aus, um den Detective mit seiner riesigen Faust plattzuwalzen. Im selben Moment beschrieb Sykes einen weiten Bogen mit seinen beiden Armen, die Fäuste parallel zum Pflaster. Beide landeten direkt auf den Nervenzentren unter Watsons Arm.

Der Manager gab ein dumpfes »Uff« von sich, hielt sich die Achselhöhlen und ging in die Knie. Sykes stand mit geballten Fäusten über ihm und atmete schwer, zum nächsten Schlag bereit. Der erwies sich jedoch als unnötig. Momentan dachte Watson gar nicht daran, davonzulaufen oder sonst irgend etwas anzustellen. Im Augenblick interessierte ihn nur der Schmerz, der ihn völlig gelähmt hatte.

»Ich will verdammt sein.« Sykes sog die kühle Nachtluft ein. »Es hat geklappt.« Aus den Augenwinkeln bemerkte er eine Bewegung, wirbelte ruckartig herum und entspannte sich wieder, als er sah, daß es sich nur um Francisco handelte. »Was sagst du dazu, hm? Zack! Aus beiden Läufen. Hat ihn umgehauen wie einen Sack Zement.«

Francisco musterte den bewegungsunfähigen Watson eine Weile und entdeckte dann einen kleinen Gegenstand auf dem Pflaster neben dem Alfa. Er ging hinüber, bückte sich, hob die Brieftasche des Managers auf, öffnete sie und untersuchte ihren Inhalt. Sykes sah ihm dabei zu, ab und zu einen argwöhnischen Blick auf den knienden Newcomer werfend.

»Wer ist das überhaupt?«

Francisco durchsuchte die Brieftasche. »Todd Watson. Der Assistenzmanager des Clubs«, meinte er abwesend.

Das Individuum, das Sykes zu Boden geschickt hatte,

hielt sich noch immer seine Achselhöhlen und schnappte zwischen seinen Worten nach Luft. »Ich glaub's einfach nicht. Wer, zur Hölle, seid ihr Typen eigentlich? Was wollt ihr von mir? Schaut euch meinen Anzug an. Schaut, was ich wegen euch mit meinem Wagen angestellt habe! Habt ihr überhaupt eine Ahnung, was es bei diesen italienischen Wägen kostet, die Karosserie zu reparieren? Ich verklage euer ganzes verdammtes Dezernat.«

»Ja, ja, schon gut. Im LAPD sitzt eine ganze Herde von Rechtsanwälten rum und langweilt sich, seit sie den Mordfall Handley abgeschlossen haben. Einer von denen wird dir schon weiterhelfen.« Angewidert schüttelte Sykes den Kopf. »Deine Freundin hat 'nen besseren Kampf hingelegt als du, Freundchen.«

Watson verzog sein Gesicht. »Was bringt Sie auf die Idee, sie wäre meine Freundin?«

»Nun mach mal halblang, Todd. Wegen 'nem Bullen mit 'ner Knarre rastet ein Typ wie du doch nicht gleich aus, wenn er nicht jemand beschützen will, mit dem er mehr als nur 'ne flüchtige Bekanntschaft unterhält. Ich würde mich mehr um sie kümmern, wenn ich du wäre. Ist schon eine Klassefrau, auch wenn sie unter der Perücke so kahl ist wie 'ne Fledermaus.«

»Dieser Smalltalk ist zwar durchaus erfreulich«, warf Francisco gleichmütig ein, »aber wir haben auch noch etwas Geschäftliches zu besprechen.« Er warf Watson die Brieftasche zu. »Wir suchen Ihren Arbeitgeber, Joshua Strader.«

Watson versuchte aufzustehen, schaffte es nicht ganz und entschloß sich, sich solange hinzusetzen, bis es ihm wieder etwas besser ging. »Er ist nicht in der Stadt«, murmelte er finster.

»Und warum sollten wir Ihnen glauben?«

»Weil es stimmt und es Mittel und Wege gibt, wie Sie das überprüfen können. Abgesehen davon, warum sollte ich sonst in seinem Büro arbeiten?«

Sykes gab ein rüdes Geräusch von sich. »Um ein Gefühl für den Stuhl des Chefs zu kriegen?«

Watson funkelte ihn an. »Es ist einfacher, von dort aus

Telefongespräche zu führen und das Geschäft zu leiten, das ist alles. Was geht Sie das überhaupt an?«

»Eigentlich gar nichts.«

»Warum sind Sie vor uns geflohen?« fragte ihn Francisco ruhig.

»Weil Sie beide mich verfolgt haben.«

Sykes schüttelte traurig den Kopf. »Wir haben dich verfolgt, weil du 'ne Fliege gemacht hast, du blöder Trottel. Leuchtet das ein?«

»Hören Sie, ich weiß ja nicht, wie das bei Ihnen ist, ss'loka, aber wenn sich jemand auf mich zuschleicht, verteidige ich mich, besonders, wenn er eine Knarre hat. Und wenn er und sein Kumpel anfangen, mich zu verfolgen, renne ich davon.«

»Wann kommt Strader zurück?« Francisco ließ nicht zu, daß der verletzte Watson das Thema wechselte.

Der Assistenzmanager zuckte die Achseln. Dieses Mal hatte er beim Aufstehen mehr Erfolg. Er richtete sich auf, holte tief Luft und ließ seine Hände langsam von den Achselhöhlen fallen.

»Woher soll ich das wissen? Er ist der Boß. Er braucht sich bei mir nicht anzumelden.«

»Das zu glauben, fällt mir schwer«, fuhr der Newcomer fort. »Ihr Arbeitgeber macht sich aus dem Staub und überläßt die Leitung seines Betriebs seinem Assistenten, ohne auch nur anzudeuten, wo man ihn im Notfall erreichen kann?«

»So ist Strader eben. Hin und wieder verdrückt er sich einfach, ohne jemandem zu sagen, wohin. Persönlich halte ich das auch für eine merkwürdige Art, sein Schiff zu führen, aber was kann ich schon dagegen tun?« Sein blasses Lächeln heischte Sympathie.

Bei Sykes geriet er damit freilich an den Falschen. Mit einem müden Seufzer verfiel der Detective in seinen besten Vortragston. »Watson, mein Partner hier hat seinen Job erst, seit man ihn vor ein paar Tagen zum Detective befördert hat, und deshalb will er natürlich einen guten Eindruck schinden. Drum ist er auch so höflich mit Ihnen. Er faßt Sie sozusagen mit Samthandschuhen an, klar?

So wie ich mich allerdings im Augenblick fühle, könnte heute auch mein letzter Tag sein. Sie wissen schon, was ich meine. Ich könnte mich heute abend abmelden und meine Pensionierung im Fach finden. Oder ich entschließe mich ganz einfach, aus diesem Rattenrennen auszusteigen, mich freiwillig pensionieren zu lassen und in den Flieger nach Miami oder den Bahamas zu steigen.«

Der Manager runzelte die Stirn. »Ich kann Ihnen nicht ganz folgen.«

»Was ich damit sagen will, Slag«, meinte Sykes und trat streitlustig einen Schritt nach vorn, »ist folgendes: Wenn du dir nicht mehr Mühe gibst, ein bißchen besser mit uns zusammenzuarbeiten, kommst du dir gleich so vor wie ein nackter Felsen, auf dem eine Kuh gerade ihre Pisse abläßt.«

Watson schluckte und sah zu Francisco. Zu seiner Ehre muß gesagt werden, daß Francisco keine Miene verzog, was das Unbehagen des außerirdischen Managers nur noch steigerte. Wer wußte schon, was ein nervöser Mensch unter Druck alles anrichten würde, besonders ein halbverrückter Polizist?

»Hören Sie«, meinte er beschwichtigend, als ob ihm jemand in der Mitte des Parkplatzes zuhörte. »Mr. Strader ist schon seit ein paar Tagen nicht mehr in der Gegend. Das ist die reine Wahrheit. Er hat mir nicht gesagt, wo er hinwollte oder wann er zurückkommt. Ich weiß, das ergibt nicht viel Sinn, aber so ist es nun mal. Ich schwöre es.«

Sykes starrte dem Newcomer eine Weile direkt in die Augen, bevor er sich an seinen Partner wandte. »Was hältst du davon?«

Franciscos Tonfall änderte sich keinen Deut. »Ich denke, daß er mit größter Wahrscheinlichkeit lügt.«

Sykes nickte. »Wie gedruckt.« Er wandte sich erneut an Watson. »Wenn du Strader das nächste Mal siehst, sag ihm, daß er mich anrufen soll. Außer du willst, daß wir über dich herfallen wie ein besonders schlimmer Fall von Herpes. Oder was ihr außerirdischen Typen eben so kriegt.«

Er ging zu dem größeren Außerirdischen hinüber, stopfte eine Visitenkarte in Watsons Brusttasche, schnippte ein kleines Stäubchen von dem teuren Stoff und lächelte zu ihm hoch, bevor er sich auf den Weg machte. Francisco folgte ihm.

Watson verfolgte ihren Abgang aus den Augenwinkeln, stolperte dann zu seinem mitgenommenen Alfa und ließ sich auf die verbeulte Haube fallen.

Auf dem Weg zurück zum Schrottmobil fühlte sich Sykes auf einmal furchtbar müde. Er ließ die Ereignisse der letzten Stunde noch einmal Revue passieren: das Gespräch mit Cassandra, wie er sie hatte abblitzen lassen, wie er anschließend durch den Club geschlichen war, um George herauszupauken, nur um von einem außerirdischen Weibsstück herbe Prügel einzufangen, schließlich die Jagd über die Feuerleiter und den Parkplatz. Seine Beine schmerzten von den Waden bis zum Arsch, seine Kehle fühlte sich rauh an und das Endergebnis dieses streßreichen Abends war so gut wie Null.

Francisco fiel die Laune seines Partners auf. Soviel Einfühlungsvermögen, seine Klappe zu halten, besaß er freilich nicht. »Matthew, ich denke doch, ich sollte darauf hinweisen, daß Sie gar nicht gut aussehen. Wäre es sehr unhöflich von mir, wenn ich Sie fragte, wie es Ihnen geht?«

»Überhaupt nicht, George. Ich fühle mich beschissen.« Er bedachte seinen Partner mit einem schiefen Lächeln. »Zufrieden?«

»Ich wünschte, dem wäre anders.«

»Danke für das Mitgefühl. Ich wünschte, ich wäre zehn Jahre jünger. Was ist mit dir?«

»Mir geht es gut, danke, obwohl es mich etwas verdrießt, daß wir nicht mehr in Erfahrung bringen konnten.«

»Wenigstens sind wir uns in ein paar Dingen einig. Watson hat gelogen und ich fühle mich beschissen. Und die ganze Mühe hat uns nichts gebracht. Mist.« Er fuhr mit der Hand durch seine schweißnassen Haare.

»Was besagen die Vorschriften in einem solchen Fall?«

Sykes warf ihm einen scharfen Blick zu. »Die Vorschriften?« Plötzlich ertappte er sich bei einem Grinsen. »Die offiziellen Vorschriften – oder meine?«

Francisco wog die Alternativen gründlich gegeneinander ab. »Die offiziellen Vorschriften haben an diesem Abend kein sonderliches Resultat ergeben, nicht wahr?«

»Nein, George, haben sie nicht.«

»Dann würde ich es für ratsam halten, sich den Alternativen zuzuwenden.«

Sykes sah sehr zufrieden aus. »Sehr gut, George. Wirklich gut. Du lernst.«

»Ich lerne recht schnell, Matthew. Das haben sie mir wenigstens auf der Akademie gesagt.« Er öffnete die Beifahrertür und rutschte hinein.

»Noch etwas, George.« Sykes ließ sich hinter das Steuer fallen. Sein Steißbein brachte ihn wieder einmal um, aber jetzt war nicht die Zeit für einen Besuch beim Chiropraktiker.

Francisco schaute ihn erwartungsvoll an. »Und das wäre, Matt?«

»Von jetzt an kümmerst du dich um die Weiber, wenn du nichts dagegen hast.«

Er legte den Gang ein und fuhr aus dem Parkplatz, ohne einen Blick in den Spiegel zu werfen.

Watson hörte sie wegfahren, schenkte dem jedoch keine große Aufmerksamkeit. Der Schaden an seinem Alfa interessierte ihn viel mehr. Die rechte Vorderseite war eingedrückt, und als Folge davon hatte sich die Beifahrertür verzogen. Verdammt! Überall Glassplitter, beide Scheinwerfer hinüber, die Windschutzscheibe geplatzt und wahrscheinlich würde er den Wagen neu lackieren lassen müssen, damit alles zusammenpaßte. Ganz zu schweigen davon, was unter der Haube alles zu Bruch gegangen war. Diese sss'malki Bullen!

Das Geräusch von Schritten drang an sein Ohr, aber er hielt es nicht für nötig, sich umzudrehen. Momentan war es ihm wirklich egal, was derjenige denken mochte, der ihn so vornübergebeugt auf seinem ruinierten Wagen liegen sah. Schade war das insofern, weil er bei etwas größerem Interesse vielleicht dem Kolben der Schrotflinte hätte ausweichen können, der ihm im selben Moment auf den Hinterkopf donnerte.

Der Assistenzmanager klappte zusammen wie ein nasser Sack. Fünf Gestalten umringten den bewußtlosen Körper und starrten auf ihn herab wie Verpacker in einem fleischverarbeitenden Betrieb. Vier von ihnen waren Menschen.

Der fünfte war Kipling.

Der verantwortliche Mensch hieß Quint. Ohne auf weitere Befehle zu warten, winkte er seinen Partnern zu. »Okay, kratzt ihn auf!«

Einer der Männer grunzte, als er das schwere Bein des Außerirdischen anhob. »Sollen wir sanft mit ihm umspringen oder nicht?« Er erhielt seine Befehle normalerweise von Quint, hatte die Frage aber an den Newcomer gerichtet.

Der Alien hielt die abgesägte Schrotflinte locker am Schaft, als wäre sie nur eine Pistole. Er studierte den schlaffen Körper des Assistenzmanagers.

»Sanft – wenigstens vorläufig.«

VIII

Vom Winter einmal abgesehen, sind Kaliforniens Strände rund um die Uhr belegt, und selbst bei naßkaltem Wetter findet sich immer noch ein Strandguträuber oder das eine oder andere Liebespärchen, das einen kleinen Teil für sich belegte. Je weiter man von der Stadt wegfuhr, umso unwahrscheinlicher war es freilich, einem dieser hartgesottenen Sandliebhaber zu begegnen.

Zuma Beach lag am Rand der großen Metropolis, nördlich von Malibu und eine längere Autofahrt vom San Fernando Valley entfernt. Außer einigen Krabben und Möwen gab es an diesem Morgen niemanden, der den hereinbrechenden Wellen des Zentralpazifiks zusah.

Niemand sah die große schwarze Limousine, als sie sich den engen Zufahrtsweg hinunterquälte, der zum Strand hinabführte. Es war das nördlichste Ende Zumas, jener Teil des Strandes, der selbst an einem schönen Tag kaum bevölkert war; schon gar nicht derart früh am Morgen, wo der Mond sich immer noch die Rolle des Lichtspenders anmaßte und der Nebel kalt und klamm über dem Treibholz hing.

Die Limousine rollte an einem anderen Wagen vorbei, in dem zwei andere Außerirdische Wache hielten. Sie hätten Blutsverwandte jener Typen sein können, denen Sykes und Francisco in der X-Bar begegnet waren, wirkten jedoch aufmerksamer und besser gekleidet. Der Fahrer nahm ihre Gegenwart zur Kenntnis und ließ die Limousine dann bis an den Rand des eigentlichen Strandes rollen, wo er neben einem unauffälligen Lieferwagen neueren Modells anhielt.

Er stellte den Motor ab, stieg aus und öffnete die Hintertür, um William Harcourt den Ausstieg so angenehm wie möglich zu gestalten. Wie immer dankte Harcourt seinem Fahrer und ging dann hinüber zu dem wartenden Lieferwagen. Um zu dessen Heck zu gelangen, mußte er einige Schritte durch den Sand gehen. Stets an allem Neuen interessiert, studierte er die körnige Oberfläche mit frisch erwachter Lust.

Kipling, Quint und der Rest der kleinen Gang warteten hinter dem Lieferwagen auf ihn. Auch Watson war zugegen. Man hatte ihn an die hintere, zum rauschenden Meer hinweisende Stoßstange des Lieferwagens gekettet. Quint hielt ein blutiges Eisen in der rechten Hand. Jeder, der die Herkunft der dunklen Flecken zu ergründen wünschte, brauchte nur einen Blick auf Watsons zerschlagenes Gesicht zu werfen. Quint war stolz auf seine Arbeit. Der Assistenzmanager blutete, war aber noch bei Bewußtsein.

Harcourt übersah das unglückliche Opfer von Quints Bemühungen und wandte sich an dessen Peiniger. »Irgendwelche Fortschritte?«

Der Mensch rollte mit der Schulter und fuchtelte mit dem Eisen herum. »Mein Arm wird langsam ziemlich müde, und bis jetzt haben wir rein gar nichts aus ihm herausgeholt. Er ist entweder ziemlich stur, ziemlich hart oder ziemlich blöd.« Er starrte hinunter auf den verängstigten Watson. »Persönlich würde ich auf letzteres tippen, aber vielleicht wissen Sie ja mehr als ich, Sir.«

Harcourt lächelte freundlich. »Das möchte ich doch eher als rhetorische Bemerkung betrachten, Mr. Quint.« Er wandte sich an seinen Assistenten und hob eine Braue.

»Er ist Strader ss'verdlatya ss'alo«, informierte Kipling seinen Boß.

Quints Miene verzog sich. »Was heißt das?«

»Verpflichtet«, ließ ihn Harcourt wissen. Nicht, daß er Quint irgendwelche Erklärungen schuldete, aber ein schlecht informierter Angestellter war zugleich ein unrationeller. »Seine Verpflichtung Strader gegenüber geht ihm über alle Schmerzen und sein Leben. Das ist etwas, was Sie wohl nicht verstehen werden, obwohl einige Freunde von mir bei ihren Studien der menschlichen Geschichte einige Gesellschaften entdeckt haben, wo man ein solches Konzept nicht nur verstanden, sondern sogar geachtet haben würde. Ihre gegenwärtige Gesellschaft zählt freilich nicht dazu.«

»Wollen Sie damit sagen, daß dieser Kerl lieber sterben

würde, als seinen Boß übers Ohr zu hauen und für uns zu arbeiten? So blöd ist keiner.«

»Es ist keine Frage der Intelligenz, Quint. Das ist etwas, was du nicht kapierst.« Kipling funkelte den Menschen böse an. Quint zahlte es ihm mit gleicher Münze heim, beschloß jedoch, keine Affäre daraus zu machen.

Harcourt ging hinüber zu Watson und kniete sich neben ihm hin, sorgfältig darauf bedacht, die Kniestücke seiner Designer-Hose nicht mit Sand zu beschmutzen. Teilnahmsvoll untersuchte er das zerschmetterte Gesicht.

»Das alles tut mir sehr leid, Mr. Watson. Ich hätte einen anderen Weg vorgezogen. Es bedrückt mich immer, wenn ich gezwungen bin, auf solche Methoden zurückzugreifen. Plumpheit beleidigt meinen Sinn für Ästhetik, und diese Methode ist sehr plump. Sie müssen mir glauben, daß ich diese Art von Geschäften für sehr geschmacklos halte.«

Watson gelang es, seinen Kopf soweit hochzuheben, daß er Harcourt aus seinem offenen Auge anstieren konnte. Das andere Auge war zugeschwollen. »Klar, Sie sehen auch echt schockiert aus.«

Harcourt schürzte seine Lippen. »Sie zweifeln an meinen Worten. Nun, unter den gegebenen Umständen kann ich Ihnen das wohl kaum verübeln. Mir ist zu Ohren gekommen, daß Sie nun schon seit einiger Zeit meine Angebote immer wieder ablehnen. Ihr Pflichtgefühl Mr. Strader betreffend ist zweifellos sehr edel, steht aber nicht mehr zur Debatte, wie ich fürchte.«

»Ich kann Ihnen nicht ganz folgen.«

»Dann werde ich es Ihnen auf eine Weise erklären, die Sie ohne Mühe begreifen werden, auf eine Art, die keinen Zweifel offen lassen wird.« Er sah zu Kipling und nickte einmal kurz.

Zwei der Menschen kletterten in den Lieferwagen und schoben etwas von der Ladefläche. Schwer plumpste die große, unhandliche Masse in den Sand. Er war Strader. Man hatte ihm aus nächster Nähe zwei Kugeln durch das Vorderteil seines Seidenanzugs gejagt. Watsons Augen weiteten sich vor Angst.

»Bitte. Verstehen Sie jetzt?« Harcourt lächelte jenes berühmte Lächeln, das Menschen wie Newcomer gleichermaßen bezauberte. An den entsetzten Watson war es freilich verschwendet. »Und nun wissen Sie, weshalb Sie sich nicht mehr an Mr. Strader gebunden fühlen sollten: Mr. Strader hat keinen Bedarf mehr an ihrer Ergebenheit.« Ölige Anteilnahme klang in seiner Stimme.

»Ich werde Ihnen dieses Angebot nicht noch einmal unterbreiten. Ich möchte, daß Sie für mich arbeiten, daß Sie als Straders Nachfolger den Encounters Club übernehmen und daß Sie tagsüber ein kleines Nebengeschäft für mich erledigen. Es wäre ein völlig natürlicher Wechsel. Niemand würde irgendwelche Fragen stellen. Ich könnte natürlich einen meiner Leute in Straders Club stellen und Sie abservieren, aber Ihre Erfahrung bei der Leitung eines Etablissements, das sowohl Menschen wie auch Newcomer anspricht, ist ohnegleichen. Ich kenne kein anderes Etablissement dieses Kalibers, weshalb ich es auch in meine Expansionspläne einbeziehen möchte.

Den Grund meines Interesses werden Sie erst zu einem Zeitpunkt erfahren, an dem Sie sich meines Vertrauens für würdig erwiesen haben. Momentan brauchen Sie nichts weiter zu wissen, als daß ich Ihnen bei der Leitung des Clubs völlig freie Hand lassen würde. Die innerbetrieblichen Details interessieren mich nicht im mindesten. Es würde mich nicht einmal sonderlich kümmern, ob er Profit abwirft oder nicht, obwohl ersteres natürlich sehr angenehm wäre. Ich brauche ihn aus einem anderen Grund.

Ich fürchte, es handelt sich hier nicht um eine Entweder-Oder-Entscheidung, Mr. Watson. Ich kann nicht zulassen, daß Sie für jemand anderen in einer ähnlichen Stellung arbeiten, da Ihre Talente, so sie anderswo zum Einsatz kommen sollten, den Erfolg meiner eigenen Pläne möglicherweise gefährden könnten. Falls Sie sich jedoch entschließen, für mich zu arbeiten, wird Ihnen ein Luxus und Reichtum zuteilwerden, von denen die meisten von uns nicht einmal zu träumen wagen.«

Watson schien immer noch verängstigt, brachte als Antwort auf Harcourts Angebot jedoch einen halbwegs trotzigen Blick zustande.

»*Ss'kya'ta!*«

Kipling fuhr zornig hoch und trat einen Schritt nach vorn, doch Harcourt winkte ab. Widerwillig blieb der große Newcomer stehen.

Der außerirdische Unternehmer beobachtete Watson eine Zeitlang. Vielleicht bewunderte er dessen Entschluß, vielleicht überlegte er sich das Angebot noch einmal. Jedenfalls dauerte es nicht lange, bis er seinen Entschluß getroffen hatte. Das tat es nie.

»Es gibt noch immer einige unter uns, die die eine oder andere Denkweise über Bord werfen müssen. Es ist ein Jammer, an derlei altmodischen Wertvorstellungen zugrunde gehen zu müssen.« Er richtete sich auf und wandte sich an die erwartungsvollen Schläger. »Mr. Quint, ich glaube, es ist an der Zeit, daß unser Freund seine Schwimmstunde absolviert.«

Es dauerte ein paar Sekunden, bis seine Worte zu Watsons Gehirn durchgedrungen waren, bis er verstand, was mit ihm passieren würde. Als es soweit war, drehte er durch, schrie auf und warf sich wie wahnsinnig gegen seine Ketten. Harcourt sah ihm schweigend zu. Auf seinem Gesicht lag immer noch das Lächeln, doch nun hatte es sich verändert. Es war ein Lächeln, das nur die wenigsten je zu Gesicht bekommen würden. Kein Humor lag mehr darin, und jene, die es einmal gesehen hatten, vergaßen es zeit ihres Lebens nicht. Kipling hatte dieses Lächeln gesehen, ebenso wie Quint und ein, zwei der anderen, und trotz ihrer Härte machte es sie im Inneren schaudern.

»Es ist ungemein wichtig, neue Fähigkeiten zu erlernen«, sagte Harcourt. »Geradezu unentbehrlich für die Entwicklung des einzelnen. Das ist eine der fabelhaften Eigenheiten dieser Welt. Hier gibt es soviele Gelegenheiten, sich weiterzubilden, sein inneres Selbst zu bereichern. Ich bin fest davon überzeugt, daß wir jede Möglichkeit nutzen sollten, die sich uns bietet. Pflichten Sie mir da nicht bei, Mr. Watson?«

Quint und seine Helfer hatten den Assistenzmanager von seinen Ketten befreit. Es bedurfte der gemeinsamen Anstrengung aller fünf, um des sich windenden und um sich schlagenden Newcomers Herr zu werden, als sie ihn über den Strand auf die Brandung zuschleiften. Trotz ihrer Probleme ging ihnen Kipling nicht zur Hand. Statt dessen blieb er neben Harcourt stehen, einen kleinen Angstschimmer in den kalten Augen. Harcourt unterhielt sich mit ihm, belangloses Gerede, Nichtigkeiten. Kipling hörte nicht auf das, was sein Boß zu ihm sagte, nickte aber von Zeit zu Zeit, wenn er dachte, daß man es von ihm erwartete. Das Drama, das sich vor seinen Augen abspielte, faszinierte ihn zu sehr.

Watson bohrte immer wieder seine Füße in den Sand, bis zwei von Quints Leuten schließlich auch seine Beine hochhielten. Unter seinen Fingernägeln quoll das Blut hervor, während er um jedes Stückchen Strand kämpfte, sich an Felsen und Treibholz festklammerte. Doch der Sand war zu tief, die Felsen und das Treibgut zu klein.

»Du hast das noch nie vorher gesehen, Billy?« meinte Quint zu seinem neuesten Rekruten, der reichlich Mühe damit hatte, Watsons rechtes Bein festzuhalten. »O Mann, gleich traust du deinen Augen nicht.«

»Wieso?« fragte der Mann laut. »Was machen wir denn mit ihm? Stecken wir seinen Kopf unter Wasser?«

Quint grinste bösartig. »So ähnlich. Weißt du, Meerwasser wirkt auf diese Typen wie Batteriesäure. Nur die wenigsten wissen das. Ist ja auch nicht die Sorte Nachricht, die sie in der Tagesschau bringen. Ich weiß selber nicht genau, was es eigentlich bewirkt. Irgendeine chemische Reaktion. Mr. Harcourt meint, es hätte mit den besonderen Salzen und Spurenmetallen in unseren Ozeanen zu tun, was immer das bedeuten soll.« Er warf dem hilflos zappelnden Watson einen Blick zu, falsches Mitgefühl in seiner Stimme.

»Was glaubst du denn, was es ist, Watson?« Ein Bein kam frei und trat wild um sich, während sich zwei Männer abmühten, es wieder in ihre Gewalt zu bekommen. »Hey, haltet ihn fest!«

Inzwischen waren sie unterhalb der Hochwassermarke, wo das Wasser den dunklen Sand so glattgestrichen hatte wie Linoleum. Eine Welle rollte heran, und ihre Gischt kroch den sanften Abhang hoch auf die Männer zu.

»Das liebe ich so an der Brandung«, sinnierte Quint laut. »Man weiß nie, wie weit sie kommt, solange sie – hoppla, bißchen naß geworden.« Eine kleine Welle war über seine Schuhe geschwappt.

Während sie weiter in das Meer wateten, berührte eine zweite Watsons Waden. Er stieß einen durchdringenden Schrei aus, ein hochfrequentes Heulen, wie es keine menschliche Kehle zustandegebracht hätte. Als er wie wahnsinnig um sich drosch, tauchte eine seiner Hände unter die Oberfläche. Er schrie auf und riß sie heraus; Wasser tropfte von der benetzten Haut. Einige Sekunden später tauchten Tausende von purpurroten Tröpfchen auf den Rücken seiner Finger, seiner Hand und der Handfläche auf. Sein Körper reagierte auf die Berührung mit dem Meerwasser und bald quoll das Blut aus allen Poren. Die kleinen Bäche wurden mächtiger, vereinigten sich. Als die Männer stehenblieben, schluchzte und stöhnte Watson bereits laut.

Während das Wasser ihnen um die Hüften plätscherte, fingen sie an, Watson vor- und zurückzuschaukeln.

»Und jetzt alle miteinander«, forderte Quint seine Leute auf. Höhnisch grinste er die mitleiderregende Gestalt Watsons an. »Letzte Bestellung, Blödmann. Was darf's denn sein?« Als der Alien nurmehr ein stöhnendes Schlürfen von sich geben konnte, hob Quint seine Stimme. »Fertig? Eins – zwei – DREI!«

Die fünf holten gleichzeitig aus und schleuderten Watson weit hinaus ins Meer.

Harcourt und Kipling waren über den Strand gegangen, bis sie dicht vor der Wasserlinie standen. Sie sahen auf das mondbeschienene Meer hinaus. Watson schrie noch eine Weile weiter, dann ertönte nurmehr das Geräusch der Wellen.

Quint und seine Leute suchten die ruhige Oberfläche ab und warteten noch etwas für den Fall, daß ihre Talente noch einmal benötigt wurden, um die Sache endgültig zum Abschluß zu bringen. Das erwies sich jedoch als unnötig. Watson gab keinen Laut mehr von sich und tauchte auch nicht mehr an der Oberfläche auf, obwohl das Wasser an dieser Stelle nur brusthoch war.

Kipling mußte sein Unbehagen niederkämpfen und hatte dabei nur teilweise Erfolg. Für seinen Geschmack standen sie viel zu dicht am Wasser. Harcourt dagegen wirkte völlig ungerührt, wie er zum fernen Horizont starrte. An Watson dachte er nicht mehr. Was den Assistenzmanager des Clubs betraf, war die Angelegenheit für ihn gestorben, wenn man so wollte.

Je länger sie dort standen, umso nervöser wurde Kipling. Er hatte einmal etwas über Tsunamis gelesen, die völlig unverhofft auf sonst sehr ruhige Strände prallten und alle Leute ins Meer rissen. Es war friedlich und ruhig und die Wellen waren kaum dreißig Zentimeter hoch, aber dennoch fühlte er sich unbehaglich. Vielleicht ein Wort oder zwei...

»Als wir ihn aufgegabelt haben«, sagte er zu seinem Boß, »hatte er gerade mit den beiden Bullen geredet. Die, die Sie über Hubley ausgefragt haben. Es war reines Glück, daß wir zur rechten Zeit aufgekreuzt sind, sonst hätten wir nie Wind davon bekommen.«

Das riß Harcourt aus seinen Träumen. »Bist du dir sicher mit den Bullen? Daß es dieselben waren, denen wir in dieser Nacht vor dem Hotel begegnet sind?«

»Absolut. Diesen ss'loka' vergeß ich so schnell nicht.«

Wie er so locker nach dem Sand trat, war die Miene des Unternehmers unmöglich zu entschlüsseln. »Das gleitet mir langsam aus der Hand. Ich will, daß du dich darum kümmerst. Sofort.«

»Irgendwelche Vorschläge, Mr. Harcourt?«

Der Newcomer bedachte seinen Assistenten aufs neue mit jenem unangenehmen Lächeln. »Laß deine Fantasie walten. Deshalb bezahle ich dich. Wenn ich irgend etwas Spezielles im Sinn hätte, würde ich Quint einsetzen. Ich schätze dich wegen deiner Eigeninitiative, Kipling. Nur deshalb bist du mein Assistent. Ich kann mich nicht selbst um jede Einzelheit kümmern. Es gibt zuviele ungleich wichtigere Dinge, denen ich meine begrenzte Zeit widmen muß.«

Kipling ging in Habachtstellung. »Jawohl, Sir. Verstehe.«

Erstaunlich, dachte Harcourt, wie nützlich Schmeichelei sein konnte, wenn man sich mit Primitivlingen wie Kipling auseinandersetzen mußte.

Vom Strand rollte ihnen eine Welle entgegen. In einer Stunde würde die Sonne aufgehen und außerdem kam bereits die Flut. Kipling dachte nicht gerne über Dinge wie Gezeiten oder Wellen nach. Kein Newcomer tat das. Die Welt, auf der man sie abgeladen hatte, war auch so schon kompliziert genug, ohne daß man ständig über die unangenehmste Gegebenheit von allen nachdachte: die Tatsache, daß eine tödliche, ätzende Flüssigkeit drei Viertel dieser Welt bedeckte. Länger über solchen Dingen zu brüten, hieße, seine geistige Gesundheit aufs Spiel zu setzen. Ein gesunder Newcomer brachte es nicht einmal über sich, den Menschenkindern dabei zuzusehen, wie sie in dem scheußlichen Zeug herumplanschten. Der Magen vertrug es einfach nicht.

Statt abzusterben und sich langsam wieder zurückzuziehen, raste die Welle weiter den kleinen Abhang hoch. Kipling hielt es aus, solange er konnte, und sprang dann unwillkürlich zurück. Harcourt wich keinen Zentimeter und starrte nur gelassen auf die heranrauschende Flüssigkeit. Die Gischt rollte bis dicht vor seine polierten, sandverkrusteten Schuhe. Interessiert verfolgte er, wie das Wasser harmlos in dem saugenden Sand versickerte.

»Wir müssen lernen, Kipling, unsere tiefsten Ängste zu umarmen. Das macht uns stark. Die geistige Anpassung an eine neue Welt ist ebenso entscheidend für den schlußendlichen Erfolg wie die körperliche. Die Menschen achten diesen Standpunkt.«

Dann paß dich mal schön an, dachte Kipling. Nicht zum erstenmal wünschte er sich, daß sich seine Leute an einem Ort wie Kansas City oder St. Louis statt ausgerechnet in L.A. niedergelassen hätten. Aber Los Angeles lag näher am Landeplatz ihres Schiffes, und in Los Angeles gab es die meisten Einwanderungs- und Umsiedlungsbehörden. Also hatten sich die meisten hier niedergelassen.

Harcourt bereitete der unmittelbar neben der Stadt liegende Ozean kein Kopfzerbrechen. In dieser Hinsicht war er etwas Besonderes. Nach Kiplings Kenntnis wagte sich kein Newcomer freiwillig näher als eine Meile an den Pazifik heran, es sei denn, aufgrund einer Mutprobe vor seinen Freunden oder Feinden. Familienausflüge an diesen schrecklichen Ort namens ›Strand‹ schätzten die Newcomer nicht besonders. Lieber zogen sie stattdessen in die Wüste oder in die Berge.

Sykes (James Caan) hat sich noch immer nicht richtig an die Newcomer im eigenen Land gewöhnt – schon gar nicht an die weiblichen. Aber Cassandra (Leslie Bevis) gibt ihm Tips auf der Suche nach dem Mörder.

Trotz anfänglicher gegenseitiger Aversionen verstehen sich Sam (Mandy Patinkin, unten links) und Sykes (James Caan) immer besser.

Vielleicht können wir den nächsten von irgendeiner Klippe schmeißen, hoffte er. Harcourt ließ ihm viel Spielraum bei seiner Arbeit. Er würde es ihm vorschlagen. Je schneller sie diesen Ort verließen, umso besser, obwohl ihn selbst nach ihrer Abfahrt das quälende Rauschen, das Quint als Brandung bezeichnet hatte, noch tagelang verfolgen würde. Er wußte, daß er davon träumen würde.

Harcourt drehte sich auf seinem Absatz herum und ging zurück zur wartenden Limousine. Im Vorbeigehen wies er auf Straders Leiche. Quint und die anderen waren mittlerweile aus dem Meer zurückgekommen und hatten sich den beiden Newcomern angeschlossen.

»Hier stehen überall Schilder, Mr. Quint. Wir wollen doch kein Gesetz übertreten.«

Quint runzelte die Stirn. »Und welches Gesetz wäre das, Mr. Harcourt, Sir?«

»Nun, jenes gegen das Liegenlassen von Abfällen selbstverständlich.« Er wies ein zweites Mal auf Straders Leichnam.

Quint grinste. Er arbeitete gern für Harcourt. »Verstehe, Sir. Keine Abfälle.« So ein Komiker, dachte er. Ein Newcomer mit echtem Sinn für Humor.

Gemeinsam hoben er und seine Leute die Leiche auf und gingen mit ihr zum Meer. Harcourt hielt es nicht für nötig, sich umzudrehen und ihnen dabei zuzusehen, wie sie den schweren Leichnam weit in die Wellen hinausschleuderten.

Francisco betrachtete die Hörmuschel des Wandtelefons mit sichtlichem Widerwillen. Sie war dreckig; Schmiere hatte sich in den Ritzen angesammelt, wo die verschiedenen Teile des Telefons aneinandergeklebt waren. Zögernd preßte er sie gegen seine Höröffnung und wählte. Sobald das Telefon am anderen Ende abgehoben wurde, fing er an, schnell in seiner eigenen Sprache zu reden. Er mußte sich etwas bükken, um nicht gegen die tiefe Decke der Küchennische zu stoßen.

Sykes knipste eine zweite Lampe an und ließ seinen Blick durch die Küche schweifen. Er öffnete den Kühlschrank, untersuchte seinen Inhalt und nahm zu guter Letzt nur eine

Wodkaflasche und den Eisbehälter heraus. Während sein Partner aufgeregt ins Telefon plapperte, schüttete Sykes den Alkohol und die Eiswürfel in ein hohes Glas.

Der nach wie vor telefonierende Francisco drehte sich um und sah seinem Partner bei der Arbeit zu. Dann wanderte sein Blick zu dem offenen Kühlschrank und blieb schließlich auf der Milchtüte im unteren Regal haften. Der letzte Benutzer hatte sie oben nicht richtig verschlossen.

Während er weiter der Stimme am anderen Ende zuhörte, zog er den Hörer mit sich, so weit die Schnur reichte, beugte sich zum Kühlschrank und schnüffelte. Seine Augen weiteten sich. Er schloß das Gespräch ab, verabschiedete sich mit einem kunstvollen Satz, der sowohl Liebe wie Beruhigung andeutete, von seiner Frau und hängte auf. Sykes sah gerade tief ins Wodkaglas, als Francisco neben ihm auftauchte und in den Kühlschrank starrte.

Schließlich fiel Sykes die angespannte Miene seines Partners auf. »Suchst du was Bestimmtes?«

Francisco griff in den Kühlschrank und zog die Milchtüte heraus. Ausgiebig schnupperte er am Inhalt und seufzte dann. »Hätten Sie etwas dagegen?«

Sykes zuckte die Achseln und suchte ihm ein Glas. Francisco füllte es und nahm einen langen Schluck. Der Geruch, der daraufhin durch die kleine Küche zog, ließ den Menschen eine Grimasse schneiden. Er deutete auf das Telefon.

»Sie hält dich wohl an einer ziemlich kurzen Leine, was?«

Francisco dachte sorgfältig darüber nach. »Meine Frau? Sie sorgt sich um mich. Ich finde ihre Sorge sehr beruhigend. Ihr Tonfall läßt vermuten, daß Sie die Situation mißbilligen. Ich dagegen empfinde genau das Gegenteil.«

Sykes liebäugelte mit einem Stuhl, entschloß sich dann jedoch, sich an der Durchreiche anzulehnen und sich an seinem Glas festzuhalten. Er hörte sich eher müde als verbittert an.

»Ja ja, die Tour kenne ich.«

Der Newcomer musterte ihn aufmerksam. »Sind Sie verheiratet? Sie haben nie erwähnt, daß Sie eine Frau haben.« Er betrachtete seine Umgebung. »Ich sehe nichts, was auf die Gegenwart einer Frau hindeutet.«

»Weil sie nicht mehr da ist. Niemals hier war. Das ist das Schlüsselwort, George. *War*. Ich bin geschieden.«

»Wir bleiben unser ganzes Leben lang zusammen, obwohl ich mit dem Verhältnis vertraut bin, das Sie gerade beschrieben haben. Auf der Akademie mußte ich mir diese Kenntnis aneignen, als Teil eines Kurses über häusliche Gewalt. Scheidung ist ein seltsames Konzept für uns. Diese Art von Trennung ereignet sich bei uns gewöhnlich nur nach dem Tode des jeweiligen Partners. Eine solche Trennung bewußt und freiwillig herbeizuführen, ist eine schwer zu begreifende Vorstellung.« Er beugte sich nach vorne. »Was ist das für ein Gefühl? Könnten Sie es in Worten beschreiben, die ich vielleicht verstehe?«

»Keine Ahnung. Weißt du, wie es ist, wenn man einen elften Finger amputiert? Am Anfang tut es noch verdammt weh, doch später wird einem klar, daß man das verdammte Ding nie gebraucht hat.«

Francisco sann über diese Erklärung nach und nickte schließlich, obwohl er sie nicht verstand. Es war nur zu offensichtlich, wie wichtig es für Sykes war, *daß* er sie verstand. Also nickte er. Sykes kippte ein neues Glas, während sein Partner an der sauren Milch nippte und die Wohnung etwas genauer unter die Lupe nahm. Langsam machte sich die Wirkung des vergammelten Kuhsafts bemerkbar.

»Ihr Heim ist ziemlich unordentlich. Als ich hereinkam, dachte ich zuerst, man hätte bei Ihnen eingebrochen.«

Sykes brummelte über den Rand seines Glases. »Ich weiß deine Ehrlichkeit zu würdigen, George. Sag mal, in diesem Kurs über häusliche Gewalt, hat man dir da nichts über Taktgefühl beigebracht?«

»Eine ganze Menge, und ich habe es mir ebensogut gemerkt wie alles andere. Vorschrift.«

»Mhm, du bist ein echtes As, was Vorschriften angeht. Aber wenn du schon alles über Taktgefühl weißt, wie kannst du dann sowas über mein geliebtes Domizil sagen?«

Der Newcomer sah ihn unschuldig an. »Bei Ihnen brauche ich kein Taktgefühl walten zu lassen, Matthew. Sie sind mein Partner.«

Sykes verzog sein Gesicht und nickte in keine bestimmte

Richtung. »Klar. Das erklärt alles.« Er hielt sein Glas hoch. Verständnislos sah ihm Francisco dabei zu.

»Was tun Sie da mit Ihrem Glas?«

»Einen Toast ausbringen, Dummerchen. Hast du noch nie 'nen Toast gesehen?«

Ein verwirrter, etwas verletzter Ausdruck huschte über das Gesicht seines Partners. »Es ist hier weder Brot zugegen, noch ein Mittel, es zu karbonisieren.«

Sykes brummelte etwas in sich hinein. »Ein Toast ist, wenn man auf etwas trinkt. Auf die Gesundheit eines Freundes, seine Zukunft, seine Freundin, seinen Zahnarzt, was auch immer. Eine Art Ehrenbezeigung. Jeder hat sein eigenes Gift und dann stößt man die Gläser aneinander.«

Francisco nickte. »Jetzt verstehe ich. Sie müssen Geduld mit mir haben, Matt. Mit uns allen. Unsere Ausbildung war sehr hastig und unvollständig. Man hat uns eine Menge überflüssiges Wissen vermittelt und einige wichtige Dinge dabei übersehen.« Er stieß sein Glas voll alter, kalter Milch gegen das von Sykes. Dann tranken sie beide.

Es war eine angenehme Sitte, und Francisco merkte bald, wie sehr er sie genoß. Die ganze Nacht lang arbeiteten sie an den Details. Zu der Zeit, als der Newcomer die Sache endlich perfekt beherrschte, hatte Sykes bereits seine Brieftasche herausgezogen und seinem Partner ein zerknittertes, eselsohriges Foto gezeigt, das schon zu oft zerknüllt und wieder glattgestrichen worden war.

»Übersieh das Weibsstück links«, murmelte er über den Tisch. »Das ist Edie. Ich nenn' sie Edie Amin.«

»Wenn Sie sie nicht mögen, wieso tragen Sie dann ihr Bild mit sich herum?« erkundigte sich Francisco neugierig.

»Weil ich sie nicht aus dem Foto rausschneiden kann, weil sie zu nahe bei Kristin steht und einen Arm um sie gelegt hat. Die Schöne und die Bestie.« Er tippte auf das Bild. »Das da ist Kristin. Meine Tochter. Es ist ein ziemlich altes Foto, aber du weißt ja, wie es mit alten Fotos ist. Du hast diese spezielle Vorstellung von deinen Kindern, wenn sie ein gewisses Alter haben, ein gewisses Aussehen. Und wenn du fünfundsiebzig bist und sie sind fünfzig, siehst du sie immer noch genauso.« Trübsinnig starrte er auf das Foto.

»Ziemlich altes Bild. Sie ist jetzt zwanzig. Kaum zu glauben, wenn man sich das hier anschaut. Immer schwer zu glauben. Zwanzig. Mann. Und demnächst heiratet sie.«

»Wann findet das freudige Ereignis statt?«

»Am Sonntag. Diesen Sonntag.«

Francisco nahm das Foto vorsichtig zwischen seine dicken Finger und starrte auf die verblassenden Farben. Dabei schwankte er kaum wahrnehmbar. Sykes schwankte nicht, saß aber auch nicht mehr aufrecht in seinem Stuhl. Jeder Schluck Wodka krümmte ihn ein wenig mehr. In absehbarer Zeit würde sein Kopf auf der Tischoberfläche landen und dann könnte er sich endlich entspannen.

»Menschenkinder können sehr nett aussehen, wenn man es fertigbringt, den Pelz zu übersehen, der ihre Schädel verunziert.« Er gab das Foto zurück, und Sykes nahm sein teilnahmsloses Stieren wieder auf. »Sie heiratet, sagen Sie? Herzlichen Glückwunsch. Ein ungemein wichtiges Ereignis. Also nehmen Sie sich Sonntag wohl frei?«

Sykes legte das Foto zur Seite. »Vielleicht. Vielleicht auch nicht. Ich weiß nicht. Ich bin nicht sicher, ob ich hingehen soll.« Seine Stimme klang belegt, Unbehagen schwang in ihr. »Wenn sie auf etwas verzichten kann, dann auf ihren ausgebrannten Vater. Ein lausiger Bulle, hat's nie bis zum Lieutenant gebracht und wird's auch niemals dazu bringen. Die Familie ihres Verlobten hat reichlich Kohle. Wichtige Leute. Die brauchen mich nicht. Verdirbt nur das Familienfoto. Will ja niemand in Verlegenheit bringen, besonders nicht Kristin. Sie meint zwar, ich soll trotzdem kommen, aber so ist sie nun mal. Sie liebt jeden. Selbst ihren Penner von Vater.«

Francisco starrte seinen Partner an und sah auf einmal etwas, was er nie erwartet hätte: Verletzbarkeit. Sykes wirkte, als ob er jeden Moment in Tränen ausbrechen würde. Unverhofft zeigte sich hier etwas, was Menschen und Newcomer gemeinsam hatten, vielleicht die wichtigste Gemeinsamkeit von allen. Um die Stimmung etwas aufzulockern, fummelte Francisco in seiner Jacke herum, bis er seine eigene Brieftasche gefunden hatte. Er war ein wenig überrascht, wie lange er dazu brauchte.

»Das muß ich dir zeigen.« Er klappte die Kunstledertasche auf. Im Inneren befanden sich vier gestochen scharfe, erst kürzlich aufgenommene Fotos einer Außerirdischen. Jede Pose unterschied sich von der vorherigen. Offensichtlich hatte man sie in einem Studio aufgenommen, mit flachem Hintergrund und professioneller Beleuchtung.

»Das ist Susan, meine Frau.«

Sykes zögerte und schielte dann neugierig auf die Fotos in ihren Plastikhüllen. »Mhm, ich hab' sie schon neulich gesehen, als ich dich abgeholt habe. Nicht übel.«

Sein Partner blätterte durch die Plastikhüllen, vorbei an Kreditkarten und verschiedenen Ausweisen, bis er bei einer Serie ankam, die einen jungen Newcomer zeigten.

»Und das ist Richard. Mein Sohn. Er ist drei Jahre alt. Wir haben ihn nach einem eurer früheren Präsidenten getauft. Richard Nixon.«

Sykes starrte auf die Fotos auf dem Tisch. Langsam verwandelte sich seine finstere Miene in ein Grinsen. Daraus wurde wiederum ein breites Feixen und schließlich lachte er laut. Verwirrt sah ihn sein Partner an, das Gesicht eine Mischung aus Lauterkeit und Bestürzung.

»Was ist falsch daran, ein Kind nach einem prominenten Führer zu taufen? Susan und ich hielten das für eine weit verbreitete und geachtete Tugend.«

Sykes wischte sich die Augen und zwang sich zur Ruhe. Samuel-George, Susan und Richard. John-Boy und Jim-Bob. Der Onkel vom Mars. Und jetzt auch noch das. Verdammt wollte er sein, wenn er nicht langsam mit dem Kerl warm werden würde.

»Bist du einem freundschaftlichen Rat gegenüber aufgeschlossen, George?«

Francisco lächelte freundlich. »Auf gute Ratschläge höre ich immer, Matthew. Ich halte das für eine unserer besseren Eigenschaften.«

»Prima. Wenn dich jemand danach fragt, sag ihm, du hättest deinen Sproß nach Richard Burton, dem Schauspieler, getauft.«

»Ich verstehe den Grund für eine derartige Täuschung nicht.«

Sykes machte beschwichtigende Gesten mit seiner linken Hand. »Glaub' mir einfach. Habe ich dir schon jemals einen schlechten Rat gegeben?«

»Nun, wo du es erwähnst, Matt, sollte ich dich doch daran erinnern...«

»Na also«, unterbrach Sykes seinen Partner. Er hob sein Glas. Francisco zögerte nicht mit der entsprechenden Antwort. Das tat er schon seit einer ganzen Weile nicht mehr. Wodka und Milch prallten gegeneinander.

Zu seiner Überraschung merkte Francisco, daß sein eben erst erworbenes Talent in Sachen Toast trotz fortwährender Übung statt besser immer schlechter wurde. Ein paar Mal brachten sein Partner und er es sogar fertig, das Glas des anderen völlig zu verfehlen. Es bedurfte immer größerer Aufmerksamkeit und Konzentration, die Gläser überhaupt in die Nähe zu bringen. Daneben war es auch schon ziemlich spät geworden. Da sich Sykes jedoch entschlossen hatte, die Zeit nicht zu erwähnen, hielt auch Francisco ein derartiges Vorgehen für unhöflich.

Obwohl der Newcomer seine Jacke und die Krawatte ausgezogen hatte, kam ihm die Wohnung immer noch zu warm vor. Zielstrebig konzentrierte er sich auf die Worte seines Partners. Er konzentrierte sich mit aller Macht. Für ihn war es von entscheidender Bedeutung, da seine Fähigkeit, sich auf etwas anderes zu konzentrieren, rapide schwand.

»Und dann«, meinte Sykes begeistert »und dann sagt der Arzt: ›Wenn das mein Thermometer ist, wo habe ich dann meinen Kugelschreiber gelassen?‹« Er lehnte sich in seinem Stuhl zurück und lachte hysterisch. Francisco bedachte ihn mit dem Blick eines Mannes, der auf einen Zug wartete, der vor fünf Minuten abgefahren war. Sykes hörte auf zu lachen und runzelte die Stirn.

»Du – du findest das nicht komisch? George, du mußt dich schon ein bißchen anstrengen, wenn du dich bei uns einfügen willst. Tu was für mich. Damit ernte ich sonst immer einen Lacher. Selbst die Typen, die ihn schon gehört haben, lachen immer wieder.« Er beugte sich über den Tisch. »Schau mal. Wenn der Arzt das Thermometer in der

Hand hält, wo kann dann der Kugelschreiber sein? Denk' doch mal ein wenig logisch.«

»Die Logik des Ganzen ist mir durchaus klar«, meinte Francisco gleichmütig, wenn auch etwas langsamer als gewöhnlich. »Der Kugelschreiber steckt im Rektum des anderen.«

Sykes fing wieder an, laut zu lachen. »Er steckt in seinem Arsch, genau! Und deshalb ist es witzig. Es ist 'ne Art Überraschung, weißt du, und vor deinem inneren Auge siehst du dieses komische Bild. Ein Typ, dem ein Kugelschreiber im Arsch steckt, und er hält ihn für ein Thermometer.«

Francisco gab sich Mühe, brachte aber nur ein fragendes Blinzeln zustande. Sykes wirkte eher traurig als enttäuscht.

»Nada, was?«

Francisco zuckte entschuldigend die Achseln. Sykes überlegte sich, ob es noch einen Versuch wert war, und goß dann lieber eine neue Runde ein. Inzwischen war er schon soweit hinüber, daß ihm der Gestank der vergammelten Milch nichts mehr ausmachte. Er hob sein Glas, und die Geste hatte bereits etwas Automatisches.

»Auf deine Gesundheit.«

Francisco hob sein eigenes Glas. »Ta ss'trakyona'...«

Wieder klangen die Gläser. Dann tranken sie.

Sie saßen am Tisch und redeten über die kleinen Dinge, die plötzlich furchtbar groß geworden waren, über die großen Dinge, die auf einmal nur noch halb so wichtig schienen, über die Trümmer im Leben eines Mannes, die man gemeinhin Erinnerungen schimpft. Schließlich hielt Sykes die Zeit für einen Szenenwechsel für gekommen, und sei es nur, um dem Kühlschrank zu entkommen, und man übersiedelte ins Wohnzimmer. Doch das Sofa hatte seinen alten Reiz verloren und auf einem Stuhl zu balancieren, kam schon gleich gar nicht in die Tüte. Also suchten sie sich ein kleines Fleckchen Teppich und arrangierten sich geschmackvoll um den Kaffeetisch herum.

Sykes war nun viel ruhiger. Er hatte keine Lust mehr, nur deshalb Witze zu erzählen, um herauszufinden, welche Reaktionen sie bei seinem Partner auslösen würden. Konnte ja sein, daß der Gag mit dem Thermometer auch im Sudan so abstürzen würde wie ein Bleiballon. Es war nicht Franciscos Schuld. Er hatte es wenigstens versucht.

»Es gibt noch so viel zu lernen«, meinte dieser gerade. »So viel, das unsere beiden Völker an dem anderen nicht verstehen.«

»Erzähl' keinen Scheiß, Holmes. Ich meine, wir kommen ja schon nicht mit uns selbst klar. Denk' bloß nicht, daß ihr die Ausnahme seid. Kapierst du, was ich meine?« Francisco nickte schwermütig, ob er es nun wirklich kapierte oder nicht. Momentan schien es einfach das Richtige zu sein. Sykes redete weiter ins Blaue.

»Wir streiten uns aus allen möglichen idiotischen Gründen. Weil wir in verschiedene Kirchen gehen. Weil wir verschiedene Sprachen sprechen. Weil wir verschiedene Sorten Football vorziehen, oder dieselbe Sorte Football, aber verschiedene Teams, oder dasselbe Team, aber verschiedene Spieler. Kein Wunder, daß es uns schwerfällt, mit euch zurechtzukommen. Ihr seid ja bloß von einem anderen Planeten, verdammt noch mal!«

Francisco nippte an seinem beinahe leeren Glas Milch. Die Tüte war leer und er teilte sich den letzten Rest sorgfältig ein.

»Umgekehrt ist das nicht anders, Matt. Ihr Menschen seid uns immer noch sehr fremd. Wir geben uns wirklich Mühe und versuchen, eure Art zu verstehen, und jedesmal scheitern wir dabei aufs neue.«

»Hey, zur Hölle damit. Zerbrich dir nicht den Kopf darüber, George. Ich meine, wenn *wir* uns schon nicht verstehen, wie könnt ihr dann erwarten, besser dabei abzuschneiden?«

»Es ist so widersprüchlich. Alles. Ihr ladet uns ein, mit euch zusammenzuleben, in einer Atmosphäre der Gleichberechtigung, die wir nie zuvor gekannt haben. Unsere Meister hätten eine solche Regelung nie geduldet. Dafür sind wir euch unendlich dankbar. Ihr legt uns eine freundliche grüne Welt zu Füßen, voll ungeahnter Freiheit und zahlreichen Möglichkeiten, und bittet uns nur, daß wir uns an die Regeln eurer Gesellschaft halten. Selbst dann erlaubt ihr uns, viele unserer alten Sitten beizubehalten, und ihr versucht nicht einmal, euch in unser Leben einzumischen. Zum erstenmal in unserer Geschichte können wir über uns selbst bestimmen, und ihr verlangt von uns nichts weiter, als was ihr von euch selbst verlangt: daß wir uns an die Regeln halten. Regeln, die nicht darauf hinauslaufen, daß sich ein Volk einem anderen unterordnet, sondern die einfach nur zum Erhalt der Gleichberechtigung dienen. Eure Welt und eure Rasse ist in vieler Hinsicht schrecklich unreif. Und dennoch strebt ihr nach sehr hohen Idealen.«

Sykes starrte seinen Partner fasziniert an. Das war mehr, als Francisco je an einem Stück von sich gegeben hatte, eine regelrechte Dissertation aus dem Mund einer Person, die Sykes als von Geburt an äußerst maulfaul eingestuft hatte. Er wußte nicht recht, was er sagen sollte.

»In der elften Klasse habe ich mal nach einer gewissen Betty Ann Shirankis gestrebt, aber das ist auch schon alles.«

Francisco überging den Seitenhieb, sei es aus Absicht oder weil er so von seinen Worten eingenommen war, daß er ihn gar nicht mitbekam. Er war noch nicht fertig. Erstaunlich, was so ein bißchen vergammelte Milch anrichten konnte, dachte Sykes.

»Ich hoffe, dir ist klar, daß deine Welt etwas ganz Besonderes ist, Matt. Wie einzigartig ihr Menschen seid. Wir haben das schon bald nach unserer Ankunft und unserem Erwachen bemerkt, als ihr uns nicht als potentielle Sklaven oder als bloße Last, sondern als Flüchtlinge behandelt habt, die sich verirrt haben. Ihr habt uns geholfen. Darum ist es für uns umso schmerzhafter und verwirrender, daß nur so wenige von euch den hohen Idealen gerecht werden, die ihr euch selbst gesetzt habt. Ihr philosophiert ganz wunderbar und überseht dann eure eigene Philosophie. Das bleibt uns ein ewiges Rätsel.«

Sykes lehnte sich gegen das Sofa. »Rechne bloß nicht mit mir, George. Ich hatte niemals Ideale.«

Francisco lächelte seinen Partner an. Er war kein Experte in der geheimnisvollen und recht neuen Newcomer-Disziplin, menschliche Wahrheit von menschlichen Lügen zu trennen, doch er arbeitete schon lange genug als Bulle, um Bockmist zu erkennen, wenn er ihm zu Ohren kam.

»Soviel an eurem Volk verstehen wir einfach nicht, Matthew. Eure Fähigkeit zu Haß und Fanatismus etwa. Ihr heißt uns willkommen, lehrt uns eure Sprache, gebt uns Zugang zu allem, was eure Zivilisation anzubieten hat, und trotzdem belegt ihr uns mit Schimpfworten und spuckt auf uns, wenn ihr es tatsächlich mit uns zu tun bekommt.

Aber damit müssen wir wohl fertigwerden. Wir dürfen uns keinen Zorn erlauben, weil unsere Situation immer noch sehr heikel ist. Die Separationisten sähen uns am liebsten in den Quarantänelagern. Die Fundamentalisten behaupten, wir wären nicht nach Gottes Ebenbild erschaffen und besäßen deshalb keine Seele. Wieder andere behaupten, uns stünden nicht mehr Rechte zu als einer Katze oder einem Hund. Die wirklich gewalttätigen Extremisten schließlich würden uns am liebsten sterilisieren, so daß wir unser Leben leben könnten, bis der letzte von uns, uralt und verkrüppelt, stirbt und ihr wieder allein auf dieser Welt seid. Aber es gibt eine grundsätzliche Erkenntnis, die für das Universum ebenso gilt wie für persönliche Beziehungen.«

»Ach ja? Und die wäre?«

»Es ist nicht gut, allein zu sein.«

Sykes schwieg. Laß Francisco ausreden! Der Newcomer schaute ins Leere und streichelte sein Milchglas. »Gegen den Schmerz und die Einsamkeit, die wir zuvor gekannt haben, erscheinen alle Vorurteile, denen wir hier begegnen, völlig unbedeutend. Deshalb sind wir euch so dankbar.«

Sykes hatte genug. »Hey, nun komm' mal wieder runter, Mann.«

»Tut mir leid.« Der Newcomer schlürfte den letzten Rest seiner Milch und schluckte sie langsam und mit unverhohlenem Vergnügen. »Das waren Dinge, die einmal gesagt werden mußten. Wenigstens mußte ich sie einmal loswerden.«

»Klar, sicher. Das klingt alles ja sehr schön und wunderbar, außer daß es heißt, ihr freßt eure Toten auf.«

Francisco schaute seinen Partner schläfrig über den Tisch weg an. Ihre Blicke verschränkten sich ineinander und er antwortete mit todernstem Gesicht: »Nur freitags.«

Der andere Detective hielt ungefähr fünf Sekunden lang Maulaffen feil, bevor er in wildes Gelächter ausbrach. Dabei verschluckte er sich und mußte sich am Ende des Kaffeetischs festhalten, um nicht umzufallen.

»Du Hundesohn! Du bist in Ordnung.«

Ein seltsamer Ausdruck huschte über das Gesicht des Newcomers. Mit großer Willensanstrengung gelang es ihm, aufzustehen und sich schwankend vor dem noch immer sitzenden Sykes aufzubauen. »Nein, ich bin nicht in Ordnung. Ich denke, ich habe alles gesagt, was es zu sagen gab, vermutlich sogar für eine ganze Weile, Matthew. Jetzt gehe ich nach Hause.« Er drehte sich um und ging auf die Vordertür zu.

»Klar«, brüllte Sykes ihm nach. »Geh' nach Hause. Hol' ein bißchen Schlaf nach. Ihr schlaft doch, oder? Falls nicht, grüß' Susan von mir. Sieht verdammt gut aus, deine Frau.«

»Danke«, gab Francisco feierlich zurück. Er näherte sich der Tür und mußte sich anstrengen, nicht zu stolpern. »Ich werde es ihr ausrichten.« Er winkte einmal, ohne sich umzudrehen. Sich jetzt noch umzudrehen, hätte einer besonderen Anstrengung bedurft, die vielleicht über seine Kräfte gegangen wäre. Irgendwie fand er den Türknauf. Dann war er verschwunden.

Sykes wandte sich wieder seinem beinahe leeren Glas zu, schüttelte den Kopf und grinste in sich hinein. »Was für ein irrer Typ.« Er nahm das Glas und hielt auf die Küche zu. Dahin gehörten die dreckigen Gläser nämlich. Andererseits war das Sofa soviel näher.

Er ließ sich seitwärts auf die fleckigen, dicken Kissen fallen.

IX

Es war einer dieser aufsehenerregenden Was-kostet-die-Welt-Morgen in Los Angeles. Der Wind hatte den ganzen Smog ins Innere des Landes, nach San Bernardino, geblasen, wo es nie genügend Wählerstimmen gab, um ihn wieder zurückzuschicken. In der einsamen Espe vor dem Apartmenthaus versuchte sich eine Spottdrossel an einem Eichelhäher. Überall waren Hunde auf dem Weg zur Arbeit, kläfften, pißten und hielten nach einem kleinen Liebesabenteuer Ausschau.

Die ersten, noch sehr blassen Farben der Morgendämmerung drangen durch das offene Fenster in Sykes' Wohnung, wo sie nicht besonders willkommen waren. Der Detective lag noch immer auf dem Sofa: völlige Mattscheibe. Schlaf war eine zu schwache Beschreibung seines Zustands.

Unter der beruhigend reglosen Masse des Schrottmobils lag ein Kater, der sich dort vor den Hunden und der ganzen Hektik in Sicherheit gebracht hatte. Ein Geräusch riß ihn hoch. Als er sah, was da seines Weges kam, lief der herumstreunende Kater davon, schnell und dicht an den Boden gepreßt wie ein Mittelstürmer, der vor der Abwehr der Redskins einen Haken schlagen wollte.

Der schwere Abschleppwagen bremste, als er in die Straße einbog, und parkte schließlich einige Autolängen vor dem Schrottmobil. Sein Fahrer sah nach rechts und inspizierte das Gebäude direkt hinter ihm. Dann entspannte er sich und richtete seine Aufmerksamkeit auf die Straße vor ihm, die Hände stets am Lenkrad.

Sein Passagier stieg aus. Er trug den Overall eines Soldaten, komplett mit voll bestücktem Arbeitsgürtel und dazu passender Mütze. In der einen Hand baumelte ein Werkzeugkasten, in der anderen ein schwerer Papiersack. Der Name des Mannes lautete Quint und er war nicht über seiner Brusttasche eingestickt.

Eine schnelle Untersuchung ergab, daß die Straße größtenteils verlassen war. Zu früh für Fußgänger. Wer um diese Zeit schon wach war, würde direkt von seiner Wohnung via Garage und Auto zur Arbeit gehen, ohne auch nur einen Fuß auf den bandwurmgleichen Bürgersteig zu setzen. Momentan fuhr allerdings nicht mal irgendein Auto vorbei, was Quint wiederum sehr gelegen kam.

Das kleine Stahlwerkzeug, das er aus seinem Werkzeugkasten zog, war gemeinhin als Dietrich bekannt. In Quints erfahrenen Händen machte es kurzen Prozeß mit dem Schloß des Schrottmobils. Er öffnete die Tür und rutschte hinter das Steuer.

Schnell und zwanglos leerte er den Inhalt des Sacks auf den Beifahrersitz. Er bestand aus einem Batzen C-4 Plastiksprengstoff, einer Zündkapsel und zwei Kabeln, deren Enden bereits fachmännisch abisoliert waren. Das nackte Kupfer glänzte in der Morgensonne. Mit einem Grunzen drehte er sich seitwärts und ließ sich auf den Boden hinunterrutschen, von unten auf dem Beifahrersitz herumtastend, wenn er ein neues Werkzeug oder ein anderes Bestandteil benötigte.

Gerade als er sich in die Verdrahtung des Wagens eingelebt hatte, tauchte ein neues Gesicht hinter dem Rücksitz auf. Francisco blinzelte müde, als die Decke von seinem Kopf herunterrutschte. Er war reglos auf dem Rücksitz gelegen, von Kopf bis Fuß in Sykes' ›Notbett‹ eingepackt.

Nun rieb er sich die Augen und gähnte, verärgert über diese und auch jede andere Welt.

Unter dem Armaturenbrett fing Quint an, bei der Arbeit zu pfeifen. Zu diesem speziellen Zeitpunkt war das nicht gerade das Klügste.

Francisco war zwar immer noch verschlafen, doch das Geräusch weckte ihn sehr schnell auf. Mit verwirrtem Ausdruck beugte er sich über den Rücksitz nach vorne und sah Quint, wie er mit einem Schraubenzieher in der Hand unter dem Armaturenbrett herumhantierte. Quint sah ihn ungefähr im selben Moment. Völlig wach, wie er nun einmal war, lag der Vorteil auf seiner Seite und er nützte ihn auch voll aus. Rasch richtete er sich auf und warf sich mit ausgestreckten Fäusten auf sein unverhofftes Publikum. Francisco wurde nach hinten geschleudert. Quints Schlag kam aus einer schlechten Position und er traf auch nicht besonders hart. Angesichts des Zustands, in dem sich die Nebenhöhlen des Detectives befanden, war das allerdings auch gar nicht nötig.

Quint brüllte seinem Fahrer etwas zu und rettete sich aus dem Schrottmobil wie der letzte Seemann aus einem sinkenden U-Boot. Er stolperte und ließ eine Spur von Werkzeugen zurück, als er auf den Abschleppwagen zuhastete. Der erschrockene Fahrer brauchte einen Moment, um den Motor anzulassen, den Gang einzulegen und unter lautem Röhren die Straße hinunterzurasen. Reifen quietschten um die Ecke, als Francisco aus dem Wagen taumelte, die Hand gegen das schmerzende Gesicht gepreßt.

Schieß, halt ihn auf. Die Worte waren kurz, brauchten jedoch reichlich lange für die Reise vom Gehirn zum Arm. Er riß seine Pistole heraus und wirbelte herum. Sein Arm hatte die Nachricht erhalten, doch irgend jemand hatte vergessen, seine Finger zu informieren. Die Achtunddreißiger flog ihm aus den Händen und schlitterte gegen den Randstein.

Hilflos sah Francisco zu, wie das Heck des Abschleppwagens verschwand. Dann sank er gegen das Schrottmobil und brummte etwas in seiner eigenen Sprache. Einige der Sätze hätten einen Sprachforscher erröten lassen.

Sykes lag noch genauso da, wie er in der vorigen Nacht umgefallen war. Ein entferntes Klopfen in seinen Ohren weckte ihn schließlich auf. Als er seine Augen aufschlug und in das aufdringliche Licht sah, wurde ihm langsam klar, daß das Klopfen so entfernt nicht war. Tatsächlich kam es sogar von der anderen Seite seiner Vordertür.

»Das sind besser irgendwelche guten Neuigkeiten oder Geld«, murmelte er. Er kam wieder auf die Füße, zeigte sich milde davon überrascht, daß sie immer noch an seinen Knöcheln befestigt waren und taumelte gähnend zur Tür. »Ich komm ja schon, ich komm ja schon, leg 'ne Pause ein.« Er kratzte sich im Schritt.

Die Tür ging auf und enthüllte das, was auf der anderen Seite stand, oder besser gesagt: schwankte. Es war sein Partner, und sein Gesicht sah verdammt mitgenommen aus. In seiner rechten Hand hielt er die C-4 Ladung, säuberlich in ein sauberes Taschentuch verpackt. Der Detective gab sie an den verwirrten Sykes weiter.

»Halt das mal.« Er stolperte herein und schubste Sykes aus dem Weg, als er schnurstracks auf die Küchenspüle zuhielt. »Ich glaube, mir ist ausgesprochen übel. Nein, stellen wir das richtig. Ich bin mir sicher.«

Sykes sah zu, wie er sich über die Spüle beugte und das kalte Wasser aufdrehte. Dann richtete er seine Aufmerksamkeit auf das Paket, das ihm Francisco überreicht hatte. Selbst in seinem schlechten Zustand erkannte er, was es darstellte. Nachdem er es respektvoll untersucht hatte, drehte er sich wieder um und ging zurück zu seinem Partner. Francisco ließ gerade kaltes Wasser über seinen gesprenkelten Schädel laufen.

»Wo hast du das her?«

Der Newcomer zuckte zusammen. »Bitte, Matt. Nicht so laut. Hättest du vielleicht ein Handtuch?«

»Ein Handtuch. Ja, klar.« Sykes fand ein Abspültuch und warf es seinem Partner zu. »Möchtest du noch ein Schaumbad und ein Shampoo? Na ja, wenigstens ein Schaumbad.«

Francisco richtete sich auf, während er seinen Schädel abrubbelte. »Nein, danke. Unter den Umständen reicht normales Wasser. Und was deine Frage angeht, ein Mann, ein Mensch, wollte das in deinem Wagen anbringen, unter dem Armaturenbrett. Meiner Meinung nach beabsichtigte er, es mit der Zündung zu verbinden.«

»Auf keinen Fall«, meinte Sykes sarkastisch, während er das C-4 in seiner Hand herumdrehte. »Er wollte es einpakken und ein Schild draufkleben. So nach dem Motto: Nicht vor Weihnachten aufmachen!«

»Ich konnte keinen näheren Blick auf ihn werfen.« Francisco blinzelte zum Fenster und verfiel plötzlich in Panik. »Die Sonne ist aufgegangen! Es ist Tag!«

Sykes starrte seinen Partner an. »Ich schätze, deshalb haben sie dich so schnell zum Detective gemacht. Unübertroffene Beobachtungsgabe.«

An dem hektischen Francisco war sein Sarkasmus verschwendet. »Ich muß meine Frau anrufen! Wo ist das Telefon?« Er sah sich heftig um.

»Wo du's letzte Nacht gelassen hast«, gab Sykes gleichmütig zurück. »An der Wand.« Als der Newcomer zum Telefon eilte, fiel Sykes die Stellung der Zeiger auf der batteriebetriebenen Uhr über dem Herd auf. »Beeil' dich. Wir sind sowieso schon spät dran.«

Zum erstenmal in ihrer Zusammenarbeit war Sykes der besser Aussehende von beiden, als sie das Revier betraten. Während sein Partner recht zusammenhanglos ins Telefon plapperte, hatte Sykes die Zeit genutzt, um sich zu duschen und sich umzuziehen. Francisco dagegen trug immer noch den zerknitterten Anzug, in dem er die letzte Nacht verbracht hatte. Seine Unterhosen waren einen Tag alt, der Geschmack in seinem Mund sogar noch älter, trotz einer reichlichen Dosis von Sykes' Mundwasser. Scheinbar taten die Chemikalien eines menschlichen Mundwassers im Munde eines Newcomers nichts weiter, als dessen Flora etwas zu bewässern. Das Ergebnis war, daß Franciscos Atem aus nächster Nähe arg nach saurer Milch roch.

Sie kamen zu Sykes' Schreibtisch. Der Ausdruck auf dem Gesicht seines Partners hätte einem pensionierten Leichenbeschauer alle Ehre gemacht. Der Schreibtisch war ebensogut aufgeräumt wie Sykes' Apartment. Wie er neugierige Passanten schon des öfteren hatte wissen lassen, behielt er diesen Zustand absichtlich bei. Er sorgte dafür, daß niemand etwas stahl, da absolut nichts auf seinem Tisch irgendeine Ordnung erkennen ließ. Ein potentieller Dieb fand gar nicht erst, wonach er suchte. Sykes ging es da nicht anders, aber das hemmte ihn nicht sonderlich.

»Sie wird sich von mir scheiden lassen.« Francisco war untröstlich.

»Wird sie nicht, George«, meinte Sykes geduldig. »Ihr paart euch fürs ganze Leben, erinnerst du dich?«

Sein Partner ließ sich nicht beschwichtigen. »Sie ist sehr fortschrittlich. Ich bin sicher, sie zieht es in Erwägung. Sie schaut die ganze Zeit fern, und nicht nur den Newcomer-Kanal. Inzwischen arrangiert sie in ihrer Freizeit sogar Blumen. Wenn sie schon eine derart bizarre Angewohnheit der Menschen aufschnappt, warum dann auch nicht so etwas wie Scheidung?«

Sykes setzte zu einer Antwort an, runzelte statt dessen die Stirn. »Was ist am Arrangieren von Blumen so bizarr?«

»Blumen werden von der Natur arrangiert. Man sollte sie nicht nach irgendeiner obskuren Ästhetik selbst umsetzen.«

»Ich glaube, deine Frau interessiert sich eher für die künstliche Sorte Blumen.«

Francisco sah nachdenklich drein. »Oh. Das habe ich nicht bedacht. Diese Nachahmungen der Natur, die euer Volk in einem fort herstellt, sind für uns ein steter Quell der Verwirrung, aber auch des Erstaunens. Wir sehen nichts Falsches am Original und deshalb haben wir auch kein Bedürfnis, es in Plastik nachzubauen. Ich bin überzeugt davon, daß es vom Arrangieren von Blumen zur Scheidung nur ein kleiner Schritt ist.«

Sykes hatte genug davon. »Und ich bin überzeugt davon, daß du eine Schraube locker hast.«

Die uniformierte Beamtin, die die Telefon-Memos austeilte, sah das ungleiche Paar und beeilte sich, um Sykes noch abzufangen.

»Ihr seid doch auf der Suche nach einem Kerl namens Strader, oder?«

»Mhm.« Sykes musterte sie überrascht. »Weißt du, wo wir ihn auftreiben können?«

»Ich nicht.« Sie zeigte ihm die entsprechende Akte. »Fedorchuk und Alterez haben gerade angerufen. Sie haben ihn gefunden. Zumindest das, was von ihm übrig war. Ist am Strand von Zuma angeschwemmt worden.«

Francisco zuckte heftig zusammen und lehnte sich zu seinem Partner hinüber. »Dieser Strand liegt doch am Meer und nicht an einem See oder einem Fluß?«

»Stimmt.«

Der Newcomer richtete sich auf und ein ernster Blick verdüsterte sein Gesicht, doch er gab keinen weiteren Kommentar ab. Inzwischen studierte Sykes den Ausdruck des Telefongesprächs. »Nicht gerade besonders viel Einzelheiten.«

»Sie sind immer noch vor Ort, wenn du sie erwischen willst. Angesichts der Zahl der Anrufe, die da hin- und hergehen, würde ich schätzen, daß sie noch eine ganze Weile draußenbleiben.« Sie warf dem turmhohen Francisco einen verstohlenen Blick zu. Der war jedoch damit beschäftigt, über Sykes' Schulter mitzulesen, und übersah ihn. »Einen toten Newcomer in einer öffentlichen Anlage findet man ja auch nicht jeden Tag.« Sie drehte sich um und machte sich wieder an die Verteilung ihrer Memos.

»Also los: Abmarsch, George.« Sykes steuerte auf den Ausgang zu. Francisco folgte ihm zögernd.

»Zum – zum Strand?«

Sykes sah sich über seine Schulter um. »Nein, Mann. Nach Disneyland, um die Achterbahn zu checken. Komm schon, gehen wir. Surf ahoi!« Sykes' Adrenalinspiegel schoß in die Höhe, als er schnell auf die Tür zuging.

Francisco hielt sich dicht hinter ihm, damit seinem Partner der Ausdruck auf seinem Gesicht entging.

Sykes fuhr, während Francisco den Funk überwachte. Der Newcomer schien ziemlich viel Zeit damit zu verbringen, ihre Position zu überprüfen, als Sykes die Küste hochfuhr, obwohl man Zuma kaum verpassen konnte. Als Sykes ihn danach fragte, gab Francisco zurück, daß er sichergehen wolle, daß sie sich nicht verfuhren. In Wahrheit unterhielt er sich deshalb mit dem Dispatcher, weil es seine Gedanken vom Ziel ihrer Reise ablenkte.

Dann ließen sie den Santa Monica Freeway hinter sich, bogen auf den Pacific Coast Highway ein, und Francisco konnte die Aussicht zu seiner Linken nicht mehr länger ignorieren. So oft wie möglich sah er in die andere Richtung, versuchte sich statt dessen auf die abbröckelnden Sandklippen oder den um sie herrschenden Verkehr zu konzentrieren. Dennoch gab es keine Möglichkeit, völlig an dem auf und ab wogenden, stinkenden Ozean vorbeizusehen.

Nur ein vergleichsweise dünner Streifen Kieselsteine trennte das Straßenpflaster von der hungrigen See. Ein plötzlich aufkommender Sturm konnte die Wellen durchaus auf den Highway zutreiben, obwohl er aus dem morgendlichen Wetterbericht wußte, daß dies eher unwahrscheinlich war. Das Wissen reichte allerdings nicht aus, um die Schrekkensbilder aus seinem Geist zu vertreiben. Und was war mit den Tsunamis, über die er schon gelesen hatte? Schlugen die nicht ohne jede Vorwarnung zu, ohne den Leuten auch nur die geringste Chance zu geben, sich in höhergelegenes Gebiet zu flüchten? Wenn einer davon jetzt zuschlug, waren sie unterhalb der Klippen gefangen.

Sykes machte sich gerade andere Sorgen und so übersah er die Anspannung im Gesicht seines Partners.

Schließlich kroch die Straße das Steilufer wieder hinauf, und Francisco konnte sich ein wenig entspannen, während sie durch Malibu fuhren. Doch dann neigte sich das Pflaster wieder, als ob die Straße nur zu dem einen Zweck geschaffen worden war, ihn zu foltern. Zu ihrer Linken tauchten nun Bäume auf und schirmten den Blick auf den weiter unten gelegenen Strand ab.

Zu guter Letzt bog Sykes in eine Zufahrtsstraße ein, die hinunter zum Strandparkplatz führte.

»Halt' an«, sagte Francisco plötzlich.

Stirnrunzelnd sah Sykes ihn an. »Wieso?«

»Bitte. Ich will hier aussteigen.«

»Komm schon«, schalt ihn Sykes. »Du brauchst nicht in die Nähe des Wassers zu gehen.«

»Das ist bereits zu nah am Wasser. *Halt' an!*« Die Angst in seiner Stimme war unüberhörbar. Es war, als ob Sykes direkt in die Hölle fahren würde.

Auf halber Strecke zum Parkplatz mißbrauchte er die Bremse. Das Schrottmobil blieb in einer Staubwolke stehen. »Schon gut, okay! Reg' dich ab! Bei Zweifeln im Haus, flipp aus! Meine Fresse!«

Scharf hing der Körpergeruch des Newcomers in der Enge des Wagens. Seine Hände zitterten, und plötzlich wirkte seine große, mächtige Gestalt sehr zerbrechlich. Sykes änderte seine Ansicht.

»Schon gut, George, bleib cool. Du brauchst nicht drüber zu reden und ich erwähn's nie wieder, okay?« Sein Tonfall hatte sich beträchtlich gemildert. »Wart' hier einfach. Ich bin in ein paar Minuten wieder da, sobald ich habe, was ich suche. Dann verduften wir zurück ins Binnenland, okay? Ich nehm' sogar den Umweg über das Valley.«

Der große Newcomer entspannte sich ein wenig. »Danke, Matt. Ich will dir keine Schwierigkeiten machen.«

»Ich hab doch gesagt, ist schon in Ordnung.«

Nach dem abrupten Halt wies die Schnauze des Schrottmobils aufs Meer hinaus. Francisco hielt den Kopf gesenkt und die Augen geschlossen. Nervös spielte er mit seinen Fingern. Der arme Kerl war ein emotionales Wrack, beschied Sykes. Er entschloß, seine Arbeit hier so schnell wie möglich abzuschließen.

»Und du bist wirklich in Ordnung?«

Francisco nickte, holte tief Luft und stieg aus. Sykes fiel auf, daß er genau in der Mitte der Zufahrt stand.

»Wenn du hier so stehenbleibst, überfährt dich noch jemand.«

Francisco zwang sich dazu, vor dem Wagen vorbeizulaufen und sich an das Geländer oberhalb des Parkplatzes zu stellen. Dann zwang er sich dazu, die Augen aufzumachen und auf den Strand, das Meer hinauszublicken, einem Mann mit Höhenangst, der sich dazu zwang, aus dem Fenster eines Flugzeugs zu sehen, nicht unähnlich.

»Ich bin okay, Matt. Aber ich nehme dich beim Wort. Halt dich nicht unnötig auf.«

Sykes nickte, legte den Gang wieder ein, fuhr hinunter zum Strand und zielte dabei auf die kleine Wagentraube, die am Rand des Sandes abgestellt war. Der Schwarzweiße eines Sheriffs stand da – sie waren außerhalb der Zuständigkeit von L.A.; hier regierte die Bezirkspolizei –, der Wagen des Leichenbeschauers sowie ein nicht gekennzeichneter Sedan, den er als jenen Fedorchuks erkannte.

Geistesabwesend winkte ihm einer der Assistenten des Leichenbeschauers zu, als er aus dem Schrottmobil kletterte und zu ihnen hinüberschlenderte. Er winkte zurück, die Augen auf den von Zuschauern umringten Gegenstand gerichtet, der da im Sand lag. Er besaß die ungefähre Gestalt eines Mannes: Kopf, Rumpf, Arme, Beine, doch wie bei einem fabrikneuen Wagen fehlte die persönliche Note am Chassis. Das Ganze glich eher einem menschenähnlichen Klumpen, wie ihn auch eine zufällig vorbeifahrende Asphaltiermaschine hätte ausspucken können. Seegrasfäden rankten sich wie grüner und brauner Draht um verschiedene Teile des Leichnams. Es sah so aus, als würde er auseinanderfallen, wenn ihn jemand aufhob, was vielleicht der Grund dafür war, daß er noch immer unberührt im Sand lag.

Einer der Fachleute des Leichenbeschauers hatte sich über das ekelhafte Treibgut gebeugt und untersuchte es mit einem Prüfgerät. Sykes fragte sich, ob er in diesem dunklen Matsch überhaupt etwas entdecken würde. Von seinem Standpunkt aus erkannte er nichts, was man als besonderes Kennzeichen hätte deuten können. An einigen Leichenteilen hafteten noch Reste eines teuren Seidenanzugs.

Fedorchuk quittierte Sykes' Ankunft mit einem Blick und einem kurzen Nicken. Er war ungewöhnlich schweigsam. Dann erinnerte er sich an etwas, griff ins Innere seiner Jacke und zog eine Plastiktüte heraus.

»Seine Brieftasche haben wir in der Jackentasche gefunden. Joshua Strader, in voller Lebensgröße. Na ja, nicht mehr ganz.«

Der Techniker richtete sich auf, schaltete seinen Prüfer ab und starrte angewidert auf das Ding im Sand. »Mein Gott, was für eine Schweinerei! Die Identifizierung wird echt ein Problem.«

»Versuchen Sie's«, drängte Fedorchuk. »Wenn Sie Mist bauen, sorge ich gern dafür, daß Sie trotzdem ihr Geburtstagsgeschenk kriegen.«

Der Techniker verzog sein Gesicht und musterte die Leiche nachdenklich. »Ziemlich schwierig, überhaupt reinzukommen. Um die Abtaster herum schmilzt und bröckelt alles ab. Aber wenn ich raten müßte, würde ich sagen, man hat ihn erschossen, bevor man ihn in die Suppe geschmissen hat. Mindestens zweimal.« Er tippte sich auf seine eigene Brust, um anzudeuten, wo die Herzen des Außerirdischen saßen. »Hier, und hier.«

Sykes speicherte die Information ab, während er hinüber zu Alterez ging. Er hatte keine sonderliche Lust, selbst in Straders Leiche herumzuwühlen. Fedorchuk hatte die Brieftasche gefunden, das reichte als Identifizierung.

»Wie läuft's mit Tuggles Killer?«

Alterez klang furchtbar wichtig. »Der Sohn des Ladenbesitzers ist in einer Straßengang. Wir nehmen an, daß es mit Bandenkriegen zu tun hat.«

Sykes nickte beifällig. »Mhm, wirklich gut. Darauf wär' ich nie gekommen.« Staunend schüttelte er den Kopf. »Das beweist doch wieder eines: Manchmal hängt dir die Antwort direkt vor den Augen und du bist zu blind, um sie zu sehen. Jungs, ihr seid wahrscheinlich auf der richtigen Spur. Geht ihr doch mal ein paar Monate lang nach.«

»Machen wir schon. Halt' du dich nur da raus. Du hast gehört, was der Captain gesagt hat.«

»Hey«. Sykes hob abwehrend beide Hände. »Ich schwöre, daß ich nicht mal in die Nähe des Ladens gehe, und wenn ich mit irgendwelchen Bandentypen aus der Nachbarschaft rede, könnt ihr meinen Wagen haben.«

»Wer will denn den schon?« schnaubte Fedorchuk. Sein Blick richtete sich auf die Zufahrtsstraße, die zum Strand hinabführte, und ein Lächeln verbreitete sich auf seinem Gesicht. »Wenn wir schon gerade beim Nicht-Wollen sind, schau dir bloß mal deinen Depp von Partner an. Der hat sogar zuviel Schiß, hier runter auf den Sand zu kommen.« Er hielt sich die hohlen Hände vor den Mund und brüllte zu der einsamen Figur hinauf, die mutterseelenallein auf der Straße über ihm stand.

»Du wirst hier unten schon nicht naß, du Trottel.«

Sykes knurrte eine Erwiderung. »Ich möchte mal sehen, wie du dich aufführst, wenn du neben einem See voll Salzsäure stehst, Fedorchuk. Ob du dann immer noch soviel Lust zum Surfen hast?«

Alterez hatte seine Polaroid herausgezogen und schoß gerade eine Totale des Leichnams. Sobald das Bild aus dem Maul der Kamera herausquoll, schnappte es sich Sykes und machte sich auf den Weg zurück zum Wagen. Statt wild zu streiten, drehte sich Alterez nur um und preßte seine freie Hand über seinen Mund. Fedorchuk entbot dem entschwindenden Detective seinen Mittelfinger und verfolgte grinsend, wie der andere Detective um seinen Wagen herumging.

Es war kaum zu übersehen. Jemand hatte mit einem gelben Marker einen großen Stern auf die Tür gemalt. Darunter standen die noch feuchten Lettern ›E.T.P.D.‹ Sykes wirbelte herum. Fedorchuk und die anderen standen dicht beisammen und sahen in alle möglichen Richtungen außer der seinen. Von Zeit zu Zeit drang die Andeutung eines unterdrückten Lachens aus der Gruppe.

»Nett«, murmelte er. »Wirklich nett.« Er ignorierte die Bemalung, stieg ein und raste rücksichtslos im Rückwärtsgang die Zufahrt rauf.

Francisco wartete bereits auf ihn. »Hast du was herausgefunden?«

»Es war Strader, keine Frage.« Sykes rutschte aus dem Schrottmobil, öffnete den Kofferraum und stöberte darin herum, bis er einen alten Lumpen und eine halbvolle Flasche Lösungsmittel gefunden hatte. Als er zurück zur Fahrerseite ging, folgte ihm Francisco dicht auf den Fersen.

»Tot, nehme ich an.«

»Noch schlimmer. Aufgelöst trifft's besser.«

Franciscos Blick hob sich und sah auf das ruhige Meer, das unter ihnen glitzerte. »Eine äußerst unangenehme Todesart für einen von uns.«

»Machte jedenfalls 'ne ziemliche Schweinerei.« Er spritzte das Lösungsmittel gegen die Flanke des Schrottmobils und fing mit dem Lumpen an zu rubbeln. Zum Glück war die gelbe Farbe noch feucht.

Francisco sah ihm zu, las die Buchstaben und runzelte die Stirn. »E.T.P.D.? Was heißt das?«

»Nichts. Vergiß es. Ein schlechter Witz. Hat nichts mit dir zu tun.«

»Oh.« Francisco richtete sich auf und spähte auf den Parkplatz hinunter. »Detective Fedorchuk und Alterez im Anmarsch.«

»Na prima.« Sykes widmete sich seiner Arbeit noch ein wenig intensiver.

Fedorchuk bremste und lehnte sich aus dem Fenster. »Na, wenn das nicht *Detective* Francisco ist. Warum bist du nicht zu uns runtergekommen? Hast du deine Gummistiefel vergessen, Großer?«

Sykes sah von seiner Arbeit auf. »Laß ihn in Ruhe, Arschloch.«

Fedorchuk grinste zu ihm hinunter. »Vielleicht bin ich ja ein Arschloch, aber immerhin bin ich auch ein echter Detective und nicht so ein Scheißding aus dem Weltraum, das man nur deshalb befördert hat, weil es auf irgendeinem PR-Wisch so toll aussieht.«

Ohne eine Miene zu verziehen, legte Sykes den Lumpen sorgfältig zur Seite und sprang neben Fedorchuks Wagen. »Ach ja? Du hältst dich also wirklich für einen echten Detective?«

Er griff ins Wageninnere, packte Fedorchuk beim Nacken und rammte seinen Schädel gegen das Lenkrad. Er federte zwar hübsch zurück, doch Sykes bereute seine Tat sogleich, weil er sich seine Hand dabei aufs neue verletzt hatte. Er drehte sich um, schnitt eine Grimasse und hielt sich das Handgelenk.

»Verdammt! Ich hätte die andere nehmen sollen.« Er schüttelte sein verletztes Körperteil, während er ein weiteres Mal ins Innere des Wagens griff. Bevor der verdutzte Alterez noch reagieren konnte, hatte Sykes die Schlüssel herausgerissen.

Dann drehte er sich um und warf die Schlüssel mit seiner guten Hand über die Klippe neben der Zufahrtsstraße. Sie landeten irgendwo im dichten Unterholz.

»Dann spürt mal schön!«

Fedorchuk, der sich noch immer an seine blutende Nase faßte, erholte sich gerade rechtzeitig, um die Schlüssel in hohem Bogen davonfliegen zu sehen. Francisco wiederum war gerade ins Schrottmobil gestiegen, als die Schlüssel davonflogen. Schweigend verfolgte er den Rest der unerklärlichen Szene und fragte sich dabei, welchen seltsamen Teilaspekt menschlichen Verhaltens das Ganze nun schon wieder darstellte.

Fedorchuk lehnte sich aus dem Fenster und versuchte gleichzeitig die Türe aufzumachen, seine Nase zu halten und Sykes einen Strom ausgesuchter Beleidigungen an den Kopf zu werfen. Alterez mußte sich förmlich an seinen Partner klammern, um ihn im Wagen zu halten.

»Sykes, du Hurensohn! Du bist tot, kapiert? Kapierst du, Sykes? Mir scheißegal, was der Captain sagt. Das nächste Mal, wenn ich dich allein erwische, gehörst du mir!«

»Ich wußte schon immer, daß du scharf auf mich bist, Chuckie.« Sykes glitt hinter das Lenkrad des Schrottmobils, knallte die Türe zu und zuckte zusammen, als sich seine wehe Hand ums Lenkrad klammerte. Vorsichtig zupackend, legte er den Gang ein und raste in einer Staubwolke die Straße zum Highway hinauf. Francisco drehte sich um und warf einen letzten Blick auf den noch immer hysterischen Fedorchuk, bevor er seinen Partner neugierig musterte.

»Was sollte das denn?«

»Gar nichts«, schnappte Sykes verlegen.

»Etwas viel Gewalt für gar nichts.«

»Du glaubst, das war Gewalt? Du solltest mal auf dem Revier sein, wenn Warner die Belobigungen austeilt und irgendein Schreibtischhengst die ganzen Punkte sammelt.«

»Detective Fedorchuk wirkte ausgesprochen beunruhigt deinetwegen.«

»Fedorchuk ist seit seiner Geburt beunruhigt. Kümmer dich nicht darum!«

Francisco hätte gerne weiterdiskutiert, wenn nicht irgendwas im Tonfall seines Partners angedeutet hätte, daß jetzt nicht die Zeit für eine ausführliche Analyse dieser speziellen Soziologielektion war. Der Newcomer preßte seine Nase gegen die Windschutzscheibe und sah nachdenklich hinaus, während Sykes in einem Affenzahn zurück nach L.A. fuhr.

In dieser Nacht aßen sie in einer anderen Hamburger-Bude, obwohl sich deren Menü kaum von dem der anderen unterschied. Nur die gewollt drolligen Namen hatte man aus urheberrechtlichen Gründen geändert. Totes Fleisch blieb totes Fleisch.

Sykes ermahnte sich mehrfach, daß Hamburger eine vollständige Mahlzeit darstellten, wenn man die Tatsache übersah, daß sie meist gebraten waren. Ein Burger mit allem Drum und Dran enthielt Proteine, Kohlehydrate, Vitamine und Mineralstoffe, Fett und pflanzliche Ballaststoffe. Außerdem schmeckte er nicht schlecht, solange er nicht völlig vertrocknet war.

Die Nacht war milde und die beiden Detectives saßen sich beim Essen gegenüber. Nebenan knutschte ein junges Pärchen miteinander, während ihre Shakes und Fritten zwischen all dem Flüstern und den kleinen Küßchen vor sich hin schmachteten. Der Junge sah aus wie dreiundzwanzig, das Mädchen ungefähr ein Jahr jünger. Er versuchte immer wieder, mit seiner Hand zwischen ihre Schenkel zu gleiten, woraufhin sie kicherte und seine Finger einklemmte, was er natürlich von Anfang an im Sinn gehabt hatte. Es wirkte alles so unschuldig.

Verdammt, durchfuhr es Sykes ganz plötzlich. Sobald man einen Dreiundzwanzigjährigen im Geist als Jungen bezeichnete, war das ein sicheres Zeichen dafür, daß man selber langsam alt wurde. Und wenn man schon den Kindern beim Fummeln zusah, war das wiederum ein sicheres Zeichen dafür, daß man schon zulange allein war. Der Übergang vom Ehemann zu jemandem, der morgens allein in einem leeren Bett aufwachte, war ziemlich hart. Scheiße.

Francisco vernichtete seine Maulwurfstreifen mit unverfrorenem Genuß. Dieses Mal wußte Sykes jedoch, was ihn erwartete, und so regte er sich nicht sonderlich über den Anblick auf. Er war nun schon seit vielen Jahren bei der Polizei und hatte zahllose Opfer gesehen, die mindestens so grausig ausgesehen hatten wie das heute morgen am Strand, und von daher sollte ihm ein toter Maulwurf nicht gerade auf den Magen schlagen. Kannte er da nicht irgendeinen Typen, der ihm immer wieder davon erzählte, wie er im Dschungel von 'Nam von Ratten und Schlangen gelebt hatte? Dann schon lieber ein Maulwurf als eine Schlange. Was fraßen Maulwürfe eigentlich?

Und was sollte das Ganze? Er hatte selbst schon oft genug mit viel Genuß einen Hai verspeist, und Haie galten als die Müllschlucker der See. Nachdem ein Newcomer nicht mit Salzwasser zurechtkam, ertappte er sich bei dem Gedanken, ob sie wohl einen Salzwasserfisch essen konnten. Ob sie das überhaupt wollten? Er hätte seinen Partner danach fragen können, doch da hatte sich sein Geist schon wieder dem Geschäftlichen zugewandt.

Wenn man genügend scheinbar zusammenhanglose Fakten sammelt, sinnerte er, und sie alle in einen großen Topf wirft, passen die Stückchen bald zusammen, allein aufgrund der schieren Anzahl.

»Also, wir haben drei Tote«, hörte er sich nachdenklich sagen. »Alles Newcomer, alle auf dieselbe Art ermordet.

Hinrichtungen. Außer man schenkt der Theorie Glauben, daß Strader durchgedreht ist und spät in der Nacht noch schwimmen gehen wollte.«

»Es gibt sauberere Arten, Selbstmord zu begehen«, versicherte ihm Francisco. »Selbst ein verrückter Newcomer wäre noch klug genug, um dem Ozean fern zu bleiben.«

»Also alle ermordet. Was haben wir sonst noch?«

»Nicht viel, fürchte ich.« Francisco zählte die Fakten an seinen dicken Fingern ab. »Warren Hubley war mittlerer Verwaltungsbeamter in einer Raffinerie, Joshua Strader erfolgreicher Besitzer einer Bar samt Nachtclub...«

»Und Porter hatte einen beschissenen, kleinen Tante-Emma-Laden.« Sykes schlürfte seinen Schokoladen-Shake. »Wo, zum Teufel, ist die Verbindung?«

»Ich weiß es nicht und kann's mir auch nicht vorstellen.« Francisco wirkte entmutigt. »Ich fürchte, ich bin kein besonders guter Detective.«

Sykes zeigte sofort Anteilnahme. »Blödsinn. Wir legen Puzzlestücke aneinander, das ist alles. Sowas wie 'ne außerirdische Kristallkugel habt ihr wohl nicht, was?«

»Eine was?« fragte sein Partner neugierig.

»Schätze nicht. Schade.« Der Detective kaute auf einem Mundvoll Hamburger herum. »Weißt du, als ihr hier gelandet seid, hat man außergewöhnliches Zeug von euch erwartet. Die Geheimnisse der Sterne, und diesen ganzen Mist.«

»Unvernünftige Erwartungen.« Genießerisch schob Francisco ein loses Maulwurfstückchen in den Mundwinkel.

»Ohne Scheiß: Stell dir die Enttäuschung vor, als sie merkten, daß ihr bloß ein Haufen Trottel wart, die man in einen Einwegkahn gesteckt hat, von dem ihr nicht mal wußtet, wie man ihn bedient. Es heißt, die Wissenschaftler brauchen noch Jahrzehnte, wenn nicht Jahrhunderte, bis sie überhaupt mal ansatzweise verstehen, wie die Maschinen auf eurem Schiff funktionieren.«

»Keiner von uns weiß das«, erklärte Francisco überflüssigerweise. Daß Newcomer von ihrer eigenen Wissenschaft keine Ahnung hatten, zählte zum Allgemeinwissen. »Wir waren nur Passagiere. Wenn du in ein Flugzeug steigst, mußt du auch nur wissen, wo du das Ticket kaufen kannst, um dein Ziel zu erreichen. Keiner erwartet von dir, daß du das Flugzeug auftanken, es auf Schäden überprüfen und es auch noch selbst fliegen kannst.«

»Mhm. Trotzdem: Früher oder später wird das UNO-Team, das die Eingeweide eures Schiffes untersucht, schon mit ein paar millionenschweren Patenten antanzen. Hey«, seine Miene hellte sich auf, »vielleicht ist es ja ganz gut, daß ihr Typen nicht mehr draufhabt, oder?«

»Das ist wohl wahr«, meinte Francisco vorsichtig.

X

Abgesehen von Winter war das Pathologie-Labor verlassen. Er saß hinter seinem Schreibtisch, schlang ein kaltes Hähnchen hinunter und blätterte gerade eifrig in einer ausgesprochen merkwürdigen Zeitschrift, als Sykes und Francisco ohne anzuklopfen durch die Tür kamen. Hastig ließ er die Zeitschrift in eine offene Schublade gleiten und lächelte zu den beiden hoch, den Mund voll Cholesterin.

Sykes verschwendete keine Zeit. »Seid ihr schon mit der Autopsie von Strader fertig?«

»Meinst du den Blob? Sie schließen die Sache gerade ab«, quetschte Winter zwischen dem Hähnchen hervor.

Francisco sah an Winter vorbei auf die offene Tür zum Hauptlabor. »Ist Bentner da? Ich muß mit ihm reden.«

»Er ist früher nach Hause gegangen«, ließ ihn Winter wissen. »Sein Kind ist krank, darum habe ich ihm freigegeben. Heute ist sowieso ein ruhiger Tag. Strader war die einzige große Sache, und als wir damit fertig waren, kam nichts mehr nach. Drum vermisse ich ihn auch nicht besonders.«

Der Newcomer runzelte die Stirn, worauf Winter sein Hähnchen zur Seite legte. »Moment noch. Er hat etwas für Sie hinterlegt.«

Er wischte seine schmierigen Finger an einer Serviette ab und suchte seinen übervollen Schreibtisch ab, bis er gefunden hatte, wonach er Ausschau hielt. Francisco nahm den Umschlag entgegen, riß ihn auf und überflog unter Winters neugierigem Blick den außerirdischen Bericht.

»Hat das irgend etwas mit dem Test zu tun, über den er mir nichts sagen wollte? Ich meine, er muß mir nicht für alles Rede und Antwort stehen. Keiner hier braucht das. Wir arbeiten alleine und versuchen, den anderen aus dem Weg zu gehen, aber soviel Anlaß für Privatleben gibt es nun auch wieder nicht, wenn man gemeinsam in den Eingeweiden eines anderen herumbohrt.«

Francisco nahm keine Notiz von dem Techniker und las weiter. Als er zum Schluß kam, huschte Betroffenheit über sein Gesicht. Sykes sah ihm die ganze Zeit lang zu und wandte sich schließlich wieder an Winter.

»Was für ein Test?«

Winter zuckte die Achseln. »Der Nachweis einer fremden Substanz im Blutkreislauf des Außerirdischen, den ihr hier gestern abgeliefert habt.«

»Hat er was gefunden?«

Der Labortechniker zuckte erneut die Achseln und deutete mit dem Kopf auf die Nachricht, die Francisco so überaus sorgfältig durchlas. Sykes hielt sich zurück, bis er es nicht mehr länger aushielt.

»Und?«

Sein Partner warf ihm einen scharfen Blick zu, faltete das Papier zusammen und steckte es in seine Brusttasche. Als ihm auffiel, daß ihn Sykes immer noch anstarrte, sah er hastig in eine andere Richtung.

»Sag schon, Mann.«

»Es ist nichts.« Der Newcomer wandte sich zum Gehen. »Noch länger hierzubleiben, wäre sinnlos, wenn sich nichts weiter in Erfahrung bringen läßt.« Eilig marschierte er den Flur entlang.

»Danke, Winter«, sagte Sykes noch hastig.

»Hey, kein Problem.« Der Techniker kehrte zu seinem Hähnchen zurück und runzelte die Stirn, als ihm noch etwas einfiel. »Ihr laßt es mich doch wissen, wenn Bentner irgendwas herausgefunden hat, oder?« Aber Sykes hörte ihn nicht mehr.

Francisco hatte es ziemlich eilig, und Sykes mußte sich ebenfalls beeilen, um ihn am Lift noch abzufangen. Der Newcomer hieb mit seinem Daumen auf den Knopf und studierte ostentativ die Leuchtanzeige, als der Lift herunterkam. Alles, um Sykes fragendem Blick aus dem Weg zu gehen.

Sein Partner pflanzte sich direkt vor ihn. »Was soll jetzt dieser Scheiß mit ›nichts‹? Das hat schon gestern nicht gezogen, als du diesen Bentner um den Test gebeten hast und er so ausgesehen hat, als ob er gleich Pfirsichkerne kacken würde, und es zieht auch jetzt nicht. Lüg' mich nicht an, George, du hast kein Talent dafür.«

»Also gut.« Franciscos Stimme klang sehr ruhig. »Da war etwas.«

Sykes entspannte sich ein wenig. »Schon besser. Also, was war es? Irgend etwas Wichtiges?«

Der Newcomer klang unendlich weit entfernt, als ob er durch sein Flüstern zusätzlichen Raum zwischen sich und seinen Partner legen wollte. »Diese Angelegenheit mußt du schon mir überlassen, Matt. Du würdest es nicht verstehen.«

»Versuch's doch einfach mal. Ich bin ein guter Zuhörer.«

»Nein. Ich kann es dir nicht erklären.«

Der Lift hielt auf ihrem Stockwerk und er stieg ein. Sykes folgte ihm und wartete, bis sein Gefährte den Knopf gedrückt hatte, der sie auf die Parkebene bringen würde.

»Du kapierst noch immer nicht, wie das Ganze läuft, George, oder? Du kannst mir nicht einfach sagen, daß ich die Angelegenheit dir überlassen soll, weil ich das nicht tun werde. Ich bin dein *Partner*. So läuft das bei mir nicht. Bei Tug ist es auch nie so gelaufen. Es ist mir völlig egal, welches außerirdische Zeug dein Kumpel Bentner in diesem Gauner entdeckt hat. Aber wenn es irgendwas mit unserem Fall zu tun hat, muß ich es wissen. Was immer es ist, es wird mich schon nicht umhauen. Ich war lang genug auf der Straße, und glaub mir, nichts von einer anderen Welt kann schlimmer sein als einiges von dem Zeug, mit dem ich in Downtown oder drüben in Hollywood fertigwerden mußte.«

Francisco gab keine Antwort und konzentrierte sich statt dessen auf das grüne Licht, das ein Stockwerk nach dem anderen anzeigte. Sie waren schon fast unten, als ein frustrierter Sykes seine Hand gegen den roten Nothaltknopf knallte. Beide Männer taumelten, als der Lift zwischen den Stockwerken zum Halten kam. Wütend wandte sich Sykes an den verdutzten Francisco.

»Keine Geheimnisse, verdammt noch mal! Du hältst nichts vor mir zurück. Was immer hier vor sich geht, spuck es aus!« Er langte nach oben und packte den Newcomer beim Revers, eher eine Geste denn eine echte Bedrohung. Sein Partner hätte ihn ohne Mühe abschütteln können.

Dieses Mal lag echte Qual in Franciscos Stimme. Er weigerte sich, Sykes in die Augen zu sehen. »Nein. Ich kann dich da nicht mit hineinziehen. Das geht dich nichts an.«

»Es geht mich verdammt schon etwas an, wenn jemand genug C-4 in meinen Wagen lädt, um rosafarbene Nebel aus mir zu machen!« Seine Miene verdüsterte sich, als er sein Gesicht näher an das seines Partners schob. »Dieser Slag war zugeknallt, und das nicht bloß mit saurer Milch. Stimmts? Komm schon, sag mir, daß ich spinne.« Inzwischen hatte er den Newcomer gegen die Rückwand der Liftkabine gedrückt. »Rück schon raus! Was ist es?«

Francisco gab einen tiefen Seufzer von sich, das Eingeständnis seiner Niederlage. Prompt ließ Sykes den Anzug seines Partners los und trat einen Schritt zurück.

»Es heißt ss'jabroka'. Ein starkes Rauschgift bei uns.«

Sykes fühlte sich bestätigt. »Wird auch langsam Zeit. Siehst du, ich falle nicht gleich auseinander vor Schreck. Wie stark?«

»Wegen unserer unterschiedlichen Körperchemie ist es ziemlich schwer, einen genauen Vergleich zu ziehen. In etwa reagieren wir auf ss'jabroka' so wie ihr auf Kokain, doch die Art, wie unser Kreislauf auf die betreffenden Molekülformen anspricht, unterscheidet sich völlig. Nach außen hin scheint die Wirkung völlig gleich zu sein, doch im Inneren funktionieren unsere Körper anders.«

»Hört sich an wie ziemlich hartes Zeug.«

»Genau das ist es auch. Der Trip dauert mehrere Stunden und hängt von der Toleranz des Betreffenden ab. Aber keiner ist gegen die Wirkung völlig immun. Man gab uns kleine Dosen als Belohnung für unsere Arbeit, für gutes Benehmen, aus einer ganzen Anzahl von Gründen. Allerdings wären wir auch gut ohne diese Belohnung ausgekommen, stellte sie doch zugleich ein Mittel dar, uns unter Kontrolle zu behalten.«

»*Wir?* Soll das heißen, du hast das Zeug auch genommen?«

»Wir alle haben es genommen, in unserem früheren Leben.« Trotz der offenkundigen Seelenqual, die ihm dieses Geständnis bereitete, stand Francisco seinem Partner ebenso aufrecht gegenüber wie zuvor der Frage selbst.

Unsicher schüttelte Sykes den Kopf. »Das ergibt doch keinen Sinn. Wo hat der Steife das Zeug her? War irgendwas davon im Schiff, gut versteckt vielleicht, daß gewisse Kerle auch in Zukunft ein Mittel hatten, die Rechtschaffenen zu ›belohnen‹?«

»Nein.« Francisco schüttelte den Kopf. »Da bin ich mir sicher. Das Schiff war sauber. Ich kann mich noch an die letzten Überprüfungen erinnern. Das war ein notwendiger Teil der Startvorbereitungen. Deshalb beunruhigt mich das Ganze so. Wenn unser toter Räuber die Droge in seinem Kreislauf hatte, und Bentners Untersuchung scheint das zu beweisen, heißt das, daß sie hier produziert worden sein muß. Selbst wenn sie aus dem Schiff stammte, hätte sie ihre Wirkung längst verloren, außer man hätte sie in der medizinischen Abteilung versteckt, wo es die entsprechenden Möglichkeiten für eine langfristige Lagerung gab. Und ich weiß, daß das unmöglich ist. Es war die am schwersten bewachte und am häufigsten inspizierte Abteilung des gesamten Schiffes.

Abgesehen davon, war niemand während der Reise bei Bewußtsein. Anhand der Aufzeichnungen läßt sich das sehr leicht beweisen. Aber das ist es nicht, was mich so erstaunt. Keiner aus meinem Volk kennt das Herstellungsverfahren. Wir haben die Droge immer nur in fertigem Zustand erhalten. Das Herstellungsverfahren selbst ist von den Meistern sorgfältig gehütet worden, aus naheliegenden Gründen.«

Sykes' überfordertes Gehirn versuchte immer noch, die Ungeheuerlichkeit dessen zu begreifen, was sein Partner ihm gerade erzählte.

»Meine Fresse, das ist übel. Warum hast du mir das nicht früher erzählt? Warum hast du mich so hängen lassen? Hast du wirklich gedacht, ich werde nicht damit fertig? Zum Teufel, George! Während meiner ganzen Karriere hatte ich es mit Drogen zu tun. Das ist wirklich nichts Neues mehr für mich.«

»Ich weiß, Matt. Mir war von Anfang an klar, daß es dir

keine Mühe machen würde, das Problem zu begreifen. Deshalb habe ich nicht solange Stillschweigen bewahrt.«

»Warum dann? Los, sag schon!«

»Weil euer Volk von diesem Teil unserer Vergangenheit nichts ahnt. Hauptsächlich seht ihr uns doch als nicht besonders helle Unschuldslämmer. Groß und kräftig, aber sonst recht harmlos. Willens, uns an eure Moralvorstellungen anzupassen, obwohl die Anwendung dieser Moralvorstellungen auf uns nicht immer sonderlich fair abläuft. Ich habe die Berichte in euren Medien verfolgt und viel daraus gelernt. Kannst du dir die Schlagzeilen vorstellen, wenn diese Sache bekannt würde? ›Außerirdische Junkies laufen Amok‹ oder so. Ich weiß doch, wie eure Gesellschaft auf solche Dinge reagiert. Verständnis ist normalerweise nicht dabei.

Wenn diese Sache allgemein bekannt werden würde, stünde unsere gesamte Existenz auf dem Spiel. Im besten Fall hätte es neue Restriktionen zur Folge, und dies just zu einem Zeitpunkt, als wir uns langsam in eure Gesellschaft einzuführen beginnen. Im schlimmsten Fall würde es eine Rückkehr in die Quarantänelager und eine lebenslange Überwachung durch eure Medizinspezialisten bedeuten. Die Sache muß einfach geheim bleiben, oder wir sind verloren. Unsere Zukunft hier würde in einer Sackgasse enden, und augenblicklich laufen die Dinge für mich zu gut, als daß ich das zulassen könnte. Sag' mir, daß du das verstehst, Matt. Ich muß es dich einfach sagen hören.«

Während er noch seinem Partner zuhörte, hatte sich Sykes wieder vollständig beruhigt. Als Francisco fertig war, sah ihm der ältere Detective direkt in die Augen und sprach mit ruhigem, aber äußerst eindringlichem Tonfall.

»George, ich habe dir nur eines zu sagen. Lüg' mich nie wieder an. Egal weswegen. Niemals.«

»Ich muß dir vertrauen, Matthew.« Francisco starrte zur Decke der Liftkabine hoch. »Vermutlich hätte ich es dir früher oder später ohnehin erklären müssen. Jetzt, wo es heraus ist, fühle ich mich wirklich besser. Eigentlich hatte ich den richtigen Zeitpunkt dafür abwarten wollen, aber es ist unmöglich, dir etwas abzuschlagen. Glaube mir, Matt. Ohne dich kann ich das nicht aufhalten. Und wir müssen es aufhalten, bevor es sich noch weiter ausbreitet und schließlich an die Öffentlichkeit gelangt. Daß du mich recht verstehst: Niemand außer dir und mir darf etwas davon erfahren. Es darf unter keinen Umständen durch diese Wände dringen.«

Sykes nickte kurz und drückte ein zweites Mal auf den Nothaltknopf. Den Rest des Wegs zur Parkebene legten sie in völligem Schweigen zurück. Jeder hing seinen eigenen Gedanken nach.

Draußen war es bereits dunkel, als sie sich auf den Weg zurück zum Schrottmobil machten. Sykes faßte nach dem Türgriff und zuckte zusammen, als die Finger seiner verletzten Hand das Metall berührten. Das Miststück tat immer noch verteufelt weh. Er mußte es einfach durchstehen. Als Francisco die Beifahrertür öffnete, kam ihm ein Gedanke.

Vielleicht brauchte er es doch nicht durchzustehen.

»George?« Der Newcomer spähte über das Wagendach zu ihm hinüber. »Was hältst du davon, wenn du das Steuer übernimmst?«

Francisco gab keine Antwort. Das brauchte er auch gar nicht. Die Miene, mit der er auf den kleinen, aber sehr willkommenen Vertrauensbeweis reagierte, sprach Bände. Die beiden Detectives tauschten die Plätze.

Am liebsten entspannte sich Sykes dadurch, daß er dem Funkgerät zuhörte, sobald es sich auf einen anderen Fall konzentrierte. Das Wissen, daß sich andere um die durchgesagten Morde und Raubüberfälle, die Vergewaltigungen und Einbrüche, die Sittenverbrechen und den Vandalismus kümmern mußten, verlieh ihm stets ein tiefes Gefühl der Befriedigung.

An diesem Abend half das Zuhören jedoch nicht. Was als recht einfacher Fall begonnen hatte, wichtig allein aufgrund Tugs Tod, hatte sich zu etwas unendlich Komplizierterem ausgeweitet. Wollte man Francisco Glauben schenken, stand die gesamte Zukunft seiner Rasse in Gefahr. Es war eine Verantwortung, um die Sykes nicht gebeten hatte, die er nicht auf sich nehmen wollte, die er auch prompt wieder abgegeben hätte, falls es noch möglich gewesen wäre. Wegen seinem Eifer, das Andenken seines toten Partners zu ehren, und wegen seiner verdammten Neugier steckte er jetzt bis zum Hals drin.

George betonte zwar immer wieder, daß das ss'jabroka, oder was, zur Hölle, es war, auf Menschen keine Wirkung hatte. Aber verdammt noch mal, wie konnte er sich da so sicher sein? Seit seinem ersten Verdacht hatte er sein Wissen über das Zeug vertuscht, weil das Wissen selbst schon eine gewaltige Bedrohung darstellte. Angenommen, er verheimlichte ihm auch noch etwas anderes? Angenommen, er hatte sich entschieden, seinem Partner gerade soviel Informationen mitzuteilen, daß sie weitermachen konnten? Was wäre, wenn das Zeug tatsächlich irgendeine gefährliche Wirkung auf Menschen ausübte? Das wäre doch Grund genug, um die Sache noch etwas länger geheimzuhalten. Und wenn das tatsächlich der Fall war, würde das allgemeine Wissen um die Existenz und die Herkunft der Droge den Newcomern sehr viel mehr Schaden zufügen als etwas, was nur sie allein betraf.

Er warf einen Blick zur Seite. Francisco fuhr ruhig und professionell, ein Musterabsolvent der Akademie-Fahrschule, beide Hände fest am Steuer, die Augen auf den Verkehr gerichtet. Wahrscheinlich hatte er auch an den Verfolgungskursen teilgenommen, überlegte Sykes. Hatte er seinem guten Kumpel Matt Sykes alles verraten, was er wußte, oder hielt er noch etwas vor ihm zurück? Unmöglich zu sagen.

Schwimm einfach mit dem Strom, sagte er sich, und halte die Ohren auf, falls er sich mal verplappert. Und beobachte sein Gesicht, ermahnte er sich. Die Newcomer waren lausige Pokerspieler.

Aber wieviele Karten lagen eigentlich auf dem Tisch?

Er versuchte, nicht mehr daran zu denken. Er war hinter Tugs Mörder her. Konzentrier dich darauf. Deshalb hatte er so hart um diesen Fall gekämpft; deshalb hatte er sich freiwillig bereiterklärt, mit einem dieser verdammten, blöden Slags zusammenzuarbeiten. Denk an Tug. Soll George sich doch über eventuell gefährliche Newcomer-Drogen seinen Kopf zerbrechen. Nimm ihn einfach beim Wort, daß das Zeug für Menschen unschädlich ist.

Solange sich nicht etwas anderes ergab.

Sie bogen in den Parkplatz vor dem Regierungsgebäude in West L.A. ein. Die Nachtwache quittierte ihre Ausweise mit einem Lächeln und winkte sie durch. Um diese Zeit gab es nur wenig Verkehr.

Sykes unterhielt sich kurz mit dem Wachmann in der Lobby, der sie ins richtige Stockwerk weiterschickte. Auf halber Höhe des Wolkenkratzers setzte sie der Lift ab. Der Flur vor ihnen stand leer, die Beleuchtung war heruntergedreht, aber nicht völlig abgeschaltet.

»Es muß noch eine andere Verbindung geben«, murmelte er im Gehen.

Francisco sah zu ihm herab. »Was?»

»Nichts, nichts. Vergiß es, George. Manchmal führe ich gern Selbstgespräche, okay? Es hilft mir beim Durchblick.«

Der Newcomer seufzte. »Eine weitere erstaunliche Verhaltensweise unter Menschen.«

Sykes musterte ihn gereizt. »Was?«

»Selbstgespräche zu führen. Ein schwierig zu ergründendes Konzept.«

»Findest du? Dann ergründe doch mal das hier!« Sykes reckte ihm seinen Mittelfinger entgegen, eine Geste, mit der Francisco durchaus vertraut war. Er versuchte, eine Verbindung zu dem herzustellen, was sein Partner gerade gesagt hatte, und scheiterte. Geh einfach darüber hinweg, sagte er sich. Bei Menschen war das sowieso die Regel. Alles andere gefährdete die geistige Gesundheit.

BÜRO FÜR NEWCOMER-ANGELEGENHEITEN

Sykes musterte die Schrift auf der Tür und fragte sich, ob sein Partner vorher schon mal hier gewesen war, sagte aber nichts. Die Tür stand offen. Kein Grund, sie abzuschließen, sinnierte er, während er in das dahinterliegende Zimmer ging. Keiner kam so weit, ohne an der Wache in der Lobby vorbeizukommen.

Vor ihnen erstreckte sich ein Labyrinth von abgeteilten Arbeitszellen.

Franciscos Blick schweifte durch den Raum. »Keiner da.«

»Es muß aber jemand da sein«, widersprach Sykes. »Die Wache unten hat behauptet, es sei noch jemand im Büro. Die Lichter brennen ja wohl auch nicht ohne Grund. Sehen wir uns mal um.«

Sie drangen in das Labyrinth ein. Jede Zelle war individuell dekoriert, ein Gewirr von Postern, Familienfotos und Kunstblumen. Daneben konnte jede Zelle mit einem Computer nebst Drucker aufwarten.

»Vielleicht brauchen wir auch gar niemand. Weißt du, wie man mit dem Zeug umgeht?«

Francisco schüttelte den Kopf. »Ich kenne mich mit der Maschine selbst aus, aber ich habe keinen Zugriff zu dem Autorisierungscode.«

»Wer braucht einen Autorisierungscode?«

Die Stimme ließ sie erstarren. Die Frau, die da an einer Kreuzung auf dem Gang stand, war jung, schwarz und argwöhnisch. »Wer sind Sie und was tun Sie mitten in der Nacht hier oben?«

Sykes erledigte die Vorstellung. »Detectives Sykes und Francisco, Madam. LAPD, Morddezernat.«

Die Marke, die Sykes ihr hinhielt, stellte sie nach kurzer Untersuchung zufrieden. Ihr Blick schweifte immer wieder zu Francisco. Möglich, daß sie diejenige gewesen war, die ihn nach der Ankunft des Schiffes abgefertigt hatte.

»Wir könnten etwas Hilfe gebrauchen«, sagte Sykes.

»So geht's ja wohl allen. Warum glauben Sie wohl, daß ich hier so spät noch arbeite?« Sie seufzte. »Morddezernat, was? Wenigstens interessanter als die Statistiken, die ich gerade zusammenstelle. Kommen Sie. Ich wollte mir gerade einen Kaffee holen, aber das hat Zeit.«

»Sie greifen uns ein wenig unter die Arme«, ermunterte sie Sykes, »und ich bezahle den Kaffee.«

Sie lächelte. Hübsches Lächeln für jemand, der den ganzen Tag in einer Zwei-mal-Zwei-Meter-Zelle verbringt und Daten über den Bildschirm rollen läßt, dachte Sykes. Beurteile nie jemand nach seinem Job. Wer, zur Hölle, hatte ihm das geraten?

Ihre Zelle war mit Vergrößerungen geschmückt, auf denen hohe, schneebedeckte Berge und grüne Täler zu sehen waren. Ein Foto zeigte eine Burg in einem nicht näher bezeichneten europäischen Land. Reisebürozeug. Sie setzte sich in ihren Sessel und sah zu ihnen hoch, während sie den Bildschirm vor sich zum Leben erweckte.

»Was wollen Sie wissen?«

»Ein Außerirdischer mit Namen Warren Hubley, kürzlich verschieden«, antwortete Sykes. »Wir wissen einiges über ihn, aber nicht genug.«

Sie nickte, und ihre Finger tanzten über die Tastatur. »Sehen wir mal, was wir haben.«

Informationen huschten über den Schirm, viel zu schnell, als daß einer der Detectives sie hätte aufnehmen können. Sobald der Name HUBLEY, WARREN erreicht war, bremsten sie automatisch. Sie drückte eine Taste und schob den Namen ans obere Ende des Schirms. Darunter tauchten eine Unmenge Daten auf. Zuviele Abkürzungen für Sykes' Geschmack.

»Da haben wir Hubley«, meinte sie.

»Das kann ich nicht lesen.« Sykes schielte über ihre linke Schulter. »Bürokratesisch. Wie wär's mit einer Übersetzung?«

»Zu viele und zu weit verstreute Daten«, erklärte die Programmiererin und übersetzte vom Schirm. »Warren Hubley. Verließ die Quarantäne am 30. November, nach Riverside umgesiedelt, Anfang Februar des darauffolgenden Jahres nach Los Angeles umgezogen. Fachgebiet: chemische Verfahrenstechnik. Half bei den Startvorbereitungen des Schiffes und bei der Erweckung aus dem Tiefschlaf nach der Landung. War programmgemäß einer der ersten Newcomer, die wieder aus der Hibernation geweckt wurden. Damit er bei der Planung für die anderen helfen konnte, schätze ich.«

Franciscos Augen klebten am Bildschirm. »Leuchtet ein.«

Sie las weiter. »Befragung durch die Chemieingenieure der US Army. Suche nach Informationen betreffs der Funktionen des Schiffs. Scheinbar konnte er ihnen da nicht weiterhelfen. Man hatte ihn nur in der Wartung und dem Abschalten der Schlafkammern ausgebildet. Seine restliche Ausbildung sollte erst nach der Landung zum Tragen kommen. Über die Bedienung des Schiffes selbst wußte er nichts.«

»Keiner von uns wußte etwas darüber«, murmelte Francisco. »Wir waren nicht mal Passagiere, nur Fracht.«

Sykes enthielt sich eines Kommentars. »Was passierte mit ihm nach der Entlassung aus der Quarantäne?«

Die Programmiererin vergrößerte die Schrift ein wenig. Nachtarbeit war ziemlich anstrengend. »Er war besser dran als die meisten anderen Newcomer. Scheinbar machte es ihm keine sonderliche Mühe, sein Spezialwissen für nützliche Jobs hier auf der Erde einzusetzen. Er muß vorher schon gewußt haben, daß er hier ganz gut zurechtkommen würde.«

»Wieso?«

Sie tippte mit dem Fingernagel auf den Schirm. »Hier heißt es, daß er mehrere, gutbezahlte Jobs abgelehnt hat. Er hat auf einen Posten in einer ganz bestimmten Raffinerie in Torrance gewartet. Nur die wenigsten Newcomer konnten es sich leisten, derart wählerisch zu sein. Ich schätze, da konnte er halt die Arbeit tun, die er sich vorgenommen hatte.«

Sykes und Francisco wechselten einen Blick. Der ältere Detective kniff die Augen zusammen und versuchte, einige nützliche Informationen in dem ganzen Wust aus Statistiken und Lebensläufen zu entdecken, die über den Schirm flimmerten. Alles sah nach persönlichen Daten aus: bisherige Adressen, besondere Kennzeichen, Beziehungen, Bewegungsbilder. Darauf waren sie nicht scharf.

»Genug mit Hubley. Versuchen Sie einen gewissen Joshua Strader, ja, Schätzchen?«

»Für Sie tue ich doch alles.« Sie warf ihm einen lüsternen Blick zu. »Strader mit ›a‹ oder ›ay‹?«

»S-t-r-a-d-e-r«, buchstabierte Francisco hilfsbereit.

Sie nickte und tippte die Anfrage ein. Beinahe im selben Moment standen die Daten auf dem Schirm. Sykes hatte nicht viel Ahnung von Computern, wußte jedoch, daß hinter einer derart schnellen Antwort eine ansehnliche Menge CD-RAM stand.

Die Programmiererin lehnte sich etwas nach vorne. »Entlassen am 29. November. Direkt nach L.A. gezogen. Spezialisiert auf interpersonelle Analysen und Personalführung.«

»Das paßt ja«, murmelte Sykes.

»Zehn Wochen nach seiner Ankunft übernahm er einen

verlassenen Nachtclub am Rand des Newcomer-Viertels von Los Angeles, beaufsichtigte die Renovierungsarbeiten aufgrund eines Darlehens des Bundesbüros für Newcomer-Geschäftsgründungen und benannte den Club in ›Encounters‹ um.«

»Ist das alles?« fragte Francisco.

»Dann kommen dieselben persönlichkeitsbezogenen Daten und Lebensläufe. Scheinbar ging es ihm finanziell ganz gut. Er hat sein Darlehen rechtzeitig zurückgezahlt und nebenbei noch einen ordentlichen Profit herausgeholt.«

Sykes ertappte sich beim Abschweifen. »Ich hätte nicht gedacht, daß die Regierung Geld in ein solches Projekt stekken würde. Ich dachte, der Grundgedanke sei gewesen, den Status der Newcomer etwas ›anzuheben‹. In dieser Kneipe hebt sich schon was, aber nicht der Status.«

Die Programmiererin grinste. »Die Regierung lieh jedem Newcomer Geld, falls sie dachte, daß er sich damit selbst erhalten und Jobs für andere schaffen könnte. Die einzige Anhebung, die das Büro interessiert, betrifft den Prozentsatz der Vollbeschäftigten.«

Der Detective zuckte die Achseln. »Da zeigt ja tatsächlich jemand mal gesunden Menschenverstand.«

Francisco wies auf den Schirm. »Genug mit Mr. Strader. Nun, denke ich, sollten wir uns nach dem Gentleman erkundigen, der unsere Neugier überhaupt erst erregt hat. Könnten Sie bitte einen Ladenbesitzer namens Cecil Porter abfragen?«

Sie gab den Namen ein und einmal mehr erschienen die Daten beinahe im selben Augenblick.

»Entlassen am 1. Dezember«, meinte sie gedehnt. »Verheiratet, im Gegensatz zu den ersten beiden. Hat auch einen ziemlichen Umweg hinter sich, bevor er nach L.A. kam. Er und seine Frau zogen zunächst nach Modesto, waren dort in die Hmong-Rassenunruhen verwickelt und mußten flüchten. Zogen dann nach Coalinga, wo immer das ist.«

»Weiter oben, an der Westseite des Central Valley«, informierte sie Francisco sanft, »weit ab vom Schuß.«

Sie brummte eine Antwort. »Hat sich im April in L.A. niedergelassen. Spezialgebiet organische Chemie. Wollte scheinbar zunächst bei einer der großen Agrikonzerne in Modesto unterkommen. Dasselbe in Caolinga. Schließlich hat er aufgegeben und ist ins Newcomer-Viertel gezogen. Hat ein Darlehen aufgenommen, um den Laden zu kaufen. Er und seine Frau haben einen Sohn.« Sie erwiderte Franciscos Lächeln. Andererseits, ermahnte sich Sykes, mußte sie sich jeden Tag mit den Newcomern und ihren Problemen auseinandersetzen.

»Ihr neigt zu Spätgeburten.«

Der Newcomer zuckte mit keiner Wimper. »Unsere Frauen erreichen das Äquivalent der Wechseljahre erst in einem späteren Lebensabschnitt.«

»Ich weiß nicht recht, ob ich sie darum beneiden oder bemitleiden soll.« Sie gluckste und wandte ihre Aufmerksamkeit wieder dem Computer zu. »Braucht ihr nähere Angaben zu seinem Sohn?«

»Nö, wir sind ihm schon begegnet«, entgegnete Sykes in lockerem Gesprächston. »Toller Sproß. Ein enger Freund von George hier.«

»Hey, ich weiß ja, daß es mich nichts angeht, aber warum interessiert ihr euch für die drei?« Sie drehte sich auf ihrem Stuhl herum. »Ich kann mir keine drei unterschiedlicheren Personen vorstellen. Sollen sie irgend etwas gemein haben, das mit Mord zu tun hat? Stecken sie in irgendwelchen Schwierigkeiten?«

»Ja, so könnte man das ausdrücken.« Sykes sah an ihr vorbei, vorbei an dem riesigen Wandfoto des Märchenschlosses, das die Rückwand ihrer Zelle beherrschte. Aus den öligen Tiefen seines Gehirns kroch ein Gedanke an die Oberfläche, so langsam wie das erste Leben, das sich hinaus aufs Land wagte. Das war seine große Stärke, und deshalb übersah Warner auch immer seine zahlreichen anderen Fehler. Irgendwie besaß Sykes das Talent, scheinbar zusammenhanglose Fakten aus der gewaltigen Müllhalde herauszusieben, die lose durch seinen Schädel trieb, völligen Unsinn in Logik, das Nichts in Sein zu verwandeln.

Es war kein besonderer Gedanke. Seine Kollegen hätten ihn nicht einmal in Erwägung gezogen. Schweigend stand er da, drehte und wendete ihn mit der Miene eines Mannes, der gerade etwas Saures verschluckt hatte. Es dauerte eine ganze Minute, bis er ihn verarbeitet hatte.

Falls er nicht mit George zusammengearbeitet hätte, wäre er ihm vielleicht gar nicht gekommen, aber seit einiger Zeit hatte er recht häufig über die Newcomer nachgedacht und eine ganze Menge über sie gelernt. Dinge, die man in den obligatorischen Alien-Kursen eben nicht so ohne weiteres mitbekam.

Oder wie es dieser Porter-Sproß ausgedrückt hatte: »Bringen sie euch denn gar nichts über uns bei?« Das taten sie durchaus, aber manches bekam man in den Kursen nicht mit, und vieles, was einem damals durch den Kopf ging, kam einem danach nie wieder in den Sinn. Inzwischen hatte sich Sykes jedoch dabei ertappt, wie er über einiges lang und äußerst gründlich nachdachte.

Seine Augen weiteten sich plötzlich. »Ach du Scheiße.« Spontan sah er zu Francisco. »Schau dir doch mal an, womit wir es hier zu tun haben. Kein Wunder, daß wir nicht weiterkommen. Drei Newcomer ohne die geringsten Gemeinsamkeiten, stimmt's? So sieht es wenigstens aus. Aber was wäre, wenn es nur *ein* einziger Typ wäre, der sie alle umgebracht hat?« Er war so aufgeregt, daß ihm gar nicht auffiel, daß er das erste Mal, seit sie den Fall übernommen hatten, nicht mehr an Bill Tuggle dachte.

Francisco musterte ihn verständnislos. »Ich verstehe nicht, worauf du mit diesen Gedanken hinauswillst, Matthew.«

»Einen Moment noch. Du kapierst es gleich. Denk' darüber nach, George. Drei Tote. Drei und eins macht vier. Vier Newcomer, drei tot, der vierte noch immer irgendwo am Leben und für die Morde an den anderen drei verantwortlich. Alle vier mit ›völlig verschiedenem‹ Hintergrund.«

Sein Partner schüttelte zweifelnd den Kopf. »Ich erkenne noch immer keine vernünftige Verbindung.«

Sykes war jetzt so aufgeregt, daß er beinahe auf und ab hüpfte. »Komm schon, Mann! Du warst derjenige, der mir den Hinweis gegeben hat, der das alles zusammenbringt.«

»Ich?« Francisco wirkte ehrlich überrascht.

»Ja, du. Was du mir vorhin erzählt hast. Du und der Sohn des Ladenbesitzers, dieser verdammte Punk.«

»Aber wir waren uns doch schon einig, daß er nichts mit den Morden zu tun hat.«

»Hat er auch nicht, verdammt! Du und er, zwei Newcomer mit völlig verschiedenem Hintergrund. Und trotzdem habt ihr etwas gemeinsam. Eine Tatsache. Erinnerst du dich noch?«

»Nein, da war nichts. Außer, daß wir beide in derselben...« Der Detective richtete sich auf. »Die Quarantäne.«

Sykes nickte heftig und wandte sich wieder an die Programmiererin. »Können Sie mit dem Ding auch die Quarantäneakten herausholen?«

»Für die drei, die wir gerade angesehen haben?« Wieder nickte Sykes. »Klar, dauert nur 'ne Minute.« Sie drehte sich wieder zur Konsole. »Ich muß ein Querverweis-Layout programmieren, daß Sie alle drei Akten auf demselben Schirm sehen können. Wie hießen die ersten beiden gleich wieder?«

»Warren Hubley. Joshua Strader«, erinnerte sie Sykes ungeduldig.

Sie fuhr den Querverweis ab und schob den alten Porter ans obere Ende des Schirms. »Euer Ladenbesitzer war in Haus Sieben Sieben Zwo. Ich jage das mal durch.«

Diesmal dauerte es etwas länger, bis der Computer die Anfrage bearbeitet hatte. Die Quarantäneakten standen unter Datenschutz und der Zugriff darauf unterlag bestimmten Einschränkungen. Einen Augenblick später tauchten die Daten auf dem Schirm auf.

BEWOHNER, QUARANTÄNEHAUS 772: HUBLEY, WARREN – STRADER, JOSHUA – gierig starrten Sykes und Francisco auf den Schirm – PORTER,CECIL...

Nun der vierte Name. Die Antwort auf alle ihre Fragen, die bereits gestellten und die noch nicht in Erwägung gezogenen – *falls* Sykes Recht behalten sollte und die Namen auf dem Schirm den unbestreitbaren Beweis liefern würden.

Es dauerte ewig, bis die Maschine ihn ausgedruckt hatte.

– HARCOURT, WILLIAM –

Mensch und Newcomer wechselten einen letzten Blick. Worte waren unnötig.

XI

Keiner hatte dieses Mal Gelegenheit, Harcourt den Verschlag aufzureißen. Als er aus der Limousine stieg, war er in Eile.

Das Encounters-Schild beleuchtete den Eingang des Clubs, doch der Rest der grellen Außenbeleuchtung war abgeschaltet. An diesem Abend war das Lokal geschlossen, der Parkplatz davor verlassen, die Zufahrt bis auf die Limousine und den davor geparkten Lieferwagen leer. Die hintere Stoßstange des Wagens war böse zerkratzt und voll mit kleinen Beulen, als ob man des öfteren einen Metallgegenstand über die sonst funkelnde Oberfläche geschabt hätte.

Harcourt nahm sich einen Moment lang Zeit, den Eingang des Clubs zu beobachten. Dann gingen die Türen des Lieferwagens auf, und er drehte sich wieder um. Kipling stieg gerade aus der Beifahrertür, Quint vom Fahrersitz.

Sein Assistent schob die Seitentür des Lieferwagens auf, griff hinein, zog einen großen, schwarzen Aktenkoffer heraus und wandte sich dann zu seinem Boß um. Harcourt nickte einmal. Gemeinsam schlenderten sie in den Club. Quint hielt respektvoll Abstand, die Hände in die Taschen gestopft. Er hätte gepfiffen, wenn er nicht schon ziemlich früh bemerkt hätte, daß die Newcomer das nicht schätzten. Es hatte etwas mit den Frequenzen zu tun, die die Menschen dabei manchmal anschlugen. Persönlich verstand er nicht, wieso sie soviel Aufhebens darum machten, wo sie ohnehin keine Ohren hatten. Nur diese blöden Löcher an der Seite ihrer Köpfe.

Nicht, daß es ihn etwas anging, überlegte er.

Man hatte die Stühle sauber auf die Tische gestellt. Die Lampen in den Nischen waren dunkel. Die schwache Beleuchtung verwandelte die Schnapsflaschen hinter der Bar in kristallene Zähne, verlieh den Etiketten und Formen eine magische Sanftheit, die sie nicht verdienten. Harcourt führte seine Leute nach hinten, die Treppe hinauf zum zweiten Stock.

Cassandra erwartete sie bereits. Ihre Begrüßung bestand aus einem schwachen, gezwungenen Lächeln. Sie ließ Harcourt nicht aus den Augen. Das Kleid, das sie trug, war zu harmlos für ihre Auftritte und zu extrem für eine Kirche. Sie tat ihr Bestes, um freundlich zu wirken, aber es war nicht einfach. In Harcourts Gegenwart fühlte sie sich unbehaglich.

Kipling und Quint liefen schnurstracks an ihr vorbei und hielten auf die Tür zum Büro und dem Konferenzraum zu. Harcourt zögerte, blieb schließlich stehen und gönnte der Frau ein Lächeln. Eine Hand hob sich und die Finger wanderten sanft über den Ausschnitt ihres Kleides, um zu guter Letzt besitzergreifend in den dargebotenen Spalt hinabzugleiten. Cassandra erschauerte, riß sich jedoch nicht los. Soviel hatte sie über Harcourt bereits gelernt.

»Sehr hübsch«, flüsterte er. »Wie war doch gleich der Name?«

Sie bemühte sich, nicht vor ihm zurückzuweichen. »Cassandra.«

Harcourt lächelte, und es war weder jenes Lächeln, das er für sein ihn vergötterndes Publikum reserviert hatte, noch jenes, mit dem er den abwesenden Watson bedacht hatte. Auf seine Art war das Lächeln noch frostiger als die beiden anderen.

»Tut mir leid, daß ich ihn vergessen habe. Es wird nicht wieder vorkommen.«

Er zog seine Hand zurück und ging in das Büro. Cassandra sah ihm nach. Sie zitterte und war deshalb wütend auf sich selbst.

Die Raffinerie arbeitete rund um die Uhr, lief nachts jedoch mit verminderter Belegschaft. Das verdankte man dem Computer, der zur selben Zeit auch die hochexplosiven Produkte der Anlage daran hinderte, halb Torrance in die Luft zu jagen.

Vor dem Ladedock schlitterte das Schrottmobil zum Stillstand. Sykes und Francisco überprüften die Kennzahl oberhalb der Plattform, um sicherzugehen, daß sie hier richtig waren. Dann stiegen sie aus und liefen die Stiegen hoch. Das Innere des Gebäudes hinter dem Dock war hell erleuchtet.

Die wenigen Nachtarbeiter schenkten ihnen nicht mal einen flüchtigen Blick, als die beiden Detectives zielsicher auf den hinteren Teil des Gebäudes zumarschierten. Francisco bewegte sich ziemlich schnell, aber Sykes war so aufgedreht, daß er ohne Mühe Schritt halten konnte.

Der Newcomer redete fast so schnell, wie er ging. »Auf einmal liegt alles so klar auf der Hand.«

»Sobald man die Verbindung einmal hat, ist es immer einfach«, stimmte sein Partner kurz angebunden zu.

»Allerdings. Sie lebten viele Monate zusammen in Quarantäne und hatten kein anderes Thema. Sie müssen den Plan schon sehr früh und außerordentlich detailliert ausgearbeitet haben. Dank seinen Chemiekenntnissen besorgte Porter die Formel für ss'jabroka. Ich kann mir nicht vorstellen, wie er sie überhaupt bekommen hat, aber ein erfinderischer Geist mit genug innerem Antrieb und ausreichender Intelligenz bringt auch das scheinbar Unmögliche zustande. Er war so ein unauffälliger Typ. Gerade solchen Leuten gelingt es immer wieder, durch die Sicherheitsmaschen zu schlüpfen, während eine stärkere Persönlichkeit sofort verdächtigt und verhaftet wird.

Mit seinen Kontakten in der Stadt sorgte Hubley für eine Möglichkeit, es herzustellen. Ich habe eine Weile gebraucht, bis ich mir ausmalen konnte, worin Straders Beitrag bestanden haben könnte. Jetzt ist mir klar, daß er ein Verteilernetz aufbauen sollte, das den Club als Hauptquartier verwenden würde. Es war ein idealer Ort, die Geschäfte so privat wie möglich abzuwickeln, ein Mittel, um mit der Unterwelt der Menschen Verbindung aufzunehmen, eine nützliche Art, größere Summen Geld zu waschen. Sie hatten es so gut geplant. Und Harcourt war natürlich...«

Sykes brachte den Satz für ihn zu Ende. »Harcourt war das Gehirn, das alles erst zusammenbrachte und das Startkapital zur Verfügung stellte. Hör gut zu, George. Wenn wir

Josh Strader (Jeff Kober, links) weigert sich, weiterhin für Harcourt (Terence Stamp) zu arbeiten.

Am Strand werden die Leichenreste von Josh Strader gefunden (rechts James Caan).

Links: Sam (Mandy Patinkin) dringt in die Raffinerie ein, in der das Rauschgift hergestellt wird.

Unten: Die Verbreitung der Droge wird durch Sams (Mandy Patinkin, rechts stehend) Eingreifen gestoppt. Neben ihm Cassandra (Leslie Bevis).

das wirklich auffliegen lassen wollen, müssen wir verdammt clever sein.«

»Falls das Rauschgift hier ist, müssen wir es vernichten.«

»Nein, George. Du übersiehst das Wichtigste. Ich weiß, wie du zu dem Zeug stehst und wieviel Sorgen du dir machst, aber du darfst dich nicht persönlich engagieren. Das ist schlechte Polizeiarbeit. Gegen die Vorschriften.« Die Ironie seiner kleinen Ansprache entging ihm. »Das Rauschgift ist *Beweismaterial*. Wir brauchen Beweise, weißt du? Sonst haben wir gegen die Kerle nichts in der Hand außer deinem Wort. Ohne das Zeug selbst nützt uns Bentners Untersuchung gar nichts. Du erinnerst dich doch hoffentlich daran, was sie dir über Beweismaterial beigebracht haben, oder?«

Es war ein Maß dafür, wie weit ihre Freundschaft inzwischen gediehen war, daß Francisco gar nicht erst versuchte, die Kälte seiner Antwort abzumildern. »Man hat mich nicht nur aus Werbegründen zum Detective befördert, Sergeant Sykes. Ich habe durchaus eine ungefähre Vorstellung davon, was ein Staatsanwalt benötigt.«

»Dann verklag mich doch. Die Hälfte der Zeit weiß ich selber nicht mehr, was ich weiß und was ich nicht weiß. Hauptsache ist jetzt, daß wir etwas Konkretes finden, etwas, das der Staatsanwalt im Gericht hochhalten und den Geschworenen unter die Nase halten kann. Eine eidesstattliche Erklärung deinerseits bringt niemand hinter Gitter. Kannst du mir folgen?«

»Durchaus«, meinte Francisco gleichmütig.

»Prima. Also stellen wir jetzt bloß keine Dummheit an, egal, wieviel rechtschaffener Zorn uns heute durch die Adern fließt, okay?«

Der Newcomer antwortete, ohne seinen Partner eines Blickes zu würdigen.

»Okay.«

Seit sie den Komplex betreten hatten, machten Sykes' Augen Überstunden, suchten den Flur vor ihnen, die Laufgänge über ihnen und den Dschungel von Rohren und Leitungen neben ihnen ab, der das eigentliche Arbeitsfeld der Raffinerie darstellte.

»Ich seh den Kerl nirgends.«

»Ich auch nicht«, erwiderte Francisco, »aber die Wache hat behauptet, daß er heute Dienst hat und sich ordnungsgemäß eingetragen hat.«

»Das heißt nicht, daß er noch immer hier ist. Vielleicht hat er einen Tip bekommen und sich verdrückt.«

»Du machst dir unnötige Sorgen, Matt. Mir ist unklar, wie man so schnell Verbindung mit ihm aufgenommen haben könnte.«

»Schlechte Nachrichten verbreiten sich schnell, George.«

Francisco gab keine Antwort. Seine Aufmerksamkeit richtete sich auf das obere Schott, das in die Methansektion führte. Er wies mit dem Finger nach oben. Sykes folgte dem Arm seines Partners mit den Augen und nickte.

»Mhm, das ist O'Neal.«

Sie kamen ziemlich dicht heran, bevor der Sektionschef sie bemerkte. Dieses Mal wartete er nicht, um ihre Fragen zu beantworten, trat nicht mit ausgestreckter Hand auf sie zu. Vielleicht war es der Ausdruck auf dem Gesicht des Newcomers, vielleicht etwas an Sykes' Gangart, oder vielleicht hatte man ihn gewarnt, die Augen nach möglichen Schwierigkeiten offenzuhalten. Was immer auch der Grund sein mochte – sobald er die beiden Detectives auf sich zukommen sah, hastete er geduckt durch die offene Kühltür und fing an, sie hinter sich zuzuziehen.

Sykes reagierte mit einer plötzlichen Beschleunigung, die einem Mittelstürmer alle Ehre gemacht hätte. Einen Augenblick, bevor O'Neal die Tür von der anderen Seite schließen konnte, landete seine Hand auf dem Türgriff. Obwohl sich der Techniker mit seinem ganzen Gewicht dagegen stemmte, drückte der Detective sie langsam wieder auf. Vier O'Neals hätten an diesem Abend keine Chance gegen Sykes gehabt.

Der Techniker wich zurück, als Sykes durch das Portal hereinkam. Der Detective packte ihm beim Kragen, lächelte humorlos und schleuderte ihn unsanft tiefer in die verlassene Kammer hinein. Sie war schalldicht und solide, und O'Neal fragte sich schon bald, ob es nicht besser gewesen wäre, abzuhauen, als sich hier im Inneren zu verbarrikadieren.

Nachdem der Rückzug gescheitert war, versuchte er es mit der Offensive.

»Hey, was soll das? Sind Sie verrückt? Sie können hier nicht einfach so reinplatzen. *Hey!* Nun mal langsam.« Sykes ließ sich nicht aufhalten und zerrte ihn weiter in den Raum hinein.

Im hinteren Teil der Kammer befand sich eine zweite, lediglich angelehnte Tür. Licht drang durch die Öffnung und beleuchtete Sykes' Weg.

»Wo ist Ihre Genehmigung? Ohne entsprechende Genehmigung ist dieser Teil der Anlage für jeden gesperrt.«

»Du willst 'ne Genehmigung?« Sykes' Finger packten den Mann am Kragen. »Versuch dich mal als Lippenleser.« Er formte einige ausgesuchte Worte. O'Neal bedurfte keiner näheren Erklärung mehr.

Als sie endlich die Hintertür erreicht hatten, gab ihr Sykes mit seinem rechten Fuß einen Schubs. In schweren Angeln schwang sie beiseite. Er starrte auf das, was sich ihm offenbarte, und grunzte befriedigt.

»Soviel zu deinem schlauen Gequatsche.«

O'Neals Füße berührten kaum den Boden, als Sykes ihn ins Innere zerrte. Der Detective behielt seinen Gefangenen fest am Wickel, während er die Regale voller Kolben und Bechergläser, das handverschweißte Kupfergestänge, die Stahlbehälter, Reduzierstücke und den Haufen sorgsam ausgeschlachteter Plastikrohre begutachtete. Schon komisch, wie manche Anlagen ein unverwechselbares Fluidum verströmten. Er wußte wenig über Chemie und rein gar nichts über außerirdische Organik, aber niemand würde diese Drogen-Küche mit etwas anderem verwechseln.

Francisco war ihm dicht gefolgt und führte nun seine eigene Untersuchung durch. Als er zu einer stählernen Wanne kam, bückte er sich und fuhr mit seinem Finger über die glänzende Innenwand. Dann hielt er ihn ans Licht und untersuchte den klebrigen Rückstand, den er dabei gewonnen hatte. In dem schwachen Licht schien er himmelblau.

Faszíniert starrte er auf seinen Finger. So dicht an seinen Lippen, nur sehr wenig. Nicht genug, um als Beweismittel dienen zu können. Was für eine Verschwendung, es in einem Waschbecken der Menschen hinunterzuspülen. Ein kleiner Rest, der nicht zu sehr auf seine Herzen schlagen würde, gerade genug für ein Kitzeln, einen Thrill, eine kleine Anregung...

Neugierig betrachtete Sykes den blauen Fleck auf dem Finger seines Partners. Er sah genauso harmlos aus wie Zahnpasta.

»Ist es das?«

Francisco starrte noch einen Augenblick länger auf seinen Finger, wirbelte dann heftig zu seinem Partner herum, die Augen geweitet, die Miene angespannt. Als er sich wieder der Drogendestille zuwandte, drehte er durch. Sykes, der es noch nie erlebt hatte, wie sein Partner die Beherrschung verlor, es sei denn, man rechnete den Abend mit ein, an dem sie sich heimlich, still und leise besoffen hatten, wußte nicht so recht, was er tun sollte. Also trat er einfach einen Schritt zur Seite und klammerte sich an O'Neal, der das Geschehen mit offenem Mund verfolgte.

Der Newcomer fegte eine Apparatur vom Arbeitstisch. Glas prallte gegen Boden und Wände, Metallbehälter sirrten herum wie Granatensplitter. Einmal mußte sich Sykes dukken.

Schließlich dämmerte es Francisco, daß die Geräte, mit denen die Droge hergestellt worden war, als Beweisstück ebenso wichtig waren wie die Droge selbst. So unvermittelt, wie er angefangen hatte, hörte er wieder auf. Er atmete schwer und starrte finster auf die zum großen Teil noch immer intakte Minianlage vor ihm.

Dann wirbelte er herum und riß O'Neal aus Sykes' Griff. Eine massive Faust bauschte das Hemd des hilflosen Technikers unter dessen Kinn auf und hob ihn in die Höhe. Der Newcomer knallte ihn gegen die nächstgelegene Wand und milderte die Wucht in letzter Sekunde etwas ab.

Sykes trat hinter ihn. »Äh, George.«

Francisco ignorierte ihn. Sein Gesicht preßte sich sehr dicht an das von O'Neal, und selbst die letzten Überreste des einst so höflichen, liebenswürdigen Cops waren jetzt nichts weiter als Erinnerung. »Wo ist das Rauschgift? Wo haben sie es hingebracht?«

O'Neal keuchte, würgte und strampelte mit den Beinen. Beide Hände rangen mit dem Handgelenk des Detectives und versuchten, dessen eisenharten Griff zu brechen.

»Welches Rauschgift?« schnaufte er, während er zur selben Zeit versuchte, durch eine plötzlich enger gewordene Luftröhre nach Luft zu schnappen. »Das ist eine Ölraffinerie, du gottverdammtes Slagschwein.«

Sykes setzte eine nachdenkliche Miene auf. »Slagschwein. Wirklich gut. Gefällt mir. Das habe ich noch nie gehört.«

Francisco ignorierte seinen Partner, verstärkte den Druck und fühlte, wie die Luftröhre des Mannes unter seinen Fingern flach wurde. »WO?«

Die Stimme des fischäugigen Technikers hatte sich auf ein schmerzvolles Flüstern reduziert. »Das – kannst – du – mit – mir – nicht – machen!«

Sykes tippte seinem Partner höflich auf die Schulter. »George, tut mir leid, wenn ich dich bei deinem Privatvergnügen stören muß, aber du bist gerade dabei, ihm sein mickriges Genick zu brechen. Nicht, daß es mir etwas ausmachen würde.« Er bedachte den panischen O'Neal mit einem entwaffnenden Lächeln. »Aber es würde nicht gut aussehen in unserem Bericht, und ich weiß doch, wieviel Wert du auf die korrekte Befolgung aller Vorschriften legst. Abgesehen davon: Wenn du ihn zu früh umbringst, kriegen wir die Informationen nie.«

»Halt' dich da raus, Matthew.« Die Augen des Newcomers bohrten sich in jene O'Neals. Seine Stimme klang so kalt wie die eines Einbrechers im Altersheim. »Du spuckst jetzt *sofort* aus, wo sie den Stoff hingebracht haben, oder ich quetsch dir deine Lungen gegen die Wand.«

»Du hast ihn doch gehört«, murmelte der Techniker schwach. »Wenn du mich umbringst, erfährst du überhaupt nichts.«

»Dann fragen wir eben jemand anderen. Dir kann es ja egal sein, weil du dann nämlich tot bist.«

Vielleicht war es etwas in der Stimme des Aliens, oder etwas, das O'Neal in seinen Augen sah. Auf jeden Fall überkam ihn nun zum erstenmal die nackte Angst.

»Oder vielleicht muß ich dich auch gar nicht umbringen.« Francisco lockerte den Druck ein wenig und ließ O'Neal wieder zu Atem kommen. »Vielleicht breche ich dir auch nur sämtliche Knochen, einen nach dem anderen.«

Als er einsah, daß er seinen Partner unter keinen Umständen von dem einmal eingeschlagenen Kurs abbringen konnte, entschied Sykes, daß er ihn ebensogut dabei unterstützen könnte. Nachdem Francisco die Rolle des Schurken spielen wollte, rechnete sich Sykes aus, daß ihm wohl nur der andere Part übrigblieb. Zuckerbrot und Peitsche war kein Kinderspiel.

»Reiz ihn nicht, O'Neal.« Sykes setzte seine ernsthafteste Miene auf. »Wenn er sich erst einmal hineinsteigert, kann ich ihn nicht mehr aufhalten. Diese Newcomer regen sich wirklich nicht sehr oft auf, aber wenn sie so dicht an der Kante stehen, kann man nicht mehr viel dagegen machen, es sei denn, man holt die Sondereinheit. Wenn sie einen echten Haß auf jemanden entwickeln, kann man den Betreffenden gleich abschreiben. Aber so habe ich ihn auch noch nie erlebt. Sein Adrenalinspiegel, oder was, zum Teufel, die auch immer drin haben, ist total hochgepumpt. Einmal hab' ich gesehen, wie er einem Kerl die Wirbelsäule rausgerissen und sie ihm hinterher unter die Nase gehalten hat. Und ich konnte gar nichts dagegen machen. Ich bin dann raus und hab' erst mal gekotzt. Ich meine, es war das Widerlichste, Krankhafteste, was man sich überhaupt nur vorstellen...«

Nun war es die Furcht und nicht Franciscos Griff, der O'Neal am Reden hinderte.

»Sie haben das Zeug abgeholt, alles, heute nachmittag.«

»Wieviel?« wollte Francisco wissen.

»Scheiße, ich kann euch doch nicht alles erzählen. Wenn das rauskommt, bin ich ein toter Mann.«

Der Newcomer legte ein wenig seines enormen Gewichts in den Arm, der den Techniker an die Wand preßte. »Vielleicht bist du das auch so gleich.«

»Schon gut, schon gut!« O'Neal holte tief Luft. »Ungefähr fünfzig Kilo.« Das Innere des Detectives wurde völlig taub. Der Techniker schätzte seine Miene falsch ein und sprudelte weiter. »Konzentrat hauptsächlich. Und bereits verpackte

Ware für die Straße. Werde einer schlau draus! Ich schätze, sie haben einige Proben für die Dealer gebraucht.«

O'Neal sollte niemals erfahren, wieviel Glück er in diesem Augenblick gehabt hatte. Um Haaresbreite hätte ihm Francisco tatsächlich das Genick gebrochen. Sykes sah den Blick, der über das Gesicht seines Freundes huschte, und stählte sich für einen Sprung in den Rücken seines Partners. Doch irgendwie beherrschte sich der Newcomer.

»Wo haben sie es hingebracht?«

»Encoun – Encounters Club.«

Francisco hielt den Druck noch einen Moment lang aufrecht und ließ dann abrupt los. O'Neal rutschte zu Boden, schnappte nach Luft und hielt sich die verbeulte Gurgel. Sykes musterte ihn von oben herab.

»Wenn ich du wäre, Kumpel, würde ich jetzt den nächsten Nachtschalter meiner Bank aufsuchen und eine größere Abhebung tätigen. Ich kenne da einen Methaningenieur, dessen Urlaub inzwischen definitiv überfällig ist. Und bis du wieder von dort zurückkommst, wohin du dich hoffentlich gleich verdrücken wirst, haben wir die Sache abgehakt und hübsch in Weihnachtspapier verpackt, und niemand kümmert sich mehr darum, was du mit dem ganzen Scheiß zu tun gehabt hast. Falls aber irgend etwas schiefläuft, nehme ich mal an, daß du uns verpfiffen hast. Dann schicke ich dir meinen Partner zu Besuch, egal, an welchem Strand dein Arsch gerade Pause macht.

Aber ich glaube, so blöd bist du nicht. Kerle, die einen solchen Ring aufziehen, mögen keine Angestellten mit 'ner großen Klappe. Wenn du also deine Slagkumpel warnen willst, daß wir ihnen auf die Schliche gekommen sind, werden sie zuerst mal daran denken, daß du uns gesagt hast, wo wir sie finden. Dann werden sie sich tausendmal bei dir bedanken. Und eine Woche später schwimmst du mit einer Betonlunge irgendwo vor Catalina rum. Kapiert?«

Noch immer hustend und würgend, brachte O'Neal ein schwaches Nicken zustande.

»Spitze. Denk daran. Geh'n wir, George.«

Sie ließen den Techniker in der Kühlkammer zurück. Er rieb sich immer noch die demolierte Gurgel und betrachtete die nutzlos gewordene Drogendestille, die um ihn herum funkelte und blitzte.

Dieses Mal bewegte sich Sykes im Laufschritt, um mit seinem Partner Schritt zu halten. Die Augen streng nach vorn gerichtet, hielt Francisco auf den Wagen zu, ein amoklaufender Moloch. Scheinbar war sein Hirn gerade außer Betrieb, dachte Sykes. Vielleicht sollte ich mal was dagegen tun.

»Mach' dir keine Sorgen wegen O'Neal. Der Typ ist kein Idiot. Er wird schon nicht zum nächsten Telefon rennen, Harcourt anrufen und ihm sagen: ›He, Bill, ein paar Bullen waren gerade da und ich habe ihnen verraten, wo du das Zeug hingebracht hast, aber sei jetzt nicht sauer auf mich, okay?‹ Der nimmt den nächsten Flug nach Süden.«

»Um O'Neal mache ich mir auch keine Sorgen.« Franciscos Blick wich keinen Zentimeter von dem Weg ab, der aus dem Raffineriekomplex zurück zum Ladedock führte.

Sykes mußte einige Meter im Schweinsgalopp zurücklegen, fiel dann prompt zurück und mußte sich erneut in Trab setzen, um seinen Partner wieder einzuholen. »George, komm schon. Das ist ein Bilderbuchfall. Reg dich wieder ab! Wir haben ihn am Wickel. Er wird nie wieder was von diesem Scheißzeug fabrizieren. Niemand wird das.«

»Die fünfzig Kilo, Matthew«, brummte Francisco. »Ich muß sie finden. Ich darf sie nicht auf die Straße kommen lassen.«

Sykes war verwirrt. »Was regst du dich so auf? Selbst wenn sie bereits mit dem Stoff dealen, soviel Schaden kann er auch nicht anrichten. Es gibt keinen Vorrat mehr, sobald Harcourt und seine Bande hinter Schloß und Riegel sind. Es ist einfach nicht genügend da, um jemand ernsthaft süchtig zu machen, besonders, wenn das Zeug weit verteilt ist. Verdammt, wenn ich wüßte, daß jemand fünfzig Kilo Kokspaste ins Land bringt und daß es die letzte, überhaupt existierende Kokspaste ist, würde ich ihn höchstpersönlich über die Grenze eskortieren, nur damit es endlich vorbei ist. Hörst du mir überhaupt zu, George? Es spielt keine Rolle. Wenn das Zeug weg ist, ist es endgültig vorbei.«

Sie erreichten das Ladedock. Francisco schaffte den

Sprung zum Boden ohne die geringste Mühe und hielt auf den Wagen zu. Sykes kletterte ihm nach.

»George, paß mal auf! Wenn du die fünfzig Kilo aus der Welt schaffst, vermasselst du den ganzen Fall!« Sein Partner rutschte bereits hinter das Steuer. Sykes rannte zu ihm und legte eine bremsende Hand auf die Schulter des Newcomers. Tatsächlich beruhigte sie den anderen ein wenig.

»Wir brauchen solides Beweismaterial, nicht nur O'Neals Wort, daß Harcourt darin verwickelt ist. Das Zeug, das das Mädchen im Büro für uns ausgegraben hat, reicht nicht. Das sind bloß Indizien. Klar können wir die Sache auffliegen lassen, aber im Grunde wollen wir Harcourt, oder? Also brauchen wir etwas außer bloßem Hörensagen, was ihn mit der Angelegenheit in Zusammenhang bringt. Andernfalls haben wir keinen Fall. Vermassel das Ganze jetzt nicht dadurch, daß du dich nicht an die Vorschriften hältst.«

Francisco lehnte sich aus dem Fenster und schüttelte die Hand seines Partners ab. »Scheiß auf die Vorschriften!«

Und zu Sykes' Entsetzen legte er den Gang ein und raste auf die Ausfahrt zu.

»Hey!« Sykes stand verdattert da, inhalierte Auspuffgase und starrte dem davonsausenden Wagen mit offenem Mund nach.

Der Newcomer beschleunigte, als er sich dem Wachhäuschen der Raffinerie näherte. Der Wächter im Inneren sah von seiner Zeitschrift auf. Seine Augen weiteten sich, dann sprang er in Sicherheit und wedelte brüllend mit den Armen. Francisco übersah ihn einfach. Das Schrottmobil durchbrach die gelbschwarz gestrichene Holzschranke.

Sykes raste auf das Tor zu und brüllte aus vollem Hals: »GEORGE – GOTT VERDAMMT!«

Als er die zerschmetterte Barriere erreichte, wurde er langsamer. Die letzten Splitter ließen sich gerade auf dem Boden nieder. Kein Partner und jetzt auch noch kein Wagen mehr. Er kam sich vor wie ein Volltrottel.

Das Geräusch eines von rechts auf ihn zufahrenden Motors ließ ihn herumwirbeln, gerade rechtzeitig, um einen verbeulten Pickup gemächlich auf sich zurollen zu sehen. Dessen Fahrer, ein Streckenarbeiter, dessen Schicht gerade zu Ende gegangen war, sah die völlig ausradierte Schranke und bremste. Im selben Moment sprang ihm Sykes vor den Kühler und winkte seine Hundemarke in das Licht der Scheinwerfer. Nur wenige Zentimeter vor dem Bauch des Detectives kam der Pickup zum Stillstand.

Sykes rannte zur Fahrerseite und hielt seine Hundemarke wie einen Talisman hoch. »Polizei, ein Notfall! Raus. Ich brauch' den Karren.« Er packte den Türgriff und zog daran. »Raus!«

Der verblüffte Insasse des Pickup sprang ins Freie und verpaßte Sykes dabei nur knapp, als der Detective hinter das Steuer kletterte und den Truck in Gang brachte. Das Getriebe heulte protestierend. Viele Jahre, viele Meilen und viel harter Arbeit lagen hinter ihm. Es war kein Yuppiemobil und kaum für rasante Verfolgungen gedacht. Sykes verfluchte den Mangel an Pferdestärken, trat das Gaspedal bis zum Anschlag durch und kroch langsam auf das Tor zu.

XII

Cassandra erwartete die Dealer am Eingang des Clubs. Unruhig musterten sie das abgedunkelte Innere und entspannten sich nur wenig, als sie ihrer wiegenden Gestalt über den verlassenen Tanzboden folgten. Zwei der Besucher waren Newcomer, der dritte ein Mensch.

Sie führte sie die Treppe ins Büro hinauf, öffnete ihnen die Tür und zeigte ihr professionellstes Lächeln. Nur einer von ihnen machte sich die Mühe, es zu erwidern. So versessen, wie sie auf das bevorstehende Geschäft waren, ließen sie sich kaum von einem hübschen Gesicht ablenken.

Als der letzte den Raum betreten hatte, machte sie sich dran, ihnen zu folgen. Im selben Moment tauchte eine riesige Hand aus der Dunkelheit auf, packte sie von hinten und hielt ihr den Mund zu. Die andere Hand griff um ihre Hüfte. Mit aufgerissenen Augen, einen Schrei auf den Lippen, wurde sie den dunklen Flur hinabgezerrt.

Francisco zog sie bis ans andere Ende. Dann drehte er sie herum, so daß sie ihn erkennen konnte, während er sie nach wie vor an die Wand drückte und seine Hand auf ihrem Mund hielt. Als sie ihren Entführer erkannte, stellte sie ihre Gegenwehr ein und ließ sich gegen die Wand fallen.

»Ich bin hier, um Harcourt zu verhaften«, flüsterte er ihr zu. »Wir haben alle Beweise, die wir brauchen, um ihn und seine Kumpane für immer hinter Gitter zu bringen. Wo steckt er? Ich werde ihn auch selber finden, also haben Sie nichts zu verlieren, wenn Sie mit mir zusammenarbeiten, eher im Gegenteil.«

Sie zögerte kurz und wies dann auf die Tür zum Büro. Langsam nahm er seine Hand von ihrem Mund. »Du hättest ihn sowieso gehört. Er ist da drin, mit den anderen.«

Er zog seine Dienstpistole und sah noch mal nach links. »Woher weiß ich, daß ich Ihnen trauen kann?«

Müde zuckte sie die Achseln. »Überzeug dich einfach selber.«

»Das reicht mir nicht. Gehen Sie voraus!«

Plötzlich bekam sie Angst. »Bitte nicht. Laß mich da raus. Sie bringen mich um.«

Der Detective deutete auf seine Waffe. »Ich habe mich von hinten angeschlichen, Sie zum Schweigen gebracht und zum Reden gezwungen, indem ich Ihnen das hier an den Schädel hielt. Keiner wird Ihnen einen Vorwurf machen.«

Sie musterte ihn eine ganze Weile, nickte dann einmal und ging wieder den Flur hinauf.

Die gegenseitige Vorstellung, die gerade im Büro ablief, war rein mechanisch. Jeder im Raum kannte Namen und Beruf seines Nachbarn, meistens sogar beides. Sie hatten sich hier nicht zu bloßem Smalltalk eingefunden.

Jeder konzentrierte sich auf den großen, schwarzen Aktenkoffer, den Kipling mitten auf den Konferenztisch gestellt hatte. Neugierig nahmen ihn die Besucher in Augenschein und fragten sich, was er wohl enthalten mochte. Sie waren wegen Harcourt und dessen Ruf hierhergekommen und hatten bis jetzt noch überhaupt nichts gesehen. Andererseits war es allgemein bekannt, daß Harcourt niemals seine Zeit oder die von anderen verschwendete. So durfte man wohl annehmen, daß das so augenfällig vor ihnen liegende Gepäckstück etwas ebenso Interessantes wie Wertvolles enthielt.

Einer der Besucher, ein Newcomer, ergriff das Wort. Aus Rücksicht auf seinen menschlichen Kollegen und auch, weil er gerne mit seiner Aussprache angeben wollte, sprach er Englisch.

»Also, worum geht's denn, Bill? Warum schleppst du uns mitten in der Nacht in diesen Schuppen?«

»Ich könnte es euch erklären, aber die Sache spricht für sich. Warum also unnötig Zeit verschwenden?« Harcourt näherte sich dem Tisch, dicht bewacht von Kipling. Quint hielt sich im Schatten, für alle Fälle. Harcourt traute den drei Gästen genausoweit wie allen anderen, was soviel hieß wie ›gar nicht‹.

Neonröhren beleuchteten den Konferenzraum und tauchten ihn in einander abwechselnde Flecken aus Licht und Dunkelheit. Harcourt trat in den Strahl, der zufällig auf den Koffer gerichtet war. Seine Finger drehten an dem doppelten Kombinationsschloß und ließen dann die beiden Riegel aufschnappen. Er öffnete den Koffer nur sehr langsam, ließ sein Publikum warten, erhöhte dessen Neugier. Trotz ihrer besten Bemühungen, unbeeindruckt zu bleiben, ertappten sich die drei Gäste doch dabei, wie sie den schwarzen Koffer anstarrten.

Die Leuchtstoffröhre schien direkt auf fünfzig sorgfältig arrangierte Glaszylinder von jeweils einem Kilo Inhalt herab. Jeder lag in seiner eigenen, ausgepolsterten Vertiefung und war bis zu einem Zentimeter unterhalb seines Verschlusses mit einem tiefblauen Gel gefüllt.

Am Boden des Koffers, unterhalb der sorgsam angeordneten Zylinder, lagen einige kleine Plastikbehälter. Harcourt nahm einen der Glaszylinder heraus, hob ihn ins Licht und musterte ihn wie ein stolzer Vater seinen Erstgeborenen. Das Licht schien durch das transparente Gel und brach sich an dem erstklassigen Laborglas. Nach einer angemessenen theatralischen Pause legte er ihn wieder in den Koffer, zu seinen Brüdern.

Die Augen der beiden Newcomer-Gäste weiteten sich, als ihnen klar wurde, was der Inhalt des Koffers möglicherweise darstellte. Nur ihr menschlicher Kollege saß noch immer mit verblüfftem Gesichtsausdruck da und fragte sich, worum die stille Erregung sich wohl drehen mochte.

»Was ist das?« fragte er schließlich.

Harcourt lächelte träge. »Eine süße Begierde aus unserer Vergangenheit, wiederauferstanden für unsere Zukunft. Eine Wonne, die wir für immer verloren glaubten, ein schlichter Genuß, der uns zuvor nur nach der Laune eines anderen zuteil wurde. Etwas, nachdem wir uns beinahe täglich verzehrten und über das wir nun völlige Herrschaft auszuüben vermögen. Unser eigenes Schicksal im Reagenzglas, wenn Sie so wollen.«

Er beobachtete den Ausdruck im Gesicht der beiden Newcomer-Dealer und wußte nur zu gut, was sie gerade durchmachten. Sie waren einfach nicht stark genug, um mit so etwas fertigzuwerden. Sie waren einfach nicht stark genug, außer ihm. Deshalb herrschte er. Deshalb hielt er die Fäden in der Hand. Deshalb würde er auch immer derjenige sein, der die Macht sein eigen nannte.

Er ließ sie starren, ließ sie soviel trinken, wie ihre Augen aufnehmen konnten. Er wußte, daß selbst das nicht reichte. Als er sah, daß sie es nicht länger ertragen konnten, ersparte er ihnen barmherzig die Schmach des Bittens, nahm einen der Plastikspender aus dem Koffer und rollte ihn über den Tisch.

»Aber bitte, tun Sie sich keinen Zwang an. Überprüfen Sie die Qualität. Das Erlebnis wird exakt dasselbe sein, an das Sie sich erinnern. Und damit jeder Zweifel ausgeräumt ist, habe ich mir die Mühe gemacht, die Menge der wirksamen Bestandteile in diesem speziellen Spender zu verdoppeln. Daher dürfte bereits eine kleine Menge genügen, um Ihre Erinnerungen wieder aufzufrischen, die körperlichen wie die geistigen. Für die Leute an der Spitze nur das Beste, nicht wahr?

Ich bin sogar der Ansicht, daß dieses Produkt von wesentlich besserer Qualität ist als jenes, das man uns vor unserer Reise zuteilte, da es *von* uns und für uns und nicht von den Meistern hergestellt wurde. Sie wären nicht minder überrascht wie Sie, wenn sie das chemische Talent der Menschen kennenlernten. Einige der Bestandteile sind hier nicht so ohne weiteres erhältlich, doch das ist nur eine Frage des Geldes. Die nötige Ausrüstung ist leicht zu beschaffen, die Synthese selbst überraschend einfach.« Er grinste bei dieser Erinnerung.

»Was natürlich alles keine Rolle spielt, sofern man keinen Zugang zu der Formel und der sie begleitenden Verfahrenstechnik besitzt. Beides bleibt bei mir in Sicherheit.«

»Wenn Sie die Wahrheit sagen, Harcourt. Wenn Sie nur die *halbe* Wahrheit sagen...« Der außerirdische Dealer, der am nächsten an dem Spender saß, hob ihn an seine Lippen und quetschte einen kleinen Klecks des blauen Gels heraus. Sein Gefährte bemühte sich, seine Gier nicht allzudeutlich zu zeigen, während er darauf wartete, daß er an die Reihe kam. Er überbrückte die Zeit mit Konversation.

»Wo haben Sie es her, Harcourt? Die Formel und die Verfahrenstechnik?«

Harcourt schwelgte in Erinnerungen. »Ich habe es so arrangiert, daß ich eine gewisse Zeit mit drei sehr erfinderischen Leuten verbringen konnte. Ich habe die entsprechenden, natürlich verbotenen Erkundigungen eingezogen, bevor man uns in Tiefschlaf versetzte. Ich hatte nicht erwartet, daß meine Erkundigungen zu irgendeinem Ergebnis führen würden. Sie können sich wohl meine Überraschung vorstellen, als meine Verbindungsleute andeuteten, daß es unter den Reisenden möglicherweise einen gab, der Zugriff zu der angeblich verbotenen Formel hatte. Dank einem gewissen Maß an Überredungskunst war er tatsächlich in der Lage, sie für mich aufzustellen.

Die bloße Kenntnis der Formel reichte selbstverständlich nicht aus. Unsere Landung auf einer vergleichweise freien, in wissenschaftlicher Hinsicht relativ fortgeschrittenen Welt stellte einen unerwarteten Vorteil dar. Ich brauchte die nötigen Geräte also nicht zu stehlen oder sie aus denen des Schiffes zu improvisieren. Dennoch gab es immer noch sehr viel zu tun. Es galt, im Einklang mit den Gesetzen dieser Welt das nötige Kapital zu beschaffen, und auch das Team, das ich um mich scharte, mußte geheim bleiben.

Ich habe sehr hart gearbeitet, meine Herren, und dabei selbst eine gewisse Position errungen. Ich habe mich bei unseren Gastgebern eingeschmeichelt, die ich in dieser Angelegenheit natürlich nicht um ihre Hilfe bitten konnte«, – die beiden Newcomer-Dealer lächelten wissend – »und dabei Reichtum und einen gewissen Bekanntheitsgrad errungen. Sie konnten sich nicht vorstellen, daß ich alles nur deshalb tat, um die Mittel für einen wesentlich größeren Zweck in die Hände zu bekommen.

Meine drei Geschäftspartner arbeiteten sehr gut zusammen. Unglücklicherweise weilen sie nicht länger unter uns, doch ich befand mich in der glücklichen Lage, den Nutzen ihrer jeweiligen Unternehmungen ernten zu können.«

Keiner erkundigte sich danach, weshalb die drei Geschäftspartner Harcourts das Zeitliche gesegnet hatten. Es wäre unhöflich gewesen.

Inzwischen wog sich der erste der außerirdischen Dealer sanft auf seinem Stuhl, als ihn der unbeschreibliche Rush der Droge überkam. Sein Gefährte nahm den Spender und drückte sich selbst eine Dosis. Der Rush überkam ihn noch schneller als seinen Kollegen. Der menschliche Dealer war kein Narr. Er packte den Plastikspender und bläute seine eigene Zunge.

»Laßt mich auch mal probieren!« Sobald der Geschmack seine Kehle erreicht hatte, wirbelte er herum und spuckte aus. Nach einem Räuspern warf er Harcourt einen angewiderten Blick zu. »Scheiße! Das Zeug schmeckt wie Spülmittel.«

Harcourt amüsierte sich über die Reaktion des Mannes. »Und es wird auch in etwa dieselbe Wirkung auf Sie ausüben. Vielleicht reinigt es sogar Ihren Mund – es hat gewisse interessante Nebenwirkungen –, aber für den menschlichen Gebrauch gibt es genügend Mundwasser zu einem wesentlich geringeren Preis. Ihre Körperchemie ist nicht darauf abgestimmt.«

Der Mann spuckte immer noch und wischte sich den Mund mit dem Ärmel seines Seidenanzugs aus. »Das können Sie zweimal sagen.«

»Ich bin kein Chemiker, obwohl mich die Entwicklungen der letzten Zeit gezwungen haben, einige Erfahrungen in diesem Bereich der Wissenschaft zu sammeln. Soweit ich verstehe, unterscheidet sich der menschliche Körperbau so grundsätzlich von dem unseren, daß nicht die geringste Möglichkeit besteht, daß es eine Wirkung auf Menschen ausübt – sei sie nun von vorteilhafter oder abträglicher Natur. Nicht einmal auf Kinder. Dies wird sich insofern als nützlich erweisen, als die Menschen nur sehr ungern in Angelegenheiten eingreifen, bei denen ihre eigenen Interessen nicht auf dem Spiel stehen. Soviel habe ich von der menschlichen Gesellschaft bereits gelernt. Ihr seid eine sehr egoistische Rasse.«

»Im Gegensatz zu einem Altruisten wie Ihnen, nicht wahr, Harcourt?« Der Dealer zeigte größere sprachliche Gewandtheit, als Harcourt ihm zugetraut hatte.

»Ich will damit nur einige Vorteile des gemeinsamen Unternehmens hervorheben, an dem Sie sich, wie ich wohl annehmen darf, zu beteiligen wünschen. Wenn meine Landsleute erfahren, daß sie die Droge käuflich erwerben können, werden sie sehr hart arbeiten, um soviel Geld wie möglich zu verdienen und es dann an *mich* weiterzugeben. Falls nötig, werden sie sich, ebenso wie menschliche Süchtige, sogar zu jener Sorte Arbeit herablassen, die uns nur zum Vorteil gereichen kann. Diese Droge repräsentiert weit mehr als Geld, mein Freund. Sie bedeutet Macht.«

»Sie haben ihm noch nicht alles erzählt.« Die Stimme drang aus dem Schatten nahe der Tür, die zum anliegenden Büro führte.

Harcourt duckte sich ein wenig, alle anderen wirbelten in Richtung der Ankündigung herum. Quint, der sich entspannt hatte und völlig überrascht worden war, sprang auf die Beine, Kiplings Hand kroch auf sein Schulterhalfter zu.

Eine Silhouette erschien in der Tür und nahm Gestalt an, als sie den Raum betrat. Cassandra, mit Francisco dicht hinter ihr.

Quint hatte seine Waffe bereits gezogen und wollte gerade zielen, als sein Blick auf das kleine Paket fiel, das der Detective in seiner rechten Hand verbarg. Seine Augen weiteten sich. Das Bündel war so kompakt wie vertraut: der Plastiksprengstoff, den er an die Zündkabel des Wagens eines gewissen Detectives hatte anschließen wollen. Die Drähte liefen ordnungsgemäß vom Sprengstoff zum Zündschalter, einem unkomplizierten Druckauslöser. Man preßte ihn herab und wenn man die Zündung des Wagens einschaltete, ließ sie den Schalter hochschnellen und...

Francisco hielt den Knopf gedrückt, den Daumen hart auf den empfindlichen Auslösemechanismus gepreßt.

»Er hat die C-4 Ladung!« brüllte Quint. Mit der Warnung hatte er sich zugleich selbst überführt. Kiplings Hand zögerte und Harcourt verlor den letzten Rest seines Lächelns.

»Was ist eine C-4 Ladung?« fragte einer der Newcomer-Dealer durch den Nebel, den die eben erst geschluckte Droge in seinem Gehirn geschaffen hatte.

»Ein Plastiksprengstoff der Menschen.« Quint ließ Francisco nicht aus den Augen. »Primitiv, aber recht beachtlich.

Das ist 'ne echte Bombe, was er da in der Hand hält. Und so wie er sie eingestellt hat, geht sie verdammt schnell hoch, wenn er seinen Daumen bewegt.«

Der Dealer wollte aus seinem Sessel hochschießen. Prompt hielt ihm Francisco die Ladung entgegen. Der Newcomer begriff sehr schnell und setzte sich wieder.

Francisco schwitzte stark und das Zimmer füllte sich rasch mit dem Geruch außerirdischer Körperausdünstungen, als die anderen es ihm gleichtaten. Er versetzte Cassandra einen sanften Schubs, rückte nach vorne und achtete darauf, sie stets in seinem Blick zu behalten. Trotz allem, was sie schon für ihn getan hatte, traute er ihr nicht. Im Augenblick traute er niemandem. Das konnte er sich nicht leisten.

Quint hatte seine Pistole langsam beiseite gelegt und machte nun beruhigende Gesten mit beiden Händen. »Immer mit der Ruhe, Kumpel! Niemand hat hier irgendeine Dummheit vor. Halt' den Finger auf den Knopf und krieg' jetzt nicht das große Zappeln. Was immer du willst, ich bin sicher, wir können darüber reden, alles klar?«

Der Detective nickte leicht. »Klar. Wir reden.«

Harcourt beobachtete den Eindringling, nicht das tödliche Gerät in seiner Hand. Der Detective war es, den es zu entwaffnen galt, nicht die Bombe. Der Detective, den man irgendwie unschädlich machen mußte.

»Wenn Sie den Knopf loslassen«, sagte er und wies auf den gedrückten Zündschalter, »bringen Sie nicht nur uns, sondern auch sich selber um.«

»Das ist klar.« Franciscos Miene war düster, seine Stimme schwankte keinen Deut. »Sie wird nicht nur den Raum hier zerstören, sondern das gesamte Stockwerk dem Erdboden gleichmachen.«

»Kein Witz«, bestätigte der nervöse Quint. »Das ist genug Zeug, um den ganzen Schuppen zu demolieren.«

»Aber das ergibt doch keinen Sinn«, bemerkte Harcourt sanft.

»Im Gegenteil«, schoß Francisco zurück, »nur das ergibt einen Sinn, da Sie der einzige sind, der die Herstellungsweise des ss'jabroka kennt. Um Sie und das da zu erledigen«, er nickte in Richtung des offenen Koffers und seines glänzenden Inhalts, »würde ich es tun.«

Während er noch sprach, starrte er dem Unternehmer direkt ins Gesicht, und Harcourt wußte auf einmal, daß der andere nicht bluffte.

»Alle an die Wand.« Als Francisco mit dem C-4 herumfuchtelte, setzten sich alle in Bewegung. »Langsam.« Sie standen auf und gingen wie in Zeitlupe. Quint bewegte sich langsamer als alle anderen. »Außer Ihnen.«

Harcourt folgte dem Befehl und blieb hinter dem Konferenztisch stehen. Das Gesicht von Todesangst gezeichnet, blieb Cassandra stehen, wo sie war, und sah den anderen zu, wie sie sich an der Wand aufreihten. Besonders Kipling fiel es ungeheuer schwer. Schwer hing seine Pistole von der Schulter, leicht zu fassen und dennoch unberührbar. Er wollte dem Detective das Gesicht einschlagen. Langsam. Doch der Finger auf dem Auslöser beherrschte sie alle. Er warf einen Blick in Richtung seines Chefs, sah, daß Harcourt keine Signale gab und beschied ganz richtig, daß es nicht an der Zeit für Improvisationen war. Geduld.

Francisco näherte sich dem Tisch und versuchte dabei, alle gleichzeitig im Auge zu behalten. Er nahm den Probenspender und warf ihn zurück in den Koffer. Mit seiner freien Hand gelang es ihm, den Koffer zu schließen und zuschnappen zu lassen.

Harcourt sah ihm schweigend zu und kochte innerlich. Als er zusehen mußte, wie der Detective den Koffer aufhob, auf den man soviel Mühe verwendet hatte, überkam ihn sogar körperliches Unwohlsein.

»Da wäre noch eine Tatsache, die Ihrer Aufmerksamkeit entgangen sein dürfte, Sir.« Harcourt deutete auf den Koffer. »Wie sie auch der Aufmerksamkeit meiner Freunde hier entgangen ist. Was Sie da in den Händen halten, ist in keinem menschlichen Gesetzbuch als illegale Substanz vermerkt. Vom rein rechtlichen Standpunkt könnte es sich ebensogut um fünfzig Kilo Traubenmarmelade handeln.«

Francisco schüttelte den Koffer und Harcourt versteifte sich, als er die wertvollen Glaszylinder im Inneren klirren hörte.

»Das? Das ss'jabroka ist nur ein kleiner Bonus, eine Beigabe. Die Anklage gegen Sie, Harcourt, lautet nicht auf Rauschgifthandel. Sie lautet auf Mord und wissentliche Beihilfe. Hubley, Porter, Strader, wahrscheinlich noch andere. Sie sind zu schnell nach oben gekommen, Harcourt. Sie hätten mehr Geduld haben, nicht gleich zu einem Mord bereit sein sollen. Mord macht die menschliche Polizei wütend und hartnäckig. Mittlerweile habe ich gemerkt, was das bedeutet. Für sie ist es eine ethische Angelegenheit. Nur weil Sie ein Newcomer sind, der lediglich andere Newcomer umgebracht hat, werden Sie Ihnen keine Gnade angedeihen lassen. Das ist das Schöne an Ihrem Rechtssystem. Wenn man sich ihrer Gesellschaft anschließt, gelten auch deren Gesetze, selbst wenn man versucht, sich an die eigenen zu klammern. Man muß nach ihren Regeln leben, auch wenn sie sich selbst nicht immer daran halten.«

Zum erstenmal zeigte sich ein Schimmer des Bedenkens in Harcourts eisblauen Augen. Inzwischen tat es auch Cassandra dem Detective gleich und starrte den Unternehmer an, allerdings aus einem anderen Grund. Franciscos Hetzrede hatte einen unerwarteten Schock auf sie ausgeübt.

»Du – du hast Strader umgebracht?« Francisco hatte beide Hände voll und konnte sie nicht daran hindern, nach vorne zu stürmen und Harcourt am Jackett zu packen. »Wo ist Todd? Was hast du mit Todd gemacht?«

Harcourt sah irritiert auf sie herab. »Todd? Wer ist dieser Todd?« Dann erinnerte er sich und lächelte geringschätzig. »Ach ja, Todd. Der unglückliche Mr. Watson.«

Cassandras Augen weiteten sich vor Entsetzen, als sie die auf der Hand liegenden Schlüsse zog. Inzwischen war Francisco um den Tisch herumgegangen und schubste Harcourt mit dem Koffer nach vorn. Gemeinsam machten sie sich auf den Weg zur Tür. Cassandra sah ihnen einen Augenblick lang zu und stürzte dann nach links. Quint, der sich voll auf Harcourt und den Detective konzentrierte, sah sie nicht kommen. Sie bewegte sich mit der Geschwindigkeit und der Selbstsicherheit einer Tänzerin und riß ihm die .357 aus dem Halfter. Als sie mit der Pistole in Harcourts Richtung zielte, stieß sie einen unverständlichen Schrei aus.

Als er ihre Absicht erkannte, stieß Francisco ein hartes »Nein!« aus. Er warf sich auf die Waffe und schmetterte sie mit dem Koffer beiseite, als sie gerade schießen wollte. Die Kugel knallte hinter dem erschrockenen Harcourt in die Wand.

Es dauerte nur wenige Sekunden, aber das war mehr als genug Zeit für den lauernden Kipling. Er holte mit beiden Händen aus, packte die Kupferdrähte an der C-4 Bombe und riß sie aus dem Plastiksprengstoff. Quint kniff die Augen zusammen und schluckte heftig, doch nichts geschah.

»Ich hab' sie!« brüllte Kipling triumphierend, bevor er sich auf Francisco warf. Die beiden Newcomer krachten zu Boden. Quint stürzte sich auf Cassandra, als diese gerade zum zweitenmal auf Harcourt anlegte, riß ihr die Magnum aus der Hand und hieb sie ihr über den Schädel. Als sie in die Knie ging, drosch er ein zweites Mal auf sie ein.

Francisco versuchte, wieder auf die Beine zu kommen. Als er aufstehen wollte, traf ihn Kipling hart unter seinem rechten Arm. Sofort klappte der Detective zusammen. Daraufhin nahm sich Harcourts Assistent etwas mehr Zeit. Genüßlich riß er sein Knie hoch und hieb es dem Detective ins Gesicht, der hilflos nach hinten geschleudert wurde. Schwer atmend hob ihn Kipling auf, rammte ihn mit dem Gesicht gegen die Wand und hielt ihn fest.

Harcourt war so ruhig wie immer, als er seinen Anzug in Ordnung brachte. »Legt sie um, alle beide!«

Kipling wirkte etwas unentschlossen. »Hier?«

»Nun mach schon«, befahl der Unternehmer scharf. »Wenn wir sie woanders hinbringen, entwischen sie uns womöglich noch. Erledige es hier, sofort. Über den Dreck machen wir uns hinterher Gedanken.«

Quint ging zu Cassandra, hielt die Mündung seiner Waffe gegen ihren Nacken und zog durch. In dem engen Raum dröhnte die Explosion ungeheuer laut, doch sie kam nicht von Quints Waffe. Cassandra zuckte zusammen und sah dann überrascht auf, als Harcourts Henker von ihr wegtaumelte.

Sykes stand in der Türe, die rauchende Casull in der rechten Faust.

Der Einschlag des großkalibrigen Geschosses riß Quint durch den ganzen Raum und schleuderte ihn durch das Fenster zum Hinterhof. Danach ging alles sehr schnell.

Bevor Quint noch draußen aufgeschlagen war, hatte Kipling Francisco beiseite gestoßen und seine eigene Waffe gezogen. Sykes sah ihn gerade noch rechtzeitig und hechtete in das Büro nebenan. Die drei Dealer, die beiden Newcomer und der Mensch, versuchten unterdessen, sich unter dem Teppich zu verkriechen. Das war nicht ihr Kampf.

Harcourt packte den Koffer und legte einen rasanten Spurt zu jener Tür hin, die zum Büro auf der anderen Seite des Konferenzraums führte. Kipling deckte seinen Rückzug, schoß in schneller Folge und nagelte Sykes fest, bis die beiden Newcomer in den Flur entkommen waren.

Noch immer etwas unsicher auf den Beinen, stand Francisco auf und machte sich an die Verfolgung von Harcourt und Kipling.

»George, warte!« Francisco ignorierte ihn. Sykes hatte es nicht anders erwartet. Bis er der Droge wieder habhaft geworden war, würde sein Partner weder auf ihn noch irgend jemand sonst hören.

Als er mit ausgestreckter Casull zurück in den Konferenzraum ging, sah er die drei Dealer hinter dem Tisch langsam aufstehen. Sie hielten die Hände hoch und der Ausdruck auf ihren Gesichtern genügte Sykes, um sie als potentielle Bedrohung abzuschreiben.

»Nicht schießen, Mann – wir sind unbewaffnet – schau!«

Sykes kümmerte sich bereits um Cassandra. Sie lehnte gegen den Konferenztisch, stützte sich mit einem Arm ab und hielt sich die Stelle im Genick, wo Quint ihr eine verpaßt hatte.

»Alles in Ordnung?«

»Ja – ich glaub' schon.«

Sykes überließ sie sich selbst und rannte auf den Flur.

Harcourt raste gerade die Feuerleiter hinunter. Das schwache Licht bereitete ihm keine sonderliche Mühe. Kipling war ihm dicht auf den Fersen, Francisco etwa drei Meter hinter ihm. Ganz zum Schluß kam Sykes. Alle hörten sie die näher kommenden Polizeisirenen.

Der erste Wagen bremste direkt vor dem Club und spie zwei Offiziere aus, die mit gezogener Waffe zur Hintertür spurteten. Der Wagen selbst war leer, müde kreisten seine Lichter in der Nacht. Die Uniformierten platzten im selben Moment herein, als Harcourt und Kipling gerade die Feuerleiter verließen. Harcourt sah den laufenden Wagen und grinste. Das Glück, das ihm treu geblieben war, seit er auf dieser Welt das Bewußtsein wiedererlangt hatte, war immer noch mit ihm. Er winkte seinem Assistenten zu.

»Hier!« Kipling sah und folgte ihm.

Harcourt warf den Koffer auf den Rücksitz und rutschte auf den Beifahrersitz, während sich Kipling hinter das Steuer zwängte, den Gang einlegte, aufs Gaspedal trat und die Bordkante mit quietschenden Reifen hinter sich zurückließ.

Sykes hatte Francisco mittlerweile eingeholt und sah sie gerade noch entwischen. Die Casull zertrümmerte ein Bremslicht und stanzte ein paar Löcher in den Kofferraum, aber er hatte zu tief gezielt. Der Wagen raste weiter.

»Hier lang!« Francisco hielt auf das Schrottmobil zu.

Dieses Mal sorgte Sykes dafür, daß er den Wagen als erster erreichte und das Steuer selber übernahm. Als sie aus dem Parkplatz des Clubs kamen, schoß ein anderer Polizeiwagen an ihnen vorbei. Mit einem lauten Fluch rasierte Sykes die Mauer ab und quetschte sich gerade noch an ihm vorbei.

Sie waren ungefähr einen Dreiviertelblock hinter Harcourt. Nicht schlecht, dachte Sykes mit finsterer Befriedigung, wenn man den Vorsprung einrechnete, den ihr Opfer herausgeschunden hatte.

Kipling schleuderte wild um ein langsames Fahrzeug vor ihm und fluchte in seiner eigenen Sprache. Harcourt starrte durch die Heckscheibe und bemerkte das Schrottmobil, das ihnen auf den Fersen war.

»Sie sind direkt hinter uns. Schüttel sie ab!«

»Wie denn? Hier ist zuviel Verkehr!« brüllte sein Assistent.

»Dem können wir abhelfen.« Harcourt wirkte so gelassen wie immer, obwohl sich eine gewisse Spannung in seinem Gesicht zeigte. Der Unternehmer lehnte sich nach vorne und knipste die Schalter auf dem Armaturenbrett an, einen nach dem anderen, bis er den richtigen gefunden hatte. Die Sirene heulte auf und das Blaulicht auf dem Dach erwachte zum Leben. Harcourt lehnte sich wieder zurück und lächelte zufrieden, als der Verkehr vor ihm willig an den Bürgersteig fuhr und Kipling die Arbeit damit sehr erleichterte.

»Siehst du?« erklärte er seinem Assistenten. »In allen organisierten Gesellschaften ist es dasselbe. Man muß nur wissen, welche Knöpfe man zu drücken hat.«

»Wie haben sie uns gefunden?« wollte Kipling wissen, ohne seinen Blick von der Straße und dem Rückspiegel zu nehmen.

»Ich weiß es nicht. Wenn das hier vorbei ist, werde ich es schon herausfinden, und dann werden wir das betreffende Geschwür aus unserer Organisation herausschneiden.«

Kipling warf seinem Boß einen erstaunten Blick zu. »Glauben Sie wirklich, wir können nach all dem noch weitermachen?«

»Aber selbstverständlich!« Harcourt fühlte sich schon sehr viel besser. Sie hatten einen weiteren Viertelblock gewonnen. »Wir besitzen die Droge und die Formel. Neue Verteiler und ein neues Hauptquartier werden wir schon finden. Wir können immer noch mit einem der anderen Menschenstämme zusammenarbeiten, wo derlei Geschäfte, wie wir sie planen, an der Tagesordnung sind. Das Vermögen aus unseren anfänglichen Verkäufen wird uns genügend Macht verschaffen, daß wir alles tun können, was uns beliebt.«

»Aber was ist mit denen?« Kipling wies auf den Rückspiegel, in dem sich das Schrottmobil unbarmherzig festgeklammert hatte. »Was ist, wenn wir in den Knast wandern?«

»Erst müssen sie uns einmal erwischen. Wenn wir die beiden abschütteln können, verschwinde ich für eine Weile aus dem Land. Ich habe einige Fluchtwege genau für derartige Anlässe organisiert. Du kommst mit. Alles andere kann ich getrost zurücklassen. Das meiste läuft in meiner Abwesenheit weiter, und die Kommunikationssysteme der Menschen sind recht gut. Ich werde durchaus in der Lage sein, in Verbindung zu bleiben und das Ganze aus der Ferne zu leiten.

Was die legalen Aspekte dieser mißlichen Lage betrifft, in der wir uns gerade befinden, besitze ich genügend Verbindungen innerhalb der Stadt. Ich habe mich mit dem Gesetz der Menschen befaßt. Sofern die Menschen mich nicht binnen einer gewissen Zeit für spezifische Verbrechen vor Gericht stellen und schlüssige Beweise vorbringen können, wird die Anklage fallengelassen. Ich kenne einige gute Anwälte und besitze exzellente Referenzen. Ohne das ss'jabroka als Beweis für ihre Behauptungen und ohne Zeugen für die anderen Zwischenfälle wird ihr Rechtssystem uns einfach vergessen. Die betreffenden Beamten, die uns in die Quere gekommen sind, kann ich ohne Mühe in Pension schicken oder dorthin versetzen lassen, wo sie uns keine Schwierigkeiten mehr machen können.«

Kiplings Gedanken wirbelten im Kreis. Manchmal fiel es ihm schwer, mit dem Boß Schritt zu halten. Harcourt war den anderen immer zwei Schritte voraus, ob es nun Menschen oder Newcomer waren.

»Und was ist mit der Mordanklage, von der der verdammte Bulle geredet hat?«

»Wenn wir erst einmal in Sicherheit sind, kann ich dafür sorgen, daß niemand, der uns womöglich gefährlich werden könnte, sein Wissen weitergeben kann. Mach' dir deshalb keine Sorgen. Solche Dinge lassen sich auf erstaunlich einfache Weise erledigen. Bring einen potentiellen Schwätzer zum Schweigen, und schon dient er als wirksame Lektion für alle anderen.

Und denk' daran, daß die Formel sicher in unserer Hand ist, weil ich sie hier ständig bei mir trage.« Er tippte sich gegen die Stirn. »Das ist der Schlüssel zu allem. Solange die Formel existiert, hat ihr Besitzer auch die Macht.« Sein Blick fiel auf den Rückspiegel. »Aber wir brauchen Zeit, um uns neu zu organisieren. Wir dürfen uns nicht von diesen stupiden Polizisten erwischen lassen. Sie wissen zuviel, sie können zuviele Verbindungen aufdecken, wenn sie unserer habhaft werden. Wenn wir erst einmal in Sicherheit sind, werde ich dafür sorgen, daß man sich um sie kümmert.«

»Werden ihre Vorgesetzten nicht Verdacht schöpfen, wenn man sie einfach eliminiert?«

»In einem Gericht der Menschen zählen bloße Verdachtsmomente nichts. Man muß etwas beweisen können. Ich werde es so arrangieren, daß sich nichts beweisen läßt.« Zufrieden lächelte er seinen Assistenten an. Ja, jetzt fühlte er sich schon viel besser. »Alles wird glattgehen, trotz dieses kleinen Rückschlags.«

Sein Selbstvertrauen war ansteckend. Kipling ertappte sich bei einem Lächeln, als er am Steuer herumfuhrwerkte. Sein Boß würde dafür sorgen, daß die Bullen, die ihnen den ganzen Ärger eingebrockt hatten, einfach eliminiert werden würden. Wenn alles glattging, würde ihm Harcourt vielleicht sogar gestatten, regen Anteil daran zu nehmen.

Francisco konzentrierte sich auf den Verkehr vor ihnen, warnte Sykes geduldig vor möglichen Problemen und ließ ansonsten seinen Partner fahren, während er für ihn den Ausguck spielte, wie man es ihm auf der Akademie beigebracht hatte. Egal, wie nahe sie einem anderen Wagen oder Truck auch kamen, die Stimme des Newcomers änderte sich nie. Cool, dachte Sykes und verbesserte sich sofort. Nein, nicht cool. Unbarmherzig.

»Langsamer Verkehr rechts voraus«, verkündete Francisco gleichmütig. »Links hinten alles frei. Vorsicht, rote Ampel voraus, aber du schaffst es noch.« Sykes schoß über die Kreuzung, achtete nicht auf die gerade wechselnde Ampel und das kreischende Gehupe der anderen Fahrer. »Großer Truck auf drei Uhr.« Der Sergeant sorgte dafür, daß sie dem Dreißigtonner auswichen.

Dank der Hilfe seines Partners schlängelte sich Sykes durch den Verkehr, ohne auch nur einem Zivilisten den Lack zu zerkratzen. Es war recht einfach, ihrem Opfer auf den Fersen zu bleiben, da es so zuvorkommend gewesen war, die Sirene und das Blaulicht einzuschalten. Der Grund dafür lag auf der Hand. Ebenso deutlich war freilich auch, daß Harcourt offenbar nicht klar war, daß die Sirene allein die Arbeit ebensogut erledigt hätte, ohne daß er auch nur halb so sehr auffallen würde. Sykes gedachte nicht, den Newcomer über Funk anzurufen und ihm seinen Fehler zu erläutern.

Kipling nahm die ganze Sache inzwischen etwas leichter,

da sie seiner Meinung nach nun auf ein Ziel zuhielten, anstatt nur einfach von den sie verfolgenden Bullen davonzulaufen. Im Rückspiegel bemerkte er zu seiner Freude, daß derselbe Verkehr, der dem heulenden Polizeiwagen Platz gemacht hatte, hinter ihm langsam wieder aufschloß und die Verfolgung so immer schwieriger machte. Sie würden den Verfolger einfach abschütteln und den Polizeiwagen irgendwo stehenlassen, bevor sich noch andere der Jagd anschlossen. Danach würde Harcourt dafür sorgen, daß sie sicher aus dem Land kamen. Harcourt war schlauer als die Menschen. Harcourt konnte man nicht aufhalten. Kipling wußte, daß sein Treuegelübde dem Unternehmer gegenüber der cleverste Schachzug gewesen war, den er je unternommen hatte.

Sykes klammerte sich finster an das Lenkrad und hupte gelegentlich, um sich einen Weg durch den erneut zusammenfließenden Verkehr vor ihm zu bahnen. Francisco betätigte sich weiterhin als Copilot.

»Gelbe Ampel, links, wird rot, Gegenverkehr in beide Richtungen.« Dieses Mal ignorierte Sykes die Anweisungen und trat das Gaspedal zum Anschlag durch. Langsam gewann der andere Polizeiwagen zuviel Vorsprung.

Plötzlich verlor Francisco seinen coolen Ton. »Rote Ampel, *rote Ampel*!«

Sykes schleuderte um den zusammenfließenden Verkehr herum, raste quer über die Kreuzung und setzte die Jagd fort. Der Gegenverkehr ließ seinen Hupen freien Lauf und zerstob in alle möglichen Richtungen, als der Detective quer über alle Fahrbahnen und Abtrennungen schlitterte. Das Schrottmobil prallte gegen Straßenpfosten aus Beton, fuhr aber trotzdem weiter. Sykes tätschelte das Lenkrad. Der Wagen war so robust wie häßlich.

Schließlich brachte sie die wilde Jagd auf gleiche Höhe mit dem anderen Wagen, wenngleich auf der falschen Fahrbahn. Sykes behielt die eine Hand am Lenker, zog mit der anderen die Casull, riß sie hoch und zielte durch das Fenster auf der Beifahrerseite. Francisco versuchte, sich so tief wie möglich in den Sitz zu quetschen, während Sykes nur wenige Zentimeter vor seiner Nase versuchte, die schwere Waffe auszubalancieren.

Zufällig sah Kipling nach links. Der Anblick der riesigen Mündung, die in seine Richtung wies, ließ seine Augen hervortreten.

Im selben Moment reagierte Francisco auf etwas hinter dem Revolverlauf vor seinen Augen. »Grüne Ampel, Matthew.« Sykes rang mit der schweren Waffe und reagierte nicht. *»Grüne Ampel!«*

Schließlich schaute Sykes nach vorn, gerade rechtzeitig, um direkt vor sich eine Menge wartender Autos anfahren zu sehen. Was natürlich überhaupt keine Rolle gespielt hätte, wenn sie auf der richtigen Spur gewesen wären.

»Scheiße!« Sykes latschte auf die Bremse, rang mit dem Lenkrad und riß das Schrottmobil quer vor den bremsenden Gegenverkehr. Kipling raste um einen langsamen Truck herum, der gerade über die Kreuzung tuckerte, und beschleunigte nach Westen.

Jetzt war nicht die Zeit, um auf der Karte nachzusehen. Die Seitenstraße direkt vor ihnen war die einzige Möglichkeit, die jetzt noch offenblieb, wenn sie nicht ganz aufgeben wollten. Sykes trat das Gaspedal zum Anschlag durch und schoß in die zweispurige Gasse. Mülleimer flogen durch die Gegend, prallten gegen Hauswände und Pflaster und schepperten wie die Hindernisse in einem Flipper. Säcke aus reißfestem Plastik zerrissen unter der Wucht des Schrottmobils und überschütteten die Windschutzscheibe mit ihrem Unrat. Sykes fluchte, stellte die Scheibenwischer auf ›Schnell‹ und fuhr weiter.

Das Schrottmobil kam in der nächsten größeren Straße heraus und schleuderte westwärts. Auf Höhe der ersten Querstraße klinkte sich Sykes wieder in den Verkehr ein.

»Siehst du was?« fragte er hoffnungsvoll.

Francisco sah angestrengt geradeaus. »Nichts, Matt.«

»Verdammt! Sie müssen in die Washington eingebogen sein.« Er fing an, sich nach einer Gelegenheit umzusehen, rechts abzubiegen.

»Nein, warte! Da sind sie, zwei Blocks vor uns. Vor dem Bus.«

»Netter Versuch, ihr Bastarde.« Sykes lehnte sich zurück. Wenige Augenblicke später war er bereits dicht hinter dem flüchtenden Polizeiwagen.

Der raste sofort eine Überführung hoch. Direkt hinter ihm ordneten sich zwei andere Wagen ein und schnitten Sykes damit ab. Wütend auf das Lenkrad hämmernd, raste der Detective unter der Überführung weiter, bis die nächste Auffahrt in Sicht kam.

Francisco bemerkte sie ebenfalls. »Matthew, bitte mach' keine Dummheiten. Ich habe Frau und Kind.«

»Mhm. Schnuckelige noch dazu.« Sykes trat das Pedal zum Anschlag durch und ließ das Schrottmobil die Auffahrt hochdonnern. Francisco schloß Augen und Mund.

Der Wagen flog über die Kante, verpaßte knapp die Kurve, die auf den Freeway führte und knallte wenige Meter hinter der Stoßstange des Polizeiwagens wieder aufs Pflaster. Geistesabwesend entschuldigte sich Sykes bei seinem Partner, der gegen das Wagendach geprallt war und sich nun intensiv mit Festhalten beschäftigte.

Der Polizeiwagen legte eine scharfe Rechtskurve hin und kürzte dabei quer durch einen Parkplatz ab, dicht verfolgt vom Schrottmobil. Auf Harcourts Anweisung bog Kipling nach rechts in den Second Street Tunnel und schnitt dabei eine Limousine. Der Fahrer des entgegenkommenden Wagens trat voll auf die Bremse und geriet ins Schleudern. Hinter ihm staute sich in Windeseile der Verkehr.

Mit quietschenden Reifen kam Sykes hinter dem Stau zum Stillstand. Wütend lehnte er sich aus dem Fenster und versuchte, sich über dem zornigen Gehupe und Geplapper der anderen Fahrer verständlich zu machen.

»Hört schon auf! Weg da! Schafft eure gottverdammten Karren aus dem Weg!«

Keiner schenkte ihm auch nur die geringste Aufmerksamkeit. Überall kletterten benommene Fahrer aus ihren Vehikeln, untersuchten sich auf Schnitt- und Schürfwunden, inspizierten ihre Wagen und versuchten sich zu entscheiden, mit welchem ihrer ebenso benommenen Fahrerkollegen sie die Versicherungsnummer austauschen sollten. Ein fluchender Sykes rutschte wieder hinter das Steuer und ließ das Schrottmobil nach vorne rollen, bis es den Stoßdämpfer des erstbesten Wagens vor ihm berührte. Der Motor des Schrottmobils heulte auf und die Kühlwasseranzeige kletterte in alarmierende Höhen, als Sykes das abgewürgte Coupé aus dem Weg schob.

Als der junge Mann bemerkte, was da vor sich ging, ließ er die Frau, mit der er sich gerade gestritten hatte, einfach stehen, raste auf das Schrottmobil zu und schwenkte dabei wild die Arme.

»Hey, Mann! Das ist echtes Chrom! Was zur Hölle bildest du dir eigentlich ein?«

»Sorry.« Sykes schenkte ihm das kürzestmögliche Lächeln. »Polizeiangelegenheit.« Er kurbelte das Fenster hoch und schob weiter. Den wild gestikulierenden Fahrer, der neben dem Schrottmobil herlief und gegen das Glas hämmerte, um Sykes' Aufmerksamkeit zu erlangen, ignorierte er.

Es gelang ihm tatsächlich, sich genügend Raum zu schaffen, bevor der Kühler des Schrottmobils platzte. Lack und Chrom zerkratzend, beschleunigte er in dem Tunnel.

Kipling steuerte den Polizeiwagen die erste Auffahrt zum Freeway hoch. Harcourt hatte die ganze Zeit durch die Heckscheibe gesehen, ließ sich nun aber wieder auf dem Sitz nieder.

»Na also. Das war doch nicht so schwierig.« Er bediente die Schalter am Armaturenbrett, die die Sirene und das Blaulicht wieder abschalteten. »Die brauchen wir nicht mehr.«

»Ich hatte schon Bedenken«, gestand Kipling.

»Nicht nötig. Besorg du einfach nur das Fahren und überlaß das Denken mir.« Harcourt griff auf den Rücksitz, hob den Koffer auf und stellte ihn auf seinen Schoß. Er deutete auf den Tachometer. »Sie hatten keine Chance, uns einzuholen. Und obwohl dies ein offizielles Fahrzeug ist, gibt es keinen Grund mehr, die Aufmerksamkeit der anderen auf uns zu lenken. Reduziere die Geschwindigkeit auf das erlaubte Maß.« Kipling nickte und bremste den Wagen auf Hundertzehn herunter.

Bei seiner Slalomfahrt um den Freeway-Verkehr ließ Sykes enorme Vorsicht walten. Wie Andretti in Indianapolis raste er um Autos und Pickups herum, bis sich sein Partner plötzlich aufsetzte und einen Schrei losließ.

»Da! Direkt vor uns, auf der Kriechspur!«

»Keine Sorge«, meinte Sykes. »Ich hab' sie.«

Langsam nahm er den Fuß vom Gaspedal. Francisco musterte ihn fragend, sagte aber nichts, was wiederum ganz gut war, da sein Partner keine Lust auf Erklärungen hatte. Der Laster rechts von ihnen stellte eine exzellente Deckung dar. Er fuhr etwas schneller als der Polizeiwagen. Sykes beobachtete den Laster, den Verkehr vor und hinter sich, den Freeway selbst. Er kalkulierte.

Bald muß 'ne Ausfahrt kommen. Und nachdem Harcourt ihm keine zweite Chance geben würde, mußte er es zeitlich genau abpassen. Mittlerweile respektierte er den Newcomer ebenso sehr, wie er ihn hassen gelernt hatte.

Jetzt! Das Schrottmobil fiel hinter dem Laster zurück und wechselte rasch die Spur. Sykes fand sich direkt neben dem Polizeiwagen wieder. Kipling fuhr recht unbekümmert, scheinbar fest davon überzeugt, daß er seine Verfolger schon vor einigen Meilen im Second Street Tunnel abgeschüttelt hatte. Als er endlich einen Blick nach links warf, bog das Schrottmobil gerade scharf nach rechts und rammte den Wagen in die Flanke. Kipling versuchte gegenzusteuern, mußte jedoch feststellen, daß ihn das Manöver auf die Ausfahrt direkt vor ihm gezwungen hatte.

Tür an Tür kreischten und schleuderten die beiden Wagen nach rechts. Kipling latschte aufs Gas und brach nach vorne aus. Entschlossen klebte sich Sykes an seine hintere Stoßstange. Beide Autos donnerten die Ausfahrt hinunter auf die Vincent Thomas Bridge, die sich quer über den Hafen von Long Beach spannte.

Gottlob herrschte nur leichter Verkehr. Bei 130 Kilometern in der Stunde hatte Sykes keine Gelegenheit für Sightseeing, doch Francisco konnte es nicht lassen, einen Blick aus dem Fenster hinunter auf die tintenschwarze Bucht zu werfen, die sie gerade überquerten. Nicht alle seine Gedanken galten den Verfolgten. Die Menschen bauten zwar stabile Brücken, aber es waren auch schon mal welche eingestürzt. Dann war da noch die Sache mit den Seitenbefestigungen, die zwar hoch und sehr solide *aussahen*, aber bei der Geschwindigkeit...

Er fühlte sich unendlich erleichtert, als beide Autos über den Rand der Brücke donnerten und in den Henry Ford Boulevard schleuderten.

Die zweispurige Durchfahrtsstraße lief parallel zum Meer. Sykes strapazierte das Schrottmobil bis zum Äußersten und zog einmal mehr neben das Polizeiauto. Sein Wagen hatte sich immer noch nicht ganz von seinem Einsatz als Bulldozer im Tunnel erholt und die Kühlwasseranzeige liebäugelte nach wie vor mit dem roten Bereich. Sykes wußte, daß er selbst solange durchhalten würde wie nötig. Bei seinem Vehikel war er sich da nicht so sicher. Der Motor hörte sich lausig an. Trotz der 150 Stundenkilometer rammte er den flüchtenden Polizeiwagen jedoch immer wieder in die Seite.

Schließlich kam auch Kipling dahinter und begriff, daß er ebensogut austeilen wie einstecken konnte. Er riß den Wagen vor das Schrottmobil, die Schnauze leicht geneigt. Metall kreischte auf, Sykes fand sich auf dem gefährlichen Seitenstreifen wieder und fiel zwangsweise etwas zurück. Sich jetzt zu überschlagen, würde ihm ganz bestimmt nicht dabei helfen, den Flüchtigen zu erwischen.

Kipling hatte ein gutes Stück Boden gewonnen, grinste in den Rückspiegel und sah gerade wieder rechtzeitig nach vorne, um die Absperrung zu bemerken, die im Scheinwerferlicht rasch näherkam. Während Harcourt ihn noch anbrüllte, trat er voll auf die Bremse.

Ein Kettenzaun markierte das Ende der Straße. Kipling hatte vielleicht einige Meter vor der Absperrung angehalten. Auf der anderen Seite des Zauns führte ein gepflasterter Weg hinunter zum Ozean und zu einer verlassenen Zugbrücke. Außer der Brücke war da nur noch dunkles Wasser. Er merkte, wie er ins Schwitzen kam. Wenn er sich nicht rechtzeitig umgedreht hätte, wenn er nicht noch abgebremst hätte, bevor sie...

»Dreh um, dreh um!« brüllte ihn Harcourt an. Erschrokken packte er das Steuer und fuhr den Weg zurück, den sie gekommen waren.

Nur, um das Schrottmobil direkt auf sich zukommen zu se-

Harcourt (Terence Stamp) begeht Selbstmord.

Etwas angeschlagen, aber glücklich feiern Sam (Mandy Patinkin, links) und Sykes (James Caan) die Hochzeit von Sykes Tochter.

hen. Unwissend, wie er in punkto Selbstmord bei Newcomern nun mal war, riß Sykes im letzten Augenblick am Lenkrad und stellte den Wagen quer. Die Beifahrerseite krachte in den Polizeiwagen, die Nase des Schwarzweißen bohrte sich in die Hintertür des Schrottmobils. Metall umarmte sich unlösbar und beide Autos legten ein paar kreischende Pirouetten aufs Pflaster, bevor sie schließlich zum Stillstand kamen. Feuer brach unter der Haube des Polizeiwagens hervor.

Obwohl er sich auf den Zusammenstoß vorbereitet hatte, war Sykes immer noch betäubt. Als er sich desorientiert und dennoch wachsam umdrehte, sah er als erstes den bewußtlosen Francisco. Der Newcomer blutete aus einem Schnitt auf der Stirn. Die Wunde sah unschön aus, war aber ungefährlich. Mehr Blut als tatsächlicher Schaden.

Dann bemerkte er die Flammen, die lustig unter der Haube des anderen Wagens hervorzüngelten. Sein Vorderteil steckte im Kofferraum des Schrottmobils. Nahe dem Benzintank.

Sykes rang mit seinem Sicherheitsgurt, bis er endlich freikam, taumelte ins Freie, um die Vorderseite des Wagens herum. Er riß die Beifahrertür auf, packte Francisco und zog ihn aus dem total ruinierten Wagen.

Als er noch mit seinem Partner kämpfte, sah er, wie sich Harcourt durch die zerborstene Windschutzscheibe des Polizeiwagens quetschte. Angeschlagen, blutend und längst nicht mehr so selbstsicher, griff der Unternehmer noch einmal ins Wageninnere, um den unbezahlbaren Koffer zu retten. Dann sprang er auf das Pflaster und rannte los.

Sykes zwang sich dazu, Francisco soweit fortzuschleppen, bis er sicher war, daß sein Partner in ausreichendem Abstand vom Wagen lag. Dann zog er die Casull, setzte seine Beine in Marsch und raste hinter Harcourt her. Mit jedem neuen Schritt fühlte er, wie er sich mehr und mehr entkrampfte, wie der Schmerz des Zusammenstoßes aus seinen Muskeln wich.

Wie schnell lief so ein Newcomer eigentlich? Sie waren groß, aber nicht besonders schnell. Und wie kamen sie mit längeren Strecken zurecht? Vielleicht hätte er öfter den Newcomer-Teil der Sportseiten lesen sollen.

Er redete sich ein, daß das Rennen sowieso nicht lange dauern würde. Fang bloß keinen Sprint an, ermahnte er sich. Langsam und gleichmäßig, dann würde er Harcourt in wenigen Minuten vor der Kanone haben.

So weit voraus war der Newcomer nicht. Harcourt war älter als Kipling und er wirkte müde. Einmal stolperte er und Sykes ertappte sich bei einem Grinsen. Groß waren sie ja, aber dafür hatten sie auch ihre Schwächen.

Harcourt erreichte den Kettenzaun am Ende der Straße, warf den Koffer über den Rand und fing an zu klettern. Vor ihm ragte die Zugbrücke auf. Er kletterte auch nicht so gut. Offensichtlich hatte ihn der Zusammenstoß in Mitleidenschaft gezogen.

Sykes schleppte sich an dem brennenden Polizeiwagen vorbei. Ein Blick zeigte ihm, daß Kipling noch immer hinter dem Lenkrad saß, den Kopf gegen das verbeulte Plastik gelehnt. Der Detective war bereits zehn Meter weiter, als beide Tanks nacheinander hochgingen. Hauben, Türbeschläge, Motorteile und Glas flog in alle Richtungen. Auch ein paar Stückchen Kipling.

Sykes fühlte, wie ihn etwas Hartes, Heißes in den Rücken traf. Er hielt sich nicht damit auf, sich näher darum zu kümmern oder nach hinten zu fassen, ob vielleicht sein Mantel in Flammen stand. Es war ein ziemlich kühler Abend. So ein kleines Feuerchen konnte nicht schaden.

Was Kipling anging, erwärmte sich Sykes innerlich an dem Gedanken, daß er dem Steuerzahler die Kosten eines weiteren Gerichtsverfahrens erspart hatte. Aber Kipling war gar nichts, ein kleiner Fisch, nur ein Rädchen im Getriebe. Das Getriebe selbst lag vor ihm und versuchte gerade, über den Rand des drei Meter hohen Zauns zu klettern.

Harcourt ließ sich auf das Pflaster auf der anderen Seite fallen, kam mühsam wieder auf die Beine und packte den Koffer. Er taumelte auf die dunkle Silhouette der Zugbrücke zu. Mit großer Befriedigung bemerkte der Detective, daß der Newcomer dabei humpelte.

Als er den Zaun erreichte, blieb er kurz stehen, zielte beidhändig mit der Casull und verwandelte das Schloß in

Altmetall. Das Tor öffnete sich schon nach einem einzigen Tritt.

Die Brücke stand offen, ihr Straßenbett ein massiver dunkler Klotz aus Stahl und Asphalt, der in den Nachthimmel emporstach. Harcourt rannte durch einander abwechselnde Flecken aus Mondlicht und Dunkelheit, näherte sich schließlich dem hoch aufragenden Bauwerk. Schwarzes Meerwasser trieb neben ihm vorbei. Er ignorierte es und konzentrierte sich statt dessen auf den vor ihm liegenden Weg, der einzige, der ihm jetzt noch blieb. Einmal rutschte er aus und stürzte beinahe über den Rand. Inzwischen keuchte er heftig.

Sykes stampfte dicht hinter ihm und versuchte, sich seine Luft so zu einzuteilen, wie er es auf der Straße gelernt hatte. Falls der andere nicht irgendwo ein startklares Auto stehen oder ein Loch hatte, in dem er sich verkriechen konnte, laß dir Zeit und warte, bis er müde wird. Bring' dich nicht selber um. Versuch nicht, ihn einzuholen. Warte einfach, bis er vor Erschöpfung zusammenbricht. Dann sammel ihn auf und lies ihm seine Rechte vor. Die Casull lag schwer in seiner Hand.

Nahe der Brücke verließ Harcourt schließlich den schützenden Schatten. Er drehte sich langsam im Kreis, verzweifelt die Umgebung absuchend, doch da gab es keinen Fluchtweg mehr. Der Sprung von der Spitze der Zugbrücke auf die andere Seite war zuviel für einen Newcomer, selbst wenn er den steilen Anstieg zur Spitze geschafft hätte. Auf beiden Seiten lag das Meer, und der erbarmungslose Detective war nur wenige Schritte hinter ihm. Vielleicht hätte er sich ein, zwei Minuten im Schatten verstecken und dann in Richtung Straße flüchten können, doch sein Bein tat weh und der Mensch schien völlig heil zu sein.

Obwohl es inzwischen längst zu spät war, wurde ihm jetzt klar, wie sehr er den scheinbar ignoranten, vulgären, ungebildeten Bullen unterschätzt hatte. Nicht, daß er nicht ignorant, vulgär und ungebildet gewesen wäre, aber er kannte seinen Job. Harcourt sah ein, daß er bei einem Fluchtversuch zurück zur Straße keine Chance hatte. Der Mann würde ihn gnadenlos jagen, jedes Versteck einzeln überprüfen, bis er Harcourt in die Enge getrieben hatte. Und falls er durch irgendeine wundersame Fügung des Schicksals dem Detective entkommen konnte, war da immer noch der enorme Revolver, den der Mann mit sich herumschleppte. Selbst humpelnd könnte er dem müden Erdenmenschen vielleicht ja noch entwischen. Vor einer Stahlkugel gab es freilich kein Entrinnen.

Es war unerträglich.

Eine große Ruhe überkam ihn. Wenn nichts anderes mehr geht, bleibt immer noch das Äußerste. Er ließ die beiden Schlösser des Aktenkoffers aufschnappen, öffnete ihn langsam und betrachtete den wertvollen Inhalt. Ein schimmernder Glasbehälter neben dem anderen, alle vollgefüllt mit blauer Ekstase. Der Höhepunkt seines Lebenstraums, die Kulmination endlos harter Arbeit und Planung. Wertlos geworden. Wertlos, aber nicht nutzlos.

Sykes verlangsamte sein Tempo, als er sich den Gebäuden näherte. Seit er Harcourt das letzte Mal gesehen hatte, waren einige Minuten vergangen, und hier gab es mehrere Stellen, an denen sich auch ein übergroßer Newcomer verstecken konnte. Er machte sich nicht soviele Sorgen wegen Harcourt wie vor kurzem noch wegen dessen Leibwächter Kipling, doch der Unternehmer war immer noch ein Außerirdischer: groß, kräftig und verzweifelt.

Irgend etwas in der Dunkelheit zu seiner Rechten bewegte sich und er riß die Casull herum. Es bewegte sich erneut – und flog dann weg. Eine Möwe in ihrem Nest, von all der Aufregung gestört. Er holte tief Luft und ging weiter, die Finger hart um den Abzug der Casull gespannt, prüfend in die Nacht hinaussehend.

Noch eine Bewegung, diesmal links von ihm. Wieder schoß die riesige Kanone nach oben. Trotz der Kälte ertappte er sich beim Schwitzen, und das nicht nur aus reiner Anstrengung. Unwillkürlich wünschte er sich genau jene Verstärkung, die im Moment nicht greifbar war.

»Komm' schon raus, Harcourt!«, rief er angespannt. »Das ist doch alles längst Geschichte. Kipling ist tot, deine Leute in alle Winde zerstreut, und dein Labor haben wir auch entdeckt. Und du bist auch schon Geschichte.« Ein Schweißtropfen brannte in seinem Auge. Er ignorierte ihn.

Keine Reaktion im Schatten. Dann trat Harcourt ins Mondlicht. Seine Miene wirkte gelassen, entspannt. Wieder lag das Lächeln auf seinem Gesicht, das Glitzern der Überlegenheit in seinen Augen. Er streckte die Hände zur Seite, die Handflächen nach oben, eine Geste des Aufgebens.

Vorsichtig ging Sykes auf ihn zu. Regungslos starrte ihn Harcourt an und weidete sich an dem inneren Konflikt, der sich auf dem Gesicht des Detectives abzeichnete. Der andere wollte, daß Harcourt nach der Waffe griff, daß er davonlief, daß er ihm irgendeine Ausrede verschaffte. Wie enttäuscht er über meinen Gehorsam sein muß, dachte Harcourt amüsiert.

»Hier bin ich, Officer. Wie Sie sehen, bin ich unbewaffnet.«

»Ja, das sehe ich. Zuck nur einmal mit dem Finger, Harcourt, und du bist Geschichte. Tug – ich wünschte, er könnte das mitansehen, sollte die hier in der Hand halten. Aber er ist nun mal nicht da, also muß ich es wohl selbst erledigen.«

»Jeder von uns tut, was er tun muß, Sergeant. Aber Sie irren sich. Geschichte hat mit all dem nichts zu tun. Die Ewigkeit dagegen umsomehr.«

Sykes kniff die Augen zusammen, als er sah, was Harcourt in der Biegung seines Arms versteckt gehalten hatte: einen der kiloschweren Zylinder mit der blauen Droge. Das Glas glitzerte im Mondlicht. Unter seinen Augen hob der noch immer grinsende Unternehmer den Zylinder schnell an seinen Mund und schluckte. Ein ganzes Kilo reinen Konzentrats lief ihm die Kehle hinunter und tropfte wie entlaufenes Gelee über sein Kinn, als sein Mund bis zum Überlaufen voll war. Er schüttete den Inhalt des Zylinders in sich hinein, bevor Sykes noch reagieren konnte.

Dann warf er den leeren Zylinder zur Seite und starrte den Detective trotzig an. Die Wirkung stellte sich in Sekundenschnelle ein. Sein Gesicht verzog sich in Todesqualen, als sein ganzer Körper unter der Wirkung der gewaltigen Überdosis zu zucken begann. Ein ungläubig dreinstarrender

Sykes senkte die Mündung der Casull und sah zu, wie der Newcomer auf dem Boden zusammenbrach, der ganze Körper im Würgegriff eines schweren Herzanfalls. Glieder trommelten auf die Erde, spastisch bog sich der Rücken nach oben.

Es dauerte ganze zehn Sekunden, vielleicht zwölf. Dann rührte sich Harcourt nicht mehr.

Sykes brauchte etwas länger, bis er sich soweit erholt hatte, daß er sich wieder bewegen konnte. Die Casull noch immer fest im Griff, näherte er sich langsam der reglosen Gestalt und fühlte seinen Puls auf eine Art, die er seinem Partner abgeguckt hatte. Nichts. Kein Lebenszeichen, wie auch immer.

Schwer und kalt baumelte die Casull in seinen Fingern. Sykes stand wieder auf. Als er den Aktenkoffer in der Nähe liegen sah, schloß er ihn und hob ihn mit seiner freien Hand auf. Dann ging er zurück zu den noch immer brennenden Wagen.

Francisco lag noch da, wo ihn sein Partner zurückgelassen hatte. Sykes schritt etwas schneller aus, als er in Sichtweite des auf dem Bauch liegenden Detectives kam. Seine Gedanken kreisten immer noch um das eben Gesehene, und so war es nicht verwunderlich, daß er keine Notiz davon nahm, daß die Tür auf der Fahrerseite des Polizeiwagens auf einmal offen stand.

Das Gewicht traf ihn hart und riß ihn um. Der Aktenkoffer flog davon und die Casull schlitterte lautstark über das Pflaster. Sykes rollte sich herum und sah die versengte und noch immer blutende Alptraumgestalt Kiplings. Als der Newcomer nach dem Koffer griff, hörte Sykes noch einmal das Geräusch, ein Geräusch, so unverkennbar wie das flekkige Silberkettchen am Arm des Newcomers. Das Geräusch von Bill Tuggles Killer.

Er prallte hart am Boden auf, stieß sich den Kopf. Trotz aller Anstrengungen war er nicht mehr in der Lage aufzustehen. Nichts an ihm, von seinen Augen bis hinunter zu den Zehen, gehorchte noch seinem Befehl. Kipling hob den schweren Koffer hoch und wollte ihn auf den Schädel des Detectives herunterkrachen lassen.

Irgendwo in weiter Ferne knallte ein Schuß, und ein großes Loch tauchte in Kiplings Brustkorb auf. Schwankend stand er über dem hilflosen Sykes, den Koffer über sich. Der Detective rollte sich nach rechts, sah, wie sich Francisco aufsetzte und die rauchende Casull in seiner rechten Hand hielt, während er versuchte, sich mit der anderen abzustützen.

Wieder ging Kipling auf ihn los, schwang den Koffer, als sei er eine Keule. Francisco schoß ein zweites Mal, feuerte immer weiter, bis das Magazin leergeschossen war. Der Geschoßhagel riß Kipling nach hinten, zurück auf das geschmolzene Inferno zu, das einmal zwei Autos gewesen war.

Mühsam stand Sykes auf und stolperte an die Seite seines Partners. Als der Sergeant neben ihm in die Knie ging, ließ Francisco seine Hand vom Gewicht der Handfeuerwaffe zu Boden sinken. Sanft nahm Sykes die heiße Casull aus den dicken, außerirdischen Fingern.

So blieben sie, gemeinsam ausruhend und den krachenden und stinkenden Feuersturm hinter sich ignorierend, während irgendwo in der Nacht die Sirenen zu heulen begannen.

XIII

Nachdem der erste Polizeiwagen eingetroffen war, um die Berichte wegen eines Feuers zu überprüfen, entwickelten sich die Dinge immer schneller. Sykes hängte sich ans Funkgerät und schilderte erschöpft die Geschehnisse des Abends, dabei nur all das auslassend, was ihm unnötig erschien. Normalerweise hätte er in einem solchen Moment Pisse und Essig versprüht, den Dispatcher angeflucht, seine eigene Leistung in den Himmel gehoben und das ganze Revier zusammengestaucht, weil die Verstärkung nicht schnell gekommen war und sie nicht seine Gedanken gelesen hatten. Dieses Mal nicht. Nicht an diesem Abend. Er war zu müde und immer noch im Banne dessen, was er mitangesehen hatte.

Die Aufräumungsarbeiten gingen langsam zu Ende. Längst hatte man die brennenden Autos gelöscht, die Leute der Feuerwehr hatten ihre Schläuche eingerollt und machten sich bereits daran, sie auszuwaschen. Polizeiwagen formten einen schwarzweißen Halo um den Ort der Zerstörung; auch der Wagen des Leichenbeschauers parkte in der Nähe. Zwei Techniker untersuchten die Überreste Kiplings und schwärmten von der Größe der Löcher, die Sykes' vorschriftswidrige Waffe in den Körper des Newcomers gerissen hatte. Funkgeräte krachten, körperlose Stimmen, die sich über die Meilen der Großstadt hinweg mit den Lebenden unterhielten.

Nach Abschluß der Vorberichte und ersten Gespräche ließ man die beiden Detectives endlich allein. Seite an Seite saßen sie auf dem Bürgersteig und starrten auf den Hafen hinaus. Langsam fuhr ein Schiff ins Nirgendwo, seine Lichter zogen am Horizont vorüber wie computerisierte Glühwürmchen.

Francisco hatte seine Knie ans Kinn gezogen und hielt sie mit verschränkten Fingern fest. Dann drehte er sich um und sah seinen Partner an.

»Nachdem Harcourt und Kipling tot sind und die ganze Angelegenheit zu deiner Zufriedenheit erledigt ist, nehme ich an, daß du jetzt um eine Versetzung bitten wirst. Du hast bekommen, wonach du gesucht hast.«

»Es wäre nur zu deinem Besten«, murmelte Sykes, ohne dem Newcomer in die Augen zu sehen. »Ohne Scheiß. Ich mein es ernst. Mit einem Partner, der sich«, und er konnte sich ein leichtes Grinsen nicht verkneifen, »etwas mehr an die Vorschriften hält, wärst du, glaube ich, besser dran. Wie gesagt: Du hast Frau und Kind. Du bist der erste Newcomer-Detective. Mit etwas Glück wirst du der erste Newcomer-Lieutenant, vielleicht sogar Captain. Wenn du mit mir herumziehst, schaffst du das nie. Ich gehöre auf die Straße, George. Ich übertrete zuviele Vorschriften, trete zuvielen Leuten auf die Füße. Aber du, du bist einfach nicht der Typ dafür.«

»Vielleicht springt bei dem Ganzen auch für dich eine Beförderung heraus«, erinnerte ihn sein Partner.

Sykes schüttelte den Kopf. »Verwaltung ist nicht mein Bier. Eigentlich wollte ich nie Lieutenant werden. Da mußt du zuvielen Leuten in den Arsch kriechen, dich zu oft schick anziehen und dich außerdem an den rechten Orten sehen lassen. Veranstaltungen wie jene, auf denen wir Harcourt das erste Mal begegnet sind. Das wiederum bedeutet, nett und höflich zu Leuten wie Harcourt zu sein. Das ist nicht mein Stil. Ich bin und bleib' ein ganz normaler Cop, George, selbst wenn jemand ausrastet und mich jetzt zum Lieutenant macht. Das ist mein Job, und mir gefällt er. Du dagegen, du paßt prima in die Verwaltung. Du schwingst tolle Reden. Ich drücke mich nie so gewählt aus. Und außerdem ziehst du dich wesentlich schicker an als ich.«

»Meine Frau«, erklärte er mit einem Achselzucken. »Ich schaff's schon.«

»Sicher. Eines muß ich dir noch sagen, George. Für einen ziemlich ruhigen Typ kannst du verdammt wild werden, wenn du dich erst mal dazu aufraffst. Fast tut es mir ein bißchen leid, daß ich deine *nächsten* beiden Tage als Detective nicht mehr miterlebe.«

Der Newcomer lächelte und sah dann auf, als rotblaue

Lichter auf sie zukamen. Sykes erkannte die Uniform hinter dem Steuer, ein solider Beamter namens Whiltey. Er kurbelte das Fenster herunter und lehnte sich hinaus.

»Wenn ihr wollt, nehme ich euch aufs Revier mit. Da warten sie schon auf euren Bericht über die Schießereien.«

»Das haben wir schon hinter uns«, ließ ihn Sykes wissen.

Whiltey schüttelte den Kopf und betrachtete ihn mitfühlend. »Du kennst doch den Trott. Wenn es um Schießereien geht, folgt allen vor Ort aufgenommenen Berichten eine formelle Befragung. Du wirst das alles noch mal durchmachen müssen, Sykes.« Seine Augen richteten sich unsicher auf Francisco. »Sie auch.«

»Die Vorschriften sind mir bekannt«, informierte ihn der Newcomer kühl. »Ich hatte nur gedacht, wir könnten uns eine Weile ausruhen.«

Sykes stand langsam auf. »Gehen wir, Partner.« Er drehte sich noch einmal zu Whiltey um. »Ach, übrigens, es war nur eine Schießerei. Einzahl.«

Der Cop runzelte die Stirn. »Es hieß, du hättest zwei erschossen.«

Sykes schüttelte den Kopf, als er um die Vorderseite des Streifenwagens herumging. »Nö. Schätze, irgend jemand hat das einfach mal behauptet. Ich habe Harcourt nicht erschossen. Er hat sich eine Überdosis reingezogen.«

Da er vor seinem Partner herging, konnte Sykes den Ausdruck nicht bemerken, der sich auf Franciscos Gesicht breitmachte.

Der Wagen des Leichenbeschauers rumpelte auf einer Seitenstraße dahin. Der Fahrer hatte es nicht besonders eilig, auf den Freeway zu kommen. Warum auch die Eile? Ihre steifgewordene Fracht wollte nirgends mehr hin und keiner wurde nach Stunden bezahlt. Also nahmen sie sich Zeit. Um den Leichen keinen blauen Fleck zu bescheren, wie die offiziellen Berichte immer wieder betonten. Das machte es leichter, herauszufinden, welche Blutergüsse von stumpfen Waffen und welche von der langen Fahrt im Wagen herrührten.

Der Fahrer lenkte mit einer Hand. Sein Assistent lehnte

sich gegen die Tür und sah auf die dunkle Straße vor ihnen hinaus. Er freute sich auf die entspannende Fahrt zurück zum Leichenschauhaus. Die Nachtschicht machte ihm Spaß. Oh, sicher, sie brachte sein Privatleben völlig durcheinander, doch das war die Sache durchaus wert. Wenigstens brauchte er sich nicht tagsüber mit dem Verkehr in L.A. herumzuschlagen. »Also, dann waren nur noch sie und ich in der Badewanne, klar?« meinte der Fahrer, als er über eine grüne Ampel fuhr.

»Du und die Blonde?« fragte der andere.

»Nein, Mann, der Rotschopf.« Der Fahrer konzentrierte sich auf die Straße. »Die Blonde war mit einem anderen Typ im Haus. Aber einige Minuten später kommt sie allein wieder. Ich und der Rotschopf rammeln grade in der Wanne. Sie sieht uns und steigt einfach zu uns rein.«

Der Assistent schnitt eine Grimasse. »Erzähl keinen Scheiß.«

Ein Ausdruck wütender Unschuld flog über das Gesicht des Fahrers. »Ich schwöre! Der Schlag soll mich treffen, wenn ich lüge.«

Die Diskussion nahm beide viel zu sehr in Anspruch, als daß sie die Hand hätten bemerken können, die das zähe Material des Leichensacks im hinteren Teil des Wagens zerriß. Die Hand hatte nichts Menschliches an sich.

Sie glich nicht mal derjenigen eines Newcomers.

Francisco fuhr vorn bei Whiltey. Sykes saß auf der Kante des Rücksitzes und suchte nervös die Straße vor sich ab. Sein Partner bemühte sich, in alle Richtungen gleichzeitig zu sehen, und wünschte sich Augen an der Seite seines Kopfes. Langsam verknotete sich sein Magen um ein unsichtbares Stahlrohr.

»Bist du sicher, daß sie diesen Weg gefahren sind?«

Whiltey runzelte die Stirn. »Sicher bin ich mir nicht. Manchmal benehmen sich die Typen im Fleischerkarren ein bißchen komisch. Jedenfalls wäre mir nicht wohl bei dem Gedanken, daß sie mit meiner Leiche durch die Gegend fahren. Vielleicht haben sie irgendwo Halt gemacht und ziehen einen Quickie durch, schmeißen sich einen Burger rein oder besuchen die Mutter von irgend jemand. Natürlich alles, ohne es hinterher zu melden. Aber wenn ich fahren würde und ich müßte direkt ins Leichenschauhaus, wäre das der Weg.«

Sykes hielt es nicht mehr aus. »Was soll das alles, George? Ich kenne diesen Ausdruck doch.«

Francisco setzte zu einer Antwort an, entdeckte statt dessen etwas durch sein Fenster und fing an, wild herumzufuchteln. Seine übliche Ruhe hatte ihn verlassen. »Da! Zurück. Die Seitenstraße runter.«

Whiltey bremste gehorsam, setzte zurück und bog nach links. Um diese Zeit herrschte selbst auf den Hauptstraßen nur geringer Verkehr. Hier unten bei den Docks waren die Straßen völlig verlassen.

Verlassen, aber nicht leer. Sie fanden den Wagen des Leichenbeschauers mitten auf einer Kreuzung. Die Scheinwerfer und das Blaulicht auf dem Dach waren nach wie vor eingeschaltet und schnitten durch die Dunkelheit. Die Hecktüren standen offen. Auch ein Streifenwagen war zugegen; er parkte auf der anderen Seite. Sykes suchte nach Lebenszeichen, entdeckte jedoch keine.

Langsam näherte sich Whilteys Wagen der unheimlichen Szenerie. Der Lieferwagen und die Streife wirkten wie verlassene Requisiten eines Films, die gerade auf Stab und Besetzung warteten, die sie wieder zum Leben erwecken würden. Seine Augen waren groß wie Untertassen, als er nach dem Mikro suchte. Hastig griff eine riesige Hand nach dem Funkgerät.

»Nein!« Verdutzt starrten Sykes und der Beamte auf Francisco. Aus ihren Mienen schloß er, daß mehr als nur die reine Handlung gefragt war. »Wir müssen das alleine schaffen.«

»*Was?*« Sykes war wieder mal am Ende seines ohnehin recht mäßigen Lateins. Im einen Augenblick machten sie sich friedlich an die Rückkehr aufs Revier, im nächsten drehte George durch und bestand darauf, daß sie sich an die Verfolgung des Leichenwagens machten. Was, zur Hölle, war hier los?

Als Reaktion auf seine Frage stieg Francisco aus dem

Streifenwagen aus. Whiltey und Sykes blieb nichts anderes übrig, als ihm zu folgen, wenn sie eine Antwort wollten.

Sie erreichten den Lieferwagen. Sykes nahm eine Taschenlampe von Whiltey und leuchtete durch die offenen Hecktüren. Die Art, in der man sie geöffnet hatte, stand in krassem Widerspruch zu den Vorschriften des Herstellers. Beide waren nach außen gebogen, halb aus ihren Angeln gerissen.

Er ließ das Licht durch das Innere des Wagens tanzen, bis es auf dem zerrissenen Leichensack haften blieb. Das rotierende Rotblau auf dem Dach der leerstehenden Streife füllte den Lieferwagen mit grellen Karnevalsfarben.

Francisco warf einen Blick hinein und rannte dann hinüber zum Streifenwagen. Es gab kein Zeichen von den Insassen. Eine Tür war herausgerissen worden und lag nun wie eine tote Muschel mitten auf der Straße. Die Windschutzscheibe war total hinüber, eingedrückt, pulverisiert. Glassplitter bedeckten den Vordersitz.

Es war Whiltey, der zuerst auf die andere Seite des Wagens ging.

»Oh, mein Gott...«

Die beiden Detectives schlossen sich ihm an und sahen, was ihrem Berufskollegen die Sprache verschlagen hatte. Auf dem Asphalt lagen die zerquetschten Leichen des Fahrers und seines Assistenten. Nicht weit davon entfernt lag ein anderer blutiger Haufen: die beiden Beamten der Freeway-Streife, zerbeult und verdreht wie mißhandeltes Kinderspielzeug.

Whiltey hielt sich die Hand vor den Mund und wich zurück.

»Das reicht. Ich rufe Verstärkung.«

Francisco ging einen Schritt auf ihn zu. »Whiltey, *nicht*.«

Der Bulle war nicht in der Stimmung, auf jemanden zu hören, geschweige denn auf einen Newcomer. Francisco wollte ihm nachlaufen, fand sich jedoch plötzlich von einem wütenden und frustrierten Sykes festgehalten und herumgewirbelt.

»Okay, George, ich hab' genug. Ich will eine Erklärung.« Er nickte kurz in Richtung der vier Leichen. »Du hast eine ungefähre Vorstellung, was hier los war. Ich will jetzt wissen, was du darüber weißt. Was soll das, George? Was, zur Hölle, ist hier los?«

Francisco leckte sich die Lippen, seine ganze Aufmerksamkeit auf das andere Ende der Straße gerichtet, wo Lagerhallen die Grenze zwischen Docks und Straße markierten. Er sprach sehr leise, damit Whiltey ihn nicht hören konnte, obwohl es bei dessen derzeitiger Verfassung zweifelhaft war, daß sich der Beamte außer dem Anblick der vier Hingerichteten auf dem Pflaster auch noch auf etwas anderes konzentrieren konnte.

»Es war Harcourt.«

Sykes schnitt eine Grimasse. »Harcourt ist tot.«

»Nein, ist er nicht.«

Sykes hatte sich auf mehrere mögliche Antworten vorbereitet. Dies war keine davon. »George, was meinst du damit, er ist nicht tot? Ich habe ihn höchstpersönlich überprüft. Kalt, kein Puls, nada. Wenn das nicht tot ist, was dann?«

Francisco versuchte eine Erklärung. »Wenn er eine Überdosis ss'jabroka geschluckt hat, wie du sagst, dann ist er nicht tot. Kleine Mengen dieser Drogen erzeugen starke Euphorie. Eine Überdosis kann einen schweren Herzanfall verursachen, der manchmal zum Tode wegen doppeltem Herzversagen führt. Eine Dosis, wie du sie beschrieben hast, bewirkt nach ihrer Einnahme etwas völlig anderes. Ausreichend hohe Mengen können einen – einen Wandel auslösen. Hast du eine Vorstellung, was ein physiokatalytisches Enzym anrichten kann?«

»Nein. Sollte ich?«

»Ich schätze nicht, da es meines Wissens bei den Menschen keine Analogie dazu gibt. Es hat mit der verborgenen Natur der Droge zu tun. Sämtliche Körperfunktionen versagen, die Herzen bleiben stehen, und man wirkt wie tot. In Wirklichkeit handelt es sich jedoch um eine Brutphase. Das Enzym beeinflußt den gesamten Kreislauf. Unsere Zellstruktur ist ungleich anpassungsfähiger als die eure. Es hat damit zu tun, wie man uns auf die Bewältigung extremer Umweltbedingungen programmiert hat.« Er deutete auf sich.

»Das ist der bevorzugte Modus, sowohl was uns wie auch was unsere ehemaligen Herren betrifft. Aber sie haben uns sehr sorgfältig entworfen, so daß wir im schlimmsten Fall – auf einer Welt, die ungleich lebensfeindlicher wäre, als sich überhaupt jemand vorstellen konnte – dank des Drogenenzyms immer noch eine Überlebenschance hätten. Wir wären zu nichts anderem fähig als zu bloßem Überleben. Wie gesagt, das Enzym sollte nur als letzter Ausweg angewendet werden.

Nachdem man eine derartige Drogenmenge eingenommen hat, liegt man eine Weile scheintot da, bis die Umwandlung abgeschlossen ist. Wenn man sich wieder erholt hat, ist man...«

Sykes starrte auf die vier Leichen auf dem Pflaster. »Das brauchst du nicht mehr auszumalen.« Er holte tief Luft. »Also, was macht ihr, nachdem ihr erst mal umgewandelt oder ausgebrütet oder im Mikrowellenherd gegrillt seid oder was, zum Teufel, auch mit euch passiert? Was würde Harcourt tun?«

Francisco musterte die stillen Lagerhallen. »Er würde nicht sehr weit kommen. Es ist viel zu früh, *danach*. Der Prozeß der inneren Umwandlung braucht Tage für seine Stabilisierung. Wieder andere Veränderungen bedingen völlige Ruhe, damit man seine Kräfte sammeln kann, wie auch ein eben ausgeschlüpfter Schmetterling Zeit braucht, um seine Flügel zu trainieren, bevor er davonfliegt. Er muß warten, bis der Prozeß abgeschlossen ist. Dann...« Er warf einen Blick zum Streifenwagen. »Wir müssen diesem Whiltey einen Teil davon erklären.«

Sykes sah hinüber zu dem Wagen, der im Leerlauf tuckerte. »Das überlasse ich dir. Ich bin mir nicht so sicher, ob ich es selber ganz kapiere.«

»Also gut. Hinterher müssen wir sehen, was wir tun können.«

Whiltey schenkte der Erklärung keinen sonderlichen Glauben, aber die vier Leichen auf der Straße unterstrichen Franciscos vage Behauptungen. Der Bulle hatte etliche Fragen, beschloß jedoch, sie für später aufzuheben. Sie hatten keine Mühe, ihn dazu zu überreden, den Wagen zu fahren.

Er war froh um den Schutz, den der Wagen seiner Ansicht nach bot.

Die drei näherten sich den Lagerhallen, Whiltey bediente den an der Tür angebrachten Suchscheinwerfer. Während der Beamte das intensive Licht über Gebäude und Schatten tanzen ließ, liefen Sykes und Francisco mit schußbereiten Waffen neben dem Wagen her. Ihr Blick huschte über jede Nische, jedes mögliche Versteck. Nur der Newcomer wußte, wonach sie eigentlich suchten. Seine Gefährten, überlegte er, konnten sich glücklich schätzen. Manchmal hatte Unwissenheit doch etwas Gutes.

»Ich hätte nie gedacht, daß ich das mal sagen würde«, flüsterte Sykes leise über die Haube des Streifenwagens, »aber zum erstenmal in meinem Leben würde ich gerne auf Verstärkung warten. Bist du sicher, daß das so eine gute Idee ist, George?« Der Eindruck der vier Toten auf dem Pflaster war noch immer reichlich frisch, von den verbogenen und aus den Angeln gerissenen Hecktüren des Leichenwagens ganz zu schweigen.

»Wir dürfen ihn nicht entkommen lassen«, brummte Francisco auf der anderen Seite des langsam vorwärts rollenden Streifenwagens.

Verkniffen musterte Sykes seinen Partner. »Warum, verdammt noch mal, bist du so total gegen eine Verstärkung?«

Es dauerte eine Weile, bis der Newcomer antwortete. »Weil – wegen dem, was passieren könnte, wenn die Menschen erkennen, wozu wir imstande sind.«

»Aber es gibt nichts von der Droge mehr, und Harcourt ist der einzige, der die Formel kennt. Deshalb brauchst du dir nicht den Kopf zu zerbrechen. Du weißt genau, daß er sie nie jemand anderem anvertrauen würde. Vielleicht seinem Affen Kipling, aber der Typ ist wirklich tot.«

»*Du* verstehst das, Matthew. Aber wieviele andere würden das? Wieviel Wohlwollen könnten wir noch von euch erwarten, wenn das allgemein bekannt wird?« Er faßte seinen Partner scharf ins Auge. »Wieviel Wohlwollen würdest *du* für uns aufbringen, wenn du all das vor ein paar Wochen aus der Zeitung erfahren hättest?«

Sykes setzte zu einer Antwort an, klappte seinen Mund

dann aber wieder zu, als er sich bei realistischen, aber wenig schmeichelhaften Gedanken ertappte. Im selben Moment bemerkte Whiltey eine Bewegung am Ende des Suchscheinwerferstrahls, ungefähr fünfzig Meter von ihnen entfernt. Was immer es auch sein mochte, es tauchte sofort in einem offenen Lagerhallentor unter.

»Da ist er!« rief der Bulle aufgeregt. »Wir haben ihn!« Bevor ihn einer der beiden Detectives davon abhalten konnte, trat er aufs Gas und steuerte den Streifenwagen ins Ziel. Alleingelassen und etwas verdutzt standen Sykes und Francisco in seinem Kielwasser.

»Whiltey!« heulte Francisco. Er und Sykes stürmten los.

Der Cop ließ den Wagen nach links schleudern und raste wie ein Geschoß in die gähnende Einfahrt. Die beiden Detectives rannten hinter ihm her. Sie erreichten das Tor gerade rechtzeitig, um das Kreischen der Bremsen irgendwo tief im Inneren des höhlenartigen Bauwerks zu hören.

Schließlich holten sie den Wagen ein. Er stand am anderen Ende des Gebäudes, der Motor lief und gab Qualmwolken von sich. Vom Fahrer keine Spur. Vorsichtig krochen die beiden Detectives um den Wagen herum. Von der vorderen Stoßstange tropfte eine Flüssigkeit, zu dick, um aus einem geplatzten Kühler zu stammen.

Auf der Haube des Wagens lag Whilteys abgetrennter Kopf, eine groteske, völlig unerwartete Verzierung. Die Augen waren geschlossen und Sykes fühlte sich darob erleichtert. Der Körper selbst lag unter der Stoßstange.

Beide Männer wirbelten herum, suchten die Schatten nach der Ursache für den schnellen Tod des Cops ab. Sykes fragte sich, was für ein Ding eine derart schnelle Enthauptung zustandegebracht hatte. Innerlich fröstelte er.

Das alte Gebäude quietschte und stöhnte, als es von einer gelegentlichen Bö durchgeschüttelt wurde. Wasser tropfte aus schlecht gewarteten, rostigen Rohren. Zwei Gänge führten von dem zentralen Parkplatz weg, auf dem der Wagen mit seiner grauenvollen Last stand. Keiner der beiden Korridore war besonders gut beleuchtet.

Francisco durchsuchte den Streifenwagen, bis er die vorschriftsmäßige Krawallkanone gefunden hatte. Während sein Partner die Casull überprüfte, schnappte er sich einige Kugeln aus der Schachtel und lud das Magazin. Sie wechselten einen letzten, stummen Blick des Verstehens, bevor sie sich trennten. Sykes nahm den linken Korridor, Francisco eilte schweigend in den anderen.

Als er um die erste Ecke kam, erstarrte Sykes. Der Klang einer Stimme. Mehrere Stimmen, seltsamerweise schienen sie sich zu amüsieren. Er schlich um die offene Tür herum, warf einen Blick hinein und sah sich einen leeren Tisch nebst Stuhl anstarren. Der Kleinfernseher war auf irgendeine Mitternachts-Talkshow eingestellt und teilte sich den Tisch mit einer Thermosflasche, einer dampfenden Tasse Kaffee und einem halbverzehrten Twinkie.

Der Aufenthaltsraum des Nachtwächters, dachte er bei sich. Über dem Stuhl hing eine Jacke, der man das Wort SECURITY auf den Rücken gestickt hatte. Ihr Besitzer war nirgends zu sehen.

Vorsichtig ging Sykes in den Raum hinein, dankbar für das helle Licht, aber unruhig wegen der völligen Stille. Als eine rasche Inspektion kein Ergebnis brachte, machte er sich wieder auf seinen Marsch den Flur hinauf.

Der Zweck des Gebäudes enthüllte sich im nächsten Raum, der ungleich größer als das Zimmer des Wächters war. Von der Decke hingen Fischnetze in allen Größen und versperrten ihm den Weg, wie sie da in der kühlen Nachtluft vor sich hin trockneten. Er kämpfte sich den Weg frei und versuchte dabei, die Casull stets vor seinem Körper zu halten. Die andere Seite des Trockenraumes sah er nicht. Das Ganze glich einem Spiegellabyrinth auf einem altmodischen Rummelplatz, nur ohne alle Reflektionen. Da er nicht riskieren wollte, daß sich die Casull in einem der Netze verfing, konnte er sie nur mit einer Hand beiseiteschieben.

Die Fratze, die plötzlich auf ihn zustürzte, hatte er am wenigsten erwartet.

Er taumelte zurück, stieß einen Schrei aus und verhedderte sich prompt in den Netzen. Wild wirbelte die Waffe herum. Als er das Ziel endlich im Visier hatte, erwies es sich als – die Augen einer alten hölzernen Galeonsfigur, die man vor achtzig Jahren aus irgendeinem abgetakelten Segelschiff geborgen hatte. Würmer hatten sie zerfressen, und sie faulte bereits, aber anscheinend war sie für irgend jemand immer noch von Wert.

Sykes fluchte, während er sich wieder befreite, und wünschte sich nichts sehnlicher, als daß er dem Besitzer der lähmenden Skulptur einmal in einer dunklen Seitenstraße begegnen würde. Sein Herz klopfte gegen seine Brust. Das ging in Ordnung. Besser als die andere Alternative. Er nahm seinen Marsch wieder auf und zwang sich dazu, vor dem Weitergehen alle Netze beiseitezuschieben.

Nachdem er den Netztrockenraum hinter sich gelassen hatte, fand er sich in einem leeren Lager wieder. Weiter vorn kreuzte ein anderer Gang den Weg. Als er darauf zuging, erregte ein leises Klirren seine Aufmerksamkeit. Er blieb stehen und lauschte angespannt, bevor er sich dem Geräusch zuwandte.

Es waren zwei schwere Schiffsketten, die im Wind gegeneinander klirrten. Seufzend griff er nach ihnen und beruhigte das Metall. Dann kam ihm der Gedanke, daß die Kette eigentlich zu schwer waren, um von einer steifen Brise ins Schwingen gebracht zu werden. Die Alternative bestand darin, daß sie jemand anderer bewegt hatte. Er wich zurück und packte die Casull eine Spur fester.

Da war noch jemand im Raum. Er fühlte es, seine Sinne, auf der Straße ausgebildet und geschult, schalteten auf Hochspannung, die inneren Alarmglocken schrillten. Seine Nasenflügel zuckten, obwohl er nicht das Geringste roch. Seine Ohren weiteten sich förmlich, obwohl er nicht das Geringste hörte. Er wirbelte herum und sah nichts.

Aber er *fühlte* es.

Er wirbelte ein zweites Mal herum, und da trat es hinter ihm aus dem Schatten. Harcourt. Nein, nicht Harcourt. Was einmal Harcourt gewesen war und sich nun in etwas völlig anderes verwandelt hatte. Er atmete schwer, gefesselt von dem Anblick, und dankte Gott für die Kompaktheit der Casull.

Immer noch Harcourt also, aber völlig verändert. Transformiert, verwandelt – wie hatte es Francisco ausgedrückt? Umgewandelt. Größer und mächtiger, die Haut schuppig und hart, die Nackenmuskeln ineinander verschlungen, mit angeschwollenem Schädel und eingesunkenen, brennenden Augen – aber immer noch William Harcourt. Hinter den veränderten Augen schimmerte nach wie vor die Intelligenz des Mannes, doch es war eine andere Art von Intelligenz, nicht länger interessiert an den Feinheiten zivilisierten Verhaltens, einzig und allein ans Überleben denkend, um jeden Preis.

Auch seine nächste Frage wurde schnell beantwortet. Das Wesen war nach wie vor der Sprache mächtig. Irgendwo tief aus dem Inneren des Ungeheuers drang die Stimme William Harcourts.

»Suchen Sie nach mir, Sergeant? Nun, jetzt haben Sie mich gefunden. Was halten Sie von mir?« Muskulöse Arme reckten sich träge zur Decke. »Das geht auf Ihre Kappe, wissen Sie. Sie haben mich zu diesem Schritt gezwungen. Ich wollte das nicht. Es gibt dabei nicht nur Vorteile, sondern auch recht unangenehme Konsequenzen. Der letzte Ausweg. Sie haben mich dazu gezwungen. Sie sind an allem schuld.«

Sykes versuchte gar nicht erst zu antworten. Er schoß, taumelte zurück, verlor beinahe das Gleichgewicht. In dem engen Raum klang der Knall der Casull wie Gewitterdonner. Das großkalibrige Geschoß traf Harcourt in die rechte Schulter und wirbelte ihn herum.

Es dauerte nur einen Moment, bis er sich von dem Treffer erholt hatte. Zu seinem Entsetzen bemerkte Sykes, daß die Kugel zwar das Hemd in Fetzen gerissen und angesengt hatte, dann jedoch an der umgewandelten Panzerhaut Harcourts abgeprallt war. Der Newcomer grinste, enthüllte dabei rasiermesserscharfe Fangzähne und kam auf den Detective zu.

Sykes hatte eine Scheißangst und schämte sich auch nicht, das vor sich einzugestehen. Hastig trat er den Rückzug an und feuerte dabei, bis der Hahn der Casull ins Leere klickte. Ein Schuß ging völlig vorbei und zerfetzte eine Kiste neben Harcourts Kopf. Die anderen vier saßen genau im Ziel. Jede ließ seinen Gegner instinktiv zusammenzucken. Keine drang ein. Sie bremsten Harcourt, hielten ihn aber auch nicht im entferntesten auf.

Sykes wandte sich zur Flucht, und der Newcomer stürmte mit übernatürlicher Geschwindigkeit hinter ihm her. Eine Hand packte die Schußhand des Detectives und zerrte daran. Sykes schrie auf, als er sich die Schulter ausrenkte und die Pistole aus seinen zitternden Fingern fiel.

Harcourt hob ihn mit einer Hand auf, trug ihn zum Rand einer Treppe und warf ihn verächtlich hinunter. Auf halbem Weg nach unten prallte Sykes auf und legte den Rest im Rollen zurück. Der Schmerz in seiner Schulter raubte ihm beinahe das Bewußtsein.

Unten angekommen, gelang es ihm irgendwie aufzustehen, und er wandte sich erneut zur Flucht. Das Ding, das einmal Harcourt gewesen war, sprang einfach über das Geländer, ließ sich die letzten fünf Meter zu Boden fallen und schnitt dem Detective den Fluchtweg ab. Sykes versuchte immer noch, seinem Verfolger zu entwischen, doch dann packte ihn eine klauenbewehrte Hand an der Schulter. Er fühlte sich durch eine Hintertür geschleudert, auf die Docks zu.

Auf der Vorderseite waren mittlerweile zwei Schwarzweiße eingetroffen. Sie machten neben dem Leichenwagen Halt, bald trafen immer neue Streifenwagen mit heulenden Sirenen ein. Ihre Insassen stürmten die Lagerhalle.

Sykes hörte die Sirenen. Unter Einsatz seiner letzten Kräfte gelang es ihm, sich aus Harcourts Griff zu winden und das Dock entlangzutaumeln. Der Newcomer folgte ihm ohne die geringste Hast.

Das Fischerboot war alt. Mit ein, zwei Knoten trieb es an der Mole vorbei, einige Netze hinter sich herschleppend. Sykes sah es und fing an zu laufen. Noch immer ohne Hast, aber mit etwas weiter ausholenden Schritten setzte Harcourt ihm nach.

Francisco hatte unterdessen den oberen Rand der Treppe erreicht und suchte verzweifelt nach einem Lebenszeichen seines Partners. Er hatte das Donnern der Casull gehört, sich so schnell wie möglich durch das Labyrinth der Lagerhalle geschlagen und war den Echos bis an diesen Punkt gefolgt. Nun sah er die beiden Gestalten, wie sie den Betonweg der Hafenmole entlangrannten. Sykes lag vorne und lief so schnell er konnte. Harcourt war dicht hinter ihm und holte rasch auf.

Nach einem ängstlichen Blick auf das schwarze Wasser lief Francisco die nächste Treppe hinunter.

Sykes fühlte, wie seine Beine langsam nachgaben. Seine ausgerenkte Schulter schmerzte höllisch. Als er das Ende der Mole erreichte, hatte das Fischerboot den Punkt gerade passiert. Ihm blieb nur noch ein knapper Meter. Keine andere Wahl mehr. Er sprang und stieß sich dabei mit dem rechten Bein ab, wie er es auf der Highschool gelernt hatte. Seit damals hatte er seinen Trainer gehaßt. Nun hätte er ihn küssen können.

Er gewann dadurch nicht viel an Höhe, aber das Ende der Mole lag über dem Heck des Bootes. Das änderte alles.

Er landete hart auf einem zusammengerollten Netz im hinteren Teil des Schiffs und brüllte vor Schmerz auf, als sich sein Knöchel unter ihm verdrehte. Aber er hatte es geschafft. Das Boot hielt auf das sichere Meer zu. Er lag auf den stinkenden Seilen, hielt sich die Schulter und atmete stoßweise.

Harcourt hatte einen Moment zu lang gezögert, war einmal mehr zu selbstsicher gewesen. Als er den Fleck erreichte, von dem aus Sykes gesprungen war, lag das Boot auch außerhalb seiner enormen Sprungweite. Aber da gab es noch eine kleine Angelplattform neben der Mole, und von da aus ragte eine zweite Mole weit hinaus aufs Wasser. Er grinste, und seine Reißzähne schimmerten im Mondlicht. Wie nannten es die Menschen doch so schön? Dreisprung?

Er schaffte den Sprung auf die Plattform ohne Mühe und raste die nächste Mole hinunter. Das Boot umrundete gerade das andere Ende. Kein Mensch hätte soweit springen können, doch Harcourt wußte, daß er es schaffen würde. Er hatte kein Erbarmen mit dem armen, dummen Cop, der sich zweifellos bereits in Sicherheit wähnte. In seiner neuen Gestalt hatte Harcourt mit niemandem Erbarmen.

Sykes sah, wie die massive Gestalt hoch oben auf dem Boot, nahe der Kajüte landete. Kein Fluchtweg mehr. Das kleine Schiff ließ den Hafen hinter sich und tuckerte den Zufahrtskanal aufs offene Meer hinaus.

Keuchend hatte Francisco unterdessen das Ende der ersten Mole erreicht. Er hatte alles mitangesehen. Ein helles Licht ließ ihn die Augen zusammenkneifen und als er aufsah, blinzelte er direkt in den Suchscheinwerfer eines Polizeihubschraubers. Er flog dicht über den Docks, das Gelände sondierend. Statt des Gesuchten fand er jedoch nur einen anderen Cop.

Francisco suchte nach seiner Marke und schwenkte sie heftig in Richtung des Helikopters. Er versuchte, ihn zum Landen zu bewegen. Der Pilot sah das metallene Blitzen, zögerte erst beim Anblick des riesigen Newcomers und ging dann herunter.

»Los, hoch!« Der Pilot starrte seinen Passagier mit offenem Mund an, beruhigte sich nach einem Blick auf die Marke des Detectives, nickte dann und lehnte sich auf den Steuerknüppel. Als sie abhoben, erschien ein ganzes Kommando uniformierter Beamter auf dem Dock, zu spät. Unruhig gestikulierte Francisco in Richtung Meer, lehnte sich gegen das Glas und versuchte, die Dunkelheit mit seinen Augen zu durchdringen.

»Auf dem Boot, da draußen!«

Der Pilot bedeutete ihm, daß er verstanden hatte. Mit der Nase nach unten schoß der Helikopter aufs Wasser hinaus. Francisco hielt nach dem Fischerboot Ausschau und vermied es ansonsten, direkt nach unten zu sehen.

Auf allen Vieren kroch Sykes über das Fischernetz zum Heck hinauf. Harcourt ließ sich vom Kajütendach fallen. Eine Klauenhand berührte das Bein des Detectives, und er riß sich los. Als die scharfen Klauen durch die Hose in sein Fleisch eindrangen, brüllte er kurz auf, kletterte aber weiter das Netz empor, wenn auch recht unelegant.

Das Netz hing über einem Dinghi, das am Heck des Schiffes vertäut war. Es gelang ihm, sich über die Reling zu ziehen. Das kleine Boot kam arg ins Wanken, als er sich hineinfallen ließ. Dann lächelte das Harcourt-Ding vom Schandekkel auf ihn herab. Das Dinghi war die Endstation.

Schweiß strömte über das Gesicht Franciscos, als er sich dazu zwang, hinunter auf den Ozean zu sehen, der unter dem Helikopter vorbeiraste. Sie erreichten das langsame

Boot, der Pilot richtete seinen Suchscheinwerfer auf das Deck und hielt nach sich bewegenden Objekten Ausschau. Das Licht fand Sykes und Harcourt ziemlich schnell und spießte beide in seinem grellen Schein auf.

Das Klopfen des alten Dieselmotors hatte das Geräusch von Sykes' verzweifelter Flucht und Harcourts Ankunft übertönt, doch nun reagierte der Schiffseigentümer auf die Gegenwart des Polizeihubschraubers über ihm. Er runzelte die Stirn, wandte sich nach dem Ziel des Suchscheinwerfers um, und erhaschte seinen ersten Blick auf Harcourt. Seine Haare stellten sich auf und er stieß einen unfreiwilligen Schrei aus.

Kurz von seinem Opfer abgelenkt, wirbelte der veränderte Newcomer herum und sah den Kapitän mit offenem Mund auf der Brücke stehen. Nicht weit entfernt hing ein Fischerhaken mit Holzgriff an der Reling. Harcourt zerbrach seine Halterungen und schleuderte ihn wie einen Speer, direkt durch die Brust des Kapitäns.

Das Gesicht vor Schreck erstarrt, griff der Mann nach dem Fischerhaken, der aus seinen Rippen ragte, und taumelte rückwärts. Als er gegen den Gashebel fiel, hatte er bereits das Bewußtsein verloren. Lautstark ging der Motor auf Hochtouren und das Boot machte einen Satz nach vorn.

Der plötzliche Ruck warf Harcourt in das Dinghi. Während der Alien sich wieder hochrappelte, entdeckte Sykes den Auslöser für die Haltetaue. Mit einem gewaltigen Satz warf er sich gegen den Sicherheitsauslöser und betätigte den Knopf. Beide Taue rollten sich ab und das Dinghi plumpste ordnungsgemäß ins Wasser.

Das Schlepptau war vielleicht drei Meter lang. Als es ausgelaufen war, machte das Dinghi einen Satz nach vorn und rauschte im Kielwasser des steuerlosen Fischerbootes dahin. Harcourt ignorierte alles andere und kämpfte um sein Gleichgewicht, während er sich mit seinen Klauen erbarmungslos auf sein Opfer zuschob.

Wasser spritzte über die Querbalken. Das altertümliche Dinghi, nicht für derart rauhen Umgang geschaffen, leckte bereits. Harcourt packte den Detective am Bein und zerrte ihn mit unlösbarem Griff auf sich zu. Sykes sah sich über den Boden des Dinghi geschleift und suchte verzweifelt nach einem Halt. Seine Finger verkrampften sich um eine der Heckklampen. Harcourt grinste verächtlich, seine Miene vor allem deshalb so entsetzlich, weil sich der höllischen Umwandlung zum Trotz hinter den Reißzähnen, dem verzerrten Gesicht und dem umgewandelten Schädel immer noch derselbe zuvorkommende, räuberische, amoralische Newcomer namens Harcourt verbarg.

Er riß den Detective ohne sonderliche Mühe los, brach dessen verzweifelten Griff um die Bronzeklampe.

Während er in Richtung Bug geschleift wurde, trat Sykes wie wahnsinnig nach der Sperrklinke. Harcourt war bereits sehr nahe, die Reißzähne blitzten hell. Im nächsten Augenblick würde alles vorbei sein.

Hart landete der Schuh des Detectives auf der Sperrklinke. Sie sprang auf, fast im selben Moment schlängelte sich das Schlepptau durch die Rolle im Bug und das Dinghi kam frei. Wie wild tanzte das winzige Schiff im Kielwasser des davonrasenden Bootes. Harcourt taumelte, kämpfte um sein Gleichgewicht.

Eine Welle spritzte über das Dollbord. Ein Teil des Meerwassers traf Harcourt, der einen unirdischen Schrei ausstieß und Sykes aus seinem Griff entließ. Der Detective hörte den Helikopter über ihm und versuchte, sich über die Reling zu werfen, nur um ein zweites Mal von Harcourt gepackt zu werden. Sykes drosch auf das Wasser ein. Sein Gewicht neigte das Dinghi bereits bedenklich. Noch mehr Wasser platschte ins Innere. Sie sanken.

Die Tropfen hieben weiter auf den stöhnenden Newcomer ein. Dickes Blut sammelte sich auf seiner gepanzerten Haut, die Zeichen der See. Sykes fühlte sich in einer bärenhaften Umklammerung hochgerissen und spürte, wie sich Harcourts massige Arme zusammenzogen und ihm die Luft auspreßten. Der Druck war unerträglich.

Er schob sich mit dem Fuß nach hinten und brachte den Alien damit aus dem Gleichgewicht. Harcourt verlor die Kontrolle und stolperte. Zum erstenmal zeigte sich so etwas wie Furcht in seinem Gesicht. Er versuchte, sich noch einmal aufzurichten, doch in dem wild herumtanzenden Dinghi war es so gut wie unmöglich, einen festen Stand zu finden. In dem kleinen Boot arbeiteten seine enorme Körpergröße und Stärke gegen ihn.

Er ging einen Schritt auf den sich duckenden Sykes zu, glich zuviel nach links aus, als das Boot nach rechts taumelte, versuchte ein letztes Mal, seinen Fehler zu beheben, und stürzte dabei. Das Dinghi kippte um und warf seine beiden Insassen ins Meer.

Nach Luft schnappend und wild im Wasser tretend, kam Sykes wieder an die Oberfläche. Mit seinem heilen Arm suchte er auf dem glatten Kiel des Dinghi nach einem Halt. Um ihn herum war alles ruhig, bis auf das Plätschern der Wellen, das sich entfernende Tuckern des Fischerbootes und das *whup-whup* des Helikopters, der irgendwo über ihm seine Kreise zog.

Bis Harcourt mit halb zerflossenem Gesicht hinter ihm aus dem Wasser brach und ihn in die Tiefe zog.

Francisco hatte sich halb aus der offenen Tür des Helikopters gelehnt und verfolgte hilflos das Geschehen. Es gab nichts, was er tun konnte, und er wußte das.

Einige Augenblicke später kam Sykes wieder an die Oberfläche. Noch immer klammerte sich Harcourts langsam zerfallender und dennoch recht massiver Körper an ihn. Er war am Ende, restlos ausgepumpt. Seine Schulter hatte sich verkrampft und den Knöchel, den er sich bei seinem ersten Sprung aufs Heck des Fischerbootes verstaucht hatte, spürte er auch nicht mehr. Ohne Kraftreserven und mit nur einem ordnungsgemäß arbeitenden Arm und Bein konnte er sich in der aufgewühlten See nicht länger über Wasser halten. Eine Welle rollte über seinen Kopf und Salzwasser geriet ihm in die Kehle. Er hustete schwach, ging unter, trieb wieder an die Oberfläche. Mit seiner freien Hand versuchte er, um Hilfe zu winken. Er war am Ertrinken.

Ein Newcomer würde nicht lange genug überleben, um zu ertrinken, aber Francisco wußte nur zu gut, was es für einen Menschen bedeutete. Verzweifelt wandte er sich an den Piloten. »Was ist mit der Küstenwache? Wir haben sie doch längst angefunkt. Wo *bleiben* die denn?«

Der Pilot sah zu ihm hinüber und zuckte hilflos mit den

Achseln. »Es dauert halt seine Zeit vom Stützpunkt bis hierher! Wird schon noch ein paar Minuten dauern.«

Der Newcomer starrte wieder auf die schäumende See. »Die haben wir aber nicht.« Er holte den tiefsten Atemzug seines Erwachsenendaseins. »Bring ihn runter. *Bring ihn runter!*«

Der Pilot nickte und ließ den Chopper langsam auf die turbulente Wasseroberfläche sinken. Der Suchscheinwerfer verwandelte das Meer in kochendes Silber. Die Finger seiner linken Hand um den nächsten festen Halt verkrampft, überwand sich Francisco und lehnte sich hinaus. Der schwere, salzige Geruch des Wassers drang ihm in die Nase und machte ihn schwindelig.

Mitten in dem unsteten, glitzernden Blau unter ihm tauchte plötzlich Sykes' Kopf auf und versank im nächsten Moment wieder. Der Pilot vollbrachte unterdessen echte Flugwunder und hielt die Landekufen des Choppers einen knappen Meter über dem Wasser. Immer noch zu weit weg.

Francisco drehte sich um. »GANZ RUNTER!« bellte er laut genug, daß ihn der Pilot über dem Geräusch des wirbelnden Rotors hören konnte.

»ICH KANN NICHT«, schrie der Pilot zurück. »WIR LANDEN IM WASSER!«

Noch einmal tauchte Sykes auf. Sein Kopf knickte nach hinten und er mußte den Helikopter gesehen haben, weil er mit einer Hand schwach nach oben griff. Zu weit weg. Unmöglich abzuschätzen, wie lange der Pilot die gegenwärtige Position noch halten konnte.

Francisco erkannte, daß sein Partner beim nächstenmal nicht wieder an die Oberfläche kommen würde. Verzweifelt versuchte der Newcomer, jeden Gedanken, jedes Gefühl, alle Instinkte in seinem Leib zu unterdrücken. Dann tat er das Tapferste, was er in seinem ganzen Leben je vollbringen hatte müssen: Er verließ die Kabine des Choppers, trat auf die schmale Landekufe, verschränkte ein Bein um die Metallstrebe, ließ sich frei herunterhängen und griff nach Sykes' tastenden Fingern.

Ihre Fingerspitzen trafen sich, glitten wieder auseinander. Francisco reckte sich einen weiteren Zentimeter, noch zwei.

Dann erwischte er die Hand seines Partners und dieses Mal hatte er ihn fest im Griff. Mit dem Erfolg kehrte auch seine Kraft zurück. Auf der Hand seines Freundes war etwas Salzwasser, und er stöhnte auf, als es in seine Finger drang. Er ignorierte den Schmerz und zog. Langsam. Er wollte, er durfte das Risiko nicht eingehen, den Kontakt wieder zu verlieren.

Da brach Harcourts Schädel aus dem Wasser, einen Fußbreit vor Sykes' Gesicht. Die Augenhöhlen waren leer, das weiche Fleisch hatte sich beinahe sofort aufgelöst. Das meiste der Haut und auch ein Großteil der darunterliegenden Muskeln fehlte. Der fast schon skelettierte Körper warf sich erneut auf Sykes, sein Gewicht brach den Griff seines Partners. Sykes und die Beinahe-Leiche verschwanden unter den Wellen.

Es gab nichts, was Francisco jetzt noch tun konnte, es sei denn...

Sich soweit wie möglich hinauslehnend, das Gesicht einen Fußbreit über der Wasseroberfläche, holte er tief Luft und schrie, um den Schmerz abzublocken, der ihm zweifellos bevorstand. Dann faßte er mit seinem nur spärlich bekleideten Arm ins Wasser.

Der Schmerz kam umgehend, raste seinen Arm die Schulter hoch und setzte sein Gehirn in Flammen. Erst fühlten seine Finger nichts – dann einen Klumpen dicht unter der Oberfläche. Er tastete herum, bekam den Gegenstand zu fassen und zog. Seine Hand kam aus dem Wasser, das Handgelenk seines Partners umklammernd. Der Rest von Sykes folgte hustend und spuckend.

Inzwischen fühlte sich sein Arm an wie ein Holzklotz im Kamin. Er wandte sich um. »Bring ihn hoch!«

Der Pilot winkte und gemächlich kletterte der Chopper nach oben. Das Handgelenk fest in Franciscos Griff, hob sich Sykes langsam aus den Wellen. Plötzlich schoß Harcourts Arm nach oben und packte den triefenden Knöchel des Detectives. Entsetzt sah Sykes auf das Ding hinunter, das da an ihm hing.

Als der Chopper weiter aufstieg, durchbrach der Rest von Harcourts Körper die Wasseroberfläche. Der fast völlig skelettierte Arm riß sich vom aufgelösten Torso los und harmlos stürzte das Gewicht ins Meer. Schließlich gelang es dem unbeherrscht zitternden Sykes auch, den nach wie vor an seinem Bein baumelnden Arm abzuschütteln. Er trudelte zurück in das kochende Wasser.

Francisco ließ nicht locker, zog ihn vorsichtig und gleichmäßig hoch, bis er seine beiden Arme unter die seines Partners legen konnte. Dann war Sykes im Chopper in Sicherheit, und der Pilot flog zurück aufs Land. Tropfnaß, arg mitgenommen und kaum noch bei Bewußtsein, saß der Detective auf dem Boden und hielt sich den verletzten Arm. Francisco wiederum zog seine Jacke aus und wickelte den trokkengebliebenen Teil um seine wunde Hand. Der nachklingende Schmerz ließ ihn des öfteren zusammenzucken.

Als sie abdrehten, sah der Pilot noch einmal zu dem kreisförmigen Flecken Wasser hinab, wo die Rettung stattgefunden hatte. »Ich war zu sehr damit beschäftigt, die Maschine nicht ins Meer zu setzen, um allzuviel mitzukriegen, aber was zur Hölle war das da unten eigentlich? Sah reichlich *komisch* aus.«

Francisco zögerte, drehte sich dann vielsagend zu seinem Partner um und wartete ab, was Sykes zu sagen hatte. Lange sahen sich die beiden Männer an. Dann zuckte Sykes die Achseln.

»Sah für mich genau wie jeder andere verdammte Slag aus. Einfach nur häßlich.«

Der unsichere Blick des Piloten hielt noch einige Sekunden vor. Dann grinste er beruhigt auf seine Instrumente. »Klar, sicher. Das war's.«

Trotz der Schmerzen, die durch seine rechte Hand tobten, lächelte Francisco.

XIV

Gar nicht soviel Smog an diesem Morgen, dachte Sykes, als er im Warteraum der Kirche mit seinem Anzug kämpfte. Eine Hand in der Schlinge bereitete es ihn verdammt viel Mühe, die Krawatte seines Smokings zuzubinden.

Ein paar außerirdische Hände kamen ihm zu Hilfe. Eine davon war bandagiert und hing ebenfalls in einer Schlinge. Unter den Bandagen verbarg sich einer der seltsamsten Harzverbände, die Sykes jemals zu Gesicht bekommen hatte. Er reichte hoch bis zu Franciscos Schulter. Wenn überhaupt, konnte er sich noch weniger rühren als sein Partner.

Er wirkte etwas deplaziert in seinem übergroßen Smoking, wie ein Verteidiger der Chicago Bears, den irgendein merkwürdiger Zufall in der Mitte einer Krönungsfeier abgeladen hatte. Eigentlich, überlegte Sykes, paßte die Beschreibung durchaus zu den noch bevorstehenden Aktivitäten dieses Tages.

Nachdem er die Krawatte schließlich doch bezwungen hatte, drehte sich der Detective zur Seite, sah in den Spiegel und nahm die Pose eines Bodybuilders ein. Die Schlinge ruinierte den Effekt ein wenig.

»Wie sehe ich aus?«

Francisco begutachtete ihn ausgiebig und nickte schließlich anerkennend. Er hatte sich von seiner Frau anziehen lassen. »Sehr gut.«

Ein Klopfen sorgte dafür, daß sie sich der Tür zuwandten. Sykes machte sie auf, und da stand seine Tochter. In ihrem Hochzeitskleid sah sie bezaubernd aus. Die Kirche hinter Kristin wimmelte bereits vor eingeladenen Gästen. Mrs. Francisco überragte alle anderen Frauen und die meisten anderen Männer. Auch ihr Sohn, der gerade mit einigen Menschenkindern spielte, schoß irgendwo durch die Menge.

Sykes betrachtete seine Tochter, erinnerte sich an das kleine Mädchen mit den ewig dreckigen Zöpfen, das ständig im

Baumhaus vor ihrem Heim im Valley gesessen war. Was war mit ihr geschehen? Wer war dieses alles überstrahlende Covergirl, dieser Filmstar, der da vor ihm stand?

Sie erinnerte ihn mit sehr wenigen Worten.

»Fertig, Daddy...?«

Irgendwas in ihm schmolz dahin. Er würde sich Zeit lassen, wenn er sie das Seitenschiff hinaufführte, würde jede Sekunde davon genießen. Dieses Mal brauchte er kein Tonband, um sich an sie zu erinnern.

Zuvor gab es allerdings noch etwas anderes zu tun. Draußen setzte bereits die Musik ein, und die Gäste eilten zu ihren Sitzen.

»George, äh – ich möchte mich schon jetzt, im voraus, für all die üblen Dinge entschuldigen, die ich in all den kommenden Jahren zu dir sagen werde.« Als seine Tochter ihren Arm um seinen legte, ließ er es geschehen.

Der Newcomer lächelte zu ihnen herab. »Schon in Ordnung, Matthew. Immerhin bist du auch nur ein Mensch.«

Der verdutzte Sykes schwieg einen Augenblick und fing kurz darauf an zu lachen, während ihn seine Tochter aus der Garderobe in die hell erleuchtete Kirche führte. Scheinbar hatte sich halb Los Angeles im Kirchenstuhl versammelt, und alle sahen ihn und seine Tochter an und lächelten dabei.

»Ein irrer Typ«, murmelte er liebevoll. »Man weiß nie, was er als nächstes sagt.«

Seine Tochter zog ihn etwas am Arm, doch schon im nächsten Augenblick hatte er sich ihrem Tempo wieder angepaßt und sie liefen erneut im Gleichschritt.